헤리엇의 비밀 수첩

헤리엇의 비밀 수첩 2

초판 1쇄 찍은 날 | 2016년 7월 20일
초판 1쇄 펴낸 날 | 2016년 7월 27일

지은이 | 주산지의꿈
펴낸이 | 예경원

편집 | 유경화 · 안유진

펴낸곳 | 예원북스
등록번호 | 제396-2012-000132호
등록일자 | 2012. 7. 25
YRN | 제1-0152호

주소 | 경기도 고양시 일산동구 호수로 646-24 위너스21-Ⅱ 206A호 (우) 10401
전화 | 031-819-9431 팩스 | 031-817-9432
http://cafe.naver.com/yewonromance
E-mail | yewonbooks@naver.com

ISBN 979-11-5845-179-0 04810
ISBN 979-11-5845-177-6 (세트)

※ 이 도서의 국립중앙도서관 출판시도서목록(CIP)은 서지정보유통지원시스템 홈페이지(http://seoji.nl.go.kr)와 국가자료공동목록시스템(http://www.nl.go.kr/kolisnet)에서 이용하실 수 있습니다.

헤리어스의 비밀 수첩
주산지의꿈 장편 소설
YEWONBOOKS ROMANCE STORY
2

예원

C • O • N • T • E • N • T • S

제11장 저와 춤을 추시겠습니까? 2

콘웰 공작가, 서재.

책상을 사이에 두고 마주한 이튼과 레이놀즈. 두 사람 사이에 차가운 정적이 흘렀다. 막 해가 져 어둠이 찾아들기 시작한 서재. 그리고 그곳을 밝히는 유일한 빛은 책상 위에 켜진 램프가 다였다. 그래서인지 의자에 앉아 있는 콘웰 공작의 표정은 평소보다 훨씬 엄숙해 보였다.

콘웰 공작가의 수장으로서 공식적인 업무를 수행한다는 뜻인 건가? 이튼은 그런 레이놀즈를 보며, 미간을 찌푸렸다. 10년 만에 처음 열리는 콘웰 공작가의 파티가 이제 곧 시작되려고 하고 있었다. 그런데 그 파티에 앞서, 레이놀즈는 이튼을 서재로 불러들인 것이다.

목걸이는 잘 전달됐을 테지? 직접 갔어야 하는 건데…… 아쉽군.

이튼은 이 상황이 마음에 들지 않는다는 듯 차가운 얼굴을 풀지 않았다. 그러자 책상 앞에 앉아 있는 이튼을 물끄러미 바라보던 레이놀즈가 무겁게 가라앉은 목소리로 명령했다.

"앉아라."

"급히 가볼 곳이 있습니다. 만약, 지난번 일 때문에 절 부르신 것이라면, 그때 이미 제 뜻을 전한 것으로 압니다."

더는 할 말이 없다는 듯 이튼은 자리에 앉는 걸 거부했다. 그러자 굳은 얼굴로 앉아 있던 레이놀즈가 자리에서 일어섰다. 그리곤 서재 안쪽 벽으로 걸어가더니 벽에 걸린 태피스트리를 들어 올린 후, 비밀 금고를 여는 것이 보였다. 그 모습을 바라보던 이튼의 눈빛이 날카로워졌다.

끼릭, 끼릭. 달칵! 묵직하게 들리는 소리가 마치 심장을 묶는 사슬처럼 들렸다.

잠시 후 굳게 닫혀 있던 콘웰 공작가의 비밀 금고가 열렸다. 오직 콘웰 가의 상속자에게만 열리는 그 비밀 금고가. 이튼은 금고에서 상자를 들고 돌아오는 레이놀즈를 보며, 미간을 찌푸렸다.

젠장! 목구멍을 통해 욕설이 튀어나오려 했다. 어떤 이유에서건 그는 런던에 돌아왔고, 또 파티에 참석하기 위해 이곳에 있는 한, 자신의 의무를 더는 부정할 수 없었다.

"늦었구나. 이미 네 형의 장례식에서 너에게 전해졌어야 할 물건이었는데 말이다."

이튼은 책상에 놓인 콘웰 공작가의 문장이 새겨진 상자를 물끄러미 응시했다.

"이제 네 것이다, 이튼."

어두운 서재를 울리는 레이놀즈의 목소리가 묵직하게 가라앉았다. 마치 콘웰 공작가의 후계자로서 그 의무와 무게를 견디라는 듯, 무척이나 단호했다. 이튼은 굵은 밧줄로 심장을 동여매는 느낌에 벌써 힘에 부쳤다.

"받고 싶지 않았습니다."

"알고 있다. 나 역시 그랬으니까. 아마, 네 형 역시 그랬을 테지."

아니 콘웰 공작가의 후계자라면 누구나 그랬을지도 몰랐다. 지독한 굴레에서 벗어나고 싶었을 테니까.

"저주에 대해 말씀해 주십시오."

이젠 때가 된 것 같았다. 후계자에게만 물려주는 콘웰 공작가의 비밀 상자를 받아 든 이상, 더는 머뭇거릴 이유가 없었다. 이튼의 말에 레이놀즈의 입매가 일자로 다물어졌다. 그리고 콘웰 공작가의 장남이 성년이 되던 날 그랬던 것처럼, 레이놀즈는 최대한 감정이 실리지 않은 목소리로 천천히 입을 열었다.

"아레스의 심장을 삼킨 자! 그 심장을 잃어버린 순간, 비극이 시작된다."

마치 저주의 서문과도 같은 문장에 이튼의 눈빛이 날카롭게 빛났다.

“그게 무슨 뜻입니까? 아레스의 심장을 삼킨 자라니. 저주는 분명, 콘웰 공작가의 장자에게만 이어져 내려온 것이 아니었습니까?”

“그렇게 알려졌지. 하지만 차남인 너에게 발현된 것을 보면, 꼭 그런 것만은 아닌 것 같구나. 또한 저주는 네가 알고 있는 것과는 달리, 다른 점이 있다.”

“다른 점이라니, 그게 무슨 말씀이십니까? 정확히 말씀해 주십시오.”

콘웰 공작가의 저주는 12세기 제1대 공작이었던 로이든 스튜어트에서부터 시작되었다. 사자왕 리처드 1세의 왕의 기사이기도 했던, 로이든. 그는 십자군과 함께 전쟁터를 누비던 피의 전사였다. 그를 따르는 기사들에 의해 전쟁의 신이라 불린 콘웰 공작은 핏빛의 붉은 눈을 하고 있었다.

그러던 어느 날, 전쟁 중 피에 물든 몸을 씻어내기 위해 신성한 호수를 찾았었다. 그리고 그 우연한 만남이 모든 비극의 시작이었다. 호수의 여신 림나이아와 인간 사이에서 태어난 아우로라. 로이든은 아우로라의 신비롭고 아름다운 외모에 한순간 사로잡혔고, 순식간에 사랑에 빠지고 말았다. 하지만 불행히도 로이든의 심장을 삼킨 여인은 신탁에 의해 혼인이 정해진 신성한 여인이었다.

신과 인간의 딸인 아우로라. 새벽의 안개처럼 신비롭고 청아한 외모를 지닌 아우로라 역시 로이든을 사랑하게 되었다. 하지만 두 사람의 사랑은 시작부터가 비극이었다. 그리고 아우로라의 아름다움에 현혹돼 신의 여인을 품은 인간, 로이든에게 내려진 형벌은 죽음만큼이나 가혹했다.

로이든, 그는 자신이 목숨처럼 사랑했던 아우로라에게 철저히 배신당했다. 그리고 그 배신은 다름 아닌, 아우로라가 주술이 걸린 검으로 로이든의 심장을 찌른 것이다. 아우로라는 자신이 살기 위해 로이든의 심장을 신에게 바친 것이다.

사랑하는 여인의 지독한 배신. 검으로 심장을 찔린 로이든은 죽지도 못한 채 미치광이가 되었다. 그리고 이 검에 새겨져 있던 주술은 로이든을 놓아주지 않았다. 이 참혹한 인연의 고리를 로이든의 후손에게도 똑같이 반복되게 한 것이다. 절대 끝나지 않을 불행으로.

“600년 동안 저주가 발현된 것은 단 세 번. 모두 너처럼 붉은 눈동자를 하고 있었지. 로이든은 주술에 의해 환생했고, 그 결과는 600년 동안 후손인 우리를 두려움에 떨게 할 정도로 참혹했지. 모두를 죽였다. 이성을 잃고 미치광이가 된 그는 사랑하는 이를 모두 죽음으로 이끈 사신이 되어버린 거지.”

“미치광이 사신이라.”

“저주의 서문처럼, 아레스의 심장을 삼킨 자는 자신뿐만 아니라 다른 모든 이를 죽음으로 이끌었다. 가문이 몰락할 위기에 처했었고, 때론 잉글랜드를 몰락시킬 만큼 강력했다. 하지만 다행스럽게도 아레스의 심장을 삼킨 자들은 마지막 순간에 로이든과 마찬가지로 주술에 걸린 그 검에 의해 죽게 되었다고 기록되어 있었다.”

“주술에 걸린 검이라면, 아우로라가 로이든을 배신할 때 찌른 그 검을 말하는 겁니까?”

“아마, 그럴 테지. 우린 그 검을 신의 검이라고 불러왔다.”

“그럼 그 검은 어디에 있습니까?”

이튼의 질문에 레이놀즈는 한동안 대답할 수 없었다. 레이놀즈 역시, 신의 검이 어디에 있는지 알지 못했다. 단지, 새벽의 시간에 봉인되어 있다고 기록되어 있을 뿐.

“새벽의 시간에 봉인되어 있다고 들었다.”

새벽의 시간? 너무 추상적인 말이었다. 어둠과 빛의 경계인 새벽. 그 경계의 시간에 신의 검이 봉인되어 있다니.

이튼의 표정이 굳어졌다. 아버지 레이놀즈의 말에 따르면 이튼은 로이든의 환생이었고, 사신이었다. 미치광이 사신. 어쩌면 그에게 너무도 잘 어울리는 이름처럼 느껴졌다.

이 두 손으로? 말도 안 돼! 자신은 절대, 그럴 리 없었다. 만약 그런 일이 벌어진다면, 신의 검에 의해 죽음에 이르기 전 스스로 죽음을 선택하고 말 테니까.

“심장을 잃는다는 게 무슨 뜻입니까? 그 의미를 안다면 저주 역시, 잠재울 방법을 찾을 수 있을 테니까요.”

이튼의 목소리가 어두운 서재를 차갑게 울렸다. 그러자 레이놀즈는 이튼을 향해 고갤 가로저었다. 그 역시 무척이나 침통한 얼굴이었다.

“모른다. 그저 그 시작이 아레스의 심장을 삼킨 자로부터 시작된다는 것뿐. 그리고 4년 전 너의 눈동자가 붉은색으로 변했다. 처음엔 질리안 때문이라고 생각했다. 질리안이 바로, 아우로라의 후손이라고 말이다. 하지만 질리안이 죽은 후에도 너의 저주는 계속되었지. 그래서 내린 결론은 내가 알지 못하는 곳에 저주와 연관된 자들이 있다는 것이었다. 예를 들어 몰락했다고 알려진, 아우로라의 후손이라든가. 그것도 아니라면 신탁에 의해 결정된 그녀의 약혼자였던 밀포드 가의 후손이 말이다."

"밀포드 가의 후손이니."

자신의 붉은색 눈동자, 이것이 바로 저주의 시작을 의미하는 모양이었다. 그리고 그 저주의 발현은 세 가문 중 하나인 밀포드와 연관이 있다는 건가? 이튼은 풀리지 않은 의문에 주먹을 힘껏 말아 쥐었다. 그리곤 단호한 얼굴로 레이놀즈를 바라보았다.

"믿지 않습니다, 그 저주 같은 것. 지금껏 단 세 명에게만 발현된 저주 때문에 두려움에 떨며, 저 자신을 버리는 어리석은 일은 하지 않을 생각입니다."

그 결과가 아무리 모든 이를 몰락시킬 만큼 참혹하고 지독한 것이라 할지라도, 불확실한 가능성에 지레 도망치고 싶지 않았다.

"하지만 믿을 수밖에 없을 것이다. 4년 전, 네 심장이 질리안에게 찔린 순간 네 눈동자가 붉은색이 되어버렸으니까."

"하아!"

망할! 이제야 모든 것이 분명해졌다. 왜 질리안이 죽기 전에 그에게 그런 저주를 퍼부었는지 알게 된 것이다. 대체 질리안은 어떻게 알게 된 것일까? 오직 콘웰 가의 사내에게만 전해지는 진짜 저주의 내용을. 설마, 에드윈과 관련이 있는 걸까? 아버지 말처럼, 에드윈이 저주와 연관된 가문의 후손이라면…….

"그래도 제 생각은 같습니다. 저주에 자신을 가두는 일, 전 절대 하지 않을 생각입니다. 찾을 겁니다. 600년 동안 계속된 그 저주를 끊어내는 방법을. 그리고 신의 검 역시 찾아내, 그 말도 안 되는 저주에서 벗어날 겁니다."

감정이라곤 느껴지지 않은 단호한 목소리였다. 이튼의 강한 목소리에 레이놀즈 역시 조금은 안심이 된 모양이었다. 그리곤 더는 할 말이 없다는 듯 서재를 나가려는 이튼을 서둘러 불렀다.

"이튼!"

레이놀즈가 이튼을 불러, 책상에 놓여 있던 상자를 그에게 건넸다. 상자를 건네는 레이놀즈의 얼굴에 짙은 그늘이 져 있었다. 사랑하는 아들에게 쇠사슬처럼 지독한 저주의 고리를 넘겨줘야 한다는 사실이 마음에 들지 않는다는 듯. 그리고 잔뜩 찡그린 아버지 레이놀즈의 얼굴은 이튼의 발을 묶어놓았다.

"어쩌면 이것이 필요할지도 모르겠구나."

"상자에 뭐가 들어 있는지 물어도 되겠습니까?"

"모른다. 난, 이 상자를 열지 못했으니까. 하지만 어쩌면, 네 말처럼 저주를 끊어낼 방법이 들어 있을지도 모르지."

젠장! 열리지 않는 상자라니.

"열쇠가 없다는 것입니까?"

"처음부터 열쇠는 없었다. 덧붙이자면, 이 상자를 연 이는 단 세

명뿐이었다. 어쩌면 이 상자가 신의 검을 찾을 단서가 될지도 모르지."

믿을 수 없었지만, 사실인 모양이었다. 열쇠가 없는 의문의 상자라. 상자를 받아 든 순간, 그의 심장이 바늘에 찔린 듯 고통스러웠다. 그리고 지독한 분노가 심장을 차갑게 얼어붙게 했다.

"이튼…… 안전한 길을 택해라. 네 심장을 삼키지 못하게, 안전한 쪽을……."

"소피아 버킹햄을 택하라는 말씀이십니까?"

이튼의 물음에 레이놀즈는 대답하지 않았다. 하지만 이튼은 레이놀즈의 눈동자에 담긴 뜻을 읽을 수 있었다. 젠장! 이튼은 아버지 레이놀즈의 눈에 담긴 절망의 냄새에 화가 치밀었다. 그의 몸속에 흐르는 불길하고 뜨거운 피. 이성을 앗아가는 그 지독한 검은 피가 모든 이를 죽일 수도 있었다. 하지만 어쩌면, 헤리엇과 함께라면……. 그래 헤리엇만 자신의 곁에 있어준다면, 통제할 수 있을 것 같았다.

"저주 같은 것, 믿지 않습니다. 더욱이 그런 이유로 소피아 버킹햄을 택하지는 않을 겁니다. 질리안처럼."

서재를 나온 이튼이 복도에 서 있던 워릭에게 상자를 건넸다. 그리곤 머릿속에 달라붙는 이 지독하고 끈적끈적한 불안감을 떨쳐 내려는 듯 단호한 태도로 걸음을 옮기기 시작했다.

"파티는 어떻게 됐지?"

"지금 초대된 손님들께서 속속 도착하고 계십니다."

"로즈힐에선 왔나?"

"아, 네. 조금 전 마차가 도착했다는 전갈을 받았습니다. 그런데……."

말이 끝나기도 전에 이튼은 복도를 빠르게 걸어가기 시작했다. 워릭은 서둘러 가는 이튼을 부르려 했다. 하지만 이미 그는 코너를 돌아선 후였다. 워릭은 이젠 보이지 않는 이튼을 보며, 걱정스러운 얼굴로 눈살을 찌푸렸다.

"낭패군. 네빌 백작님과 함께 오셨다는 말씀을 드리지 못했는데……."

파티장 입구에 도착한 헤리엇은 네빌 백작의 손을 놓았다. 이미 콘웰 공작가의 무도회장은 초대된 귀족들로 만원을 이루고 있었다.

오늘 이 자리가 헤리엇에겐 두 번째 무도회였다. 그리고 처음과는 달리, 하늘빛 드레스를 입은 헤리엇은 공작가에 화려한 샹들리에 불빛 아래 눈부시게 빛나고 있었다. 무도회에 참석한 대부분에 귀족이 숨을 삼키고, 찬탄을 자아낼 만큼.

"네빌 백작님, 감사했습니다."

헤리엇이 네빌을 향해 돌아선 후, 무릎을 굽혀 우아한 동작으로 인사를 건넸다.

"감사는 제가 해야겠지요. 오는 동안, 행복했던 건 저였으니까요. 또한, 오늘 저의 무례를 내치지 않고 받아주신 점, 또한 감사

드립니다.”

헤리엇은 고갤 들어 네빌을 올려다보았다. 사실 로즈힐의 현관 앞에 서 있던 네빌을 보았을 때, 그의 갑작스러운 방문에 당황했었다. 지금까지 네빌에 대해 자신이 잘못 판단했던 건 아닌가 하는, 생각이 들 정도였다.

3년이란 시간 동안 두 사람 사이엔 수많은 편지가 오갔고, 그 편지에서 네빌은 그녀에게 수많은 조언과 격려를 아끼지 않았었다. 그는 언제나 헤리엇에게 든든한 친구였고, 조력자였다.

“네빌 백작님, 아마 백작님께선 모르시겠지만 오히려 제가 백작님께 받은 것이 더 많답니다. 언젠가는 그것에 대해 감사드릴 날이 왔으면 하는 바람입니다.”

헤리엇의 말에 순간, 네빌의 입가에 알 듯 모를 듯 묘한 미소가 떠올랐다. 그 모습에 또다시 헤리엇은 의문이 들었다. 그가, 네빌 백작이 자신에 대해 알고 있는 건가?

“아닙니다, 저 역시 이미 충분합니다. 그 시간 동안, 저 역시 행복했으니까요.”

네빌의 말에 헤리엇의 입가에서 미소가 사라졌다. 맙소사! 어떻게, 아니, 언제부터……?

“아…….”

“사람들이 우리만 보고 있군요. 다음 얘긴, 사교 클럽에서…….”

네빌이 헤리엇을 향해 손을 뻗었다. 그러자 이번엔 망설임 없이 그의 손을 잡을 수 있었다. 손끝에 전해지는 따뜻한 온기에 헤리엇은 안심이 되기 시작했다. 그리고 그가 왜, 로즈힐에 연락도 없이 찾아온 것인지 그 이유를 알 것 같았다. 네빌은 그 나름의 방식으로 그녀에게 알리고 싶었던 모양이었다. 그녀가 겁먹고 미리 도망치지 않도록.

"네, 벌써 기대가 되는군요."

그녀의 대답에 그가 고갤 숙여, 장갑을 낀 헤리엇의 손등에 입을 맞췄다. 그리곤 무도회장으로 걸어가기 시작했다. 헤리엇 역시 네빌에게서 몸을 돌렸다.

헤리엇이 우아한 모습으로 무도회장을 가로지르자, 주변에 서 있던 귀족들이 하나둘 길을 내주었다. 하지만 헤리엇은 자신을 바라보며 쏟아내는 찬탄과 부러움을 살필 겨를이 없었다. 무도회장 어딘가에 있을 이튼을 찾기 위해 시선을 분주히 움직이고 있었던 것이다.

"헤리엇, 왔구나. 어서, 이쪽으로 와."

그때 헤리엇이 무도회장 입구에 도착했을 때부터 눈을 빛내며 기다리고 있던 아이린이 헤리엇의 팔을 붙잡았다.

"아, 백작부인."

"아이린이라니까. 그나저나 오늘 정말 근사하구나. 역시 내 눈이 정확하다니까."

아이린이 헤리엇을 바라보며, 자랑스러운 듯 말했다. 그러자 헤리엇의 입가에 미소가 떠올랐다.

"그나저나, 어떻게 된 건지 궁금하구나. 네빌 백작님과 함께 나타나다니 말이야. 혹시, 저택에서부터 널 에스코트한 거니?"

아이린의 물음에 헤리엇이 주위를 살폈다. 그제야 귀족들이 호기심 어린 눈빛으로 자신을 바라보고 있다는 사실을 깨달았다. 아마 지금쯤 그 얘기로 무도회장이 술렁이고 있는 게 분명했다. 난처했다. 만약 이튼이 두 사람을 보았다면, 분명 그 역시 다른 귀족들처럼 두 사람의 관계를 곡해할지도 몰랐던 것이다.

"아, 그게……."

"말하지 않아도 된단다. 젊고 잘생긴 귀족이 아름다운 숙녀에게 관심을 두는 건 당연한 일일 테니까. 그럼, 댄스 타임이 시작되기 전까지 파우더 룸에서 쉬는 건 어떻겠니? 음악이 시작되면, 쉴 틈도 없을 테니까."

"아, 네."

아이린이 다정하게 헤리엇의 팔을 붙잡곤 파우더 룸으로 걸어갔다. 두 사람이 지나갈 때마다, 귀족들이 시선이 어김없이 헤리엇과 아이린에게 향했다. 하지만 헤리엇은 파우더 룸으로 가는 동안에도 여전히 입구 쪽으로 시선을 돌렸다.

아직 오지 않은 건가? 헤리엇은 빨리 이튼을 만나고 싶었다. 하늘빛 드레스를 입은 자신의 모습도 그랬지만, 그가 보내온 목걸이를 한 자신을 보여주고 싶었다. 하지만 파우더 룸의 문을 열고 안으로 들어갈 때까지 이튼의 모습은 보이지 않았다. 헤리엇은 아쉬움을 뒤로하고 파우더 룸의 문을 닫아야 했다.

잠시 후, 이튼이 차갑게 굳은 얼굴로 무도회장 안으로 들어섰다. 냉기가 감도는 그의 서늘한 분위기에 주위의 귀족들이 기가 눌린 듯, 주춤주춤 뒤로 물러서는 것이 보였다.

"이튼, 여기네!"

그때 이튼을 발견한 에이든이 그를 향해 손을 흔들며 다가왔다. 에이든의 옆엔 어김없이 네빌도 함께였다.

"역시, 콘웰 공작가의 무도회라 런던의 명망 있는 귀족들이 모두 모였군. 그래, 오늘 무도회의 주인이 된 소감이 어떤가?"

에이든의 물음에 이튼의 표정은 여전히 차갑게 식은 채였다.

"무도회가 시작되기 전, 술이라도 한잔하는 게 어떻겠나? 잠시라도 이 북새통 같은 곳에서 벗어나고 싶군."

"훗, 예전부터 파티에 참석하는 것을 끔찍이도 싫어하던 자네였지. 그래, 댄스 타임이 시작되기 전, 스모킹 룸에서 한잔하는 것이 어떤가?"

"아니, 카드룸이 좋겠군. 아마, 그곳이 더 조용할 테니까."

이튼이 앞서 걷기 시작하자, 에이든과 네빌이 그 뒤를 따랐다.

"그나저나, 이튼. 자네 오늘 네빌이 누구와 무도회에 참석했는지 알고 있는 건가?"

에이든의 질문에 이튼의 등이 미묘하게 경직되는 것을 느낄 수 있었다. 다행히 에이든은 그 사실을 눈치채지 못한 듯했지만, 네빌은 그 변화를 놓치지 않았다.

"바로, 자네가 템스 강에서 목숨을 구해준 헤리엇 양이라네. 요즘 난, 놀라고 있다네. 네빌이 이렇게 적극적인 성격이었다니."

"템스 강에서 내가 구한 사람은 헤리엇 양이 아니었네. 그녀의 이복동생이라고 하더군."

"뭐, 이복동생이든 헤리엇 양이든 뭐가 중요하겠나? 오늘 그 헤리엇 양을 네빌이 에스코트했다는 것이 문제지."

에이든은 신기한 듯 평소와 달리 계속 떠들어댔지만, 이튼과 네빌은 아무런 말도 하지 않았다. 묵묵히 걷는 두 사람 사이에 묘한 긴장감이 어렸다. 팽팽하게 날 선, 맹수의 서늘함이.

헤리엇이 아이린과 함께 파우더 룸에 들어서자, 이미 그곳에 자릴 잡고 앉아 담소를 즐기던 숙녀들의 시선이 일제히 두 사람에게 쏠렸다.

지난번 클래식한 디자인의 드레스와는 달리, 하늘빛 드레스를 입은 헤리엇의 모습은 섣불리 말을 걸 수 없을 만큼 신비한 아름다움이 있었다. 아마 내일 아침이면, 헤리엇이 입고 온 드레스를 주문하기 위해 또다시 스콧 부인의 의상실이 귀부인들로 북적일게 분명했다.

"아이린, 헤리엇 양과 함께 오셨군요. 어서, 이쪽으로 앉으세요."

소파에 앉아 굽이 높은 구두를 벗어놓고 발을 주무르던 스펜서 부인이 서둘러 신발을 발에 꿰며 자릴 양보했다. 그러자 아이린은 옆에 서 있는 헤리엇을 돌아보며 작게 속삭였다.

"헤리엇, 저기 빈 테이블에 앉아 차를 마시고 있는 게 좋겠구나. 사실 저기에 모여 있는 부인들은 모두가 참새처럼 입이 가볍거든. 먹잇감이 되지 않기 위해선, 최대한 거릴 두는 것이 상책이란다."

아이린의 농담 섞인 제안에 헤리엇의 입가에 미소가 떠올랐다. 그리곤 아이린을 향해 고갤 끄덕여 보이곤, 그녀가 가리킨 빈 탁자를 향해 걸어가기 시작했다. 그러자 한쪽에서 여유롭게 차를 마시고 있던 한 숙녀가 헤리엇을 발견하곤, 자리에서 일어서는 것이 보였다.

"헤리엇 양, 혹시 저를 기억하시나요? 지난번, 그레빌 백작부인의 파티에서……."

헤리엇이 자신에게 다가와 환하게 웃으며 말을 건네는 숙녀를 바라보곤, 헤리엇 역시 그녀를 향해 고갤 끄덕였다.

"당연히 기억하고 있답니다. 켈리 양이시지요? 그렇지 않아도 무도회장에서 다시 만나게 된다면, 그날 일에 대해 감사의 말을 전하고 싶었답니다."

"감사는 무슨. 자, 저와 함께 가요. 제가 친구들을 소개해 줄 테니까요. 아, 그리고 켈리라고 불러주세요. 편한 친구로 대해주시면, 더 좋고요."

헤리엇의 손을 잡고 숙녀들 무리로 향하는 켈리는 붙임성 있게 말을 이었다. 그러자 헤리엇 역시 그런 켈리를 향해 고갤 끄덕였다.

"헤리엇이라고 불러주세요."

헤리엇의 말에 켈리는 시원한 성격답게 새하얀 치아를 드러내며 웃어 보였다. 아마, 다른 숙녀가 그렇게 웃었다면 경박해 보인다고 했을 테지만, 이상하게 그런 모습이 켈리에겐 자연스럽게 느껴졌다.

다행히 헤리엇은 켈리의 소개로 그곳에 있던 숙녀들과 자연스럽게 섞여 차를 마실 수 있었다. 아마 그레빌 백작부인과 켈리 덕분인지, 숙녀들은 처음 보는 헤리엇을 아무런 거부감 없이 받아들여 주었다. 그러다 그중 한 숙녀가 헤리엇의 눈치를 보며, 옆에 앉아 있는 숙녀의 옆구리를 꾸욱 찌르는 것이 보였다. 아마, 헤리엇에게 궁금한 뭔가가 있는 모양이었다.

"혹시 제게 궁금한 것이 계신가요?"

찻잔을 내려놓으며, 헤리엇이 어린 숙녀를 향해 말했다. 그러자 망설이던 숙녀가 호기심을 참지 못하고 입을 열었다.

"며칠 전 템스 강에서 글로스터 백작님께서 헤리엇 양과 다른 한 숙녀를 구하셨다죠? 그게 사실인가요?"

헤리엇은 차분한 모습으로 탁자를 빙 둘러앉은 숙녀들을 바라보았다. 그녀의 대답을 기다리고 있는 숙녀들을 보자, 헤리엇은 이 중 대부분이 이튼을 마음속으로 흠모하고 있음을 직감했다.

아마, 수줍은 듯 얼굴을 붉히며 눈을 빛내는 숙녀들은 템스 강에서 숙녀를 구한 이튼을 마치 영웅이라도 된 듯 여기는 모양이었다. 아니, 이젠 사라진 잘생기고 용맹스러운 기사의 무용담을 기다리는 것이라고 해야 하나? 아무튼, 숙녀들의 관심이 이튼에게 쏠려 있음은 부정할 수 없었다.

"네, 사실이랍니다. 한 숙녀를 구하기 위해, 한 치의 망설임도 없이 템스 강에 뛰어드셨지요. 아마 자신이 위험해 처할 수도 있는 상황에서 결단력 있고, 용기 있는 선택이었다고 생각합니다.

존경할 만큼."

헤리엇의 대답이 떨어지자마자, 숙녀들의 앞다투어 입을 열었다.

"아, 사실이었군요."

"어머, 세상에. 외모에선 냉기가 뚝뚝 흐를 것처럼 차가워 보였는데, 위기에 빠진 숙녀를 구하다니."

"원탁의 기사님 같으세요. 숙녀를 구한 영웅이요."

"부러워요, 헤리엇 양. 글로스터 백작님처럼 대단하신 분이 구해주시다니."

한숨까지 쉬어가며, 부러운 얼굴을 하는 숙녀들을 보자, 헤리엇의 입가에 자꾸만 경련이 이는 듯했다. 이튼에 대한 숙녀들의 관심이 그리 달갑지 않았던 것이다.

"아 참, 그 소문 들으셨나요?"

"무슨 소문인데요?"

"그게, 버킹햄 가문과 콘웰 공작가 사이에 정략혼이 오간다는 소문요. 사실 전, 지난번 그레빌 백작부인의 무도회에서 두 분이 함께 댄스 플로어를 휩쓸 때 심장이 내려앉는 기분이었지 뭐예요. 그렇게 우아하고 기품 있는 모습으로 왈츠를 추시다니. 아마, 오늘 역시 두 분께선 춤을 추시겠죠?"

"그러실 테죠. 그날 무도회에서 글로스터 백작님께서 유일하게 춤을 신청하신 분이 바로, 소피아 양이었으니까요. 소피아 양의 미모에 단단히 사로잡히신 모양이에요."

"그래요? 하지만 제 생각은 모두와 다르답니다."

순간, 숙녀들의 시선이 모두 켈리에게 향했다. 평소의 장난스러운 표정과는 달리, 조금은 차가운 얼굴을 한 켈리가 숙녀들을 향해 자신에 생각을 말했다.

"솔직히 그레빌 백작부인의 무도회가 끝난 지 벌써 일주일이나 지났답니다. 그런데 그동안 글로스터 백작님께서 버킹햄 공작가를 찾았다는 소문은 없었거든요. 아무리 냉정하고 지독히도 차가운 성정을 지닌 신사라도, 마음을 담은 숙녀가 생긴다면 응당 움직이기 마련이지요. 그런데 공작가를 방문하지 않았다는 건……."

켈리의 날카로운 지적에 그제야 숙녀들의 고갤 끄덕였다. 그리곤 각자 생각에 잠긴 듯 한순간 말이 없었다. 소피아 양이 아니라면, 자신들에게도 기회가 있는 것이란 생각이 든 모양이었다.

"저, 잠깐 화장을 고쳐야겠어요."

"아, 저도 드레스 좀……."

의자에 앉아 있던 숙녀들이 하나둘 자리에서 일어서는 것이 보였다. 그러자 켈리가 멀어져 가는 숙녀들을 보며, 헤리엇의 귓가에 작게 속삭였다.

"훗! 아마 자신들에게도 기회가 왔다고 생각한 모양이에요."

켈리는 뭔가 마음에 들지 않는 모양이었다. 입가 역시 살짝 비틀리며, 불만이라는 듯 눈 빛 역시 날카로웠다.

"켈리는 글로스터 백작님이 싫은 모양이군요."

"싫은 것과는 조금 다르죠."

그 말과 함께 켈리가 자리에서 일어섰다.

"드디어 댄스 타임이 시작된 모양이군요. 어서 나가보셔야 하지 않을까요?"

무도회장에서 흥겨운 음악 소리가 들려왔다. 그리고 심장을 들뜨게 하는 설렘의 웅성거림 역시.

"그렇군요. 저기, 켈리? 제가 오찬에 초대하고 싶은데, 괜찮은지 알고 싶군요."

"헤리엇, 전 언제나 좋답니다. 시간이 정해지면, 저에게 전갈을 보내세요. 그럼 한걸음에 달려갈 테니까요."

켈리가 환하게 웃으며, 헤리엇의 초대에 응했다. 그리곤 숙녀들의 무리에 섞여 무도회장으로 가는 것이 보였다.

"헤리엇, 우리도 나가볼까?"

언제 다가왔는지, 아이린이 헤리엇의 팔을 잡았다.

"어때? 숙녀들과는 좀 친해졌니?"

"오랜만에 같은 또래의 숙녀들과 수다를 떨 수 있어서 즐거웠어요. 그리고 켈리와 점심을 함께 먹기로 했답니다."

"친구를 사귀었다니 다행이야. 하지만 헤리엇. 이건 노파심에 하는 말이지만, 사교계에 있는 사람들은 모두가 목적이 있는 사람이란 걸 잊지 않았으면 좋겠구나. 언제 어디서건, 네 뒤통수를 칠 수 있는 곳이 바로 이곳, 사교계기도 하니까."

"네, 명심할게요."

헤리엇은 아이린과 함께 파우더 룸을 나섰다. 벌써 댄스 플로어엔 악사들이 연주하는 음악에 맞춰 왈츠를 추고 있는 커플도 있었다.

사실 무도회의 관례상 첫 춤은 이 무도회의 주인과 안주인의 것이었다. 하지만 이튼에겐 아직 정해진 약혼자가 없었기 때문인지 크게 신경 쓰지 않는 눈치였다.

헤리엇은 아이린과 함께 걷는 동안, 부지런히 이튼을 찾았다. 그러다 한 무리의 귀족 사이에서 담소를 나누고 있던 이튼을 발견하자, 심장이 뛰기 시작했다. 하지만 다음 순간, 그녀의 얼굴이 미묘하게 굳어졌다.

그의 옆엔 금발의 아름다운 숙녀가 눈을 빛내며 서 있었다. 소피아 버킹햄. 그녀는 사랑스러운 미소를 지으며, 이튼을 올려다보고 있었다. 마치 자신이 소유한 사내를 보듯, 너무도 당당한 모습이었다.

헤리엇이 서늘한 얼굴로 이튼을 외면했다. 그리곤 그와 최대한 먼 곳으로 걸음을 옮기기 시작했다.

몰랐으면 했다. 아니, 의식하고 싶지 않았다. 하지만 왜일까? 이튼은 헤리엇이 무도회장으로 들어선 순간, 깊고 어두운 밤 아래 예민해진 감각을 일깨우듯 알 수 있었다.

짙고 그윽한 향기 때문인 건가? 아니, 지금 두 사람의 거리는 체향을 느낄 만큼 가깝지도 않은 거리였다. 또한 무도회장 안은 숙녀들이 뿌린 지독한 향수 냄새에 머리가 다 지끈거릴 지경이었다.

그럼 뭘까? 자신을 이리도 흔드는 이유가. 아니, 그녀가 같은 공간에 있는 것만으로 심장이 미친 듯이 뛰기 시작한 이유가. 이튼은 최대한 헤리엇 쪽으로 시선을 돌리지 않기 위해 안간힘을 쓰는 중이었다. 하지만 번번이 그 결심은 바닷가에 쌓아 올린 모래성처럼 밀려드는 밀물에 순식간에 부서졌다.

"음악이 시작되었군. 이제 본격적인 무도회가 시작된 셈인가?"

에이든이 악사들의 연주에 맞춰 분주히 움직이기 시작하는 신사들을 보며 말했다. 그러자 네빌 역시 고갤 들어 주위를 살피는 것이 보였다. 아마, 헤리엇을 찾고 있는 모양이었다.

"훗, 네빌. 댄스 신청을 하려거든 빨리 서두르는 것이 좋겠군. 지금 날파리들이 향긋한 꽃향기를 맡고 벌써 날아들기 시작한 것 같으니 말이야."

에이든이 재미있다는 듯 눈을 빛내며 네빌을 돌아보았다. 하지만 네빌은 헤리엇에게 몰려들기 시작한 귀족들을 보고도 전혀 불안해하지 않는 눈치였다. 오히려 뭔가, 즐거워하는 눈치였다.

"아마, 거절당할 걸세."

"거절한다고? 저렇게 많은 추종자를 모두?"

"아무리 많다고 해도, 응당 거절할 테니 두고 보게."

네빌은 들고 있던 음료를 마시며, 어이없는 표정으로 자신을 바라보고 있는 에이든에게 어깰 으쓱해 보였다. 그리곤 네빌의 말을 확인이라도 하려는 듯, 에이든의 시선이 또다시 헤리엇에게 향했다.

"어, 말도 안 돼. 정말이군. 네빌, 자네는 어떻게 안 거지?"

"마음에 있지 않으면, 절대 움직이지 않는 성격 같았거든. 과시욕 또한 없는 것 같고."

과시욕이라? 생각해 보니, 지금까지 사교계에서 가장 인기가 많았던 숙녀들은 자신을 숭배하는 추종자들을 거느리며, 거들먹거리기 일쑤였다. 마음을 줄 생각도 없으면서, 그들의 마음을 이용해 자신의 우월함을 과시해 왔던 것이다.

"짧은 시간에 많은 것을 알아냈군."

"관심이 있으면, 저절로 알아지는 것들이니까. 그럼, 난 헤리엇 양에게 가봐야겠군."

네빌이 지나가던 하인에게 음료 잔을 건넸다. 그러자 에이든이 장난기가 가득한 표정으로 입을 열었다.

"네빌, 너 역시 거절당한다에 금화 한 닢을 걸지. 이튼, 자네는 어느 쪽에 걸 텐가?"

에이든이 옆에 서 있던 이튼의 어깨를 툭 치며 말했다. 그러자 지금까지 무표정한 얼굴로 서 있던 이튼이 헤리엇이 있는 쪽으로 고갤 돌렸다. 그리곤 싸늘한 얼굴로 그녀를 바라보더니, 전혀 뜻밖의 말을 했다.

"난, 내게 걸겠네."

"뭐?"

에이든과 네빌의 시선이 동시에 이튼에게 가 멈췄다. 그리고 한 발짝 떨어진 곳에서 에이든의 여동생인 캐서린과 담소를 나누고 있던 소피아의 시선이 놀란 듯 이튼에게 향했다. 조금 전, 자신이 들은 말을 믿을 수 없다는 듯 소피아의 자신만만하던 얼굴이 살짝 일그러졌다.

"그게 무슨 소린가, 이튼?"

이튼의 갑작스러운 발언에 에이든이 영문을 알 수 없다는 얼굴을 했다. 그러자 이튼이 에이든이 아닌 네빌을 바라보았다. 친구인 네빌에게 느끼는 이 불쾌감. 서재를 나와 헤리엇이 도착했다는 워릭의 말을 듣고 무도회장으로 왔을 때부터 시작된 감정이었다.

헤리엇의 손을 잡은 네빌은 그것이 당연하다 듯 웃고 있었다. 또한 헤리엇 역시 일주일 전, 그레빌 백작부인의 무도회 때와는 달리 네빌에게 호감을 나타내고 있었다.

순간, 그의 피가 뜨겁게 날뛰기 시작했다. 이튼은 차갑게 식기 시작한 심장을 꽉 내리누르며, 주먹을 꽉 쥐어야 했다. 그리고 그녀 주위에 모여든 귀족들에 대한 불쾌감에 자꾸만 미간이 찌푸려졌다.

무도회 따위 그에겐 귀찮고, 싫은 의무일 뿐이었다. 하지만 이튼은 기대하고 있었다. 아침 일찍 눈을 뜬 그는 자꾸만 주머니에서 회중시계를 꺼내 시간까지 확인했었다. 그녀가 자신이 선물한 목걸이를 건 모습을 처음으로 보고 싶었다. 눈을 뗄 수 없을 만큼 아름다운 헤리엇을 처음 볼 수 있는 특권은 오직 자신이 가질 수 있었다. 하지만 이튼은 그 기회를 오롯이 네빌에게 내어준 것이다.

아버지인 콘웰 공작의 부름만 아니었다면…….

또다시 신경이 파삭 소리를 내며 부서졌다. 네빌을 바라보는 이튼의 얼굴은 평소처럼 서늘함 그대로였지만, 심장은 달랐다. 또다시 울컥, 분노가 치밀었다. 헤리엇이 네빌을 향해 환하게 웃던 그 모습이 머릿속에 각인돼, 그의 신경을 긁고 있었다. 네빌이 그녀의 손등에 입을 맞추도록 내버려 두다니. 이튼은 들고 있던 잔에 힘을 주었다.

"이튼, 그게 무슨 뜻인지 물었네."

에이든의 물음에 이튼은 지나가던 하인을 불렀다. 그리곤 다가온 하인에게 잔을 건넨 뒤, 두 사람을 바라보았다.

"네빌, 자네에게 할 말이 있네."

묵직하게 가라앉은 이튼의 목소리엔 많은 감정이 담겨 있었다. 그러자 네빌 역시 이튼을 흔들림 없는 눈빛으로 응시했다. 그리곤 그 역시 그 어느 때보다 진지한 표정으로 입을 열었다.

"그럼, 우린 경쟁자인 셈이군."

네빌의 말에 이튼의 눈동자가 생각에 잠긴 듯 짙어졌다. 네빌 역시 그가 헤리엇을 마음에 두고 있다는 사실을 이미 눈치채고 있었던 모양이었다. 불쾌한 감정이 아닌, 대등한 연적을 만났다는 듯 웃고 있는 네빌을 보며, 이튼 역시 무겁게 내려앉던 마음을 털어낼 수 있었다. 두 사람은 마음을 나눈 친구이자, 한 여인을 동시에 사랑하게 된 연적이었다. 그리고 시기와 질투가 아닌, 정정당당하게 아름다운 숙녀의 마음을 차지하기 위해 경쟁할 생각이었다.

"그렇다면, 난 세상에서 가장 강력한 경쟁자를 둔 셈이군."

"아마, 만만치 않을걸세. 이건 기우일 테지만, 이튼 자네가 내 친구라면 온 힘을 다해주게. 그것이 나에 대한 예의일 테니까."

"마찬가지네, 네빌."

이튼의 대답을 들은 네빌이 고갤 끄덕인 후, 헤리엇에게 걸어가는 것이 보였다.

"이튼, 진심인가?"

두 사람의 대화를 듣고 있던 에이든이 놀란 얼굴로 작게 속삭였다. 그러자 이튼은 헤리엇에게 걸어가는 네빌을 바라보며 진지한 표정으로 답했다.

"지난번 사교 클럽에서 내가 했던 얘기, 기억하는지 모르겠군."

"당연히 기억하고말고. 분명 그때……."

에이든은 이튼과 헤리엇을 번갈아 보며 더는 말을 잇지 못했다.

'내게 여자가 있네. 빌어먹을 여자가!'

설마, 그 여자가 헤리엇 양이었던가?

"맙소사!"

에이든이 고갤 설레설레 흔들며 이튼을 바라보았다. 저 서릿발처럼 냉정하고 여자에겐 무관심한 성격의 이튼이 여인을 마음에 품다니. 아니, 자신의 마음을 사람들 앞에서 숨김없이 드러내다니 믿을 수 없었다.

이튼은 여전히 믿어지지 않는다는 얼굴로 자신을 바라보는 에이든에게 인상을 썼다. 그러자 에이든이 서둘러 고갤 돌렸다. 하지만 여전히 에이든은 얼떨떨한 모양이었다.

"어머, 소피아 양. 괜찮나요?"

캐서린이 금방이라도 쓰러질 듯 창백하게 변한 얼굴로 서 있는 소피아를 부축하며, 놀라 소리쳤다. 이튼이 소피아 쪽으로 고갤 돌리자, 소피아가 당황한 듯 서둘러 고갤 숙이는 것이 보였다. 그리곤 옆에 서 있던 캐서린에게 뭔가를 속삭이더니, 황급히 자릴 떠나는 게 보였다.

선택하라고 했었다. 안전한 쪽으로. 하지만 이튼은 안전보단, 자신의 마음이 이끄는 대로 선택한 것이다.

그리고 더는 망설일 이유가 없어졌다. 콘웰 공작가의 저주를 끊어낼 방법을 그가 찾아낼 테니까. 그 어떤 일이 있어도, 기어코 찾아낼 생각이었다. 헤리엇을 곁에 두기 위해서라도 꼭 그래야 했다. 너무도 간절히 그녀를 원했다. 그녀를 소유하고 싶은 마음이…… 그 어느 때보다 간절했다.

헤리엇은 그녀 주변에 모여든 귀족들을 차가운 얼굴로 외면했다. 입에 발린 찬사를 늘어놓으며 그녀의 환심을 사려 하는 그들에겐 관심조차 가지 않았다. 대신 헤리엇의 시선은 자꾸만 차가운 얼굴로 그녀를 외면하고 서 있는 이튼에게 향했다.

건장한 체격에 검은색 연미복 차림의 그는 무도회에 참석한 귀족 중, 단연 최고였다. 파우더 룸에서 소곤거리던 숙녀들의 말처럼 이튼은 사람을 끌어당기는 힘이 있었다. 헤리엇은 이튼 주변에서 부채를 떨어뜨리는 한 숙녀를 보며 불쾌한 얼굴을 했다. 그 숙녀의 의도는 너무도 뻔했다.

하지만 이튼은 경쟁적으로 그에게 은근한 눈빛과 몸짓으로 그를 유혹하는 숙녀들의 시선을 의식하지 못한 듯, 여전히 굳은 얼굴로 서 있었다. 그러다 그를 바라보고 있는 헤리엇의 시선을 느낀 듯, 그가 그녀를 향해 고갤 돌렸다.

두근! 그녀에게로 곧장 날아든 강한 눈빛에 그녀의 심장이 쿵 내려앉았다. 하지만 다음 순간 헤리엇은 차가운 얼굴로 그를 외면했다. 그녀가 어떤 감정을 느끼는지 모두 알고 있다는 듯, 그의 입가에 의미심장한 미소가 떠올랐던 것이다.

"여기 계셨군요, 헤리엇 양."

헤리엇은 어느새 앞에 서 있는 네빌을 보며 안도감에 미소를 지었다. 이제 더는 신사들의 낯간지러운 찬사를 듣지 않아도 된 것이다. 헤리엇은 서둘러 이 지긋지긋한 상황에서 벗어나기 위해 네빌에게 한 발짝 다가섰다.

"네빌 백작님."

헤리엇의 표정이 변했다. 조금 전까지 귀족들을 외면하던 차가운 얼굴이 아닌, 부드럽고 화사한 미소가 그녀의 얼굴에 떠올랐다. 그 모습에 주위에 있던 신사들은 숨을 삼키며, 헤리엇을 황홀한 눈으로 바라보았다.

"늦지 않았나 걱정하고 있었습니다."

"그게 무슨 뜻이죠, 백작님?"

"혹시, 지난번 무도회에서 하셨던 약속 기억하고 계십니까?"

네빌이 웃으며, 헤리엇을 바라보았다. 그러자 헤리엇의 뺨이 살짝 연분홍빛으로 변했다. 아마 네빌은 지금 헤리엇이 네빌의 댄스 신청을 거절하기 위해 쓴 말도 안 되는 핑계를 말하는 듯했다. 그리고 일주일 동안 춤을 배웠는지 묻고 있기도 했다.

"아, 네. 기억하고 있습니다."

그녀의 대답에 네빌이 헤리엇에게 손을 내밀었다. 그리곤 일주일 전, 그레빌 백작부인의 무도회에서처럼 정중한 태도로 그녀에게 춤을 신청했다.

"헤리엇 양, 춤을 배우셨다면 저와 춤을 춰주시겠습니까?"

순간, 헤리엇은 난처해졌다. 만약 지난번과 같은 이유로 네빌의 댄스 신청을 거절한다면, 이튼이 그녀에게 춤을 신청했을 때 어떻게 해야 할지 난감했다.

만약 이튼의 손을 잡고 댄스 플로어에서 완벽한 왈츠를 춘다면, 친구라고 생각하는 네빌이 귀족들의 웃음거리가 될 수도 있었다. 그렇다고 해서, 이튼과 춤을 추기도 전에 네빌과 춤을 추는 것 역시 원치 않았다. 아니, 헤리엇은 그 누구도 아닌, 이튼과 춤을 추고 싶었다.

헤리엇은 쉽게 결정을 내리지 못한 채 자신에게 내밀어진 네빌의 손을 물끄러미 바라보았다. 목덜미에 날카로운 시선이 느껴졌다. 이튼 역시 그녀를 보고 있는 것이 분명했다. 한참을 망설인 끝에 헤리엇은 결심한 듯 천천히 네빌의 손을 붙잡았다. 그러자 조금은 놀란 듯했지만 네빌의 눈동자가 즐거운 듯 빛나기 시작했다.

"헤리엇 양……."

"네빌 백작님, 많은 사람이 모인 곳이라 그런지 목이 마르는군요. 혹시 음료를 부탁해도 될까요?"

댄스 신청을 받아들이는 대신, 헤리엇은 그에게 시원한 음료를 부탁하며 그 상황을 무마시키려 했다.

"그럼, 제가 다과 테이블로 모시겠습니다."

네빌의 손에 이끌려 헤리엇은 다과 테이블로 걸어갔다. 다행스럽게도 네빌은 헤리엇에게 더는 춤을 추자며 채근하지 않았다. 눈치 빠르게도 네빌은 이것 역시 헤리엇의 거절임을 눈치챈 듯했다.

"혹시, 헤리엇 양. 기다리는 상대가 있는 겁니까?"

사람들 사이를 지나며, 네빌이 그녀만 들을 수 있는 작은 목소리로 낮게 속삭였다. 그러자 헤리엇이 놀란 얼굴로 그를 올려다보았다. 그녀를 내려다보는 그의 눈빛은 고요했다. 또한 진중했고, 진실을 알고 싶어하는 눈치였다. 네빌은 신사도가 몸에 밴 귀족이었고 무엇보다, 그녀의 마음을 숨겨서는 안 될 그녀의 소중한 친구이기도 했다.

"네, 있답니다."

헤리엇의 솔직한 대답에 네빌은 아쉬운 표정을 지었다. 하지만 헤리엇의 생각을 존중하듯 고갤 끄덕였다.

"알려주셔서 감사합니다. 그리고 부럽군요. 헤리엇 양이 기다리고 있는 그분이."

"백작님 역시 멋진 분이십니다. 아마, 무도회장 안에 있는 숙녀 중 백작님의 댄스 신청을 받고 싶어하는 분들이 아주 많을 겁니다."

"밤하늘에 수많은 별이 있다고 하더라도, 마음을 사로잡는 별은 단 하나뿐이니까요."

"네?"

네빌의 말에 헤리엇이 조금 긴장했다. 마치 네빌이 그녀를 마음에 담고 있다고 말하는 것처럼 들렸다. 친구가 아닌, 다른 감정을 갖고 있다는 듯이.

"아직 마음을 사로잡는 별을 만나지 못했다는 뜻입니다."

"그렇군요. 어서 백작님께 그런 분이 나타나길 빌겠습니다."

다과 테이블에 도착한 헤리엇은 네빌이 건네는 시원한 에이드 잔을 받아 들고는 천천히 입에 가져갔다. 사실 그렇게 목이 마르진 않았지만, 막상 시원하고 상큼한 음료가 목을 타고 들어가자 기분이 한결 좋아졌다. 그리곤 음료 잔을 테이블에 내려놓기 위해 손을 뻗는 순간, 누군가 강한 힘으로 그녀의 팔을 붙잡는 것이 느껴졌다.

"아……!"

놀라 돌아보니, 이튼이 서늘한 눈을 하고 그녀를 내려다보고 있었다. 순간 숨이 막혔다. 모든 신경이 곤두설 만큼 이튼의 시선은 그녀에게 고정되어 있었다. 한순간 사로잡혀 버린다는 말이 무엇인지 깨달을 정도였다. 헤리엇은 주변의 귀족들이 그녀와 이튼을 쳐다보고 있다는 것 역시 의식하지 못했다. 또한 그녀 옆에 네빌이 있다는 것도.

"글로스터 백작님."

헤리엇의 목소리가 미묘하게 떨리고 있었다. 주변에 있는 다른 사람들은 눈치채지 못한 듯했지만, 그녀의 팔을 붙잡고 있는 이튼은 느꼈을 게 분명했다. 순간 이튼이 그녀의 팔을 놓아주었다. 그리곤 헤리엇이 아닌, 네빌에게 고갤 돌렸다.

"네빌, 헤리엇 양을 잠시 빌렸으면 좋겠군."

헤리엇은 이튼과 네빌을 번갈아 보며 바짝 긴장했다. 서로를 향해 무척이나 정중한 태도를 보이고 있었지만, 왠지 모르게 헤리엇은 두 마리의 맹수가 서로를 경계하며 쏘아보는 것처럼 느껴졌다.

"무슨 일인가, 이튼?"

"콘웰 공작님께서 헤리엇 양을 찾으시네."

"콘웰 공작님께서?"

네빌의 목소리에 놀라움이 서려 있었다. 당연히 이튼이 헤리엇에게 춤을 신청할 것으로 생각했던 것이다.

"나를 만나기 위해 데본에 오셨을 때, 아버지와 헤리엇 양 사이에 인연이 깊은 모양이더군. 그래서인지, 지금 헤리엇 양은 로즈힐에서 머물고 있다네. 아마, 편히 지내고 있는지 직접 얼굴을 보고, 확인하고 싶으신 모양이야."

로즈힐이란 말에 주변에 있던 귀족들의 웅성거림이 들려왔다. 로즈힐은 분명, 콘웰 공작가의 안주인에게만 허락되는 공간이었다. 그런데 헤리엇이 그곳에 묵고 있다니. 그 뜻은 콘웰 공작인 레이놀즈가 공작가의 상속자인 이튼의 신붓감으로 헤리엇을 생각하고 있다는 의미이기도 했다.

"헤리엇 양과 공작님 사이에 그런 인연이 있었군."

평소 귀찮은 일에 연루되는 것을 무척이나 싫어하는 이튼이었다. 하지만 그의 평소 성격과 달리, 너무도 세세하고 친절한 설명을 하고 있는 그를 보자 네빌은 미간이 찌푸려졌다.

콘웰 공작과 로즈힐이라? 지금 이튼은 콘웰 공작가와 버킹햄 공작가 사이의 정략혼은 그저 소문일 뿐임을 귀족들이 모인 자리에서 분명히 하고 있었다. 또한 헤리엇 루이자 헤이스팅스가 콘웰 공작가의 안주인이 될 것이란 사실 역시 귀족들이 보는 앞에서 공고히 하고 있었다.

정말, 당해낼 재간이 없다니까! 이렇게 모든 귀족이 보는 앞에서 솔직하게 나올 줄이야.

네빌은 그런 이튼을 보며, 그저 헛웃음을 지을 뿐이었다.

"헤리엇 양, 허락하신다면 저와 함께 가시겠습니까?"

이튼의 태도는 흠잡을 곳 없이 정중했다. 하지만 그 정중함 속에 헤리엇에 대한 호감을 숨기지 않고 있었다. 한순간 사람의 심장을 빼앗는 아름다운 맹수처럼, 그녀를 바라보는 이튼의 눈빛이 그 어느 때보다 빛나고 있었다.

헤리엇은 그 강렬한 시선에 얼굴이 붉어졌다. 아마 그곳에 있는 귀족들이라면 이튼이 헤리엇을 어떤 눈빛으로 바라보았는지 모두 알 정도였다. 내일 아침이면, 사교계엔 분명 두 사람에 대한 소문으로 들썩일 게 분명했다.

"네, 함께 가겠습니다. 글로스터 백작님."

헤리엇은 네빌에게 눈인사를 하곤, 앞서 걸어가는 이튼의 뒤를 따랐다. 무도회장을 나온 두 사람은 조용하고 어두운 복도를 따라 걸었다. 그렇게 한참을 걷다, 인적이 없다는 것을 확인한 헤리엇이 뛰듯 걸어가 이튼의 팔을 붙잡았다.

"이튼…… 읏!"

그의 팔을 붙잡았다고 생각한 순간, 헤리엇은 강한 힘에 이끌려 어두운 벽으로 밀어붙여졌다. 놀란 헤리엇이 이튼을 올려다보았다. 차가웠다. 무도회장 안에서 보았던 정중함을 벗어던진 그는 맹수의 그것처럼 서늘한 표정으로 그녀를 쏘아보고 있었다.

"오늘 즐거워 보이더군."

불쾌감이 묻어 있는 이튼의 목소리에 헤리엇은 심장이 두근거렸다. 순간 젠이 했던 말이 떠올랐다. 질투, 정말 이튼이 질투하고 있는 건가?

"멋진 무도회였으니까, 즐거운 건 당연하죠."

그녀 역시 지지 않고 대답했다. 그러자 이튼이 뭔가 마음에 들지 않는 듯 미간을 찌푸리는 것이 보였다.

"당신 역시 즐거워 보이더군요. 오늘은 소피아 양과 춤을 추지 않은 건가요?"

헤리엇의 지적에 순간, 이튼의 눈빛이 날카로워졌다. 사실 무도회장에서 소피아가 옆에 있었다는 것 역시 크게 의식하고 있지 않았었다. 그저 소피아는 무도회장을 채운 수많은 숙녀 중의 하나일 뿐이었으니까.

"소피아? 아, 캐서린과 함께 있던 숙녀를 말하는 모양이군."

"지금, 소피아 양과 함께 있지 않았다고 하는 건가요?"

"내가 왜 알지도 못하는 숙녀와 함께 있어야 하는 거지? 지난번도, 오늘도 난 당신 외엔 관심도 없었어."

두근! 은근한 기대감에 심장이 두근거렸다.

"지난번에 소피아 양과 춤을 춘 이유가 저 때문이란 건가요?"

"당연하지 않나? 오늘도 화가 나는 걸 참느라, 미치는 줄 알았지. 네빌과 무슨 얘길 했지? 이 손에 입을 맞추게 놔두다니. 이미, 당신은 내 것이란 걸 잊은 건가?"

말투가 바뀌어 있었다. 그녀를 바라보는 시선 역시 차가운 냉소가 아닌, 질투로 눈이 먼 평범한 사내로 바뀌어 있었다. 절대 이런 소유욕이 담긴 감정, 그녀에게 내보일 것이라곤 생각지도 못했었다. 그런데 그는 달라져 있었다.

"그럼, 당신은…… 내 것인가요?"

그녀의 물음에 이튼은 물끄러미 그녀를 응시했다. 아름다웠다. 어둠 속에서 그를 올려다보는 헤리엇의 시선은 망설임이 없이 곧았다. 그의 차가운 시선에도 흔들리는 법 없이, 그를 똑바로 바라보고 있었다.

"그 목걸이, 내 어머니께서 성인이 되던 해에 내게 주신 선물이지. 당신과 잘 어울리는군."

놀란 헤리엇이 손을 들어 그녀의 목에 걸린 목걸이를 어루만졌다.

"어머니께서 주신 것이라면…… 돌려 드릴게요."

"아니, 이제 네 거야. 이걸로 대답은 된 것 같은데?"

"이튼……."

심장이 쿵 내려앉았다. 헤리엇이 손을 뻗어 그의 목덜미에 팔을 감았다. 그리곤 발끝을 들어 그의 입술에 입을 맞췄다.

"후읏!"

그녀의 갑작스러운 입맞춤에 이튼이 거칠게 숨을 삼켰다. 그리고 다음 순간, 이튼이 고갤 숙여 그녀의 입술에 깊게 키스하기 시작했다. 달콤한 입술을 쓸고, 허기진 맹수처럼 힘껏 빨아 당겼다. 그의 팔이 헤리엇의 가는 허리를 휘감곤 강한 힘으로 품에 끌어당기자, 키스가 더욱 깊어졌다. 숨결을 삼키고, 심장을 삼킬 듯 농밀해졌다.

멈춰야 할 것 같았다. 이튼은 헤리엇의 입술을 열고 말캉한 혀를 강하게 휘감으며 그렇게 생각했다. 지금 콘웰 저택가엔 수많은 귀족이 무도회에 참석하기 위해 와 있었다. 언제 어디서건 귀족들을 만나도 이상할 것이 없었다. 하지만 생각과는 달리 이튼이 헤리엇의 턱을 옆으로 기울이곤, 더욱 깊숙이 파고들었다.

"하아, 이튼."

열기에 젖은 헤리엇의 신음이 입술 새로 흘러나왔다. 그 목소리에 이튼의 몸속에 뜨거운 열기가 일었다. 혀를 휘감고 농밀한 키스를 하던 이튼이 갑작스럽게 그녀의 입술을 놓아주었다. 그리곤 거친 숨을 내쉬며 그녀의 목덜미에 얼굴을 묻었다.

"내 방으로 갈까? 아무도 없는 곳으로."

그의 속삭임에 그녀의 몸이 후끈 달아올랐다. 젖은 입술로 헤리엇의 귓불을 깨물며, 이튼이 유혹하듯 속삭였다. 달콤한 한숨과도 같은 나른한 유혹에 헤리엇의 등줄기를 타고 야릇한 전율이 흘렀다.

"하지만 공작님께서 기다리실 거예요."

"아버지가 찾는다는 말은 거짓말이야. 당신과 둘만 있고 싶어서 만든, 핑계지."

"네? 그게 무슨……?"

"그 상황에서 내가 당신에게 춤을 신청했다면, 세 사람 다 난처해졌을 테니까."

알고 있었다. 헤리엇 역시 그것 때문에 난처했으니까. 그리고 분명, 세 사람을 두고 귀족들은 먹잇감을 발견한 하이에나처럼 물어뜯으며, 입방아를 찧었을 게 분명했다.

"그래도 우리가 오랫동안 무도회장으로 돌아가지 않는다면, 이상하게 생각할 거예요."

"아, 젠장!"

이튼은 몸속에 날뛰는 열기를 억누르며, 그녀에게서 몸을 뗐다. 그리곤 손을 뻗어 그녀의 턱을 쓰다듬으며 아쉬운 듯 바라보았다.

"내가 오늘 아름답다는 말을 했던가?"

"아니요, 하지 않았어요."

"아름답군. 하지만 후회하는 중이야."

"후회라니, 무슨 말이죠?"

"곧 알게 될 거야."

이튼의 모호한 대답에 헤리엇이 고갤 갸웃했다. 하지만 이튼은 그녀의 궁금증에 대한 그 어떤 대답도 해주지 않았다. 대신 안주머니에서 회중시계를 꺼내더니, 시간을 확인했다.

"30분 정도 시간이 있겠군. 우선, 날 따라와."

"무도회장으로 돌아가야 하는 것 아닌가요?"

"알아. 하지만 무도회장으로 돌아가기 전, 당신과 꼭 하고 싶은 일이 있거든."

두근! 그녀의 손을 잡은 그의 손이 너무도 뜨거웠다. 그 뜨거움에 헤리엇의 뺨이 더욱 붉어졌다. 설마? 30분이란 시간 동안……. 헤리엇은 그의 뒤를 따르며, 입술을 깨물었다. 그리곤 머릿속을 가득 채운, 음란한 생각을 몰아냈다.

어두운 복도를 따라 걷던 두 사람은 복도 끝에 있는 좁은 계단을 따라 올라갔다. 그리곤 좁은 계단을 한참을 따라 올라가던, 이튼이 밖으로 통하는 작은 문을 여는 것이 보였다.

"올라와."

헤리엇이 이튼을 지나쳐, 문 안으로 들어갔다. 그러자 달콤한 꽃향기와 함께 아름답게 꾸며진 실내 정원을 볼 수 있었다.

"말도 안 돼. 이런 곳에 정원이 있다니."

"어머니께서 아끼시던, 비밀 정원이야."

저택에 숨겨진 비밀 정원이라니. 오솔길처럼 아기자기한 길을 따라 걸으며, 헤리엇은 그레빌 백작부인의 저택에서 보았던 유리 정원을 떠올렸다. 사실 규모로만 따지자면 비교도 되지 않을 정도로 이 비밀 정원은 작고 아담했다. 하지만 아름다움만을 놓고 본다면 그레빌 백작부인의 유리 정원보다 훨씬 아름다웠다.

"놀라워요, 이런 곳에 아름다운 정원이 있다니."

"여기에서 보면, 저택의 정원을 한눈에 내려다볼 수 있지. 이쪽으로 와봐."

이튼이 헤리엇의 손을 잡고 걸어갔다. 그리곤 비밀 정원 한가운데 설치된 작은 분수로 헤리엇을 이끌었다. 천창을 통해 비쳐 든 달빛을 머금고 분수에서 흐르는 물방울이 마치 투명한 수정처럼 반짝이고 있었다.

"보석처럼 빛나고 있어요."

"그래, 아름답군. 눈을 뗄 수 없을 만큼."

그가 손을 뻗어 그녀의 머리카락을 어루만졌다. 그의 손길에 헤리엇의 뺨이 또다시 뜨거워졌다. 헤리엇은 입안이 바짝 마르는 느낌이었다. 타는 듯 뜨거운 열기. 헤리엇의 심장이 무섭게 뛰고 있었다. 그때, 어디선가 음악 소리가 들려왔다.

"드디어 왈츠가 시작되었군."

정말 음악 소리였다. 아마 이 비밀 정원은 무도회장 위에 지어진 모양이었다.

"헤리엇."

그가 그녀를 불렀다. 부드럽게 울리는 목소리가 그녀의 심장을 쓸어내리듯, 달콤했다. 그녀를 바라보는 그의 모습 역시 심장이 두근거릴 만큼 근사했다.

"헤리엇 양, 저와 춤을 춰주시겠습니까?"

두근! 그가 그녀에게 손을 내밀었다. 그저 손을 뻗으면 될 일이었다. 오늘 무도회에 오기 전, 여러 번 상상해 온 장면이었으니까. 하지만 장갑을 낀 헤리엇의 손끝이 가볍게 떨리고 있었다.

"이튼, 난……."

"내 발을 밟아도 상관없어."

"훗, 좋아요. 발에 멍이 들도록, 밟아드리죠."

헤리엇이 그의 손을 잡았다. 그러자 이튼이 그녀의 손을 잡고 왈츠를 출 수 있는 넓은 공간으로 그녀를 데려갔다. 두 사람이 멈춰 선 그곳은 달빛이 비쳐 든 천창 아래였다. 그리고 하늘에서 쏟아져 내린 달빛이 샹들리에의 화려한 불빛처럼 내려앉았다. 이튼이 헤리엇을 품에 당겨 안았다. 그의 품에 안긴 헤리엇은 왈츠의 선율에 맞춰 발을 움직이기 시작했다.

달빛 아래, 왈츠를 추는 두 사람의 움직임이 무척이나 우아했다. 강한 힘을 뿜어내는 귀족과 신비롭고 아름다운 숙녀가 취할 듯 감미로운 왈츠의 선율과 달빛 속에서 그림처럼 움직였다. 그윽한 꽃향기가 두 사람을 휘감고 일렁였다. 은빛으로 빛나는 머리카락이 달빛을 품고 신비로운 빛을 뿜어냈다. 이튼은 그런 헤리엇을 홀린 듯 내려다보았다.

"헤리엇."

"네."

고갤 들어 이튼을 올려다보았다. 달빛이 그의 어깨 위에서 부서지듯 내리고 있었다. 검은 눈동자에 어린 달콤한 열기. 헤리엇은 입안이 바짝 마르는 느낌에 붉은 혀를 내밀어 입술을 축였다. 순간 그녀의 입술을 내려다보던 이튼의 눈동자가 번뜩였다. 열기를 품고, 당장에라도 입술을 삼킬 듯 내려다보았다.

"춤을 잘 추는군."

우아하고 기품 있는 몸짓으로 왈츠를 추는 헤리엇을 보며, 이튼은 다시 한 번 감탄했다.

“발을 밟는 실수는 하지 않을 정도는 되죠. 이튼, 당신도 춤을 잘 추는군요.”

“난 춤보단, 다른 것에 재능이 있지. 예를 들자면, 이런 것.”

그의 입술이 또다시 그녀의 입술을 부드럽게 짓이기며, 빨아 당겼다. 훗! 달콤한 열기와 함께 이튼의 입술이 헤리엇의 입술을 파고들었다. 격정을 이기지 못한 두 사람의 입술이 하나처럼 얽혀들었다. 뜨거운 숨을 삼키며 키스가 농밀해졌다.

두 사람의 머리 위로 달빛이 쏟아져 내렸다. 오직 두 사람을 위해 비추는 신비로운 빛. 새벽의 신비로운 빛을 닮은 오로라처럼 두 사람을 보호하듯 그렇게 감싸고 있었다.

사교 클럽, 헬.

자욱한 담배 연기와 함께 지독한 향수 냄새가 방 안을 가득 채웠다. 연신 흘러나오는 여인의 끊어질 듯 가는 신음이 방 안의 열기를 대변하고 있었다. 흐트러진 침대 위에 실오라기 하나 걸치지 않은 남녀가 한데 엉켜 질척한 정사를 벌이는 중이었다.

남자의 몸에 깔린 여자는 사내의 계속되는 추삽질에 날카로운 신음을 뱉어냈다. 여자는 남자의 강한 힘에 떠밀려 자꾸만 위로 밀려 올라가는 것을 막기 위해 새하얀 다리를 그의 허리에 단단히 휘감은 채였다.

"하아, 하앙! 더 깊게…… 하흑!"

탐욕스럽게 남자에게 더 거칠게 자신을 헤집어 달라고 요구하는 여인의 풍만한 가슴을 사내의 손이 우악스럽게 그러쥐었다. 그의 손에서 터질 듯 일그러지는 가슴 사이로 붉은 유두가 부끄러움도 모르고 단단히 일어서 있었다. 남자의 거친 손길에 여자의 몸이 크게 흔들리며 짙은 쾌락에 몸을 떠는 것이 보였다. 하지만 사내는 만족하지 못한 듯했다. 몸속에 들끓는 욕망을 분출하지 못해 욕설을 뱉어냈다.

"일어나 엎드려. 너 같은 천한 계집은 짐승처럼 다뤄줘야 제맛이거든."

사내의 목소리에 담긴 경멸에도 여자는 극에 치달은 쾌락의 열기 때문인지 말없이 침대에서 일어나 네발 달린 동물처럼 엎드렸다. 그러자 남자의 손이 우악스럽게 여자의 풍만한 엉덩이를 붙잡고 위로 치켜올렸다. 그러자 이미 애액으로 질편하게 젖은 여자의 밀부가 여실이 드러났다.

쾌락을 맛본 여자는 부끄러운 줄도 모르고 사내의 단단한 일부가 그녀의 몸 안으로 들어오길 기다렸다. 미칠 것 같았다. 잔혹한 성정의 사내였지만, 섹스는 단연 최고였던 것이다. 아마 지금껏 그녀가 상대한 그 어떤 사내도 자신의 주인을 따라올 사람이 없었다.

"주인님, 제발!"

"더 벌려. 철저히 짓밟아줄 테니까."

거친 말을 내뱉는 남자의 목소리가 묘했다. 런던 부둣가의 선원처럼 거친 몸짓이었지만, 말투에서 느껴지는 분위기는 마치 귀족의 그것과 같았다. 하지만 묘하게도 사내의 다리엔 흉물스럽기까지 한 흉터 자국이 있었다. 그리고 그 흉터는 명망 있는 귀족이 갖기엔 전혀 어울리지 않는 흉터였다.

"하항, 주인님! 어서요! 어서…… 흐흣!"

사내가 거칠게 여인의 밀부 안으로 시뻘겋게 발기한 자신의 일부를 쑤셔 넣었다. 그러자 여자의 허리가 크게 흔들리며 나른한 신음을 뱉어냈다. 꽉 조여오는 감각에 사내가 몸을 떨었다. 탐욕으로 젖은 여인의 밀부가 그의 일부를 물고 미친 듯이 빨아 당기는 게 느껴졌다.

"더럽게 탐욕스럽군."

사내가 욕설을 뱉어내며, 여자의 엉덩이를 꽉 움켜쥐고는 거칠게 파고들었다. 뒤엉켜 하나로 맞물린 육체가 욕망을 쫓아 부딪칠 때마다 방 안은 남녀의 거친 숨소리로 가득했다. 이미 정사의 열기로 달아오른 두 사람은 문을 두드리는 소리로 듣지 못한 채 미친 듯이 서로의 욕망을 채우고 있었다.

"하아…… 더, 조금만 더……. 하앙!"

여자의 요구에 사내가 여자의 몸을 짓이기듯 파고들었다. 여자는 아픔과 함께 느껴지는 쾌락에 몸을 떨며 딱딱한 침대에 얼굴을 묻었다. 이미 초저녁에 손님을 맞기 위해 얼굴에 발랐던 화장은 계속된 정사로 대부분이 지워진 후였다. 땀으로 번들거리는 육체는 탐욕스러우리만큼 사내의 일부를 물고 놓지 않았다.

"윽, 젠장!"

욕설과 함께 남자가 거친 숨을 몰아쉬며 추삽질을 멈췄다. 그리곤 여자의 몸에서 자신의 일부를 빼낸 후, 새하얀 등 위로 토정했다. 외설적인 그 모습에 남자는 만족한 듯 비릿한 웃음을 지었다. 그리곤 천천히 침대에서 내려와 바닥에 떨어져 있던 바지를 주워 입기 시작했다. 그리곤 다리를 절며, 옆에 있는 의자에 털썩 주저앉았다.

똑똑! 또다시 문을 두드리는 노크 소리가 들렸다. 이번엔 사내 역시 그 소리를 들은 듯, 미간을 찌푸렸다.

"들어와."

남자의 짜증 섞인 목소리에 문을 열고 들어서던 남자의 얼굴이 긴장으로 굳어지는 것이 보였다.

"주인님, 중요한 편지가 도착해 어쩔 수가 없었습니다."

주인님이라고 불린 사내가 의자에 앉아 담배를 베어 물었다. 그리곤 램프의 뚜껑을 열어 양초에 불을 붙이곤, 깊게 빨아들였다. 그리곤 작은 봉투를 들고 들어온 남자에게 손을 뻗었다. 편지 봉투엔 아무것도 쓰여 있지 않았다.

"누가 가져온 거지?"

"가면을 쓴 여인이었습니다. 아마, 신분을 드러내고 싶지 않은 숙녀가 틀림없습니다."

"숙녀가 사창가나 다름없는 헬에 왔다는 것이냐?"

"네, 분명 숙녀였습니다. 숨기려 했지만, 말투며 몸가짐 역시 우아한 게 숙녀가 틀림없었습니다."

남성 전용의 사교 클럽, 헬. 그리고 실질적인 헬의 주인인 에드윈 밀포드 후작은 손에 들린 봉투를 쏘아보았다. 그리고 봉투를 찢듯 연 후, 안에 있는 내용을 확인했다.

—붉은 눈의 악마가 런던으로 귀환했다.

편지의 내용은 단 한 줄뿐이었다. 하지만 에드윈은 붉은 눈의 악마가 누군지 단번에 알 수 있었다. 이튼 에드워드 스튜어트. 이젠 콘웰 공작가의 후계자가 된 자였다.

젠장! 이미 월터가 사망했단 소식이 런던에 전해지면서, 어쩌면 그가 돌아올지 모른다는 생각을 했었다. 그런데 진짜 돌아오다니. 편지를 손에 든 에드윈이 거친 동작으로 종이를 갈기갈기 찢어버렸다. 그리고 앙다문 그의 입술이 비틀리며 비릿한 미소가 떠올랐다. 눈동자 역시 살기로 번뜩이고 있었다.

귀족이었던 자신을 매음굴의 주인으로 만들어 치욕스러운 삶을 살게 한 자가 바로, 이튼이었다. 또한 그의 다리를 불구로 만들어, 그의 삶을 지옥으로 만든 장본인이기도 했다. 그리고 그가 사랑했던 여인 역시 죽게 한 이였다. 4년 전 그날, 질리안이 심장 깊숙이 박아 넣은 단검에 의해 이튼은 죽음 직전에 있었다. 하지만 어떻게 알았는지 콘웰 공작이 세 사람이 있던 저택으로 온 것이다. 그리고 공작은 그곳에서 도망치려던 에드윈의 다리에 총알을 박아 넣었다. 친구의 약혼녀를 더럽힌 배신자란 꼬리표와 함께.

“빌어먹을, 네 삶 역시 지옥으로 만들어주지.”

에드윈의 살기 어린 목소리에 침대에 누워 거친 숨을 내쉬던 여인이 두려운 듯 숨을 삼켰다. 그러자 에드윈은 여자의 행동이 마음에 들지 않는지 날카롭게 쏘아보며 소리쳤다.

"당장 꺼져! 개처럼 죽고 싶지 않으면."

자신이 주인의 심기를 건드렸다는 사실을 깨달은 여자가 침대에서 내려와 바닥에 떨어진 드레스를 끌어 모았다. 그리곤 옷도 걸치지 않은 알몸으로 재빨리 방을 빠져나갔다. 문이 닫히자, 에드윈이 의자에서 일어섰다. 그리곤 벽장에서 술병을 꺼내 마시기 시작했다.

목구멍을 타고 뜨거운 액체가 들어가자, 심장이 타는 듯 뜨거웠다. 하지만 4년이나 지난 후였지만, 간간이 느껴지는 다리의 통증이 서서히 가시는 것이 느껴졌다.

"조, 네가 움직여야겠다."

"알겠습니다, 주인님. 명령만 하십시오."

런던의 어둡고 음침한 골목길에 있는 귀족들의 전용 사교 클럽 헬. 그 지옥에서 어두운 그림자가 웅크리며 서서히 움직이기 시작했다.

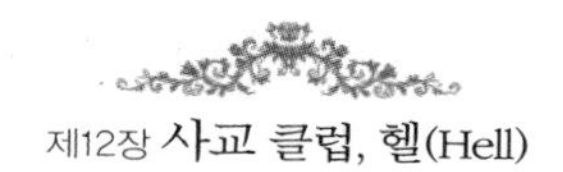

제12장 사교 클럽, 헬(Hell)

런던 상점가가 위치한 플리츠가에 마차 한 대가 멈췄다. 이내 마부가 마차에서 내려서더니, 마차의 문을 열기 위해 손을 뻗었다. 잠시 후 조심스럽게 문이 열리고, 마차에 타고 있던 아름다운 숙녀가 도로에 발을 내려놓았다.

바람에 쓰고 있던 헤리엇의 모자가 흔들렸고, 그 아래 풍성하게 물결치는 은빛 머리카락이 눈부시게 빛났다. 존재만으로 주변의 시선이 모두 헤리엇에게 향했다. 햇빛 아래 서 있는 그녀에게선 청명한 향이 나는 것 같았다.

"여기서 기다릴까요, 헤리엇 아가씨?"

"잡화점에서 필요한 물건이 들어왔는지 확인하고 곧 돌아올게요."

마부가 헤리엇에게 고갤 끄덕였다. 그러자 헤리엇은 인도로 내려선 후 천천히 플리츠가를 따라 늘어선 상점가를 따라 걸음을 옮기기 시작했다. 그녀가 걸을 때마다, 드레스가 우아하게 흔들렸다. 마부는 멀어져 가는 헤리엇을 보며, 찬탄 어린 눈빛을 했다.

헤리엇은 진귀하고 고급스러운 물건들로 가득한 상점들을 구경하며, 길을 걸었다. 데본의 몇 안 되는 상점과는 달리 이곳은 눈을 뗄 수 없을 만큼 다양했다. 특히 헤리엇의 시선을 사로잡은 상점은 동양에서 가져온 중국 도자기와 시계가 장식된 곳이었다.

귀족들이 주로 사용하는 장신구 중 하나인 회중시계를 보자, 헤리엇은 잠시 망설이다 상점 안으로 들어갔다. 그리곤 금으로 장식된 회중시계 위에 검은빛에 가까운 블루 사파이어가 박힌 회중시계를 구매한 후 상점을 나섰다.

그가 좋아할까? 시계를 손에 든 헤리엇의 입가에 엷은 미소가 떠올랐다. 헤리엇은 주머니 안에 회중시계를 조심스럽게 밀어 넣고는 서둘러 걸음을 옮기기 시작했다.

잠시 후, 눈에 익은 간판을 발견한 순간 걸음을 멈췄다. 문을 열고 상점 안으로 들어가자, 물건을 정리하던 주인이 허릴 펴곤 헤리엇을 향해 고갤 돌리는 것이 보였다. 헤리엇과 눈이 마주친 순간 주인의 눈동자가 놀란 듯 커지더니, 어느새 기쁨으로 빛나는 것이 보였다.

"세상에나, 정말 헤리엇 아가씨가 맞으십니까?"

윌이 헤리엇에게 다가왔다. 그리곤 데본에서의 수수한 드레스 차림이 아니라, 런던 사교계에서 가장 아름다운 숙녀라는 이름에 걸맞게 세련되고 우아한 모습의 헤리엇을 보며, 믿어지지 않는지 자꾸만 손등으로 눈을 비볐다. 그러자 헤리엇은 윌의 친근하고 순수한 반응에 피식 웃음을 터뜨렸다.

"윌도 좋아 보여. 그런데 대체 어떻게 된 거야? 런던에 온다는 말은 없었잖아."

"저야 찾고 있던 희귀본 책을 구했다는 전갈을 받고 왔습지요. 그런데 아가씨께서는 몰라보게 아름다워지셨어요. 역시 런던에 진즉 오셨어야 했습니다. 아마, 이 모습을 헌팅턴 백작님께서 보신다면 무척이나 기뻐하실 겁니다."

윌의 말에 헤리엇의 눈동자에 그늘이 졌다. 윌의 말처럼 기뻐할 것 같진 않았다. 오히려 근심이 깊어질 테지. 절대 귀족가의 안주인으로 의무를 다하지 못할 헤리엇이었다. 그 사실을 알고 있는 아버지는 분명, 슬퍼할 것이란 게 맞았다. 헤리엇은 서둘러 감정을 털어냈다. 그리곤 평소의 담담한 얼굴로 윌을 바라보았다.

"아버지 소식은 루엔을 통해 들었어. 많이 좋아지셨다니, 정말 다행이야."

"그렇지 않아도 저 역시 런던에 오기 전에 백작님 댁에 들렀었답니다. 그런데 루엔이 아가씨께 전해 드리라는 물건이 있었습니다. 잠시만 기다려 주세요. 제가 얼른 가서 가져오겠습니다."

윌이 헤리엇을 남겨둔 채 서둘러 상점 안쪽에 있는 문을 열고 들어갔다. 잠시 후 작은 꾸러미를 든 윌이 헤리엇에게 돌아왔다.

"여기."

"고마워, 윌. 그나저나 데본엔 언제 돌아가는 거야?"

"아마 한 달은 런던에 있을 것 같습니다. 동생이 갑자기 다리를 다쳐, 당분간 상점을 운영할 사람이 없거든요. 그러니 필요한 물건이 있으시면, 언제든 오세요. 아, 그리고 여기. 아가씨께서 주문하신 물건들은 여기 준비해 두었습니다."

윌이 선반 위에 올려놓았던 꾸러미를 꺼내 헤리엇에게 건넸다. 그러자 헤리엇은 손목에 걸고 있던 주머니에서 동전을 꺼내 윌에게 건넸다.

"윌이 런던에 있다니, 다행이야. 그렇지 않아도 필요한 물건을 어떻게 사야 하나 걱정하고 있었거든."

"아가씨께 도움이 되었다니 정말 다행입니다. 그나저나 브리튼 출판사와의 일은 잘 해결되신 겁니까?"

"응. 편집자인 네빌 백작님이 생각보다 훨씬, 좋은 분이었어. 정말, 다행이야."

"혹시, 그분. 아가씨에 대해 다 알고 계시지 않았습니까?"

"그걸 어떻게 알았지? 네빌 백작님께서 모두 알고 있었던 것 말이야."

헤리엇이 놀란 표정으로 윌을 바라보았다. 그러자 윌이 잇몸까지 드러내며, 그럴 줄 알았다는 듯 고갤 주억거리며 미소를 지었다.

"사실 1년 전에 런던에서 젊고 잘생긴 귀족이 저희 잡화점을 찾아왔었습니다. 우편물에 찍힌 소인을 보고 찾아오셨다는데, 멀리서 아가씨를 눈여겨보시더군요. 저 역시 방문객이라곤 전혀 없는 데본에 낯선 귀족이 찾아와, 유심히 보았거든요. 지금 생각해 보니, 그분이 분명 브리튼 출판사의 네빌 백작님이셨던 것 같습니다."

"네빌 백작님께서 데본에 왔었다는 말이지?"

아직도 믿어지지 않는 듯 헤리엇이 재차 물었다. 그러자 윌이 기억을 떠올리며, 네빌의 인상착의를 말하기 시작했다.

"네. 갈색 머리카락에 짙은 초록색의 눈동자를 가진 분이셨습니다. 그리고 키가 크시고 아주 잘생긴, 진중해 보이는 인상의 귀족이셨고요."

윌의 설명에 헤리엇은 고갤 끄덕였다. 네빌 백작의 외모와 흡사했던 것이다. 그리고 그 순간, 헤리엇은 네빌이 자신이 숨겨온 비밀을 어떻게 알게 되었는지 깨달았다. 훗, 말도 안 돼. 1년 전에 데본으로 날 찾아왔었다니.

"네빌 백작님이 맞는 것 같아."

"제 생각이 맞았네요."

윌이 고갤 끄덕이며 대답했다. 그러다 문득 이튼 역시 데본을 떠나 런던에 와 있다는 사실을 깨닫곤 궁금해지기 시작했다. 분명 사교계의 파티에서 마주칠 수 있었던 것이다.

"그런데 헤리엇 아가씨. 혹시, 런던에서 이튼 님을 뵌 적이 있으신가요? 지난번 잡화점을 찾으셨을 때, 이튼 님께서 책을 구해달라고 하셨거든요. 그런데 이제 구했지 뭡니까? 워낙 귀한 책이라 빨리 전해 드려야 해야 하는데, 데본엔 언제 돌아오실지 알 수가 없어서 난감하던 참이었습니다. 무척이나 기다리고 계실 텐데 말입니다."

"아, 기억나. 희귀본을 구해달라고 했었던 것. 급한 것이라면, 내가 전해 드릴 수도 있을 것 같은데."

헤리엇이 살짝 말끝을 흐리며 말하자, 윌이 이때다 싶었는지 서둘러 대답했다.

"정말, 그래 주시겠습니까? 그렇게만 해주신다면, 저야 당연히 좋을 수밖에요."

"그래? 그럼, 책은 어디에 있지? 그렇지 않아도, 돌려 드릴 물건이 있어서 이튼 님을 만나뵈러 저택에 가려던 참이었거든."

"이런, 행운이 있나. 네, 잠시만 기다려 주세요. 소인이 얼른 가서 가져오겠습니다."

윌이 이 기회를 놓칠세라, 서둘러 문을 열고 안으로 사라졌다. 혼자 남겨진 헤리엇은 괜스레 입술을 깨물었다.

사실 이튼의 코트를 돌려줘야 하는 것 역시 사실이었지만, 굳이 자신이 직접 책을 전해주기 위해 갈 필요는 없었다. 인편으로 이튼에게 전갈을 보내거나, 파티에서 만났을 때 슬쩍 얘기해도 될 일이었다.

하지만 헤리엇은 그가 보고 싶었다. 그래서 코트며, 책을 핑계 삼아 그를 만나러 가고 싶었다. 문이 열리고 윌이 커다란 상자를 들고 모습을 드러냈다.

"양이 꽤 돼, 무겁습니다. 제가 마차까지 옮겨 드리겠습니다."

"그래, 부탁할게."

윌이 상자를 들고 상점 문을 나섰다. 그러자 헤리엇 역시 작은 꾸러미 두 개를 들고는 윌을 따라 밖으로 나갔다.

"윌, 저기 도로에 있는 마차야."

상자를 든 윌은 헤리엇이 가리킨 마차로 걸음을 옮겼다. 그러자 그때까지 마차에 기대서 있던 마부가 헤리엇을 발견하곤 서둘러 그녀에게 다가와 그녀가 들고 있던 짐 꾸러미를 받아 들었다.

"절 부르시지 않고요. 만약, 이튼 님께서 이 사실을 아신다면 불벼락이 떨어질지도 모릅니다. 그러니 다음부턴, 소인을 꼭 부르셔야 합니다."

"어, 알았어."

마부가 걱정스러운 표정으로 헤리엇에게 말하곤, 서둘러 짐을 마차에 실었다.

"이튼 님과 만나신 건가요?"

순간 윌의 눈동자가 빛났다. 헤리엇은 그런 윌을 보며, 난처한 듯 고갤 끄덕였다. 윌 역시 평소 자신의 감정을 잘 드러내지 않는 성격의 헤리엇이 얼굴까지 붉히자, 두 사람 사이에 뭔가 있음을 직감했다.

"무도회에 참석했다가……."

"이튼 님을 만나셨군요. 정말, 다행입니다. 사실 데본에 있을 때부터, 두 분께서 무척이나 잘 어울린다고 생각했거든요. 미치광이 백작이란 소문 때문에 선입견이 생길 수도 있지만, 이튼 님은 그 어떤 귀족보다 총명하시고, 훌륭하신 성품을 가지셨습니다. 분명 헤리엇 아가씨를 아껴주실 겁니다."

"아니, 그게……."

헤리엇은 당황한 표정으로 뭔가 변명거리를 찾았지만, 진지한 표정으로 그녀를 바라보는 윌을 보자 애써 부정하지 않기로 했다.

"고마워, 윌."

헤리엇의 대답을 들은 윌의 표정이 그 어느 때보다 밝았다. 마치 자신의 일처럼 기뻐하고 있었다.

"이튼 님을 만나시면, 안부 전해주십시오."

"전할게."

"아니, 다음엔 이튼 님과 함께 오십시오. 제가 두 분을 위해 중국에서 가져온 최고급 차를 대접하겠습니다."

"알았어. 함께 들를게."

헤리엇이 마차에 오르며, 마부에게 로즈힐로 가는 대신 다른 행선지를 말하자 고갤 끄덕이며 마차에 오르는 것이 보였다. 헤리엇 역시 마차의 문을 닫으며, 다시 한 번 윌에게 눈인사를 건넸다.

"젠에게도 안부 전해주십시오, 헤리엇 아가씨."

덜컹 소리와 함께 이내 마차가 움직이기 시작했다. 헤리엇은 몸을 바로 한 후, 마차의 유리창을 내다보았다. 열린 커튼 사이로 런던을 오가는 사람들의 모습이 보였다. 근사하게 차려입은 귀족들은 하나같이 바쁘게 움직이고 있었다.

휙휙 지나가던 풍경 사이로 붉은색의 화려한 드레스를 입은 여인이 보였다. 익숙한 여인의 얼굴. 분명 그녀가 아는 얼굴이었다. 헤리엇은 조금 전 보았던 여인의 얼굴을 확인하기 위해 창문 쪽으로 얼굴을 바짝 붙였다. 하지만 이미, 여인은 귀족들 사이로 사라진 후였다.

"제나? 제나가 왜 런던에 있는 거지?"

창문을 통해 보인 여인은 분명, 제나였다. 짙은 화장으로 미모를 한껏 살린 뒤, 화려한 드레스 차림으로 런던의 번화가를 제집인 양 활보하고 있었다.

헤리엇은 반가움이 앞섰다. 술집을 운영하는 포주이자 매춘부라는 천한 신분이었지만, 아버지 헌팅턴 백작에게 많은 도움을 준 여인이기도 했다.

런던에서 본 제나. 헤리엇은 흔들리는 마차에 기대 이튼에게 가는 동안, 왠지 제나와 또 만나게 될 것 같은 예감을 떨쳐 버릴 수 없었다.

이튼의 눈빛이 무척이나 서늘했다. 이른 새벽, 승마를 마치고 돌아온 그는 오랜만에 느끼는 상쾌함에 기분이 좋았다. 차가운 물에 샤워를 한 후, 옷을 갖춰 입는 동안 이튼은 헤리엇이 머물고 있는 로즈힐을 방문하기로 마음을 정했다.

테이블엔 이미 하이드 파크에서 돌아오는 길에 꽃을 파는 아이에게 산 한 다발의 장미가 놓여 있었다.

사실 헤리엇에겐 장미처럼 누군가의 손에 가꿔진 꽃보단 신비하고 섬세한 야생화가 더 어울렸지만 런던에서 야생화를 구하기란 쉽지 않은 일이었다. 이튼은 검은 실크 셔츠 위에 몸에 맞게 재단된 베스트를 갖춰 입었다. 베스트의 주머니에 회중시계를 넣고는 조금은 초조한 듯 시계를 어루만졌다.

그저 로즈힐을 공식적으로 방문하는 것뿐이었다.

대부분에 신사들이 첫눈에 반한 숙녀에게 하듯, 자신 역시 사교계 시즌이 끝날 때까지 구애라는 것을 해볼 생각이었다. 그런데 이튼은 자꾸만 초조함이 밀려들었다. 막상 환한 대낮에 예의를 갖춰 로즈힐을 방문한다고 생각하자, 묘하게 손에 땀이 베어났다.

하지만 이튼은 로즈힐로 가는 대신, 갑자기 저택을 찾아온 방문객을 맞기 위해 응접실 소파에 앉아 있었다. 자꾸만 앉은 자리가 가시방석처럼 느껴졌다. 아니, 앉은 자리가 아니라 탁자를 사이에 두고 자신을 흘끗거리는 여인의 행동이 그의 신경을 자극하고 있다는 게 맞았다.

사실 여인의 행동은 '흘끗거린다' 라고 표현하기엔 조금 다른 점이 있었다. 아름다운 눈을 살짝 떠 이튼을 요염하게 바라보는 소피아의 시선은 분명, 흘끗거리는 것이 아니라 남자에게 호감을 나타내는 여자의 눈빛에 더 가까웠다.

귀족가의 숙녀가 수행하는 샤프롱도 없이 혼자 사는 남자의 집을 방문하는 대범함을 보이다니. 이튼은 워릭이 가져다준 찻잔을 만지작거리는 소피아를 냉담한 눈으로 쏘아보았다.

창문을 통해 들어오는 햇살이 소피아의 윤기가 흐르는 금발을 비추었다. 그리곤 투명하리만치 하얀 피부와 푸른색의 아름다운 눈동자와 붉은 꽃잎을 연상시키게 하는 입술은 무척이나 고혹적인 모습이었다.

어이없게도 런던 최고의 명문 귀족가의 숙녀인 소피아 버킹햄은 정숙한 숙녀라면 절대 해선 안 되는 말도 안 되는 일을 벌이고 있었다. 만약 숙녀들에게 금기시되는 이 행동이 사교계에 알려진다면, 소피아의 평판은 바닥에 떨어져 다신 사교계에 발을 붙이지 못할 최악의 추문을 불러일으킬 수도 있었다.

감정 없는 싸늘한 시선으로 쏘아보던 이튼의 입가가 냉소로 비틀렸다. 신분 고하를 막론하고 여인이란 족속은 속을 알 수가 없었다.

"버킹햄 양, 특별히 할 얘기가 없다면 그만 돌아가 줬으면 좋겠군. 숙녀가 샤프롱도 없이 남자 혼자 사는 저택을 방문했다는 소문이 사교계에 퍼진다면, 버킹햄 양의 평판에 분명 흠이 될 테니까. 또한 이미 너무 많은 시간을 지체한 것 같군."

더는 소피아에게 내줄 시간 따위 없다는 듯 주머니에서 회중시계를 꺼내 시간을 확인했다. 사실 소피아가 저택에 도착한 지, 10분밖에 되지 않은 짧은 시간이었지만 이튼은 그 짧은 시간조차도 아깝다는 생각이 들었다. 특히 헤리엇을 만나기 위해 외출을 하려던 참이라, 더더욱 짜증이 밀려왔다.

"백작님."

이튼이 서늘한 냉기를 뿜어내며, 그녀를 차갑게 밀어냈다. 그러자 소피아는 입술을 깨물며 이튼을 따라 일어섰다. 그리곤 미간을 찌푸린 채 자신을 쏘아보고 있는 이튼을 보며 초조한 듯 입술을 깨물었다.

아마 다른 남자라면, 소피아의 이런 모습에 흔들렸을 테지만 이튼은 아니었다. 금방이라도 쓰러질 듯 연약한 모습을 연기하는 숙녀들은 전에도 발에 채이도록 보았던 것이다.

"버킹햄 양, 오늘처럼 또 예고 없는 방문을 한다면, 그땐 문을 열지 않을 거야. 이런 방문은 나에겐 유쾌하지 못한……. 젠장! 대체 뭐 하는 거지?"

순간 이튼의 입에서 예의를 벗어던진 듯 욕설이 불쑥 튀어나왔다. 대체 무슨 생각을 하는지 알 수는 없었지만, 소피아가 이튼의 팔을 붙잡은 것이다. 순간 이튼은 소피아에게서 나는 짙은 향기에 머리가 지끈거렸다. 참을 수 없는 불쾌함에 이튼은 소피아의 손을 거칠게 떨쳐 냈다.

소피아는 이튼의 차가운 서슬에 놀라, 심장이 얼어붙는 느낌이었다. 은근한 눈길로 그를 바라보며, 그를 유혹도 했다. 그리고 그녀가 뿌리고 온 향수는 어렵게 구한 페로몬이었다.

하지만 그의 팔을 붙잡은 순간, 이튼은 그녀의 예상과는 달리 더욱 냉담해졌다. 얼음처럼 차가운 심장을 가진 그는 남자에게 치명적인 유혹이라는 페로몬에도 아무런 영향을 받지 않은 것이다.

"글로스터 백작님."

정말 나에겐 아무런 감정도 없는 건가? 그레빌 백작부인의 무도회장에서 그녀에게 춤을 신청한 건, 아무런 의미도 없던 건가?

소피아는 자존심이 상한 듯 그를 쏘아보았다. 지금껏 그 어떤 신사도 자신에게 이렇게 무례할 정도로 싸늘한 태도를 보인 적은 없었다. 모두 그녀의 환심을 사기 위해 입에 침이 마르도록 찬사를 보내왔으니까.

"대체 무슨 생각이지? 아무리 생각해도 알 수가 없군. 버킹햄 양이 날 방문한 이유가 말이야."

예의를 벗어던진 이튼이 차가운 목소리로 말했다. 그러자 입을 꼭 다물고 있던 소피아가 조금은 격앙된 목소리로 입을 열었다.

"백작님의 행동으로 전, 사교계에 웃음거리가 되었습니다."

"내가 당신을 웃음거리로 만들었다니, 정말 이해할 수 없는 의견이군."

"백작님께서도 아실 겁니다. 콘웰 공작가와 버킹햄 공작가 사이에 오가던 정략혼에 대한 소문을요."

"그 소문이 어쨌다는 거지? 말 그대로 그저 소문일 뿐인데 말이야."

"백작님껜 그저 소문일 뿐이겠지만, 저에겐 아닙니다. 지금 사교계에선 제가 백작님께 버림당한 불쌍한 숙녀로……."

"정말 어리석군. 그래서 그 소문 때문에 날 찾아왔다는 건가? 내가 당신의 추종자 명단에 들어가지 않아서?"

정말 생각할수록 오만한 여인이었다. 누구나 자신을 사랑하게 될 것이라 여기다니. 아마, 이 여인뿐만 아니라, 모든 숙녀가 그럴지도 모른다는 생각을 했다. 사교계 대부분의 숙녀들은 자신의 추종자들을 자신을 장식하는 액세서리쯤으로 여기고 있었으니까.

"제가 말하고 싶은 건, 추종자 명단 따위가 아닙니다. 제 숙녀로서의 명예가 관련된 일입니다. 또한 버킹햄 공작가의 명예이기도 하구요."

"그게 나와 무슨 상관이란 거지? 난 처음부터 버킹햄에겐 관심조차 없었는데 말이야. 내가 언제, 당신과 결혼하겠다고 했나? 아니면, 개인적으로 당신에게 호감을 나타낸 적이라도 있었나? 내 기억엔 그대가 내 저택에 찾아오기 전까지, 내 머릿속엔 흔적조차 없던 이름이었거든. 하지만 오늘 일로, 소피아 버킹햄은 내 기억 속에 불청객으로 남겠군."

불청객이란 말에 소피아의 얼굴이 붉다 못해 새빨갛게 변하는 것을 볼 수 있었다. 사실 소피아가 이튼을 찾아 저택에 온 것은 이튼이 마음에 담고 있는 숙녀가 헤리엇 헌팅턴인지 묻기 위해서였다.

만약 그렇다면, 그의 마음을 바꿀 자신 있었다. 충분히 이튼 스튜어트의 마음을 흔들 자신이 있었던 것이다. 하지만 그는 그녀의 예상과는 달리 너무도 냉담했고, 마치 심장이 없는 사람 같았다. 아니, 여자에겐 관심조차 없는 것처럼 생각될 정도였다.

마치, 헤리엇 헌팅턴 외엔 전혀 관심 없는 것처럼 보였다.

"백작님, 혹시 헤리엇 헌팅턴 양을……?"

똑똑! 똑똑!

그때, 팽팽하게 날 선 긴장감을 깨뜨리듯 응접실 문을 노크하는 소리가 들렸다.

"무슨 일인가, 워릭?"

"아, 그게……."

워릭이 잠시 머뭇거리는 것을 느끼며, 이튼이 눈앞에 서 있는 소피아를 차갑게 쏘아보았다. 그리곤 그녀를 남겨둔 채 응접실 문 쪽으로 걸어갔다.

"무슨 일인가?"

벌컥, 문을 열던 이튼이 워릭의 뒤에 서 있는 헤리엇을 발견하곤 놀란 얼굴을 했다. 그러다 응접실 안에 서 있는 소피아를 보며, 미간을 찌푸렸다.

"아, 그게. 헌팅턴 양께서 오셨습니다."

"죄송합니다, 백작님. 손님이 계신 줄 몰랐습니다. 그럼 전 다음에……."

"아니, 그럴 필요 없어. 손님은 지금 곧, 돌아가실 테니까."

이튼의 말에 외투를 입던 소피아가 문 쪽을 응시하는 것이 보였다. 그리곤 방문객이 헤리엇이란 사실을 알고는 의미심장한 미소를 지었다. 이튼은 그런 소피아를 보며, 미간을 찌푸렸다. 뭔가 소피아의 표정이 불길했다.

"어머, 헤리엇 양께서 저택에 방문한 모양이군요."

이튼이 굳은 얼굴로 가슴 팔짱을 낀 채 소피아를 쏘아보았다. 여자들이란? 하나같이 똑같은 속물이었다. 헤리엇 역시 응접실에서 나오는 소피아를 보며, 조금은 놀란 얼굴을 했다. 하지만 이내 평소처럼 차분한 모습으로 소피아에게 인사를 건넸다.

"방문객이 소피아 양이셨군요."

"뭐, 저야 집으로 돌아가던 길에 잠시 들렀답니다. 저희 아버지인 버킹햄 공작님과 콘웰 공작님은 예의를 따질 필요가 없을 정도로 친밀한 사이시거든요. 그런데 헤리엇 양께선 어쩐 일이신지……?"

소피아가 말끝을 흐리며, 거만한 표정으로 물었다. 하지만 소피아의 예상과는 달리 헤리엇의 표정은 무척이나 서늘했다. 오히려 지성으로 빛나는 검은 눈동자와 마주하자, 소피아는 자신의 생각을 읽힌 것 같아 입술을 깨물었다.

"제가 저택에 방문한 이유는 지난번 템스 강에서 빌려주신 코트를 백작님께 돌려 드리기 위해서랍니다. 그리고 백작님께서 구하신다는 희귀본 고서를 가져다 달라는 부탁을 받아, 그것 역시 전해 드릴 겸해서요."

"아, 그 템스 강에서의 코트 말이군요. 백작님은 정말 대단하신 분이세요. 물에 빠진 숙녀를 구하기 위해 템스 강에 직접……. 잠깐, 지금 두 분 무슨……?"

거드름을 피우며 얘기하던 소피아의 눈동자가 순간, 경악으로 커지는 것이 보였다. 팔짱을 끼고 차가운 표정으로 소피아를 쏘아보던, 이튼이 헤리엇에게 다가가는 것이 보였다. 그리곤 그녀의 손을 다정하게 붙잡았다.

"지금 로즈힐로 가려던 참이었지. 하지만 이렇게 날 찾아와 준 덕분에 그댈 좀 더 빨리 만날 수 있게 되었군."

평소의 날카로운 냉기를 벗어던진 이튼의 표정은 봄날 템스 강에 부는 부드러운 바람보다 더 따뜻했다.

"로즈힐에요?"

"그래. 손이 차군. 워릭, 따뜻한 차를 준비해 주겠나? 난 헤리엇에게 정원을 구경시켜 줘야겠어. 아버지께서 헤리엇에게 내준 로즈힐만큼은 안 되지만, 이곳 역시 정원이 아름답지. 구경할 정도는 되거든. 참, 워릭! 버킹햄 양의 배웅도 부탁해."

분명, 이튼의 말속엔 콘웰 공작 역시 헤리엇을 개인적으로 마음에 들어 한다는 뜻이 담겨 있었다. 차기 공작부인에게 선물할 로즈힐을 헤리엇에게 내줄 정도로. 그리고 소피아 역시 이튼의 말속에 담긴 뜻을 알아채지 못할 정도로 바보는 아니었다.

"야생 장미 정원을 보여주지. 아마, 마음에 들 거야."

이튼의 손끝이 무심한 듯 헤리엇의 머리카락을 건드렸다. 작은 행동이었지만, 그의 손이 느릿느릿 관능을 품고 움직이고 있었다. 그가 헤리엇에게 어떤 감정을 품고 있는지 느낄 수 있도록.

"흠흠! 네, 백작님. 서둘러 차를 준비하겠습니다."

워릭이 민망한 듯 재빨리 복도를 벗어나는 소리가 들렸다. 그리고 자신의 감정을 숨기려는 듯 코트의 후드를 깊게 눌러쓴 소피아의 구두 소리가 뒤따르고 있었다.

굳게 문이 닫히는 소리가 나고서야, 헤리엇이 그녀의 뺨을 쓸어

내리는 이튼의 손을 밀어냈다. 그리곤 차가운 표정으로 그를 쏘아보며 입을 열었다.

"대체 뭐죠?"

"뭐가?"

이튼이 짐짓 아무것도 모른다는 얼굴로 헤리엇을 바라보았다. 그리곤 그녀의 매끄러운 턱을 손끝으로 간질이며 장난을 치는가 싶더니, 그가 고갤 숙여왔다. 하지만 헤리엇이 손을 들어 이튼의 입술을 막았다. 그리고 동시에 그의 발을 힘껏 밟았다.

"윽, 헤리엇."

갑작스러운 고통에 이튼이 헤리엇을 놓았다. 그러자 헤리엇은 차가운 표정으로 현관으로 걸어가기 시작했다. 로즈힐로 돌아가려는 듯.

"잠깐, 헤리엇. 기다려!"

당황한 이튼이 서둘러 헤리엇의 팔을 붙잡았다. 그리곤 조금 전과는 달리 다급한 어조로 변명을 쏟아내기 시작했다.

"만약 조금 전 버킹햄 양에 관한 얘기라면, 화낼 필요 없어. 약속도 없이 찾아온 불청객일 뿐이니까. 나 역시 버킹햄의 방문에 놀라던 중이었거든."

"이튼, 당신은 그렇게 예의 없는 사람이었나요? 아무리 불청객이라고 할지라도, 자신의 집을 찾은 손님이에요. 그렇다면 돌아가기 전까지 최대한 예의를 갖춰야 한다고 생각해요. 조금 전 소피아 양의 태도, 당신의 행동 때문에 자존심이 상해 그런 것일 테죠?"

보지 않아도 알 수 있었다. 이튼이 소피아에게 어떻게 했을지. 그는 타인에 대한 배려 따위는 안중에도 없었고, 또한 자신의 심기를 건드리는 사람에겐 더더욱 냉혹했으니까.

"지금 내가 내 집에 찾아온 손님에게 예의 바르지 못했다고 화를 내는 건가?"

"아니에요. 내가 화를 내는 이유는 사람들이 당신을 오해하는 게 싫을 뿐이에요."

"지금 나 때문이란 건가?"

"네. 난 당신이 어떤 이유에서건 괜한 오해를 받는 게 싫을 뿐이에요."

헤리엇을 바라보는 이튼의 입가에 묘한 미소가 떠올랐다. 재미있기도 하고, 괜스레 기분이 좋은 것 같기도 했다.

"왜 그렇게 절 보는 거죠?"

헤리엇이 이상하다는 듯 그를 쏘아보자, 이튼의 입가에 어린 미소가 더욱 깊어졌다.

"좋아. 앞으론 최대한 신사답게 예의를 갖춰보도록 하지."

"뭐예요, 그 말은. 마치 날 위해 하는 것처럼 들리는군요."

"당연한 것 아닌가? 내가 변하기로 마음을 정한 건, 그 누구도 아닌, 당신 때문이야. 헤리엇 그대가 아니라면, 내가 누군가를 배려하면서까지 날 바꿀 이유가 없으니까."

이튼의 말에 헤리엇의 눈동자가 흔들렸다. 그녀에 의해서만 움직이는 사람이라. 뭔가 심장이 뭉클 가라앉는 느낌이었다. 그리고 뜨거운 것이 심장을 간질이는 묘한 느낌이기도 했다.

"감동했다면, 보답을 해줘도 상관없어."

거만한 미소였다. 하지만 그의 조각처럼 완벽한 얼굴에 너무도 잘 어울리는 미소라고 헤리엇은 생각했다. 그가 그녀의 이름을 속삭이며 고갤 숙였다. 뺨에 닿는 그의 숨결이 뜨거웠다. 심장을 간질일 만큼.

"이튼, 당신은 무슨 보답을 원하는 건데요?"

헤리엇 역시 한 치의 흔들림도 없이 똑바로 이튼을 바라보며, 말했다. 그리곤 그녀의 영향력을 확인해 보려는 듯 손을 뻗어 천천히 그의 심장 위에 손을 올려놓았다. 손끝에 닿는 옷감의 감촉과 그 아래 크게 요동치는 심장박동이 느껴졌다.

"책과 코트는 핑계일 뿐일 테지?"

그가 헤리엇의 손에 손을 겹쳤다. 나른한 열기를 품은 손에 힘이 가해지고, 두 개의 다른 느낌의 손가락이 하나처럼 얽혀들었다. 그 모습이 묘하게 선정적으로 보이는 건, 헤리엇의 착각인 걸까?

"핑계라니, 그럼 내가 왜 이곳에 왔다는 거죠?"

"당연히 내가 보고 싶어서겠지."

"흣!"

그녀가 그의 말을 반박하기 위해 입을 연 순간, 그의 입술이 헤리엇의 입술에 닿았다. 사실 보고 싶었던 것은 그였다. 데본이었다면, 사람들의 시선 따위 신경 쓰지 않고 그녀를 만났을 테지만, 이곳은 런던이었다. 그의 욕심에서 나온 행동으로 헤리엇의 평판이 바닥에 떨어질 수도 있었다. 그래서 그는 참고 있는 중이었다.

하지만 그녀에게 손을 덴 순간, 더는 참을 수 없게 되었다. 그의 손이 헤리엇의 섬세한 턱을 붙잡고 한쪽으로 기울여 깊숙이 키스했다.

순식간에 뜨거운 열기가 두 사람을 휩싸였다. 뜨거운 숨결이 얽혀들며, 타액으로 젖은 입술이 닿았다 떨어지길 반복하며 더욱 깊숙이 하나로 녹아들었다.

"하아, 가야 해요. 소피아가 내가 이곳에 온 걸……."

"아니, 소피아 버킹햄은 다른 사람에게 아무런 말도 할 수 없을 거야. 만약 당신의 얘길 떠벌리고 싶다면, 자신 역시 이곳을 방문했다는 사실을 말해야 할 테니까."

아마, 가문의 명예와 평판을 목숨처럼 생각하는 소피아가 샤프롱도 없이 이튼이 거주하는 저택을 홀로 방문했다는 사실을 알리면서까지 헤리엇에 대해 말할 것 같진 않았다. 그 명예 때문에 이곳까지 찾아올 정도의 성격이라면.

"그러니 조금만. 조금만 더 있어. 약속대로 집을 구경시켜 주지."

하지만 그의 말과는 달리 커다란 손이 그녀의 뺨을 감쌌다. 그리곤 고갤 숙이더니, 더욱 깊숙이 키스했다. 턱을 붙잡은 손에 힘이 들어갔다. 갈증을 달래듯 나른하고 농밀한 키스가 계속되었다.

어느 순간, 헤리엇은 햇빛이 들어오지 않는 어두운 벽 쪽에 밀어붙여졌고 그의 짙은 키스를 받으며 달콤한 쾌락에 몸을 떨어야 했다. 채워지지 않은 지독한 갈증을 두 사람은 달콤한 키스로 대신했다.

"안 되겠어. 가장 가까운 서재로 가는 게 좋겠어."

이튼이 그녀의 손을 붙잡곤 가장 가까운 방의 문을 열고 안으로 들어갔다. 방은 어두웠다. 서둘러 그녀를 벽에 밀어붙이곤, 조금 전과는 달리 욕망을 드러내며 농밀한 키스를 했다.

"하아, 흣!"

연신 달콤한 신음이 헤리엇의 젖은 입술을 통해 새어 나왔다. 그리고 그녀의 가녀린 신음과 섞여 남자의 낮게 깔린 거친 숨소리가 들려왔다. 묘하게 원색적인 나른함이 묻어 있는 목소리였다.

그의 손길이 드레스의 앞섶을 헤치고 그녀의 가슴을 그러쥐었다. 그의 커다란 손에 갇힌 풍만한 가슴은 스치는 그의 손길에 예민하게 반응하며 단단해졌다.

"흣, 이튼……."

열기에 들뜬 헤리엇의 목소리가 이튼의 이성을 마비시켰다. 언제 왔는지 모를 정도로 헤리엇이 서재에 놓여 있던 책상 위로 눕혀졌다. 그가 몸을 숙여 그녀의 몸을 내리눌렀다. 그리곤 드레스 속에서 꽉 닫혀 있던 헤리엇의 다릴 벌리곤 그 사이에 자릴 잡았다.

금방이라도 그녀의 안으로 밀고 들어올 듯 그의 일부가 단단해져 있었다. 헤리엇은 그녀의 드레스를 들추고 들어오는 그의 손길에 놀라 서둘러 상체를 일으켜 세웠다.

이곳에서 그와 사랑을 나눌 순 없었다. 아무리 그녀의 수풀 속 밀부에서 나른한 물기가 새어 나와 촉촉이 젖어들었다고 하더라도, 절대 해선 안 되는 일이었다.

"이튼, 안 돼요. 이제 돌아가 봐야 해요."

헤리엇이 서둘러 흘러내린 드레스를 끌어 올려 어깨를 가렸다. 그러자 이튼은 아쉬운 듯 그녀에게서 떨어졌다. 툭! 그때, 책상에 놓여 있던 묵직한 나무 상자가 바닥에 떨어지는 소리가 들렸다.

책상에서 내려와 옷을 고쳐 입는 동안 이튼이 바닥에 떨어진 상자를 주워 드는 것이 보였다. 콘웰 공작가의 문장이 새겨진 상자는 한눈에도 고가의 물건인 듯 보였다.

"그게 뭐죠?"

"아버지께서 주신 거야. 콘웰 공작가의 상속자에게 내려오는 물건이라고 하더군."

상속자에게 전해지는 물건이라면, 무척이나 중요한 것이 분명했다. 하지만 상자를 책상에 아무렇게나 올려놓는 이튼의 행동은 그렇지 않았다. 마치 불편하고 거추장스러운 것을 보듯 서늘했다. 헤리엇의 시선이 상자를 유심히 살폈다. 상자엔 단검처럼 보이는 문양이 새겨져 있었고, 그 문양이 조금 특이했다.

콘웰 공작가에 대대로 이어지는 가보가 단검인 건가? 전설의 검, 엑스칼리버처럼?

"그렇군요. 이튼, 이제 가봐야겠어요. 너무 오래 로즈힐을 비웠거든요."

헤리엇의 말에 이튼이 아쉬운 듯 그녀의 입술을 손끝으로 쓸었다.

"오늘 밤, 갈 테니 기다려."

순간 헤리엇의 얼굴이 뜨거워졌다. 헤리엇은 부끄러움도 없이 보일락 말락 고갤 끄덕였다. 그 모습에 이튼의 입가에 어린 미소가 더욱 깊어졌다. 눈빛 역시 더욱 짙어져, 당장에라도 그녀를 삼킬 정도였다. 서재를 나오는 두 사람의 손이 얽혀 있었다. 그렇게 따사롭고 나른한 오후가 지나가고 있었다.

같은 시각, 초대받지 않은 불청객은 로즈힐에도 있었다. 응접실에 앉아 주인을 기다리는 예의를 발휘하기는커녕, 마치 자신의 집이라도 된 듯 저택의 여기저기를 살피는 두 사람의 눈빛엔 부러움과 시기가 고스란히 담겨 있었다.

"헤리엇 님께선 늦으실 것 같습니다. 만약 원하신다면, 메모를 남겨놓겠습니다."

로즈힐의 티룸을 장식한 가구며, 페르시아산 카펫을 살피고 있던 마가렛과 올리비아에게 다가온 로라가 무뚝뚝한 얼굴로 말을 건넸다. 예의에서 벗어나진 않았다. 하지만 그래서인지 로라의 태도는 듣는 상대방을 더욱 주눅 들게 했다. 그리고 그녀의 뜻은 분명했다. 주인이 없으니 당장 돌아가 달라는 의미.

하지만 마가렛은 로라의 태도에도 불구하고 그런 눈치를 발휘

할 여유가 없는 듯 보였다. 올리비아가 최고의 신랑감을 만나기 위해선 반드시 오늘 헤리엇을 만나야 했다.

"아니, 기다릴게. 어차피 돌아가도 할 일은 없으니까."

"올리비아, 그런 말까진 하지 않아도 된다. 그래, 하녀장 로라라고 했던가?"

"그렇습니다. 콘웰 공작님의 명령으로 로즈힐에서 헤리엇 님을 모시고 있습니다."

"그럼 내가 누군지는 잘 알겠군. 난 헌팅턴 백작부인이거든. 로라, 티룸으로 차를 가져다주겠어? 마침 애프터눈 티타임이 다 된 것 같으니 말이야.

티룸에 걸려 있던 벽시계를 보며, 마가렛이 오만한 표정으로 말했다. 그녀의 요구가 당연하다는 듯, 아무런 망설임도 없이 티 테이블에 앉아 로라에게 어서 서둘러 달라는 듯 턱짓을 했다.

"곧 가져오겠습니다."

티룸을 나오는 로라의 표정이 딱딱하게 굳어 있었다. 어쩌면 저리도 예의가 없는지. 아무리 계모라곤 해도 헤리엇이 두 여자와 함께 살았다는 게 안쓰러울 정도였다.

그때 로즈힐의 현관문이 열리고 화사한 햇살과 함께 헤리엇이 안으로 들어왔다. 청량한 향기와 함께 밝은 빛 아래 서 있는 헤리엇을 보자, 찡그렸던 로라의 얼굴이 환해졌다. 헤리엇 역시 로라를 발견하자마자, 입가에 미소가 어렸다.

"로라, 생각보다 외출이 길어졌지 뭐야."

서둘러 로라에게 입고 있던 코트와 장갑을 벗어 건넸다. 그리곤 손에 들고 있던 장미꽃 역시.

"장미꽃이군요. 선물을 받으신 건가요?"

"오는 길에 받았지. 이튼이 줬어."

그러고 보니 투명하리만치 새하얀 헤리엇의 뺨이 붉어져 있었다. 눈동자 역시 물기로 촉촉이 젖어 황홀한 꿈이라도 꾼 듯 들떠 보였다.

"그러셨군요. 저기, 헤리엇 님. 손님이 찾아오셨습니다."

"나에게 손님이?"

"네. 의붓어머니와 여동생이라고 하셨습니다."

로라의 말을 듣자마자, 헤리엇이 미간을 찌푸렸다. 언제고 한 번쯤은 로즈힐을 찾아올 것이라고 예상은 했었다. 하지만 그날이 오늘이라니.

"힘들게 했다면, 내가 대신 사과할게."

"아닙니다, 사과라니요. 헤리엇 님께서 그러실 필요는……."

"알아. 하지만 엄연히 내 아버지의 부인이고, 내 새어머니지."

헤리엇의 입가에 씁쓸한 미소가 어렸다. 그리곤 차갑게 굳은 얼굴로 다시 입을 열었다.

"어디에 계시지?"

"티룸에서 에프터눈 티를 기다리고 계십니다."

"로라, 내 것까지 준비해 주겠어?"

"네, 헤리엇 님."

로라가 서둘러 부엌으로 가려다, 뭔가 생각에 잠긴 듯 걸음을 멈췄다.

"저기, 저녁을 준비해야 할까요?"

로라의 물음에 헤리엇이 고갤 가로저었다.

"아니, 그럴 필요 없어. 곧 돌아가실 거야."

확신에 찬 헤리엇의 대답에 로라가 고갤 끄덕인 후, 서둘러 부엌으로 걸어갔다. 복도에 혼자 남겨진 헤리엇은 마가렛과 올리비아 두 사람을 만나기 위해 티 룸으로 향했다.

티룸 앞에 선 헤리엇은 문을 열기 전, 천천히 숨을 내쉬었다. 새삼 두 사람이 없는 그녀의 일상이 얼마나 평온하지 깨달았다. 이제 더는 두 사람을 보고 싶지 않을 정도로.

문 앞에 문을 열고 안으로 들어가자, 소파에 앉아 있던 마가렛과 올리비아가 헤리엇을 발견하곤 자리에서 일어섰다.

"이제야 돌아온 모양이구나. 숙녀가 샤프롱도 없이 외출을 하다니, 정말 너란 아인 예의라곤 눈을 씻고 찾아봐도 없다니까."

헤리엇을 보자마자, 타박부터 하는 마가렛의 말을 무시하곤 티룸 안으로 들어갔다. 그러자 마가렛의 시선이 헤리엇이 입고 있는 옷이며, 장신구들을 살피기 시작했다.

"런던에선 데본의 시골 마을과는 달리 누군가의 집을 방문하기 전, 미리 전갈을 넣는 것이 예의라고 하더군요."

헤리엇의 차가운 태도에 마가렛이 순간 할 말을 잃은 듯 움찔하는 것이 보였다. 그러자 헤리엇이 의자에 앉으며 두 사람을 바라보았다.

"그런데 무슨 일로 절 찾아오셨죠? 런던에 처음 도착하던 날, 새어머니께서 하셨던 말씀이 아직도 기억이 나는군요."

"아, 그땐……. 그러니까 잘 생각해 보니, 런던 지리에 익숙하지도 않은 네가 혼자 있다고 생각하니 걱정이 되지 뭐니. 그래서 널 보러 와야겠다고 생각했지."

되지도 않은 변명거리를 늘어놓는 마가렛을 보며, 헤리엇은 한숨이 절로 났다. 사실 헤리엇은 마가렛이 로즈힐을 찾아온 이유를 충분히 짐작하고도 남았다. 사교계에 도는 소문을 그녀 역시 들었을 테니까.

"그리고 우리 사이에 무슨 연락을 한다고. 그나저나 넌, 무척이나 좋아 보이는구나. 데본에선 평민들처럼 수수한 차림만 고집하더니 말이야."

마가렛이 티룸을 비롯해 헤리엇이 가진 모든 것들이 고까운 듯 살짝 비꼬았다.

"제가 수수한 차림을 한 이유를 몰라서 그러신 건 아닐 테죠? 하루가 멀다 하고 올슨 의상실에 가서 드레스를 맞추시는 바람에 겨울 동안 먹을 식료품을 구입해야 할 돈을 다 써버리셨죠. 그래서 전, 생일에 맞춰 주문한 드레스를 취소해야 했고요."

"그럼 그 모든 게 나 때문이라는 거니?"

"데본은 런던과 다르다는 말씀을 드린 것뿐이랍니다. 저 역시, 런던에 맞게 바뀐 것뿐이고요. 그나저나 무슨 일이시죠? 중요한 일이 아니라면, 돌아가 주셨으면 합니다. 피곤하거든요."

"아, 그게. 사실 오늘 이곳에 방문한 이유는 언니에게 고맙다는 인사를 하러 왔어요. 어머니께 템스 강에서 날 구해주신 분이 그 미치광이 백작이라는 말을 듣고 얼마나 놀랐는지. 다음에 무도회에서 만난다면, 직접 말할 생각이에요. 언니가 백작님을 만날 수 있게 도와주기만 하면요."

올리비아가 조금은 들뜬 얼굴로 마가렛과 헤리엇의 대화에 끼어들며 말했다. 헤리엇을 바라보는 눈빛에 전에 없던 부러움과 선망의 눈빛을 담고 있었다.

"올리비아, 넌 몸은 괜찮은 것이겠지?"

"네, 너무 건강해요. 하지만 사교계 데뷔는 생각보다 좋지 못한 것 같아요. 초대장을 받은 파티는 아주 작은 규모의 것이라, 좋은 신랑감은 구경도 못할 판이거든요. 언니는 그레빌 백작부인의 파티와 콘웰 공작님의 파티에 참석했다죠? 거기서 댄스 신청도 받았고. 그 얘길 제인에게 전해 듣곤 얼마나 부러웠는지 몰라요."

올리비아가 헤리엇의 옆자리에 바싹 붙어 앉았다. 그리곤 그녀가 입고 있는 옷이며, 장신구들을 부러운 얼굴로 살피기 시작했다.

"이 옷이 런던 최고의 디자이너인 스콧 부인의 의상실에 맞춘 것 맞나요? 그레빌 백작부인이 언니 어머니의 친구분이셨다니. 그 사실을 알고 얼마나 놀랐는지 몰라요. 지금 런던 사교계는 언니와 미치광이 백작 얘기로 연일 화제라니까요."

"올리비아, 천박하게 그만하지 못하겠니?"

"아. 죄송해요, 어머니."

마가렛이 올리비아를 마땅찮은 얼굴로 바라보았다. 그때, 티룸의 문이 열리고 로라가 홍차와 향긋한 사과 향의 파이를 들고 들어왔다. 그리곤 테이블 위는 값비싼 은세공품과 중국 도자기로 세팅하기 시작했다.

"고마워, 로라."

"아닙니다. 그런데 헤리엇 님. 조금 전, 스콧 부인의 의상실에서 물건이 도착한 모양입니다."

"스콧 부인의 의상실이라고?"

그렇지 않아도 지금 그곳은 밀려드는 주문이 많아, 올 시즌엔 다른 옷은 만들지 못한다는 말을 전해 들었었다. 그런데 주문도 하지 않은 옷이 배달되어 오다니.

"스콧 부인의 의상실에서 옷이 왔다니, 구경해도 될까요?"

올리비아가 호기심을 이기지 못하고 또다시 끼어들었다. 그러자 마가렛이 앉은 자리에서 올리비아의 발을 꾸욱 밟는 것이 보였다. 그만 좀 하라는 듯.

순간 밀려드는 아픔에 올리비아가 움찔 몸을 떨더니, 이내 자리에 다소곳이 앉았다. 그리곤 아픔을 참으며 앞에 놓인 찻잔을 들어 차를 홀짝이기 시작했다. 헤리엇은 그런 두 사람을 보며, 작게 한숨을 내쉬었다.

"로라, 스콧 부인의 의상실에서 올 물건은 없는 걸로 아는데?"

"아마, 백작님께서 헤리엇 님을 위해 주문하신 그 옷인 모양입니다."

"그게 무슨 말이지?"

"그레빌 백작부인의 무도회가 있던 다음 날 새벽, 집사 워릭이 로즈힐을 찾아왔었습니다. 그래서 제가 워릭에게 스콧 부인의 의상실을 가르쳐 주었거든요.”

“그럼 백작님께서 내 옷을 주문했다는 거야?”

“네, 제가 알기로는 그렇습니다. 도착한 물건들을 이곳으로 가지고 올까요?”

로라가 헤리엇의 대답을 기다리며, 그녀를 바라보았다. 헤리엇은 로라의 눈빛이 유난히 빛나고 있음을 깨닫곤, 잠시 생각에 잠겼다.

뭔가 평소와 달랐다. 장황하게 상황을 설명하는 모습이 마치, 누군가에게 이 모든 것들을 들려주기 위해 일부러 그러는 것처럼 보였다. 설마, 마가렛과 올리비아에게 보여주려는 건가?

“그럼, 이곳으로 가져다주겠어?”

“네. 그리고 스콧 부인께서 감사의 의미로 모자와 구두를 보내주셨습니다.”

문으로 걸어간 로라가 복도 쪽을 향해 손짓을 했다. 그러자 하인들이 옷과 장신구들을 들고 티룸 안으로 들어서기 시작했다. 순식간에 티룸엔 옷과 장신구들을 들고 서 있는 하인들로 가득 찼다.

“대체 몇 벌이나 되는 거야?”

올리비아가 입을 다물지 못한 채 자리에서 일어섰다. 그리곤 하나같이 고급스럽고 아름다운 디자인의 드레스와 외투를 홀린 듯 살피기 시작했다.

“세상에 정말 아름다워요. 이게 다, 헤리엇 언니 것이란 거죠?”

“그렇습니다. 이걸 다 우리 헤리엇 아가씨가 입게 되실 거예요.

아마, 런던에게서 가장 비싸고 아름다운 드레스를 가진 숙녀는 우리 아가씨뿐일 테고요."

언제 들어왔는지 젠이 헤리엇에게 검은색 벨벳으로 된 작은 상자들을 건네며 의기양양한 표정으로 말했다.

"아가씨, 이것 좀 보세요. 드레스에 어울리는 보석까지 세트로 온 모양이에요. 이런 세심한 부분까지 모두 신경을 쓰시다니. 백작님께선 아가씨께 푹 빠지신 게 분명해요. 곧, 청혼도 해오시겠죠?"

"젠, 그만해."

젠을 나무라긴 했지만, 드레스며 장신구들을 바라보는 헤리엇의 표정 역시 들뜨기는 마찬가지였다. 과한 선물이라 거절하고 싶었지만, 이미 그녀의 몸에 맞게 재단된 옷이었다. 돌려보낼 수도 없었다.

"저기, 헤리엇 언니. 우리가 오늘 여길 찾아온 건 이유가 있어서예요."

올리비아가 마가렛의 눈치를 살피며, 조심스럽게 말을 꺼냈다.

"무슨 이윤데?"

"그게, 사실은 부탁이 있어서."

"부탁?"

"네. 사실 사교계에서 가장 인기 있는 언니에겐 너무도 쉬운 일이기도 해요. 그러니 꼭 들어줬으면 해요. 언니에게 온 초대장 중 몇 개를 저에게 주면 안 되나요? 이젠 못생기고 나이 든 신사라면 진절머리가 나요. 제발, 부탁할게요."

간절한 눈빛으로 자신을 바라보며 초대장을 나눠달라고 하는 올리비아를 보며, 헤리엇은 한숨부터 나왔다. 사실 헤리엇은 그녀 앞으로 온 파티 초대에 응할 생각은 전혀 없었다. 올리비아의 말처럼 나눠 주는 것 역시 어렵지 않았다. 하지만 그러고 싶지 않았다.

지금껏 헤리엇이 마가렛과 올리비아에게 예의를 갖춘 이유는 단 하나였다. 아버지 헌팅턴 백작은 마가렛과 재혼하긴 했지만, 아버지 헌팅턴 백작은 마가렛을 한 번도 백작부인으로 대한 적이 없었다. 심지어 결혼 초기엔 마가렛의 이름도 몰랐었다.

대를 이을 아들을 낳아야 한다는 일념 하나로 마가렛과 재혼하긴 했지만, 헌팅턴 백작은 오직 헤리엇의 어머니 엘레나에 대한 그리움으로 가득 차 있었다.

사실 귀족에게 혼인이란 후계를 낳기 위한 정략혼일 뿐이지만, 같은 여자로서 마가렛에게 연민을 느꼈다. 하지만 그 인간적인 연민 역시 템스 강에서의 일 이후, 모두 사라졌다. 올리비아의 목숨을 살려준 것으로 이제, 헤리엇은 마음의 빚을 털어낸 것이다.

"미안하지만, 올리비아. 그 부탁, 들어줄 수 없을 것 같구나."

예상과는 달리 헤리엇의 차가운 거절에 올리비아의 얼굴이 실망으로 일그러지는 것이 보였다. 마가렛 역시 안절부절못하는 것은 마찬가지였다.

"하지만……."

"내 마음은 바뀌지 않아. 이제, 내가 널 위해 해줄 일은 없어."

헤리엇의 표정은 너무도 단호했다. 평소 서늘한 성격이긴 했지만, 이렇게 차갑게 대한 적은 없었던 것이다.

"어머니, 어떡해요. 이젠 좋은 신랑감을 얻기는 불가능할 텐데. 전, 절대 데본으로 돌아가지 않을 거예요. 그 시골로는 절대."

올리비아가 마가렛을 돌아보며, 분통을 터뜨렸다. 마가렛 역시 그런 올리비아를 보며, 화를 참는 듯 얼굴이 새빨갛게 변하는 것을 볼 수 있었다.

"올리비아, 돌아가자꾸나. 더는 이곳에 있을 필요가 없을 것 같으니 말이다."

마가렛이 올리비아의 팔을 붙잡곤 강하게 끌어당겼다. 그리곤 헤리엇을 지나쳐 가기 전, 표독스러운 얼굴로 입을 열었다.

"헤리엇, 정말 변했구나. 지금은 네가 사교계에서 인기 좀 있다고 기고만장이겠지만, 너보다 더 아름답고 어린 숙녀는 아주 많단다. 우리 올리비아는 분명 최고의 신랑감을 만나 결혼할 테니, 두고 보렴."

"전 한 번도 어머니께서 말씀하는 인기 따위 원한 적 없습니다. 그런 인기란, 언젠가 물거품처럼 사라져 버리는 것이니까요. 전 제 가치를 알아주는 단 한 사람만 있으면 됩니다. 그러니, 새어머니. 올리비아를 위해서 무엇이 최선인지 생각해 보세요. 때론 사람은 욕심이 그 사람의 인생을 집어삼키기도 하더군요."

헤리엇의 말에 마가렛이 입매가 보기 흉하게 일그러졌다. 하지만 헤리엇에겐 한마디도 할 수 없었다. 데본에서도 느낀 것이지만, 헤리엇에겐 사람을 꼼짝 못하게 하는 위엄이 있었다. 데본에선 어리다는 이유로 무시하고 이유 없이 경멸했었다.

하지만 헤리엇은 런던에 온 후 변한 것 같았다. 뭔가 알 수 없었지만 강한 힘이 느껴졌다. 스스로 빛나는 존재. 헤리엇은 허물을 벗은 나비처럼, 찬탄을 금치 못할 정도였다.

"올리비아, 뭘 꾸물거리는 거니? 어서 가지 않고."

마가렛이 괜스레 올리비아에게 팩 소리를 질렀다. 그리곤 복도를 따라 걸으며, 주먹을 꼭 쥐었다.

"어머니, 잠깐만요. 이대로 돌아가도 되는 건가요? 파티 초대장은 어떡하고요? 제 신랑감은요?"

복도를 따라 걸으며, 투덜거리는 올리비아를 마가렛이 돌아보았다. 그리곤 그녀의 팔을 확 끌어당기더니 서둘러 마차에 올랐다.

"걱정할 것 없다. 무슨 일이 있어도 너에게 최고의 신랑감을 구해줄 테니까."

올리비아는 자신만만한 얼굴의 마가렛을 보자, 의아했다. 헤리엇이 그녀의 부탁을 거절한 마당에 최고의 신랑감을 구해줄 수 있다고 큰소리를 치다니. 설마, 다른 믿는 구석이 생긴 건가?

"가능하다고요?"

"그래. 이걸 보려무나."

마가렛이 드레스 자락을 들치더니, 그 안에 몰래 숨겨놓았던 초대장을 꺼내 올리비아에게 보여주었다.

"이건, 그레빌 백작부인의 초대장이군요. 세상에나, 그 유명한 폴스텐 레이시에서 여는 파티예요. 궁보다 훨씬 아름답다고 하던 그곳이요. 그나저나 이 초대장은 어떻게 구한 건데요?"

올리비아의 질문에 마가렛이 서둘러 초대장을 다시 주머니 안으로 밀어 넣었다.

"그건 알 필요 없다. 우린 어서 돌아가, 일주일간의 파티를 위해 여행 준비를 하면 되는 거야."

흔들거리는 마차 안에서 마가렛은 창문을 통해 헤리엇이 있는 티룸으로 고갤 돌렸다. 아니나 다를까, 창문 앞에 선 헤리엇이 두 사람이 떠나는 마차를 바라보고 서 있었다.

흥, 네가 도와주지 않아도 잘해낼 테니 두고 보렴!

그렇게 두 사람이 떠나고, 그 모습을 유리창을 통해 지켜보고 있던 헤리엇이 고갤 돌렸다. 그러자 젠이 걱정스러운 표정으로 서 있었다.

"아가씨, 잘하신 거예요. 템스 강에서 목숨까지 구해줬는데도, 고마워하지도 않는 사람들이잖아요. 아가씨께서 할 수 있는 일은 모두 한 것이니, 이젠 신경 쓰실 필요 없으세요."

사실 그녀 역시 더는 마가렛과 올리비아에게 아무런 감정도 없었다. 다만, 걱정될 뿐이었다. 마가렛의 성격상, 저렇게 아무런 말 없이 물러가는 것이 이상했다. 뭔가 꿍꿍이가 있는 것이 분명했다.

"젠, 루엔이 윌을 통해 약초를 보낸 모양이야."

"윌이라면, 그 잡화점 주인을 말하는 건가요? 그분이 런던에 온 모양이군요."

"한 달간 런던에 머문다고 했어. 아마, 알렉스가 너에게 보낸 선물도 있을 거야."

"알렉스가요? 다음에 꼭 가봐야겠어요. 그나저나 데본에서 올 때 가져온 약이 다 떨어져 가던 참이라 걱정하던 참이었는데, 잘 되었어요. 루엔님께서 그 약은 거르지 말고 꼭 드셔야 한다고 했거든요."

젠이 서둘러 티룸을 나가자, 헤리엇은 어두운 표정으로 창밖을 응시했다.

어머니의 본가인 리치먼드 공작가. 이젠 몰락한 리치먼드 공작가는 가문의 여인들에게 저주처럼 내려오는 병력이 있었다. 첫 월경과 함께 시작된 고열. 그 고열로 머리카락이 은빛으로 변한 여인은 아이를 낳을 수 없게 되었다.

아우로라의 저주. 루엔은 리치먼드의 저주를 그렇게 불렀다. 그리고 이유 또한 알지 못한다고 했었다. 아니, 어머니인 엘레나는 아우로라의 저주에 대해 뭔가를 알고 있는 것이 분명했다. 하지만 엘레나는 이미 헤리엇을 낳다 죽고 만 것이다.

리치먼드의 저주에 대해 더는 뭔가를 알아낼 방법이 없는 걸까? 그 저주에 대해 알고 있는 누군가를 찾아내야 했다. 예를 들자면, 어머니 엘레나와 아주 친했던…… 그래 아이린 그레빌. 분명 아이린은 엘레나가 보내온 편지들 중에 헤리엇에게 전해줄 것이 있다고 했었다.

헤리엇은 유리창에 비친 자신의 은빛 머리카락을 보며, 씁쓸한 미소를 지었다. 그녀의 아릿한 마음과는 달리 헤리엇의 머리카락은 지는 태양 아래, 눈부시게 빛나고 있었다. 은빛 머리카락. 헤리엇에겐 이 아름다운 머리카락이 자신의 숙명을 일깨우는 그런 것이었다.

"헤리엇 님, 여기. 외출하신 동안, 전달된 편지입니다."

그때 고용인들과 함께 밖으로 나갔던 로라가 다시 티룸으로 들어왔다. 몸을 돌린 헤리엇은 로라가 건네는 편지를 받아 들었다. 순간 네빌 백작이 보낸 편지란 걸 확인한 헤리엇은 서둘러 봉투를 열어 내용을 확인했다.

오늘 밤이었다. 드디어 오늘 밤, 숙녀는 절대 들어갈 수 없는 사교 클럽에 갈 기회가 생긴 것이다.

"헤리엇 님, 무슨 일이라도 생긴 건가요?"

로라는 편지를 다 읽은 헤리엇의 눈동자가 반짝이고 있음을 놓치지 않았다. 표정 역시 평소와는 달리 조금은 흥분된 듯 보였다. 그 모습을 보며, 로라는 걱정되었지만, 아무런 내색도 하지 않았다. 분명 네빌 백작이 보낸 편지였다. 그리고 헤리엇은 네빌 백작의 편지를 부담스러워하는 것이 아니라, 오히려 기뻐하고 있었다.

하지만 헤리엇은 분명, 이튼 님과…….

"아니, 별일 아니야."

헤리엇이 서둘러 편지를 접어, 주머니 속으로 밀어 넣는 것이 보였다. 편지 안에 적힌 내용을 들키고 싶지 않은 모양이었다. 로라는 그런 헤리엇을 보며, 표정이 어둡게 변했다.

설마? 아니, 그럴 리 없었다. 짧은 시간이었지만, 로라가 본 헤리엇은 절대 누군가를 동시에 마음에 품을 수 있는 그런 사람이 아니었다.

그 누구보다도 기품 있고, 자존심이 센 아름다운 숙녀였다. 거만함이 아니라 당당했고, 강했지만 신분이 낮은 고용인들에게는 사려 깊은 주인이었다. 그런 헤리엇을 로라는 좋아할 수밖에 없었다.

“로라, 오늘은 몸이 피곤해 일찍 쉬어야겠어. 저녁은 젠에게 내 방으로 가져다주라고 해줘.”

그런 헤리엇을 로라는 걱정스러운 얼굴로 바라보고 있다는 사실을 전혀 모르는 채 헤리엇은 서둘러 티룸을 나갔다.

오늘 밤이었다. 드디어 사교 클럽 헬에 갈 수 있다니. 사실 이튼이 오늘 밤 찾아오겠다고 했지만, 서두르면 그가 오기 전에 로즈힐로 돌아올 수 있을 것 같았다. 그렇게 생각하자, 2층으로 향하는 헤리엇의 발걸음이 가벼워졌다. 어느새 해가 지고 밤이 찾아오고 있었다.

남성 전용 사교 클럽, 헬.

런던의 사교계가 가장 품위 있고, 교양이 넘치는 귀족적인 사교 모임이라면, 낮과는 달리 어둠을 핑계로 자신들의 감춰진 본성을 드러내며 런던의 밤을 지배하는 것이 바로, 남성 전용 사교 클럽인 헬이었다.

숙녀들 앞에서의 예의범절과 지적인 얼굴 아래 감추어둔 숨기고 싶은 욕망을 비밀스럽게 풀어내는 곳. 인간들의 탐욕의 지옥, 욕망과 잔혹함. 그리고 비밀이란 이름하에 인간성의 밑바닥까지 서슴없이 드러낸 곳이 바로, 이곳 헬이었다.

평상시 사교 클럽 헬에선 적당한 술과 음악, 그리고 귀족들 사이에서 가장 인기 있는 게임 중 하나인 당구와 카드놀이가 이루어졌다. 간혹 귀족들의 필수 교양 항목인 복싱 역시 이뤄지긴 했지만, 그건 귀족들이 즐겨하는 내기를 위한 작은 이벤트였다. 즉 사교 클럽이란 포장 아래, 건전하고 유쾌한 모임의 장소였다.

그래서인지 유독 다른 사교 클럽과는 달리, 헬은 회원제로 운영되고 있었다. 아무리 돈이 많아도 헬을 출입할 수 있는 조건은 무척이나 까다로웠다. 그로 인해 영국의 귀족이라면 누구나 헬의 회원이 되길 원했다.

무엇보다 헬에선 귀족들과 젠트리들이 자유롭게 정치를 논할 수 있는 공간이 있었고, 지식인들의 새로운 사상이나 이론들을 심도 있게 토론할 수 있는 장소이기도 했다. 그래서 헬의 회원들은 높은 지성만큼 사회적 지위 역시 높았고, 자긍심 역시 대단했다.

하지만 헬의 다른 이면, 즉 은닉된 비밀의 문을 열고 헬의 건물 지하로 내려가면, 좀 더 은밀하게 귀족들의 더러운 욕망을 채워주는 전용공간이 존재했다.

그 전용공간 역시 헬의 회원들 중 최상층 회원들에게만 제공되는 곳이었고, 한 번 그곳을 이용한 신사들은 자신의 신분과 얼굴을 숨긴 채 자유롭게 이용할 수 있게 만들어놓았다.

어둠을 지배하는 하데스, 4년 전 헬이 처음 문을 연 후부터 사람들은 헬의 주인을 런던의 밤을 지배하는 하데스라고 불렀다.

이튼은 왠지 그런 헬의 분위기가 마음에 들지 않았다. 특히, 옆자리에 앉아 있는 네빌에게서 뿜어져 나오는 어색한 침묵에 미간을 찌푸렸다.

한 시간 전, 이곳 헬에서 만나자는 네빌의 전갈을 받은 후 이튼은 곧장 이곳으로 향했다. 하지만 네빌은 이곳에 도착한 이후 묵묵히 자리에 앉은 채 술잔에 가득 담긴 술을 내려다볼 뿐이었다.

"네빌, 할 말이 있네."

"그래? 그럼 먼저, 듣기로 하지."

여전히 이튼에겐 시선 조자 주지 않은 채 네빌이 고갤 끄덕였다. 그 불편한 침묵에 이튼은 무겁게 내려앉는 마음을 뒤로하곤, 천천히 입을 열었다. 그가 친구인 네빌에게 꼭 해야 할 말을.

"헤리엇은…… 데본에서부터 알고 있었네. 처음 데본의 저택에 왔을 땐, 뻔히 보이는 거짓말을 하는 헤리엇을 혼쭐내 쫓아 보낼 생각이었지. 하지만 한 번 헤리엇을 의식하기 시작하자, 눈을 뗄 수가 없게 되더군."

네빌 역시 알고 있었다. 헤리엇은 다른 숙녀들과는 다른 매력이 있었으니까. 온실의 화초처럼 자란 숙녀가 아니라, 야생화처럼 강했고 또한 신비했다. 그래서인지 그녀의 모든 것이 신기해 눈이

갔다. 아마, 이튼 역시 그랬을 테지.

"왜 말을 하지 않은 거지?"

"사정이 있었거든. 아버지께서 데본에 왔을 때, 헤리엇을 보았지. 그래서 난 아버지께서 헤리엇을 이용해 런던으로 불러들이려고 한다고 생각했네. 내 의지와는 상관없이 날 조종하려고 하는 아버지께도 그리고 믿었던 헤리엇에게도 화가 났었지. 무엇보다 네빌 자네가 헤리엇에게 관심을 보일 것이라곤 전혀 예상치 못했다는 것이 맞겠군."

"그래서 지금은? 지금은 어떻지? 아직도 헤리엇에게 화가 나 있는 건가?"

"아니, 이젠 아니야. 얼마 전 아버지를 만나뵌 자리에서 내가 헤리엇에 대해 오해를 했다는 것을 알았거든. 그리고 그 일로 인해, 난 내 마음을 들여다볼 수 있는 기회를 얻었지. 그래서 네빌, 자네에겐 먼저 말해야겠다고 생각하게 된 것이네."

술잔을 어루만지던 네빌이 그제야 이튼을 향해 고갤 들었다. 이튼을 바라보는 네빌의 표정은 묘했다. 착잡해 보이기도 하고, 조금은 안타까운 듯 복잡한 표정이었다.

평소와는 달리 냉담해 보이는 네빌을 보자, 이튼은 가슴이 답답해졌다. 또 잃게 되는 건가? 4년 전 그랬던 것처럼, 또 소중한 존재를…….

"네빌, 난…… 선택할 수 없네. 욕심이 많은 성격이라, 자네도 그리고 헤리엇도 절대 놓은 생각이 없어. 그러니 자네가 마음을 돌려주었으면 하네. 부탁…… 하지."

"사랑하는 모양이군."

이튼은 네빌의 시선을 피하지 않았다. 그리고 지금 이 순간, 솔직해져야 한다는 것 역시 본능적으로 느낄 수 있었다. 자신의 감정에 솔직해야 한다는 것. 그것은 이튼처럼 감정을 드러낸 것에 익숙하지 않은 사람에겐 무척이나 힘든 일이었다.

"지독한 갈증과 공허가 사라지고, 내가 살고 싶다고 느끼는 것이 사랑이라면…… 그런 모양이야. 한 사람이 내 옆에만 있어만 준다면, 그 무엇도 다 헤쳐 나갈 수 있다고 생각한 것 역시 처음이거든. 만약 그런 것이 사랑이라고 한다면…… 난 헤리엇을 사랑하네."

담담한 목소리였다. 감정이라곤 담기지 않은 그 고요한 목소리가 듣는 이에 심장을 건드리는 강한 힘이 있었다. 과장되거나 꾸미지 않은 진실. 그 진실한 마음이 고스란히 느껴졌다. 그리고 이튼이 이 결론에 도달하기까지, 마음속으로 얼마나 많은 고민했을지도.

"이제야 인정을 하다니. 이튼, 내가 이 말을 얼마나 기다리고 있었는지 알고는 있는 건가? 솔직한 자네의 대답을 듣고 나니, 마음이 편해지는군. 사실 좀 더, 애를 태워줄까도 했지만 자네 얼굴을 보니 그만두는 게 좋을 것 같아."

네빌의 눈빛이 부드러워졌다. 그리고 언제나처럼 사람의 마음을 평온하게 만드는 미소가 네빌의 입가에 매달려 있었다. 순간, 안도감에 이튼은 자신도 모르게 깊은 숨을 내쉬었다.

"그럼, 이미 모든 걸 알고 있었다는 건가?"

"템스 강에서 두 사람을 보며, 그렇지 않을까 생각했지. 자네는 숨기려 했겠지만, 원래 감정이란 흘러넘치는 법이니까."

"그럼 무도회에선 왜……?"

"시치미를 떼고 있는 자네가 괘씸했거든. 언제쯤 자신의 감정을 솔직하게 인정하고, 나에게 사실을 말할지 기다리고 있었지. 그리고 심술도 났네."

네빌이 앞에 놓인 술잔을 들었다. 사실 그런 의도도 있었지만, 헤리엇에게 자신이 그녀의 정체를 알고 있다는 사실을 말하기 위해서이기도 했다. 하지만 그 말까진 하지 않을 생각이었다. 그것은 자신이 아닌, 헤리엇의 몫일 것 같았으니까.

"시치미를 떼려는 의도는 아니었네. 네빌 자네를 속일 생각 또한 전혀 없었고. 그땐, 나 역시 혼란스러웠으니까."

"알아. 이튼 자넨 이런 식으로 남을 속이는 사람이 아니지. 하지만 서운하더군. 4년이란 시간 동안 떨어져 지내긴 했지만, 우린 친구라고 생각했으니까."

술잔을 기울이며, 네빌은 마음속에 있던 말을 뱉어냈다.

"나 역시 그래. 에이든과 자넨 나에겐 유일한 친구들이니까."

두 사람 사이에 침묵이 흘렀다. 믿음을 가진, 두 남자. 그리고 두 사람을 둘러싼 신뢰. 네빌이 한결 가벼워진 얼굴로 이튼을 보았다. 그리곤 다시 입을 열었다.

"그런데 헤리엇 양과는 어떻게 만나게 된 건가? 궁금하군."

네빌의 물음에 이튼은 생각에 잠긴 듯 눈동자가 깊어졌다. 생각해 보니, 몇 달 전까지만 해도, 헤리엇이란 존재 자체도 알지 못했다는 사실이 믿어지지 않았다. 어느새 입가에 미소가 떠올라 있었다.

“몇 달 전, 하녀라고 신분을 속인 채 저택에 찾아왔더군. 하녀라고 하기엔 말투와 행동에서 기품이 느껴졌지. 그래서 처음엔 귀족가의 사생아라고 생각했고, 쫓아낼 생각에 주시하다 보니…….”

“마음을 빼앗긴 거군.”

네빌은 목을 타고 넘어가는 뜨거운 액체에 미간을 찌푸렸다.

“그럼 그전엔 만나 적이 없다는 건가?”

“없어. 어쩌면 가끔 시내를 지나다 마주쳤을지도 모르지. 하지만 그녀가 저택을 방문하지 않았다면, 만나지 못했을 거야.”

아, 씁쓸하군. 이 모든 것이 자신의 제안 때문이었다니. 술잔을 손에 든 네빌의 손에 힘이 들어갔다. 두 사람을 이어준 끈이 자신이었다니. 훗, 누굴 원망할 처지도 못 되는 것이었군.

“그랬었군.”

가득 찼던 바닷물이 한순간 빠져나가 버린 느낌이었다. 그래서인지 채워질 수 없는 그런 안타까운 마음이기도 했다. 자신이 놓아버린 손바닥 사이로 아쉬운 감정들이 씻겨 나갔다.

“이튼, 이것만은 기억해 줬으면 해. 헤리엇 양에 대한 내 마음은 진심이었네. 만약 자네가 아니었다면, 난 절대 포기하지 않았을 거야.”

“네빌…….”

“아, 저기 에이든이 오는군. 그리고 내가 초대한 손님도 함께.”

이튼이 문 쪽으로 고갤 돌렸다. 그러자 두 사람에게 걸어오는 에이든이 보였다. 그리고 장신의 에이든 뒤로 이런 곳이 익숙하지 않은 듯 쭈뼛거리며 잔뜩 긴장한 얼굴을 한, 칼 프레데릭 역시.

❖

딱, 데구르르 따닥!

공이 부딪히는 경쾌한 소리와 함께 당구대 위에 공이 빠르게 굴렀다. 그러자 당구 큐를 들고 서 있던 에이든이 자신만만한 얼굴로 세 사람을 향해 돌아섰다.

"어때? 이만하면, 실력이 녹슬진 않은 것 같은데 말이야."

"4년 전보단 아니지만, 그런대로 쓸 만하군. 이튼, 자네 차례야."

네빌이 이튼에게 큐를 건넸다. 그러자 벽에 기대서선 당구 게임엔 전혀 관심 없다는 듯 서 있던 이튼의 시선이 헤리엇에게 향했다. 그리곤 뭔가 마음을 정한 듯 천천히 몸을 일으켜 세우더니, 당구대 쪽으로 걸어오기 시작했다. 순간 헤리엇은 긴장했다. 순식간이었지만, 그의 입가에 냉소가 어렸다 사라졌다.

"난 됐고. 프레데릭, 내가 당구를 가르쳐 주도록 하지. 귀족이라면, 당연히 당구와 복싱은 기본으로 배워야 할 소양이니까."

"네? 그게 무슨?"

말도 안 돼. 헤리엇은 조금 떨어진 곳에 서서 세 사람이 당구 치는 것을 바라보다, 벼락이라도 맞은 듯 놀란 눈으로 이튼을 쏘아보았다.

"왜 놀라는지 모르겠군. 가르쳐 준다면, 기쁜 일일 텐데 말이야."

"아, 그게……. 배우고는 싶지만, 다음 기회에……. 엇, 잠깐."

순간 헤리엇은 당혹스러움에 심장이 쿵 내려앉았다. 그가 그녀의 손목을 붙잡고는 그녀의 손에 큐를 잡게 한 것이다. 헤리엇은 큐를 떨어뜨리지 않기 위해 안간힘을 썼다. 그리고 고갤 들어 그녀를 내려다보고 있을 이튼과 마주했다.

하지만 이내 고갤 숙였다. 용기가 나지 않았다. 그녀가 헬이 나타났을 때부터 이튼은 지금처럼 무표정한 얼굴로 그녀를 마땅찮은 듯 계속 쏘아보고 있었다.

네빌의 전갈을 받고 헬에 도착한 헤리엇은 긴장감으로 심장이 쪼그라들 것 같았다. 여자인 자신이 남성 전용 클럽에 발을 들이다니. 만약 자신이 여자란 사실을 들킨다면 사교계에 큰 문제가 될 수도 있었지만, 그 달콤한 호기심을 떨쳐 버릴 수가 없었다.

무엇보다 그녀의 비밀을 알고 있는 네빌의 초대였다. 헤리엇은 유일한 기회를 놓치고 싶지 않았다.

하지만 지금 헤리엇은 또 다른 의미로 숨이 막혔다. 이튼. 그녀에겐 시선조차 주지 않은채 서늘한 표정의 그를 보자 심장이 오그라드는 느낌이었다. 내내 서늘한 기운을 뿜어내던 그가 당구를 가르쳐 주겠다는 호의를 베풀다니. 뭔가 꿍꿍이가 있는 게 분명했다.

“자, 여기에 서도록 해.”

“아, 네.”

헤리엇이 이튼이 시키는 대로 당구대 옆에 섰다. 바짝 마른 입술을 축이기 위해 헤리엇이 혀를 내밀었다. 그러다 그의 시선이 입술에 느껴지자, 서둘러 입을 다물었다. 두 사람을 바라보는 네빌과 에이든의 시선이 묘한 빛을 띠고 있었다. 네빌이야 자신이 여자라는 사실을 알고 있었지만, 에이든과 이튼은 아니었다.

“상체를 더 숙여야겠군.”

“아, 네.”

큐를 든 헤리엇이 어정쩡한 모습으로 상체를 구부렸다. 그러자 이튼의 손이 그녀의 배와 어깨를 붙잡곤 자세를 교정했다.

“힘을 빼. 당구는 몸이 아닌, 두뇌 게임에 가깝거든.”

그의 손이 그녀의 몸에 닿아 있었다. 분명 자세를 교정하기 위해서였다. 하지만 그의 손길에 헤리엇의 귓불이 붉어지는 것은 어쩔 수 없었다. 당황한 헤리엇이 그에게서 벗어나려 옆으로 비켜서려 했다. 하지만 이튼이 옴짝달싹하지 못하도록 그녀를 막고 서 있었다.

너무도 가까웠다. 그녀의 표정 하나, 긴장해 굳어진 입매까지 모두 볼 수 있을 정도로. 이렇게 계속 옆에 있다간, 그녀의 정체를 들킬 수도 있었다. 헤리엇은 최대한 냉정한 표정으로 이튼을 바라보았다. 두근! 날카롭게 날아드는 그의 눈빛은 한 치의 망설임도 없이 그녀를 향해 있었다. 마치 모든 걸 알고 있다는 듯.

"날 피하는 건가? 아님, 그럴 만한 이유라도 있는 것은 아니겠지?"

"아, 저는……."

심장이 쿵 내려앉았다. 그가 알고 있었다. 남장을 하고 그의 옆에 서 있는 칼 프레데릭이 헤리엇이란 걸. 입안에 침이 바짝 마르는 느낌이었다. 주변의 소음이 모두 사라지고, 그녀의 심장 소리만 가득했다.

그의 시선이 수염 아래 가려진 그녀의 입술을 바라보고 있다는 것을 깨닫자, 그녀도 모르게 입술을 깨물었다. 그때 두 사람 사이에 흐르는 긴장감을 눈치챈 듯 네빌이 끼어들었다

"당구는 다음에 가르쳐 주는 것이 어떤가, 이튼? 아마 프레데릭은 헬의 내부가 더 궁금할 테니 말이야."

"아, 네. 그렇지 않아도 궁금하던 참이었습니다."

헤리엇이 서둘러 이튼의 손에서 벗어나기 위해 상체를 일으켜 세웠다. 하지만 이튼은 여전히 그녀가 움직이지 못하게 막아선 채였다.

"지나갈 수 있게 비켜주시겠습니까?"

그녀를 바라보던 이튼의 입가가 차갑게 비틀렸다. 그가 옆으로 비켜서자, 헤리엇이 그를 지나쳐 네빌에게 걸어갔다. 순간 헤리엇의 몸이 굳어졌다. 사람들의 시선을 피해, 대범하게도 이튼의 손이 그녀의 손목 안쪽을 건드렸다.

그의 은밀한 손길에 순식간에 심장이 거칠게 뛰기 시작했다. 온몸이 화끈거려 헤리엇은 감정을 숨기기 위해 고갤 푹 숙였다.

조금 전 그 행동은 그녀를 곤란하게 하려는 그의 의도가 분명했다.

"프레데릭, 그나저나 헬을 방문한 첫인상이 어떤지 궁금하군요."

에이든의 물음에 헤리엇은 고갤 들었다. 그리곤 아무 일 없다는 듯 최대한 담담한 표정으로 말했다.

"규모에 놀라는 중입니다. 입구에서 봤을 땐, 그저 작은 건물이라고 생각했었거든요."

"헬을 처음 방문한 사람이라면 누구나 그렇게 느끼죠."

"그런데 사교 클럽이란 게, 다 이런 곳뿐인가요?"

사실 헤리엇의 기대와는 달리 이곳은 너무도 건전했다. 분명 들리는 소문으론 사교 클럽에선 다양한 내기와 게임이 이루어진다고 했었다. 특히 식민지에서 데려온 노예들의 경매라든가, 다양하고 소소한 내기가 화두라고 했다. 그리고 헤리엇이 알고 싶은 것은 그 내기였다. 대체 어떤 종류의 내기를 하는지 너무도 궁금했다.

"그럼 뭘 기대한 거지? 설마, 돈으로 여자를 사고 변태적인 취향을 즐기는 모습을 상상한 건가?"

이튼이 서늘한 눈으로 헤리엇을 보며 웃고 있었다. 그녀가 곤란해하는 게 무척이나 즐거운 듯이.

"그런 건 아니었습니다."

"아니, 맞는 것 같은데? 아마 이곳의 지하에도 그런 공간이 있다고 하더군. 낮과 밤처럼, 밝은 태양 아래서는 신사라는 이름으로 자신을 포장하던 이들이 더럽고 추잡한 욕망을 어둠이란 밤을 통해 풀어내는 곳이 바로, 헬이니까. 이곳의 입구가 아주 작은 이유가 바로 그것이지. 마치 숨기고 싶은 인간의 본성은 작은 듯 보이지만, 그 안을 파헤쳤을 땐 인간을 집어삼킬 만큼 거대하거든."

"헬의 입구가 작은 이유에 그런 상징성이 있었던 것이군요."

두 사람의 대화를 듣고 있던 에이든이 조금은 당황한 표정으로 그의 말을 제지했다.

"이튼, 그런 노골적인 표현을 하다니. 너무 심한……."

"남자라면 그런 욕망은 당연한 것 아닌가? 그리고 이곳을 찾은 귀족들은 선택을 하겠지. 숨겨놓았던 자신의 욕망을 비밀과 은밀함을 방패로 풀어낼지 아니면, 숨길지."

"그럼, 백작님께선 어떤 선택을 하셨는지 궁금하군요."

헤리엇의 질문에 이튼이 재미있다는 듯 웃었다. 그리곤 나른한 시선으로 헤리엇을 바라보았다. 램프의 등불 아래 서 있는 그의 모습이 묘하게 관능적이었다. 강한 맹수가 마치 암컷을 유혹하듯 감정을 숨기지 않은 채 그녀를 노골적인 시선으로 바라보고 있었다.

"내가 어떤 선택을 했을 것 같지?"

"그러게요. 저야 알 수가 없어서요."

이튼을 바라보는 헤리엇의 눈꼬리가 도전적으로 위로 치켜 올라갔다. 헤리엇 역시 자꾸만 자신을 난처하게 하는 이튼에게 잠자코 있을 수만은 없었다. 이왕 이렇게 된 이상 그의 시선을 피하며,

도망치고 싶지 않았다.

“집요하지. 내 것에 대한 소유욕 역시 지독하리만치 강하고. 그래서 난, 돈으로 사고파는 관계는 질색이야. 하지만 내 것이 생긴다면, 망설이지 않아.”

이튼의 눈빛이 묘한 빛을 띠고 반짝였다. 야릇한 감정이 담긴 나른한 느낌. 헤리엇은 귓불이 뜨거워졌다. 다행히 네빌과 에이든은 눈치채지 못한 듯했지만, 이튼은 그녀가 어떤 상태인지 똑똑히 알고 있는 게 분명했다.

“넌, 어떤 쪽이지? 욕망에 솔직한 편인가? 아니면, 여자처럼 곱상하게 생긴 외모로 남자를 유혹하는 건 아닐 테지?”

“네? 그게 무슨?”

정색하며, 헤리엇이 반문하자 이튼의 입가가 재미있다는 듯 비틀렸다.

“남자에게 관심이 없다는 건가?”

이튼의 물음에 헤리엇은 주먹을 꼭 쥐었다. 여자인 자신은 분명 남자에게 관심이 있는 게 맞았다.

“아니요, 관심 있습니다. 그러니. 조심하셔야 할 겁니다. 백작님은 제 취향에 무척이나 가깝거든요.”

조금은 황당하고, 위험스러운 발언이었다. 그리고 이튼이 취향이라고 당당하게 말하다니. 하지만 이상하게도 이튼을 비롯해 네빌, 에이든은 그녀의 발언에 놀라지 않았다. 그저 어색하게 웃을 뿐이었다.

“상대가 너라면…… 난 상관없을 것도 같군. 지금 당장, 방으로 갈 수도 있는데…….”

“백작님, 농담이 지나치시군요! 전, 잠시 실례하겠습니다.”

굳은 얼굴로 헤리엇이 이튼을 차갑게 쏘아보았다. 그리곤 네빌과 에이든에게 양해를 구한 후, 화장실을 찾기 위해 밖으로 나갔다. 그때까지 이튼을 마땅찮은 눈빛으로 바라보던 네빌이 이튼의 어깨를 툭 건드렸다.

“자네답지 않군.”

“그래, 이튼. 지난번 네빌이 분명 숙녀라고 얘길 했는데도 이렇게 무례하게 굴다니. 대체 무슨 생각으로 그런 거지?”

“네빌, 나 역시 속 좁은 사내일 뿐이거든. 오늘은 나 먼저 돌아가도 괜찮겠지?”

이튼 역시 굳은 얼굴로 네빌과 에이든을 바라보고는 자리에서 일어섰다.

“잠깐, 이튼!”

“프레데릭은 내가 데려가겠네.”

“아, 그래. 그렇게 하는 게 좋을 것 같군.”

네빌은 서늘하게 돌아서는 이튼의 등을 보고서야, 그 역시 헤리엇이 칼 프레데릭이란 사실을 알게 되었다는 것을 깨달았다. 쳇, 당연한 건가? 하지만 저 냉혈한이 언제 능구렁이처럼 굴게 된 거지? 네빌은 믿을 수 없다는 표정으로 고갤 가로저으며, 옆에 앉아 있는 에이든을 바라보았다.

“에이든, 우리 오늘 밤 진탕 마시는 건 어떤가?”

“나야, 당연히 좋지.”

에이든이 네빌의 어깨에 팔을 올려놓았다. 아무 말 하지 않아도 서로가 어떤 생각을 하는지 알 수 있었다. 두 사람은 오래된 친구였으니까.

❖

믿을 수 없었지만, 길을 잃은 것 같았다. 손을 씻고 밖으로 나온 헤리엇은 복도를 따라 걸었다. 하지만 웬일인지 분명 똑같은 길을 되짚어갔다고 생각했는데, 같은 길이 아닌 모양이었다. 이곳은 뭔가 더 어둡고 고요한 느낌이랄까? 첫, 이튼에게 화가 나 무작정 걸어나온 게 문제였던 모양이었다.

"아악!"

그때 날카롭게 울리는 여자의 비명 소리에 헤리엇이 걸음을 멈췄다.

"이년이, 미쳤나? 비싸게 굴고 싶은 모양인데, 돈은 원하는 만큼 줄 수 있어. 그러니 얼른 옷을 벗어보라니까. 아마, 이게 헬의 규칙이었던 것 같은데 말이야. 돈을 받은 매춘부는 어떻게 해도 상관없다는 규칙."

남자의 음산한 목소리에 헤리엇의 눈빛이 날카로워졌다.

"뭔가 착각을 하신 모양입니다. 전, 매춘부가 아니라……."

"흥, 웃기는군. 헬에도 매춘부와 매춘부가 아닌 여자가 있다는 건가?"

심장을 붙잡는 듯 싸늘한 목소리에 여자가 숨을 삼키는 소리가 들려왔다. 그 숨소리에 헤리엇의 발걸음이 무작정 움직였다. 그리곤 복도 끝 어두운 구석에 여인을 몰아넣고 의기양양한 얼굴로 서 있는 남자를 볼 수 있었다.

설마, 제나? 분명 남자의 손에 붙들려 있는 여자는 제나였다.

"약한 여자에게 뭐 하시는 겁니까?"

헤리엇의 목소리에 남자의 등이 긴장으로 굳어지는 것이 보였다. 이런 곳에서 매춘부와 있는 모습을 귀족에게 들킨 것이 두려운 듯 어깨가 움츠려 드는 것을 놓치지 않았다. 하지만 남자는 어둠 속에서 등을 돌린 채 서서 음산하게 말했다.

"가줬으면 좋겠군. 어차피 이곳에 있는 이유는 너나 나나 같을 테니까. 피차 서로 얼굴을 봐서 좋을 것 없으니, 꺼져 줬으면 하는데."

"제나? 괜찮아?"

헤리엇이 남자의 말을 무시한 채 어두운 구석으로 걸어갔다. 그러자 구석에 웅크리고 앉아 있던 제나가 고갤 들어 헤리엇을 바라보았다. 벽에 설치된 램프를 통해 제나의 얼굴에 멍이 들어 있는 것을 볼 수 있었다.

"도움이 필요하면 내가……."

"웃기는 소리. 지금 안 보이나? 내가 이 매춘부를 돈으로 사려고 하는 걸?"

얼굴을 보이길 꺼리던 남자가 돌아섰다. 왜소한 몸짓과 날카로운 얼굴. 신경질적으로 헤리엇을 쏘아보는 남자의 눈동자가 묘했다. 약이라도 한 건가? 종종 소문에 헬에서 약을 하고, 여자를 안는다는 말을 떠올렸다.

"도움이 필요하면 말해. 내가 제나를 도와……."

"이름까지 기억하고 있다니. 설마 제나라는 이 여잘, 애송이 네가 점찍어놓은 건가? 하지만 어쩌지? 헬에선 먼저 차지한 사람이 임자거든. 오늘은 내가 예뻐해 줄 테니, 넌 돌아가는 게 좋을 것 같군."

위험했다. 이대로 제나를 남자의 손에 남겨놓고 자릴 뜬다면, 분명 위험한 일이 생길 것 같은 예감이 들었다. 남자의 눈이 묘하게 번뜩이고 있었던 것이다. 헤리엇은 남자를 거칠게 밀치고 구석에 앉아 있는 제나에게 다가갔다.

"제나, 일어나."

"지금 뭐 하는 거지?"

남자의 손이 헤리엇의 팔을 거칠게 붙잡았다. 뼈밖에 남아 있지 않은 남자의 손은 족쇄처럼 집요했다. 헤리엇이 남자의 손을 뿌리치려 했지만, 오히려 남자에 의해 벽으로 밀어붙여진 것이다. 윽! 등에 느껴지는 통증에 헤리엇이 미간을 찌푸렸다.

"애송이 주제에 감히 내 것을 탐내다니. 하데스를 불러야겠군."

남자의 위협에 구석에 앉아 있던 제나가 서둘러 남자의 다릴 붙잡았다. 그리곤 최대한 교태 어린 얼굴로 남자를 올려다보며, 입을 열었다.

"어머, 저를 두고 싸우시다니. 아무리 제가 헬에서 인기 있는 매춘부여도 이러시면 안 되죠. 하데스가 알면, 두 분 모두 무사하진 못할 테니까요. 그러니 어서 가요. 방으로 가서 날 용광로처럼 뜨겁게 안아줘야죠."

제나가 남자의 눈치를 보며, 헤리엇에게 어서 돌아가라는 듯 눈짓을 했다.

"이제야 애송이보다 내가 훨씬 훌륭한 물건을 지니고 있다는 걸 깨달은 모양이군."

남자의 얼굴에 비릿한 미소가 떠올랐다. 그리곤 헤리엇의 멱살을 놓고는 제나에게 돌아섰다. 하지만 헤리엇은 물러날 생각이 전혀 없었다. 위험했다. 남자의 눈에 어린 폭력적인 살기. 절대 이렇게 보낼 순 없었다.

"제나!"

제나는 자신을 걱정스러운 얼굴로 바라보는 신사를 바라보았다. 아무리 봐도 처음 보는 귀족이었다. 조금 마른 듯 보이는 남자는 수염으로 얼굴의 반을 가린 채였지만, 무척이나 어려 보였다. 스무 살 남짓 되었을까? 도무지 그가 누군지, 어떻게 자신의 이름을 알고 있는지 짐작조차 할 수 없었다.

사실 4년 동안 런던을 떠나 있다, 헬의 주인인 하데스의 명령으로 런던으로 돌아와야 했다. 4년 동안의 부재로 제나를 기억하는 신사는 거의 없었던 것이다. 그런데 어떻게 날 알았을까? 지금도 그녀를 무척이나 걱정하는 듯 잔뜩 미간을 찌푸리고 있었다.

이 느낌은, 어디선가 느낀 적이 있는 익숙한 것이었다. 어린 시절 런던의 빈민가로 팔려와 매춘부가 된 후, 이곳에서 살아남기 위해 모든 신경을 곤두세워야 했다. 그래서인지 제나는 다른 사람보다 예민한 촉을 갖게 되었다.

그리고 지금 그 육감은 자신을 구하기 위해 온 사람이 남자가 아닌, 여자라고 말하고 있었다. 위험했다. 이 미치광이가 눈앞의 신사가 여자란 사실을 알게 된다면, 어떻게 나올지 장담할 수 없었다. 또한 지독히도 잔인한 성정인 하데스 역시 가만있지 않을 게 분명했다.

"돌아가 주시겠어요? 보시다시피 오늘은 선약이……."

제나가 남자의 손을 잡아끌며 헤리엇을 외면했다.

"말 들었겠지? 어서, 꺼져!"

남자가 의기양양한 표정으로 헤리엇을 밀쳤다.

"잠깐 기다려."

헤리엇이 서늘한 눈빛으로 남자의 팔을 거칠게 붙잡았다. 그러자 남자 역시 화가 난 듯 헤리엇의 멱살을 붙잡으려는 듯 손을 뻗어왔다. 하지만 다음 순간, 남자의 손은 허공을 몇 번 허우적거리더니, 순식간에 바닥에 나뒹구는 것이 보였다.

"윽, 젠장!"

남자의 입에서 고통에 찬 신음이 흘러나왔다. 갑작스러운 상황에 놀란 헤리엇이 고갤 들자, 싸늘한 살기를 내뿜고 남자를 내려다보고 있는 이튼을 볼 수 있었다.

"제이슨 남작, 오랜만이군."

"백…… 백작님. 여긴 어떻게?"

"4년이 흘렀지만, 여전하군. 아버님께서도 알고 계시나? 아직도 이런 곳에 다니며, 여잘 때린다는 걸?"

"그건 백작님께서 상관하실 일은 아닌 듯하군요."

"그렇지. 네 사생활 따윈 관심도 없지. 하지만 네가 조금 전 건드린 사람은 내겐 아주 중요한 사람이라서."

"뭐라구요?"

바닥에서 일어서려던 제이슨이 벽에 기대선 채 목을 어루만지고 있는 헤리엇을 올려다보았다. 화가 나서 제대로 보지 못했었지만 지금 보니 연약해 보이는 남자는 어둠을 등지고 서 있어서인지 묘한 분위기를 풍기고 있었다. 요염함. 남자에게 그런 단어는 전혀 어울리지 않았지만, 이튼과 함께 서 있는 남자에게선 분명 그런 분위기가 있었다.

툭! 이튼이 주머니에서 금화를 꺼내 바닥에 던졌다. 그리곤 차가운 얼굴로 입을 열었다.

"내가 먼저 돈을 냈으니, 당장 꺼져!"

투둑! 또다시 제이슨의 다리 사이로 금화 하나가 떨어졌다.

"이건, 집으로 돌아가는 마차 삯. 다신 제나를 건드리지 말아줬으면 좋겠군."

그럼 이튼이 소중하다고 말한 사람이 저기 멀뚱히 서 있는 애송이가 아니라, 매춘부였다는 건가? 말도 안 돼! 여자에게 관심조차 없는 이튼 에드워드 스튜어트가 매춘부에게 관심을 갖다니.

"저 제나란 매춘부가 섹스를 아주 잘하는 모양이군. 두 명이나 차지하려고 애쓰는 걸 보면. 퉤!"

"내 말뜻 이해했으면, 당장 꺼지는 것이 좋을 거야. 내 인내심이 한계에 달하기 직전이니까!"

어둠 속에서 낮게 울리는 이튼의 목소리에 나른한 살기가 느껴졌다. 헤리엇 역시 그의 목소리에 심장이 얼어붙는 느낌이었다.

자신이 아니라, 바닥에 쓰러져 있는 제이슨이란 남작을 향한 살기였지만 덫에 걸린 동물처럼 두려운 것은 마찬가지였다. 그녀가 알고 있는 남자는 분명, 무섭도록 차가운 심장을 가진 남자였다. 그저 잠시 잊고 있었을 뿐이었다.

제이슨이 두려움을 느낀 듯 자리에서 일어섰다. 그리곤 쥐덫에 걸린 생쥐처럼 몸을 숙인 채 도망치듯 복도를 빠져나가는 것이 보였다.

"세상에나, 미치광이 백작님을 이곳에서 보게 되다니. 아, 죄송합니다. 백작님."

제나가 이튼의 갑작스러운 등장에 놀란 듯, 그의 별명을 말한 모양이었다. 하지만 이튼은 제나에겐 시선조차 주지 않은 채 벽에 기대 서 있는 헤리엇에게 다가갔다. 그리곤 램프가 걸려 있는 곳으로 그녀를 끌어당기더니, 손가락으로 그녀의 턱을 들어 올리곤 찬찬히 살피기 시작했다.

"백작님, 그게……. 다치지 않았습니다."

헤리엇이 제나의 시선을 의식하며, 이튼의 손을 밀어냈다. 하지만 이튼은 여전히 굳은 얼굴로 램프의 불빛으로 다친 곳이 없는지 살폈다. 다행히 상처 난 곳이 없다고 판단했는지 그녀의 턱을 놓아주었다.

"겁도 없이."

"하지만 모른 척할 수는 없었습니다."

"자신이 위험할 수도 있는 상황이었는데도, 지금 잘했다는 건가?"

"잘했다는 것이 아니라, 외면할 수 없었다는 사실을 말하려던 것이었어요. 만약 같은 상황이라도 전, 똑같이 했을 테니까요."

헤리엇의 대답에 이튼이 눈을 가늘게 떴다.

"남을 도우려면, 먼저 자신을 지키는 법을 배워야 한다는 걸 모르는 모양이군. 그리고 이곳은 헬이야. 런던의 뒷골목 중, 가장 위험하고 지옥처럼 끔찍한 곳이기도 하지."

이튼이 헤리엇의 손을 붙잡았다. 그리곤 놀라 서 있는 제나를 어둠 속에 남겨둔 채 복도를 빠져나가기 시작했다. 제나는 묘한 분위기를 뿜어내는 두 사람을 보며, 놀란 얼굴을 했다. 말도 안 되는 일이었지만, 미치광이 백작이 여자가 아닌 남자에게 흥미가 있었던 모양이었다.

"말도 안 돼."

믿을 수 없다는 표정으로 서 있던 제나가 순간, 모든 것이 납득이 된다는 듯 표정이 환해졌다. 그녀의 예감대로 이튼의 손에 붙잡혀 간 어린 귀족은 여자가 분명했다.

"제나? 무슨 일이지?"

그때 어둠 속에서 하데스가 모습을 드러냈다. 그러자 제나는 고갤 숙이며, 자세를 낮췄다. 아무리 시간이 흘러도 하데스는 그녀에게 너무도 두려운 존재였던 것이다.

"별일 아닙니다. 실랑이가 있었는데, 이젠 해결이 된 것 같아요. 사실 남자에게 흥미를 갖는 귀족들은 많으니까요."

서둘러 상황을 에둘러 말하곤 제나가 하데스의 답을 기다렸다. 이튼을 쏘아보던 하데스의 눈빛을 본 순간, 제나는 거짓말을 하고 만 것이다.

"그래? 다음부터 조심하도록 해. 두 번의 용서는 없으니까."

제나가 서둘러 어둠 속으로 사라졌다. 혼자 남겨진 하데스, 에드윈 후작은 눈을 가늘게 뜨곤 생각에 잠겼다.

훗, 이튼 에드워드 스튜어트였다. 그리고 이튼이 처음으로 이성을 잃고 주먹질을 한 상대가 어린 남자 귀족 때문이었다니. 정말 일이 재미있게 흘러가고 있었다.

저 애송이를 붙잡으면 되는 건가? 그리고 애송이는 제나를 아는 것 같았다. 일이 생각보다 쉽게 풀리는 것 같았다.

"조!"

"네, 주인님."

"이 편지를 이 주소가 적힌 곳으로 가져다줘. 아마, 지난번 헬을 찾아왔던 숙녀가 널 기다리고 있을 거야."

"지금 곧 가보겠습니다."

조가 에드윈이 건넨 편지를 품속에 밀어 넣고는 자릴 떴다. 잠시 후, 비릿한 미소를 지으며, 에드윈 역시 지하로 통하는 문을 향해 걸어가기 시작했다.

❖

로즈힐로 가는 마차 안에서도 이튼은 차가운 얼굴을 자리에 앉아 있을 뿐 아무런 말도 하지 않았다. 마차에서 내려, 비밀 통로를 지날 때도 마찬가지였다.

헤리엇은 차가운 태도의 이튼을 보자, 불안해지기 시작했다. 데본의 콘웰 공작가에서 그를 처음 만났을 때가 떠오른 것이다. 그 누구에게도 곁을 내주지 않고, 냉소적인 얼굴로 그녀를 쏘아보던 미치광이 백작이.

"이튼…… 할 말이 있어요."

"그 입, 다물어."

단단히 화가 난 모양이었다. 그녀의 손목을 단단히 그러쥐곤 앞을 향해 걷는 그의 옆모습이 심장에 베이도록 서늘했다. 헤리엇은 차갑게 굳은 이튼을 보며, 더는 변명하는 걸 포기했다. 그리곤 그녀의 방에 도착할 때까지 그녀 역시 침묵했다.

방으로 들어선 이튼이 헤리엇의 손을 놓고 탁자에 놓여 있던 물병을 집어 들었다. 그리곤 갈증이 난 듯 벌컥벌컥 물을 마셨다. 잠시 후, 물병을 내려놓은 이튼이 헤리엇을 돌아봤다.

헤리엇은 머리끝에서 발끝까지 천천히 훑어 내리는 그의 시선에 입술을 깨물었다. 남장을 한 채 그의 앞에 서 있다는 것이 무척이나 낯설고 긴장되는 일이란 걸 이제야 깨달은 것이다.

"그런 취미가 있었는지 몰랐군, 헤리엇."

"이건…… 그러니까."

헤리엇의 얼굴이 붉어졌다. 다리에 딱 달라붙는 형태의 바지가 무척이나 신경 쓰였다. 그의 시선 역시, 곧고 모양 좋은 다리를 보고 있었다. 하지만 이튼의 눈빛엔 불쾌감이 떠올라 있었다. 그녀의 다리가 드러난 것이 마음에 들지 않는 눈치였다.

"내가 모르는 또 다른 네 모습인 모양이군. 네빌은 이미 알고 있는 모습이겠지?"

네빌? 갑자기 네빌 백작의 얘긴 왜 나오는 거지? 불쾌감을 숨기지 않고 그녀를 쏘아보는 이튼을 보며, 헤리엇이 서둘러 입을 열었다.

"그건 네빌 백작님께서 브리튼 출판사……."

순간 이튼의 눈빛이 날카로워졌다. 뭔가 또, 마음에 들지 않는 눈치였다. 어둠 속에서 빛나는 검은 눈동자가 차갑게 굳어지는 것이 보였다.

"네빌과 더는 만나지 않았으면 좋겠군. 그리고 다신 이런 모습으로 사람들 앞에 서는 것도 안 돼."

"이튼……."

"대답해. 다신 이런 모습으로 밖에 나가지 않겠다고. 그리고 네빌과 만나지 않겠다는 것도."

"하지만 글을 쓰는 한, 네빌 백작님을 만나지 않는다는 건 불가능해요."

"그래도 안 돼. 무엇보다 오늘처럼 위험한 일에 두 번 다시 휘말리지 마. 템스 강에서도, 헬에서도 넌, 너무 무모해. 오늘 같은 경우엔 크게 다칠 수도 있었다는 걸 모르는 건 아니겠지?"

알고 있었다. 템스 강에서도 그랬지만, 오늘 헬에서 그녀를 쏘아보던 노먼의 시선에 불안감을 느꼈으니까.

"하지만 두 사람 다……."

"하지만도 안 돼. 앞으론 내 허락 없이 위험에 뛰어드는 건, 안 돼."

"다 안 된다니. 이튼 그러지 말고 제발 이성을 갖고 생각해 봐요. 당신의 삶이 있듯, 내게도 생활이란 게……."

날카롭게 쏘아붙이던 헤리엇이 순간 말을 멈췄다. 이튼이 손을 들어 헤리엇의 머리카락을 어루만졌던 것이다. 목소리와 표정의 서늘함과는 달리, 그가 자신을 얼마나 걱정하고 있었는지 느낄 수 있을 만큼 충분히 다정했다.

"심장이 멈추는 줄 알았어."

"아…… 난."

깨지기 쉬운 도자기를 만지듯 그의 손길은 무척이나 조심스러웠다. 그의 눈빛에 나타난 감정에 헤리엇의 심장이 울컥 뜨거운 것이 밀려 나왔다. 생각지도 못한 고백에 헤리엇 역시 말을 잇지 못했다.

"너 때문에, 내 심장이 한시도 조용할 일이 없군."

"그럼, 당신도 약속해요. 소피아를 비롯해 다른 숙녀들에겐 눈길조차 주지 않겠다고."

"설마 아직도 모르는 건 아니겠지? 언제 어디서건 내 시선은 오직 너에게만 쏠려 있었다는 걸 말이야."

"그걸 어떻게 믿죠? 내 시선을 피해 다른 숙녀들을 보았을지도 모르잖아요."

괜스레 입꼬리가 올라가려는 것을 애써 막으며 헤리엇이 믿을 수 없다는 얼굴로 대답했다.

"믿게 할 방법이 있지."

"그게 무슨. 잠깐, 지금 뭐 하는 거죠? 당장, 내려놔요!"

순식간에 그의 손이 그녀를 팔을 붙잡더니, 그가 그녀를 들어 올렸다. 그의 품에 안긴 헤리엇이 놀란 그에게서 벗어나기 위해 버둥거렸다.

"이튼, 잠깐……. 흣!"

침대가 흔들리는 느낌과 함께 헤리엇은 어느새 침대에 눕혀졌다. 등에 닿는 기분 좋은 폭신함과 그녀의 몸을 내리누르는 그의 무게감에 헤리엇은 나른한 만족감이 밀려들었다. 이상했다. 평소보다 그녀의 몸이 빨리 반응하고 있었다. 아마 몇 겹의 속옷과 그 위에 드레스를 입어야 하는 여자 옷과는 달리 남자 옷을 입은 지금, 헤리엇은 발가벗고 몸을 맞댔을 때와 비슷한 느낌을 받았다.

마치 하나처럼 얽혀 있는 두 다리가 얼굴이 붉어질 만큼 선정적으로 보이는 것은 그녀의 기분 탓만은 아닌 것 같았다. 그가 움직일 때마다 그녀의 아랫배를 찌를 듯 파고드는 그의 단단한 일부가 적나라하게 느껴졌다. 또한 그녀를 내려다보는 그의 눈빛 역시 짙게 변해 있었다.

"난, 욕심이 많은 사람이야. 지독하리만치 소유욕이 강하거든."

헬에서 그가 했던 말, 기억하고 있었다. 그리고 말뿐만 아니라, 현실에서도 그의 소유욕이 얼마나 집요하고 강한지 충분히 경험한 바 있었다. 이튼이 똑바로 그녀를 응시했다. 흔들림 없는 눈으로 헤리엇을 바라보는 그는 눈을 뗄 수 없을 만큼 매력적이었다.

그가 숨을 쉴 때마다 그녀의 가슴이 그의 단단한 가슴에 짓눌렸다. 그리고 그의 숨결이 자꾸만 그녀의 목덜미를 간질였다. 그가 불러일으킨 나른한 긴장감에 헤리엇의 입술이 바짝 타들어갔다.

"너 외엔…… 아무도 원치 않아. 지금껏 누군가를 갖고 싶다고 생각한 사람은 너뿐이야. 지금도, 앞으로도 그럴 테지. 너 외엔, 아무것도 안 보여."

심장이 내려앉았다. 담담한 표정으로 낮게 속삭이는 그의 말이 그녀의 심장을 단단히 그러쥔 느낌이었다. 그의 검은 눈동자에 담긴 감정의 깊이를 헤리엇 역시 고스란히 느낄 수 있었다.

"너 역시 그래 줬으면 해. 그래 줄 수 있겠지?"

심장이 타들어가는 느낌이 이런 걸까? 심장이 따끔거리고, 뜨거웠다. 그렇다고 자신 역시 그럴 것이라고 대답해야 했지만, 목구멍이 꽉 막혀 말이 나오지 않았다.

"헤리엇!"

대답이 없자, 이튼이 조급한 듯 채근했다. 그 모습에 헤리엇은 피식 웃음을 터뜨렸고, 이튼이 미간을 찌푸리며 말했다.

"왜 웃는 거지? 너무 어린애 같은 말이란 걸 알지만……."

"나랑 똑같아서요. 나 역시 어린애처럼, 다 갖고 싶거든요. 절대 누군가와 나누고 싶지 않을 만큼."

헤리엇이 손을 뻗어 그의 뺨을 쓸어내렸다. 손끝이 단단한 턱을 지나, 모양 좋은 입술을 건드렸다. 뜨거운 숨결이 손끝에 닿았다. 화들짝 놀랄 정도로 뜨거운 숨결에 헤리엇은 손을 떼려 했다. 하지만 그의 손이 그녀의 손을 붙들었다.

두 사람의 시선이 얽혔다. 이튼이 그녀의 손끝에 천천히 입을 맞췄다. 손끝 하나하나에 그의 입술이 닿을 때마다 심장이 불에 덴 듯 화끈거렸다.

"헬은 위험한 곳이야. 평소엔 예의 바른 귀족일지 모르지만, 헬에 가면 잔혹한 악마로 변하는 귀족들을 본 적 있거든."

"네, 조심할게요. 그런데 어쩌면, 당신에 대한 소문이 이상하게 날지도 모르겠군요."

"그게 무슨 말이지?"

"제나 대신, 내 손을 붙잡고 헬을 나왔잖아요. 아마, 당신이 날 쳐다보는 눈빛을 봤다면 분명 오해했을 게 분명해요."

"내가 어떤 눈빛으로 당신을 봤다는 거지?"

"그야 당연히……."

"혹시 이런 눈빛이었나? 당신을 통째로 삼키고 싶어하는 그런."

"하아, 흐흡!"

단단하고 부드러운 입술이 헤리엇의 입술에 비벼졌다. 말캉한 입술을 쓸며 천천히 키스해 오는 나른함에 헤리엇의 몸이 떨리기 시작했다.

"상관없어. 아니, 어쩌면 이 소문으로 나에게 환심을 사려는 숙녀가 줄겠군."

"지금 그걸 말이라고 해요? 아무리 그렇다고 해도, 그건 추문이라고요.”

헤리엇이 눈을 흘기자, 이튼이 기분 좋은 듯 그녀의 머리카락에 얼굴을 묻었다. 그리곤 뜨거운 숨결을 뱉어내며 낮게 속삭였다.

“놀랐어. 네가 칼 프레데릭이었다니.”

이튼의 목소리가 흘러나왔다. 그의 목소리에서 느껴지는 놀람과 감탄. 헤리엇은 그에게 인정받았다는 생각에 자부심으로 심장이 뛰기 시작했다. 처음이었다. 여자가 아닌, 헤리엇 루이자 헤이스팅스 자체로 인정해 준 것이다.

그의 입술이 그녀의 귓불을 건드렸다. 그리곤 갸름한 턱선을 지나, 여린 목덜미를 건드렸다. 몸에 닿는 그의 입술을 깃털처럼 부드러웠지만, 그녀의 몸에 불러일으킨 감정은 뜨거운 용광로처럼 지독히도 강렬했다.

“하아.”

열기를 참지 못하고 헤리엇의 입술에서 나른한 신음이 새어 나왔다. 그러자 이튼 역시 더는 참을 수 없다는 듯 그녀의 여린 입술을 가르곤 깊숙이 침범해 들어왔다. 달콤한 타액으로 젖은 혀를 단단히 휘감곤, 모든 걸 삼키려는 듯 강하게 빨아 당겼다. 저릿한 감각에 눈물이 핑 돌았다. 그리고 강렬한 쾌감이 등줄기를 타고 흘렀다.

“흐흣, 하아. 이튼…….”

침대 시트를 그러쥔 헤리엇의 손이 야릇하게 비틀렸다. 그녀의 턱을 붙잡고 있던 이튼의 손이 헤리엇이 입고 있던 옷을 벗기기 시작했다.

"묘하군. 남자 옷을 벗기는 기분이 말이야."

"뭐예요? 설마 그런 취향이……."

"훗, 어쩌면 그럴지도. 너라면 뭐든 가능할 것 같거든."

셔츠의 단추를 풀어낸 후, 이튼이 단단하게 부푼 그녀의 가슴을 꽉 그러쥐었다. 온몸이 또다시 짙은 쾌락에 떨리기 시작했다. 아랫배 안쪽에서 시작된 열기가 어느새 발끝까지 전해져, 온몸이 뜨거웠다.

입술을 삼킬 듯 빨아 당기던 그의 혀가 그녀의 입술을 놓아주었다. 그리곤 셔츠를 끌어 내린 후, 둥글게 부푼 가슴을 베어 물곤 더욱 집요하게 빨아 당겼다. 다리 사이 여인의 수풀 속에 숨겨져 있던 여린 속살이 젖어들기 시작했다.

그가 가져다줄 쾌락에 자꾸만 온몸이 흥분으로 떨렸다. 그가 한 손으로 바지를 끌어 내렸다. 그리곤 속옷 속으로 손을 밀어 넣은 후, 비밀스러운 열기로 젖어 있는 밀부를 조심스럽게 쓸어내렸다.

"흐흣! 하아……."

다리에 힘을 주자, 그의 손이 그녀의 다리 사이에 갇혔다. 그리고 그 상태로 이튼의 손이 뜨겁게 젖은 속살을 집요하게 파고들었다. 그의 손길에 헤리엇의 허리가 비틀리며, 그의 손을 꽉 붙잡았다. 이튼은 그의 손을 물고 힘껏 빨아 당기는 밀부의 감촉에 허리 아래에 피가 몰리는 느낌이었다.

"하아, 제길."

이튼이 몸을 일으켰다. 그리곤 서둘러 옷을 벗기 시작했다. 다급한 욕망을 나타내듯 옷을 벗는 그의 손길이 무척이나 거칠었다. 헤리엇은 창문을 통해 들어오는 달빛에 군살 없는 근육질의 몸을 홀린 듯 바라보았다.

"언제나 여유가 없군, 널 안을 땐."

그의 손이 그녀의 턱을 붙잡곤 농밀한 키스를 퍼부었다. 입안을 깊숙이 파고들어 온 혀가 그녀의 혀를 단단히 휘감았다. 흣! 나른한 신음과 동시에 그녀의 아랫배에 뜨겁고 단단한 그의 일부가 느껴졌다. 그의 손이 그녀의 다릴 붙잡곤 위로 밀어 올렸다. 그러자 젖어 있는 그녀의 은밀한 속살이 모습을 드러냈다.

금방이라도 터질 듯 단단해진 그의 일부가 그녀의 여린 속살을 헤집었다. 그리곤 파들파들 떨고 있는 밀부 깊숙이 자신을 밀어 넣었다.

"흣! 하아…… 흐흡!"

질척하게 젖은 내벽이 그의 거친 움직임으로 단번에 열렸다. 이미 그녀 역시 그의 침입에 울컥 매끄러운 애액을 흘리며, 그를 꽉 조여왔다.

"윽, 헤리엇!"

이튼의 입술에서도 억눌린 신음이 새어 나왔다. 거칠게 뱉어내는 숨소리가 헤리엇의 귓가를 맴돌았다. 자신만큼이나 이튼 역시 쾌락에 젖어 몸부림치고 있다는 사실에 너무도 기뻤다. 온몸을 뒤흔드는 쾌락과 함께 심장을 채우는 만족감에 헤리엇의 눈가가 촉촉해졌다.

그의 입술이 그녀의 이마에 와 닿았다. 그리곤 그녀의 아름다운 눈에도, 그리고 높고 곧은 코끝에서 입술까지 부드럽게 입을 맞췄다. 농밀하고 짙은 키스도 좋았지만, 작은 깃털로 심장을 건드리는 것 같은 입맞춤 역시 좋았다.

"흣, 이튼. 하흣…… 하앙."

자꾸만 입술 새로 흘러나오는 신음에 헤리엇은 입술을 깨물었다. 고요한 방 안을 울리는 남녀의 신음이 유난히도 크게 들렸다. 숨이 넘어갈 듯 거친 숨소리와 남녀의 몸이 얽혀들며 나는 젖은 소리가 방문 밖으로 새어나갈 것 같아 걱정되었다.

온몸에 땀이 송골송골 맺혔다. 땀으로 젖은 몸이 야릇한 호를 그리며, 하나처럼 얽혔다. 단단하게 결합된 곳이 닿았다 떨어질 때마다, 물기에 젖어 서로를 끌어당기듯 깊게 맞물렸다. 떨어지지 않은 아교처럼 연신 달라붙었다.

집요했다. 그가 만족할 때까지, 상대를 강하게 밀어붙이는 그로 인해 헤리엇의 숨결이 가빠졌다. 헤리엇은 집요하게 파고드는 그를 느끼며, 입술을 깨물었다.

촉촉이 젖은 내벽이 그를 물고는 욕심껏 그를 조였다. 단단하고 뜨거운 그의 일부가 그녀의 내벽 깊숙이 들어와 박힐 때마다, 온몸이 전율하듯 떨려왔다.

"하아, 헤리엇. 윽!"

나른한 쾌감을 참을 수 없는 듯 이튼의 손이 그녀의 가슴을 꽉 쥐었다. 붉게 달아오른 유두를 비틀며, 뜨거운 혀로 물 듯 빨아 당겼다. 그러자 그녀의 내벽이 움찔 떨리는가 싶더니, 그를 미친 듯이 꽉 조이기 시작했다.

"헤리엇, 그렇게 조이면……. 윽."

그의 입에서 신음이 새어 나왔다. 순식간에 찾아든 지독한 쾌감에 그의 미간이 찌푸려지더니, 등줄기를 타고 식은땀이 배어 나왔다. 폭주해 버릴 것 같은 뜨거운 욕망을 참아내기 위해 이튼은 이를 악물어야 했다.

이튼이 고갤 숙여 그녀의 목덜미에 얼굴을 묻었다. 아름다운 은빛 머리카락에선 짙은 꽃 향이 났다. 취할 것처럼 농밀한 그 향에 흠뻑 취한 이튼은 그녀의 귓불을 깨물 듯 애무했다.

그의 애무에 헤리엇의 몸이 떨리는 것을 느낄 수 있었다. 남녀가 몸을 섞는다는 건, 욕망을 채운다는 것과는 조금 다른 것 같았다. 쾌락을 좇아 몸을 그녀의 내벽을 미친 듯이 오가는 동안에도 이튼의 시선은 헤리엇에게 향해 있었다. 그의 욕망보다, 헤리엇이 느낄 쾌락이 더 중요하다는 듯.

그의 시선을 느낀 듯 꼭 감겨 있던 헤리엇의 눈꺼풀이 무겁게 밀려 올라갔다. 검은 눈동자 안에 담긴 짙은 열기를 본 이튼은 나른한 만족감에 온몸이 뜨거워졌다.

"하아, 이튼. 더는……."

헤리엇이 여린 입술을 깨물며, 고갤 가로저었다. 지독한 쾌락을 참아내지 못하고, 그녀의 눈가에 눈물이 고여 있었다.

"견뎌. 이제 막 시작되었으니까."

그 말을 증명하려는 듯 이튼이 그녀의 내벽을 거칠게 파고들었다. 그리곤 빠르게 허리를 움직이며, 쾌락에 거친 숨을 헐떡이는 헤리엇의 입술을 키스로 막아버렸다. 그의 거칠고 빠른 움직임에 헤리엇의 허리가 위험스럽게 비틀렸다.

쾌락의 정점에 도달한 헤리엇은 몸을 떨며, 그를 미친 듯이 조였다. 하지만 이튼은 그런 헤리엇을 놓아주지 않았다. 단단히 자신을 조이는 헤리엇의 내벽을 가르며, 더욱 집요하게 파고들며 안을 헤집었다. 또다시 조금 전보다 더 큰 쾌락의 파도가 울컥 밀려들었다.

헤리엇은 시트를 그러쥐고 있던 손을 들어 이튼의 목덜미를 꽉 끌어안았다. 그에게서 떨어지지 않기 위해 있는 힘껏 그를 붙잡곤 그의 움직임에 맞춰 흔들렸다.

두 사람의 몸이 리드미컬하게 움직일 때마다, 땀으로 젖은 그녀의 가슴이 관능적으로 흔들렸다. 땀으로 젖은 몸이 하나처럼 엉켜 떨어질 줄 몰랐다. 이미 이성은 남아 있지 않았다. 짙은 쾌락에 몸부림치던 헤리엇은 두 번째 절정에 다다른 후에야 이튼에게서 벗어날 수 있었다.

"하아, 하아!"

그의 품에 안겨 헤리엇은 거친 숨을 몰아쉬었다. 이튼 역시 거친 쾌락의 여운에 헤리엇의 머리카락에 얼굴을 묻었다. 그녀의 몸 위로 내려앉은 그의 나른한 무게감에 허리가 떨려왔다.

거친 숨을 몰아쉬며, 서로를 꽉 끌어안은 두 사람의 몸은 여전히 결합된 채였다. 잠시 후, 헤리엇이 무거운 듯 그를 밀어내려 했다. 그러자 이튼이 고갤 들며, 그녀의 입술에 다시 키스했다.

"흣, 이튼……. 지금 무슨……? 흡!"

그녀의 안에 머물러 있던 그가 또다시 형태를 갖추며 단단해지는 것을 느낄 수 있었다. 맙소사! 그녀를 내려다보는 그의 눈동자에 담긴 짙은 열기. 그 의미는 분명했다. 아직 그는 만족하지 못한 것이다.

"밤은 길어. 그리고 그 밤을 내가 다 가져주지."

숨을 삼킨 헤리엇을 보며, 그의 입가에 의미심장한 미소가 떠올랐다. 그리곤 이미 질척하게 젖은 그녀의 안을 유영하듯 또다시 오가기 시작했다. 그녀의 안은 그가 길들여 놓은 쾌락에 또다시 반응하며, 그를 끌어당겼다.

"네 안은 벌써, 날……."

"그만…… 창피하니 더는 말하지 말아요."

부끄러움에 헤리엇은 그를 흘겨보았다. 그러자 이튼이 즐거운 듯 웃었다. 순식간에 찾아든 열기에 헤리엇은 또다시 아무것도 생각할 수 없었다. 그의 손에 단단히 붙잡힌 채 긴 밤을 지독한 쾌락에 몸부림쳐야 했다.

어둠 속에서 열기에 젖은 남녀의 거친 숨소리가 끊어질 듯 계속 이어졌다. 단단히 얽혀 떨어지지 않을 것처럼 격정적으로 흔들리던 남녀의 몸이 침대 위로 무너져 내렸을 땐, 어느새 창문을 통해 희미한 새벽빛이 스며들고 있었다.

헤리엇은 그에게서 놓여나자마자, 깊은 잠에 빠져들었다. 몇 차례의 계속된 행위로 이미 헤리엇의 몸은 녹초가 되어 있었다. 반면 이튼은 온몸에 힘이 넘쳤다. 머릿속은 그 어느 때 보다 맑았고, 몸 역시 개운했다. 천천히 몸을 일으킨 이튼은 깊은 잠에 빠져 있는 헤리엇의 이마에 애틋하게 입을 맞췄다.

"날, 이렇게까지 집요하게 만든 사람은 너뿐이야. 헤리엇……."

그가 고갤 숙여 그녀의 귓가에 낮게 속삭였다. 분명 깨어 있었다면, 얼굴을 붉히며 좋아했을 테지만 아쉽게도 헤리엇은 그의 달콤한 고백을 듣지 못했다. 사랑한다, 라는 말을.

제13장 폴스던 레이시(Polesden Lacey)

영국 그렛 북햄 서레이 지방에 있는, 그레빌 백작부인의 소유인 폴스던 레이시는 런던에서 얼마 떨어져 있지 않은 곳에 있는 여름 별장이었다.

원래는 그레빌 백작이 만 평이 넘는 규모의 숲을 아내인 아이린 그레빌 백작부인을 위해 이탈리아풍의 정원으로 만들 예정이었다. 하지만 갑작스럽게 그레빌 백작이 심장마비로 죽은 후, 아이린은 그곳의 숲을 그대로 유지하도록 명했다. 사실 아이린은 개인적으로 인위적인 형태의 정원보단, 자연스러운 영국의 풍경을 더 선호했던 것이다.

사교 시즌 동안 굳게 닫혀 있던 폴스던 레이시의 모든 창문이 열리고, 수십 명의 고용인들에 의해 각 방의 침대 시트가 새것으로 갈아 끼워졌다. 방을 비롯해 저택 곳곳엔 향긋한 향을 품고 있는 야생초가 장식되었고, 부엌에선 주말에 초대된 손님들을 위한 만찬을 만들기 위해 분주했다. 신선한 과일과 막 잡은 고기들이 연신 마차에 실려 저택에 도착했다.

폴스던 레이시에서의 저녁 만찬.

손님들은 모두, 오늘 저녁 만찬 시각에 맞춰 도착할 예정이었다. 그때 정원에서 꽃을 한가득 꺾어 저택 현관으로 들어서는 아이린을 발견한 집사가 서둘러 다가갔다. 그리곤 아이린이 건네는 꽃들을 받아 들며 재빨리 말했다.

“백작부인, 손님들을 태운 마차가 벌써 문을 통과한 모양입니다.”

“그래? 그럼 저택에 도착하기까지 시간이 10분 정도 남은 건가? 집사, 내가 건네준 손님 명단은 잘 갖고 있겠지.”

“네, 여기에 쓰인 목록대로 손님들을 방으로 안내하겠습니다.”

“그래, 만약 방을 바꿔달라고 하는 손님이 있다면, 죄송하지만 불가능하다고 전해. 이미 손님들의 개인 취향에 맞게 꾸민 방이라 바꿔줄 수 없다고.”

“네, 알겠습니다.”

“아참 , 특히 헤리엇 헌팅턴 양이 도착하면 내게 알려줘. 그리고 이번에 초대된 손님들 중, 헤리엇에게 각별히 신경 쓰는 것 잊지 말고.”

단호하게 말하는 아이린을 보며, 집사가 잔뜩 긴장한 얼굴을 했다. 이렇게 자신의 주인이 한 사람을 편애하며, 애정을 쏟는 일이 흔치 않았던 것이다. 지금까지 모든 귀족들에게 적당한 거릴 두고 대해 왔었다.

"네, 각별히 신경 쓰도록 해겠습니다."

아이린이 집사에게 고갤 끄덕여 보인 후, 서둘러 2층 방으로 올라갔다. 꽃을 꺾느라 끼고 있던 원예용 장갑을 벗었다. 사교 시즌이 시작된 후, 낮과 밤이 바뀐 생활을 해오던 참이었다. 그러던 중 따사로운 햇살을 받으며, 적당히 몸을 움직이고 나니 오히려 힘이 나는 것 같았다.

2층 난간에 선 아이린은 맞은편 유리창으로 들어오는 폴스던 레이시의 아름다운 풍경을 내려다보며, 만족스러운 얼굴을 했다.

"서둘러야겠어."

이렇게 느긋하게 여유를 부릴 시간이 없었다. 만찬이 시작되기 전까지 그녀 역시 주인으로서 준비를 완벽하게 끝내야 했다.

잠시 후, 화려한 마차들이 속속 폴스던 레이시의 현관 앞에 멈췄다. 화려하게 치장한 마차와 한껏 아름다움을 뽐내기 위해 입은 숙녀들의 사치스러운 드레스와 장신구들. 사교계 시즌 중 그레빌 백작부인이 주최한 피크닉이었기 때문에 숙녀들의 경쟁 역시 치열했다.

특히 런던 최고의 신랑감인 콘웰 공작가의 장남인 글로스터 백작이 소피아 버킹햄이 아니라, 헤리엇 루이자 헤이스팅스에게 마음이 있다는 소문이 전해지면서, 숙녀들은 나머지 귀족들 중 신랑감을 찾기 위해 혈안이 되었다. 이로써, 평화롭고 조용한 폴스던 레이시가 주말 피크닉을 즐기기 위해 온 귀족들로 북적이기 시작했다.

❖

집사에 의해 방으로 안내된 헤리엇은 방 안을 살펴보기도 전에, 이끌리듯 열려 있는 창문으로 걸음을 옮겼다. 한 발짝, 한 발짝 창문으로 다가갈수록 드넓게 펼쳐진 숲과 정원은 그 장엄한 아름다운 모습을 드러냈다.

"믿을 수 없군."

아름답다는 말로는 다 표현할 수 없을 것 같았다. 열려 있는 창문을 통해 아름다운 꽃들로 가득 채워진 정원에서 짙은 향기를 품은 바람이 방으로 불어왔다.

폴스던 레이시. 마차에서 내렸을 때 보았던 웅장하고 화려한 저택만큼이나, 내부 역시 놀랄 만큼 화려하고 진귀한 장식물로 가득했다. 하지만 헤리엇의 시선을 붙잡은 것은 바로, 저택에서 바라보는 이 전망이었다. 아마 이렇게 아름다운 자연은 데본에서도 본 적이 없었다.

헤리엇은 그레빌 백작가가 소유한 부가 어느 정도인지 짐작할 수 있었다. 대리석으로 된 벽과 집 안 곳곳에 깔린 값비싼 카펫, 그리고 유명 화가들의 그림까지. 마치 박물관을 연상시킬 만큼, 화려하고 아름다웠다. 소유주의 정성과 애정이 느껴졌다.

"헤리엇 님, 그레빌 백작부인께서 찾으십니다."

집사의 말에 헤리엇이 뒤를 돌아보았다. 그러자 검은색 제복을 말끔하게 차려입은 강직해 보이는 집사가 그녀를 기다리고 있었다.

"백작부인께선 어디에 계시죠?"

"이 복도를 따라나가셔서, 오른쪽 코너를 돌면 바로 중앙에 커다란 문이 보이실 겁니다. 그곳이 백작부인께서 기거하시는 방입니다. 사실 제가 직접 안내해 드리고 싶지만, 계속해서 손님들이 도착하시는 바람에……."

집사가 난처한 얼굴로 고갤 숙였다. 그러자 헤리엇이 그럴 필요 없다는 듯, 서둘러 대답했다.

"걱정 말고 가보세요. 제가 찾아가겠습니다."

"이해해 주셔서 감사합니다, 헤리엇 님."

서둘러 방을 나가는 집사의 얼굴에 안도의 빛이 떠올라 있었다. 그때 옷 가방을 들고 안으로 들어오던 젠이 방의 화려함에 놀란 듯 입을 벌리는 것이 보였다.

"세상에나! 로즈힐도 정말 아름답고 고급스러운 곳이라고 생각했지만, 이곳은 폐하께서 머무시는 궁전만큼 화려하네요. 헤헤, 사실 궁엔 한 번도 가본 적이 없지만요."

젠이 가방을 내려놓은 후, 다시 한 번 방 안을 둘러보았다. 헤리엇도 마찬가지였다. 이 정도의 전망과 하나부터 열까지 고급스러운 가구며 침구까지. 아마 이 방은 왕족들을 위해 특별히 꾸며진 방이 틀림없었다. 아이린이 헤리엇에게 가장 좋은 방을 배정한 모양이었다.

"젠, 짐 좀 정리하고 있어. 난, 백작부인께 다녀올 테니까."

"네, 어서 다녀오세요."

헤리엇이 모자와 장갑을 벗어 탁자 위에 올려놓고는 서둘러 방을 나섰다. 집사가 알려준 대로 복도를 따라 걷다 오른쪽으로 돌자, 오크나무로 만들어진 육중한 문이 보였다.

똑똑!

"들어와요."

문을 열고 방으로 들어서자, 이브닝드레스 차림의 아이린이 거울에 자신의 모습을 비춰 보고 있었다. 그러다 헤리엇이 거울에 비추자, 환한 미소를 지으며 돌아섰다.

"드디어 도착했군. 오느라 수고 많았어. 피곤하진 않았겠지?"

"오는 내내 눈이 즐거웠어요. 그 덕분인지 전혀 피곤하지도 않았고요."

"그랬다니 다행이야. 만찬까진 아직 시간이 있으니까, 그때가지 저택을 둘러보며 쉬도록 해. 방은 어때? 가장 전망이 좋은 방으로 골랐는데."

"정말 멋진 방이었어요. 감사해요, 아이린."

"감사는 무슨, 당연한 거지. 사실, 내가 로즈힐을 방문하지 않았다면, 초대장을 받지 못했다는 사실도 몰랐을 거야. 대체 어떻게 된 일인지 아직도 알 수가 없어."

아이린의 말에 헤리엇은 그저 웃을 뿐이었다. 사라진 초대장. 그 행방에 대해 짐작 가는 데가 있었다. 때마침 로즈힐을 방문했던 마가렛과 올리비아. 서둘러 돌아가던 그 모습이 못내 마음에 걸렸다.

"뭔가 짐작 가는 곳이 있는 모양이군. 그리고 그것이 널, 난처하게 한 모양이고."

"네, 죄송해요."

"상관없어. 아 참, 그러고 보니 헤리엇. 너에게 줄 것이 있단다. 20년 전, 엘레나가 마지막으로 보낸 편지에 이 상자가 들어 있었지. 아마, 엘레나는 자신이 죽게 될 것을 미리 알았던 것 같아. 그래서 네가 런던 사교에 데뷔했을 때를 예상하고 이걸 나에게 보낸 것이겠지. 내가 널 알아볼 것이란 것도."

아이린이 서둘러 서랍을 열더니 그곳에서 갈색의 마호가니로 된 상자를 꺼내왔다. 그리곤 헤리엇에게 건넸다.

"어머니께서요? 이게 뭐죠?"

"열어봐. 엘레나가 남긴 유품 중에 이 상자에 맞는 열쇠가 있을 거야."

아이린의 말에 헤리엇이 상자를 유심히 살폈다. 리치먼드 가의 문장이 그려진 상자는 낡고 오래된 평범한 상자였다. 특이한 것이라곤, 상자 중앙에 붉은 심장을 닮은 루비가 박혀 있다는 것이었다.

"열여섯이 되었을 때, 유모인 루엔이 준 상자가 있었어요. 어머니의 유품이라고 하면서요. 아마 거기에 있을지도 모르겠어요."

"그렇다니 다행이야."

"로즈힐로 돌아가는 대로, 살펴봐야겠어요."

"그래, 그러도록 해. 헤리엇, 간혹 어떤 일은 말이야 시간이 필요하기도 하더구나. 네가 애쓰지 않아도, 자연스럽게 너에게로 가는 법이지."

"요즘 들어 저 역시 같은 생각이에요."

모든 게 이미, 정해진 굴레를 돌고 있다는 느낌. 어쩌면, 어쩌면 리치먼드 가에 내려오는 저주 역시 그녀의 몫이란 생각이 들었다. 그리고 어머니께서 남기신 이 상자가, 실마리가 될지도 몰랐다.

"우리 같이 차라도 마실까?"

"아니에요. 곧 만찬이 시작될 테고, 준비할 일이……."

똑똑! 똑똑똑!

조금은 다급하게 두드리는 노크 소리에 헤리엇이 말을 멈추곤 문 쪽으로 고갤 돌렸다. 아이린 역시 갑작스러운 상황에 놀란 듯 문을 바라보았다.

"들어와."

아이린의 대답에 문이 벌컥 열리더니, 집사가 무척이나 당황한 표정으로 방으로 들어섰다.

"무슨 일이지?"

"저기 명단에 없는 손님께서 도착하셨습니다. 분명 초대장은 가지고 계시지만, 백작부인께서 주신 명단에 없는 분이라…… 돌아가 달라고 했더니 막 화를 내시는 통에 제가 이렇게……."

"초대장은 가지고 있는데, 명단에 없는 손님이라고? 이상하군. 분명, 초대장을 보낸 사람 중 명단에서 빠진 사람은 없을 텐데 말이야."

아이린이 이상하다는 듯 고갤 갸웃하며 서둘러 방을 나갔다. 그리곤 집사와 함께 계단을 내려가기 시작하자, 헤리엇 역시 그녀의 뒤를 따라 밖으로 나왔다. 복도를 지나 2층 계단 난간에 서서 헤리엇은 1층을 내려다보았다.

그러다 헤리엇은 현관 앞에 서 있는 두 여인이 누군지 깨닫고, 미간을 찌푸렸다. 언제나 마가렛은 그녀의 예상을 빗나가는 법이 없었다. 사실 아이린과 초대장에 대해 이야기하는 동안 그녀가 불안해하던 이유가 바로, 이것이었다.

"말도 안 돼. 정말, 그 초대장을 들고 여기까지 나타나다니……."

헤리엇은 마가렛과 올리비아를 보며, 눈을 가늘게 떴다. 그러자 그녀의 시선을 느낀 듯 마가렛이 2층 난간에 서 있는 헤리엇을 향해 고갤 들었다. 헤리엇을 발견하자, 아이린 앞에서 안절부절못하며 난처해하던 기색이 사라지고 안도의 미소가 떠오르는 것을 볼 수 있었다.

"초대장을 가지고 계신다고요?"

마가렛이 자신을 향해 웃고 있는 아이린에게 고갤 돌렸다. 기품 있고 우아한 표정으로 자신을 바라보는 아이린의 시선에 마가렛은 살짝 몸을 움츠렸다. 마치 모든 것을 다 알고 있다는 듯 보이는 아이린의 시선에 괜스레 얼굴이 붉어지려 했다.

"초대장이라면, 여기."

마가렛이 아이린에게 초대장을 건넸다. 그러자 아이린은 초대장에 적힌 이름을 물끄러미 바라보았다.

"이 초대장은 제가 헤리엇에게 보낸 것이군요."

"네, 사실 제가 헌팅턴 백작부인이랍니다. 헤리엇의 새어머니죠. 지난번 로즈힐을 방문했을 때, 헤리엇이 그레빌 백작부인께서 여름 별장에 초대하셨다며 함께 가자고 하지 뭐예요. 저에게 초대장까지 주면서요."

마가렛이 뻔뻔한 얼굴로 거짓말을 했다. 아이린은 황당한 표정으로 마가렛을 바라보았다. 그리곤 당장 돌아가 달라는 말을 하려는 순간, 현관문이 다시 열렸다. 그리곤 집사의 안내로 저택으로 들어서던 귀족들이 아이린과 마가렛 사이에 감도는 싸늘한 기운을 감지한 듯, 걸음을 멈췄다.

귀족들의 눈빛엔 분명 호기심이 담겨 있었다. 그리고 그 시선은 마가렛을 지나, 헤리엇에게 가 멈췄다. 순간, 아이린은 난처한 상황에 두통이 밀려왔다.

"헤리엇, 벌써 와 있었구나."

마가렛이 계단 중간에 서 있는 헤리엇을 향해 환하게 웃어 보였다. 정말 끝까지 바닥인 여자였다. 뻔뻔하고, 예의라곤 없는. 헤리엇은 처음으로 아버지가 원망스러웠다. 아무리 헌팅턴 가의 후계를 위해 재혼을 해야 했지만, 저런 여인을 부인으로 선택하다니. 마가렛을 바라보는 헤리엇의 얼굴은 무서울 정도로 서늘했다.

"백작부인, 제가……."

헤리엇이 계단을 내려오며, 아이린을 불렀다. 바로잡아야 했다. 귀족들의 호기심 어린 시선을 의식한 마가렛의 행동을 도저히 봐

줄 수가 없었으니까.

"그렇군요. 헤리엇과 연관 있는 분이라면, 당연히 환영입니다. 집사, 두 사람을 별채의 끝 방으로 안내해 주겠어?"

아이린은 헤리엇의 팔을 다정하게 붙잡곤, 괜찮다는 듯 고갤 끄덕여 주었다. 마가렛의 행태는 분명 마음에 들지 않았지만, 마가렛으로 인해 헤리엇이 귀족들의 입방아에 오르내리는 게 더 싫었다.

"알겠습니다, 백작부인."

"부인, 제가 명단에 있다는 것을 깜빡해 방을 미리 준비하지 못했답니다. 이 점, 양해해 주세요."

양해해 달라고 했지만, 아이린의 눈빛은 전혀 그렇지 않았다. 여전히 웃고 있었지만, 마가렛을 바라보는 눈빛은 불청객을 바라보듯 서늘했다.

"아니랍니다. 많은 사람을 초대하는 파티니, 응당 그런 실수를 할 수 있을 테지요. 그럼, 만찬장에서 뵙겠습니다."

집사를 따라 마가렛과 올리비아가 자릴 떴다.

"만찬장에서 뵙겠습니다."

아이린이 귀족들에게 눈인사를 해 보이고는 헤리엇의 팔을 당겨 다정히 팔짱을 끼었다.

"죄송합니다."

"헤리엇, 이건 네가 사과할 문제가 아니란다. 초대장을 훔쳐, 뻔뻔하게 파티에 참석한 사람이 문제인 거지. 널 이용하려는 새어머니라니."

당장에라도 내쫓고 싶었다. 너무도 황당하게 행동하는 마가렛을 보며, 헤리엇이 얼마나 마음고생이 심했을지 충분히 짐작할 수 있었다.

“아버지의 선택이셨습니다. 아니, 어쩌면 가문의 대를 이어야 한다는 그 의무감 때문이었겠죠.”

“그래, 그 빌어먹을 의무 때문이지.”

헤리엇이 놀라 아이린을 바라보았다. 그러자 아이린이 피식 웃음을 터뜨렸다. 아름다운 귀부인의 입에서 런던 빈민가의 사람들이 할 법한 욕설을 내뱉다니.

“놀란 모양이지? 하지만 난, 남자들의 성차별을 좋아하지 않거든. 너 역시 그렇다고 생각했는데, 내가 잘못 안 거니?”

“아니요, 맞아요. 그래서 전, 남자의 재산이나 늘려주는 혼인 같은 건 관심도 없었죠.”

“하지만 지금은 마음이 바뀐 거겠지? 네 얼굴을 보면, 알 수 있지. 네가 지금 사랑에 빠졌다는 걸.”

아이린의 말에 헤리엇은 잠시 생각에 잠긴 듯 말이 없었다.

“연애만 하면, 좋을 텐데. 그건, 불가능하겠죠?”

“지금은 그렇겠지. 하지만 시대가 바뀌고, 여성의 권위가 올라간다면 가능하지 않을까?”

“그런 날이 왔으면 좋겠어요.”

“헤리엇, 믿어보렴. 네가 사랑하는 사람을 말이야.”

“믿고 있어요. 하지만 제가 그에게 짐이 되는 것은 원치 않아요.”

"어떤 사내들에겐 그렇겠지. 하지만 그라면 그 어떤 상황에서도 흔들리지 않을 것 같거든."

그라? 알고 있는 모양이었다. 헤리엇이 사랑하는 사람이 콘웰 공작가의 상속자, 이튼이란 사실을.

"헤리엇, 만찬을 즐기렴. 곧 글로스터 백작님께서도 도착할 테니까."

이튼이 폴스던 레이시에 온다는 사실을 알게 되자, 헤리엇의 입가에 미소가 떠올랐다. 사실 이튼에게 주말 동안 런던을 떠나 있을 거라는 전갈을 보냈지만, 그에겐 아무런 답장도 받지 못했던 것이다.

"마지막에 오겠다는 답장을 보내셨더구나. 내일은 가까운 숲으로 피크닉을 갈 계획이지. 그곳엔 달의 계곡이란 호수도 있어서, 수영하긴 딱 좋단다. 새벽에 승마하기엔 더욱 좋고. 인적이 드물어 사람들의 눈을 피하기엔 딱이기도 하고."

아이린이 헤리엇에게 윙크를 해 보였다.

"그럼, 만찬장에서 보자꾸나."

아이린이 마지막으로 만찬장에 차려질 음식과 장식들을 점검하기 위해 가자, 헤리엇 역시 서둘러 계단을 올라 방으로 향했다. 마가렛과 올리비아로 인해 무척이나 화가 났지만, 이튼이 곧 도착한다고 생각하자 조금씩 들뜨기 시작했다.

"젠, 오늘 만찬 때 입을 드레스 말이야. 푸른색으로 하고 싶은데……."

"진심이세요?"

짐을 풀어 옷을 정리하던 젠이 놀란 얼굴로 헤리엇을 돌아보았다. 사실 헤리엇이 말한 푸른색 드레스는 헤리엇의 가느다랗고 우아한 목덜미와 풍만한 가슴을 강조한 드레스였다. 전체적으로 단아한 느낌인 그 드레스는 목덜미와 어깨 부분이 섬세한 레이스로 장식되어, 자세히 보면 레이스 장식 사이로 헤리엇의 맨살이 드러나 보이는 무척이나 야한 옷이었다.

절대 입지 않겠다고 고집을 피웠던 헤리엇이 마음을 바꾸다니.

"역시, 이튼 님께서 오신 모양이군요."

젠의 말에 헤리엇의 뺨이 붉은빛으로 물들었다. 그리곤 조금 어색한 표정으로 들릴락 말락 하게 대답했다.

"응."

"걱정 마세요. 오늘 만찬장에서 아가씨가 최고로 아름다운 숙녀가 될 테니까요. 백작님께서 눈도 못 떼게 만들어 드릴게요."

"그리고 마가렛과 올리비아가 왔어."

"네? 그게 정말이세요?"

"응. 이번엔 절대 그냥 넘어가지 않을 생각이야."

젠은 단호한 표정의 헤리엇을 보며, 고갤 끄덕였다.

"다신, 그런 짓 못하게 콱 밟아주세요."

젠의 말에 차갑게 굳었던 헤리엇의 얼굴이 조금 부드러워졌다. 그리곤 아이린에게 받은 상자를 침대 옆 탁자 위에 올려놓고는 물끄러미 상자를 내려다보았다.

"그 상잔 뭐예요? 혹시 그레빌 백작부인께서 아가씨께 주신 선물인가요?"

"백작부인께서 주시긴 했지만, 어머니께서 내게 남기신 유품이야."

"엘레나 마님께서요?"

"그래. 젠, 돌아가는 대로 루엔에게 편지를 보내야겠어. 런던으로 와달라고 말이야."

그레빌 백작부인이 준비한 저녁 만찬은 완벽했다. 방을 배정하는 것부터, 만찬장에 앉을 자리의 위치까지. 그리고 아름다움을 넘어 사치스러울 정도로 화려한 식탁은 그레빌 백작가의 부가 왕실 못지않음을 과시하기에 충분했다.

무엇보다 아이린은 그녀의 바로 옆자리에 헤리엇의 자릴 배정했다. 마치 엄청난 그레빌 백작가의 배경이 헤리엇과 함께한다는 것을 드러내듯 식사하는 내내 아이린은 헤리엇에게 각별한 애정을 나타냈다. 이 만찬의 주인공이 자신이 아닌, 헤리엇이라는 듯. 그리고 가장 걱정했던 마가렛과 올리비아는 만찬장에 나오지 못했다.

"명단에 올리지 못하는 바람에 자릴 마련하지 못했다고 했지. 아마, 방에서 식사를 하고 있을 테지."

아이린이 헤리엇에게 윙크를 해 보이며, 귓속말을 했다. 작은 복수, 아니, 복수와 더불어 헤리엇이 만찬 내내 불편해할 것을 배려해 미리 조치한 듯했다.

그렇게 만찬이 끝나고 대부분의 신사들은 스모킹 룸이나 빌리

아드 룸으로 향했고, 숙녀들 역시 간단한 다과와 차를 마시기 위해 티룸으로 자릴 옮겼다. 하지만 헤리엇은 아이린에게 피곤하다며, 양해를 구하곤 방으로 올라가겠다는 뜻을 내비쳤다.

만찬장을 나가던 신사들이 헤리엇이 자릴 뜨는 것에 대해, 무척이나 실망스러운 기색이었지만 헤리엇은 이튼이 없는 그곳에 더는 있고 싶지 않았다.

"글로스터 백작이 늦는 모양이야. 만찬 시간에 맞춰 도착할 줄 알았는데 말이야."

헤리엇이 자리에서 일어서자, 아이린이 아쉽다는 듯 헤리엇에게 작게 속삭였다.

"흉보지 말아줘. 내가 젊은 사람들 일에 너무 지나치게 관심을 보인다고 말이야."

"아니에요, 아이린. 오히려 감사해하고 있어요."

"그렇다면, 다행이야. 그럼, 어서 올라가 쉬도록 해."

아이린이 헤리엇의 손을 토닥이며 자리에서 일어섰다. 그리곤 아직 만찬장에 남아 있는 귀족들을 향해 부드러운 목소리로 제안했다.

"혹시 연극 좋아하시나요? 제가 피로도 풀 겸, 재미있는 연극 한 편을 준비했답니다. 살롱으로 가실까요?"

아이린의 말에 대부분의 귀족들이 흥미를 보이며, 살롱으로 걸음을 옮기기 시작했다.

"헤리엇, 연극이라니 너무 재미있을 것 같은데 함께 가는 게 어때요?"

만찬 내내 그녀에게 말을 걸어오던 켈리가 헤리엇에게 다가왔다. 켈리는 좀 더 헤리엇과 더 많은 시간을 보내며, 얘길 나누고 싶은 모양이었다.

"미안해요, 켈리. 피곤해서 좀 쉬어야겠어요. 그러니 어서 가보세요. 곧 연극이 시작될 테니, 좋은 자리에 앉아서 관람해야죠."

헤리엇의 거절에 켈리가 여전히 아쉬운 듯 고갤 끄덕였다.

"그럼 내일 아침 일찍 승마라도 할까요? 대부분의 숙녀들을 그 시간 신사들에게 잘 보이기 위해 치장하느라 바쁘겠지만, 전 한가하거든요. 무엇보다 이런 아름다운 숲에서 말도 달려보지 못한 채 돌아가야 한다면, 두고두고 후회할 것 같거든요."

켈리의 제안에 헤리엇이 미소를 지었다. 사실 헤리엇 역시 마찬가지였다.

"좋아요. 내일 아침 6시에 마구간 앞에서 보기로 해요."

헤리엇의 약속에 켈리가 고갤 끄덕인 후, 살롱으로 발걸음을 옮겼다. 그러다 만찬장 입구에서 켈리를 기다리고 있던 소피아가 무슨 얘길 했냐고 묻는 것이 보였다. 켈리의 대답에 소피아가 마땅찮은 듯 헤리엇을 쏘아보았다.

그날 이튼의 저택에서 소피아와 마주친 후, 처음 대면이었다. 소피아는 대부분 헤리엇을 무시했지만, 가끔 시선이 마주칠 때마다 차갑게 쏘아보곤 했다. 훗, 여자들의 질투란 정말…….

"휴, 정말 어려워."

헤리엇 역시 만찬장을 빠져나와 계단을 올랐다. 그리곤 복도를 따라 자신의 방 앞에서 선 헤리엇은 인기척 소리에 재빨리 뒤를 돌아보았다.

"아가씨, 왜 벌써 오셨어요? 런던에서 가장 유명한 극단까지 왔다고, 난리던데."

"젠, 내일 새벽, 켈리 양이랑 말을 타기로 했어. 내가 없어도 놀라지 마."

"그래요? 그럼 제가 미리 승마복을 준비해 놓을게요."

젠이 방문을 열고 들어가려 하자, 헤리엇이 그녀의 손을 붙잡곤 저지했다.

"아니야, 그럴 필요 없어. 나 때문에 저녁도 먹지 못했을 텐데, 어서 가봐. 차분히 쉬면서, 어머니께서 남기셨다는 그 상자를 좀 봐야겠어."

"네, 아가씨. 그럼, 새벽에 올게요."

젠이 서둘러 돌아가자, 헤리엇은 문을 열고 방으로 들어갔다. 만찬 내내 어깨에 걸쳤던 숄을 침대 위에 아무렇게나 내려놓고는 불을 켜지도 않은 채 창문으로 걸어갔다. 열어놓은 창문을 통해 바람이 들어와 서늘한 기운이 느껴졌던 것이다. 창문을 닫은 헤리엇이 작게 한숨을 내쉬며, 돌아섰다.

두근! 심장이 뛰고 있었다. 달빛만 들어온 방 안에 익숙한 실루엣이 눈에 들어왔다. 그리고 그렇게 인식한 순간 그에게서 나는 짙은 사향 냄새가 그녀의 콧속으로 밀려들어 왔다.

"이튼……."

"좀 더 걸릴 것이라고 생각했는데, 예상보다 빨리 왔군. 연극에 관심이 없는 건가?"

벽에 기대 서 있던 이튼이 몸을 일으키더니, 달빛을 받고 서 있는 헤리엇에게 다가왔다. 그리곤 뭔가 확인이라도 하려는 듯 탁자에 놓여 있던 램프에 불을 붙인 후, 창문 앞에 서 있는 헤리엇을 비췄다.

"옷이……."

"아, 이 옷은."

평소와는 달리 옅게 화장을 한 탓인지 램프 아래 서 있는 헤리엇의 얼굴이 무척이나 고혹적이었다. 그리고 입고 있는 드레스 역시 그녀의 가녀린 목덜미와 봉긋한 가슴선을 강조해 눈을 뗄 수 없을 만큼 섹시했다. 차가운 인상의 아름다운 얼굴과 달빛을 흡수해 신비롭게 빛나는 은빛 머리카락까지. 사내를 유혹하기 위해 입은 옷이 분명했다.

"날 위해 입은 모양이군."

그것이 당연하다는 듯, 그녀를 바라보는 그의 눈빛이 짙어지며 자신만만하게 말했다.

"만찬장에 당신은 없었잖아요."

헤리엇의 대답에 이튼의 미간이 찌푸려지는 것이 보였다.

"그럼, 앞으로 이런 드레스는 입지 마."

이튼이 정색하며 말하자, 헤리엇은 자신이 입고 있는 드레스를 내려다보았다.

"어디가 이상한가요? 젠도 예쁘다고 했고, 저 역시 그렇게까지 어울리지 않는 건……."

"그래서 내가 싫어. 당신을 정신없이 쳐다볼 사내들을 생각하니, 화가 치미는군."

"……!"

순간 심장이 꽉 조였다. 자신의 감정을 여과 없이 드러내는 이튼을 보자, 심장이 간질거리다 못해 자꾸만 웃음이 입술을 비집고 나오려 했다.

"오늘 만찬장에서 보니, 제 드레스는 아무것도 아니더군요. 훨씬 파격적인 디자인의 드레스를 입은 숙녀들이 대부분이었고요. 수도원의 수녀님들이 아니고서야, 이 정돈 괜찮지 않나요?"

헤리엇은 짐짓 모르는 척 대꾸했다. 그리곤 그의 화를 돋을 생각으로 헤리엇이 자신이 입은 드레스가 무척이나 만족스럽다는 듯 거드름을 피우며 옷자락을 쓰다듬었다. 그러자 이튼의 눈빛이 더욱 날카로워졌다.

"안 돼. 내가 허락할 수 없어."

"왜요? 왜 안 된다는 거죠, 이튼?"

또다시 헤럿이 아무것도 모른다는 얼굴로 이튼을 올려다보며 말했다. 그러자 이튼은 잔뜩 굳은 얼굴로 입술을 꽉 다물곤 불쾌한 얼굴로 헤리엇을 노려보았다. 듣고 싶었다. 지금이 아니면, 이튼이 그녀 앞에서 또 언제 자신의 감정을 솔직히 드러낼지 알 수 없었다.

"내가……. 그러니까……."

"풋! 좋아요, 여기서 그만둬 줄게요."

순간 참고 있던 웃음이 새어 나왔다. 그제야 이튼 역시 헤리엇이 일부러 모른 척했다는 사실을 깨달은 듯 짙고 굵은 눈썹이 위로 치켜 올라갔다.

"날 놀린 모양이군."

"신기했거든요. 그래서 멈출 수가 없었어요."

"대체 뭐가 신기하다는 거지?"

"저택에서 당신을 처음 만났을 땐, 감정 없는 냉혈한이라고 생각했어요. 지독히도 차갑고, 감정이 없는 그런 사람요."

헤리엇이 손을 들어 이튼의 날카로운 턱을 어루만졌다.

"그런데 이렇게 화도 내고, 나 때문에 질투까지 하다니."

수염을 깎아 단정한 턱선은 단호하리만치 차가웠다. 단지 자신이 그에게 마음을 열었듯, 그 역시 헤리엇 만을 위해 움직일 뿐이었다. 오직 헤리엇만을 위해.

"내가 너무 많이 봐준 모양이야. 이렇게 건방질 정도로 기어오르는 걸 보면."

"그래서 싫은 건가요, 이튼?"

이튼이 그의 뺨을 어루만지고 있는 헤리엇의 손을 붙잡았다. 커다랗고 단단한 손이었다. 처음 데본의 숲에서 그에게 손목을 붙잡혔을 때, 그 놀랍도록 뜨거운 느낌에 심장이 서늘했었다. 그리고 붉게 변한 그의 눈빛. 하지만 그때 이후 이튼의 눈동자는 칠흑처럼 검은색이었다. 단지 그녀를 안을 때만 붉은 운무처럼 빛날 뿐이었다.

핏빛을 연상시키는 붉은 눈동자. 왜일까? 그의 붉은 눈동자에 뭔가 이유가 있을 것 같았다. 그의 비밀이. 그녀에게 말할 수 없는 또 다른 이튼의 비밀이 분명했다.

"헤리엇, 지금 생각해 보니 어쩌면 미치광이 백작이란 별명이 딱이었는지 모르겠군. 당신의 말이 싫지 않은 걸 보면."

이튼이 헤리엇의 손에 입을 맞췄다. 손에 닿는 그의 입술은 그때처럼, 여전히 뜨거웠다.

"그 생각에 저도 동의해요. 아주 매력적인 미치광이 백작."

이번엔 헤리엇이 그의 손을 끌어당겨 입을 맞췄다. 단단한 손에 그녀의 입술이 닿았다 떨어지자, 그의 손등에 입술 자국이 남았다.

"표시예요. 내 것이란 각인."

손등에 남은 옅은 입술 자국을 내려다보는 그의 눈빛이 흔들렸다. 누군가의 것이라? 자신이 누군가를 소유하는 것이 아니라, 그가 누구의 것이 된다는 의미가 묘하게 그의 심장을 흔들었다.

"말 돌릴 생각 마. 이 드레스 절대 안 돼."

"칫, 치사해."

"헤리엇, 새벽에 한다던 승마 밤에 하면 어떨까?"

"밤에요? 설마, 지금은 아니겠죠?"

"아니, 맞아."

"하지만 이 드레스를 입고는……."

"내 눈엔 너무 예쁜데, 안 되는 건가? 가끔 숙녀들의 취향을 이해할 수가 없더군."

"그거야, 신사들이 쓸데없는 일에 내기를 하는 것과 똑같죠. 그러고 보니, 렌푸르 남작가의 새끼 밴 암말에 대한 내기는 어떻게 됐는지 궁금하군요. 벌써, 결과는 나왔겠죠?"

"에이든이 이겼지."

"암말을 낳은 모양이군요."

"그래. 하지만…… 이거 안 되겠는걸?"

"안 되다니, 뭐가요?"

"남자들의 비밀을 너무 많이 알고 있는 숙녀가 있다는 것 말이야. 벌을 내려야겠군."

이튼이 짐짓 위협적인 표정으로 헤리엇을 붙잡았다. 그리곤 그녀를 그의 품으로 끌어당기더니, 바짝 끌어안았다.

"승마를 하자면서요?"

"이게 먼저야. 내가 건방진 숙녀의 입을 막는 좋은 방법을 알고 있거든."

말이 끝나기가 무섭게 헤리엇의 입술을 막듯 키스를 했다. 아니, 이튼은 헤리엇이 방에 들어설 때부터 하고 싶었던 것이기도 했다. 사실 귀찮음을 무릅쓰고 폴스던 레이시의 피크닉에 참석한 이유가 바로, 헤리엇 때문이었다. 그녀가 런던을 떠나 있다는 게 짜증이 날 정도로 마음에 들지 않았다.

"흣!"

아쉬운 듯 그의 입술이 멀어졌다. 하지만 이튼은 여전히 미련이 잔뜩 남은 표정으로 그녀의 입술을 엄지로 쓸었다.

"마음이 변했나?"

"가요. 지금이라면 연극 관람 중이라, 눈에 띄지 않을 거예요."

헤리엇이 침대에 놓아두었던 숄을 집어 어깨에 단단히 걸쳤다.

그리곤 이튼의 손을 잡고 조용히 방을 빠져나갔다.

❖

거울 앞에 앉아 화장을 지우던 제나가 문이 열리는 소리에 고갤 돌렸다. 그러자 밤부터 영업이 다 끝난 새벽까지 모습을 보이지 않던 조가 그녀의 방문 앞에 서 있었다.

"늦었군요. 오늘도 후작님의 심부름을 다녀온 건가요?"

제나의 말에 조가 미간을 찌푸리더니, 서둘러 주위를 경계하듯 돌아보았다. 그리곤 아무도 없음을 확인하곤 서둘러 문을 닫고 방 안으로 들어왔다.

"또 한 번 주인님을 후작님이라고 했다간, 그 혀가 뽑혀 나갈지도 몰라. 하데스 님의 신분을 아는 사람은 너와 나뿐이니까. 앞으로 명심하도록 해."

조가 반은 협박조로 말하자, 제나가 입을 삐죽였다. 사실 제나를 걱정해서 한 충고란 사실을 그녀 역시 너무도 잘 알고 있었다. 하지만 에드윈 후작에게 꼼짝도 하지 못한 채 그의 더러운 명령을 충실히 수행하는 조가 더는 보고 싶지 않았다. 만약 사람을 선과 악으로 구분한다며, 에드윈 후작은 악한 사람 중에서도 최악이었던 것이다.

"조, 당신 역시 조심해야 할 거예요. 하데스 님의 충실한 개로 산다는 건, 언제 어느 때 칼을 맞고 런던의 뒷골목에서 싸늘한 시신이 될지 모른다는 뜻이니까요."

"걱정 마. 널 두고 먼저 죽지는 않을 테니까."

"흥, 지금까지 들었던 농담 중 가장 웃기는 소리군요. 조, 당신은 날 너무 몰라요. 난, 죽음 같은 것 하나도 두렵지 않거든요. 지금 내가 살아 숨 쉬는 이곳이 바로 나에겐 지옥이니까."

제나가 깨끗한 천으로 얼굴을 마저 닦아냈다. 그러자 화려하고 짙은 화장을 했을 때의 요염한 모습과는 달리 상처받기 쉬운 여린 얼굴이 모습을 드러냈다. 헬의 잘나가는 매춘부라고는 전혀 상상도 할 수 없을 만큼 수수한 모습이었다. 그래서 제나는 이런 자신의 얼굴을 가장 싫어했다.

"제나, 내가 전에 했던 제안, 아직도 유효해. 그러니……."

"싫어요. 누군가의 소유가 된다는 건, 나완 맞지 않은 일이니까. 특히 잔혹한 주인이 있는 개는 더욱 사양이에요."

사실 누군가의 소유가 된다는 것은 제나에게 너무도 두려운 일었다. 그녀에게 소유란 마음을 준다는 것이었고, 매춘부에게 한 사내에게만 줄 마음은 없었다. 아니, 솔직히 말해 마음을 준 사람을 잃게 된다는 게 너무도 두려웠다. 그래서 제나는 자신에게 손을 내미는 조를 애써 외면했다.

"그런데 하데스님은 절 왜 런던으로 부르신 거죠? 4년 전엔 갑자기 데본으로 보내시더니, 이번에 런던으로 부르시다니."

제나가 의자에서 일어서며, 입을 삐죽였다. 작은 술집이긴 했지만, 데본에서의 생활이 썩 만족스러웠다. 그런데 또다시 지긋지긋한 런던, 그것도 헬이라니.

"그가 런던으로 돌아왔거든."

"그라니? 그게 누군데요?"

"콘웰 공작의 상속자. 아마, 넌 미치광이 백작이라고 해야 더 빨리 알겠군."

"미치광이 백작이라면, 설마 이튼 님을 말하는 건가요?"

"데본에 미치광이 백작이 이튼 말고 또 있었다면 모를까, 맞아. 이튼 에드워드 스튜어트."

조의 말에 제나가 미간을 살짝 찌푸렸다. 그리곤 재빨리 머릴 돌리기 시작했다. 4년 전 갑작스러운 데본행, 그리고 런던으로 돌아온 것 역시 미치광이 백작과 관련 있는 모양이었다.

"훗, 내가 감시자였던 모양이군요. 어쩐지, 가끔씩 당신이 데본에 내려온 이유가 있었군요. 난 또, 내가 보고 싶어서 오나 했더니. 실망했어요."

짐짓 실망한 표정으로 조에게 투정을 하듯 말했지만, 제나의 머릿속은 빠르게 상황을 정리하고 있었다. 헬의 주인인 하데스, 그가 이튼에게 묵은 감정이 있는 게 틀림없었다. 4년 동안 줄기차게 감시를 붙일 만큼. 하지만 조의 표정으로 짐작컨대, 뭔가 지독히도 얽힌 악연의 내막이 있는 게 분명했다.

"그게 아니라, 겸사겸사……."

"훗!"

그녀의 덩치보다 2배는 더 큰 남자가 처음으로 그녀의 말에 쩔쩔매기 시작했다. 험상궂은 얼굴로 시종일관 무표정하던 조가 그녀 앞에서 사내가 되는 시점이었다. 그 모습을 보자, 제나의 입가에 장난스러운 미소가 떠올랐다.

"좋아요. 오늘 어디에 갔다 왔는지 말해주면, 용서해 줄게요."

제나가 가슴 팔짱을 끼곤 의기양양한 표정으로 말했다. 그러자 조가 더욱 난감한 얼굴을 했다. 주인인 에드윈 후작이 비밀리에 시킨 일이었다. 아무리 제나라고 할지라도 말을 할 순 없었던 것이다.

"말해줄 수 없는 모양이군요. 피곤하군요. 어서 돌아가 주시겠어요? 난 자야 할 것 같거든요. 며칠 전 복도에서 정신 나간 귀족이 날 때린 후론 영 맥을 못 추겠다니까."

제나가 엄살을 피며, 침대로 걸어갔다. 그러자 조는 굳은 얼굴로 제나에게 다가왔다.

"제이슨 남작이라고 했지?"

"네. 날 위협한 사람은 그 사람이죠. 그리고 날 구해준 신사분도 계셨죠. 나처럼 몸을 파는 천하디천한 계집에게 도움의 손을 내밀다니. 아마, 내 지독히도 험한 인생 중 그런 느낌은 난생처음이었어요. 마치 내가 평범한 여자가 된 기분이랄까?"

사실 굳이 따지자면, 처음은 아니었다. 그녀가 아버지에 의해 사창가에 팔려왔을 때, 죽음 직전까지 갔던 그녀를 조가 구해줬던 적이 있었으니까. 하지만 제나는 그것에 대해 언급하지 않기로 했다. 도망치던 그녀를 붙잡아, 죽지도 못하는 지옥 같은 삶을 살게 한 사람 역시 조였으니까.

하지만 며칠 전, 헬에서 자신을 위해 싸우려 하던 젊은 귀족을 떠올렸다. 짐작컨대, 그 신사는 남장을 한 헤리엇이 분명했다. 지금도 그때를 떠올리면 놀랍고도, 심장이 뛰었다. 당당하게 제이슨 남작에게 대항하던 헤리엇의 모습을 보며, 제나 역시 뭔가 심장이 요동치는 느낌이었다.

만약에, 그것이 가능하다면…… 그녀 역시 헤리엇처럼 살고 싶었다. 누군가에게 손가락질받는 존재가 아니라, 스스로 자신을 보호할 수 있는 그런 사람이. 제나는 또다시 한쪽 가슴이 뭉클해 왔다.

조 역시 제나의 눈동자에 어린 씁쓸함을 읽은 순간, 주머니에 양손을 찔러 넣었다. 조도 알고 있었다. 제나를 도와준 자가 바로, 에드윈이 이를 갈며 죽이려 하는 이튼과 애송이 귀족이었다는 것을.

"그래서 반하기라도 했다는 거야?"

"미치광이 백작에게요? 말도 안 돼. 나도 모르는 사이 백작님을 감시하게 만든 것도 모자라, 그런 말도 안 되는 억측을 하다니. 뭐, 데본에서 미치광이처럼 다닐 땐 몰랐는데 말끔한 모습이 잘생기긴 했더군요. 하지만 안타깝게도 저에겐 관심도 없더라구요."

"그래?"

"뭐예요? 지금 날 무시했다고 했는데, 조는 웃고 있군요. 정말 생긴 것과는 달리 앙큼한 사내라니까."

앙큼이란 말에 조가 눈살을 찌푸렸다. 그러자 무뚝뚝하던 표정이 더욱 굳어지며, 험악해졌다. 아마 대부분에 사람들은 저 모습에 두려움을 느끼며 오금을 저리는 듯 보였지만, 그건 다 이유가 있었다.

어린 시절 무슨 일을 겪었는지 알 수 없었지만, 조의 왼쪽 얼굴은 마비가 되어 움직이지 않았다. 그래서인지 항상 가면을 쓰고 있는 것처럼 보였고, 살짝 찌푸리기라도 하면 험악하게 일그러졌던 것이다.

"이리 와요, 조."

제나가 덮고 있던 이불을 들어 올리곤, 그에게 침대 한쪽을 내주려는 듯 옆으로 옮겨 앉았다. 하지만 조는 물끄러미 제나를 바라만 볼 뿐, 움직이지 않았다.

제나의 눈가는 피곤으로 검게 변해 있었다. 오후부터 새벽까지 12시간이 넘는 시간 동안 손님들을 상대해야 했기 때문에 지금 이 시간이면, 제나의 몸은 녹초가 되어 있었다. 만약 이 작고 여린 몸을 그의 욕망을 채우기 위해 안았다간 죽을 수도 있었다.

"내 옆에서 자요. 그러면 안심하고 잘 수 있을 것 같거든요."

제나의 말에 벽처럼 그곳에 서 있던 조가 침대로 걸어갔다. 그리곤 옷도 벗지 않은 채 침대 위로 올라가 누웠다. 뻣뻣하게 몸을 경직한 채 그녀의 옆에 누운 조의 모습은 무척이나 불편해 보였다. 분명 그녀 옆에 누워 잠을 청하는 것이 그에겐 고역스러운 일이었을 테지만, 조는 묵묵히 이불을 끌어당겨 자신과 옆에 누운 제나의 몸 위를 덮어주었다.

"불 좀 꺼주실래요?"

이내 불이 꺼졌고, 방은 어두워졌다. 잠시 후, 제나의 손이 조의 팔을 휘감았다. 제나에게서 나는 향수 냄새와 섞여 그녀의 체향이 조의 콧속으로 밀려들었다. 그러자 그의 몸 한 부분이 뜨겁게 반응하며 피가 몰렸다.

"잘 자요."

잘 자라는 인사를 하는 제나의 목소리에 웃음기가 느껴진 것도 같았다. 하지만 이내 고른 숨소리와 함께 순식간에 제나는 잠속으로 빠져들었다. 어린 시절부터 제나는 침대에 눕자마자 잠이 들어버린다는 것을 알고 있는 조는 천천히 뜨거운 숨을 뱉어냈다.

4년 동안 너무도 그리웠다는 사실을 조는 잠든 제나를 내려다보며 새삼 느꼈다. 매일매일 함께하는 일상. 제나가 그의 것이 아니어도 상관없었다. 괴물 같은 얼굴을 한 그에겐 아름다운 제나는 너무도 과분했다. 그저 이렇게 그녀 옆에 있기만을 바랄 뿐이었다.

—신들의 숲, 인간에겐 허락되지 않은 그곳.

그 숲 가장 깊은 곳, 신비롭고 아름다운 깊은 호수의 주인인, 은빛 달.

달빛을 머금은 청초한 한 떨기 꽃.

그 짙은 향기를 품은 샤프란 꽃잎 아래, 은빛으로 부서지는 붉은 눈동자.

새벽 향기를 머금은 천상의 바람이

나의 심장, 나의 운명에게 영원을 맹세하노니,

죽어서나 살아서나, 언제나 그대와 함께하리라.

그러나 뜨거운 기운을 품은 불길한 바람이 불어오고,

그 비틀린 운명의 틈새로 흐르는 지독한 붉은 피, 심장을 삼키리니.

달빛보다 더 영롱한 목소리였다. 낮게 읊조리는 달콤한 멜로디가 두 사람을 감쌌다. 달의 계곡 저편, 검은 하늘에 뜬 은빛 달을 바라보던 헤리엇은 무릎을 베고 누워 있는 이튼을 조심스럽게 내려다보았다.

사락, 그의 손길이 어깨 아래로 흘러내린 헤리엇의 은빛 머리카락을 어루만졌다. 그 나른한 감촉에 헤리엇은 온 신경이 바짝 곤두서는 느낌이었다. 야릇한 손길에 헤리엇은 천천히 눈을 감았다.

"독특하군. 서사시의 한 구절 같기도 하고."

"어린 시절 유모인 루엔이 자장가로 들려준 노래예요. 루엔은 이 노래 뒷부분에 다른 가사가 있다고 했어요."

"궁금하군, 그다음 이야기가."

이튼의 물음에 헤리엇의 입가에 아릿한 미소가 떠올랐다. 이상했다. 어머니 엘레나에 대한 그리움은 항상 그녀의 심장 밑바닥에 꽉꽉 숨겨져 있어, 그 모습을 드러낼 때가 흔치 않았다.

하지만 요즘 헤리엇은 문득문득 엘레나에 대한 그리움에 심장이 울컥 감정을 쏟아냈다. 그리고 처음으로, 함께 있어줬으면 좋았을 것이라고 생각했다. 불가능한 일이었지만, 만약 그랬다면…….

"글쎄요, 저도 궁금하긴 하지만 방법이 없을 것 같아요. 이 노래를 알고 계시는 유일한 분이 이미 돌아가셨거든요. 어머니께서 살아 계셨다면, 알려주셨을 거예요. 그다음 이야기를."

헤리엇이 눈을 떠 다시 달의 계곡 저편, 검은 하늘에 뜬 은빛 달을 응시했다. 그러다 계곡 아래 자리 잡은 호수 위에 똑같이 떠 있는 쌍둥이 달에 시선이 머물렀다. 바람이 건드리자, 하늘 위의 은빛 달과는 달리 수면 위의 달은 자꾸만 흔들렸다. 헤리엇은 마치 수면 위에 떠 있는 은빛 달이 숨겨놓았던 자신의 마음속을 나타내는 것 같아, 괜스레 시선을 돌렸다.

"언제 돌아가신 거지?"

"제가 태어나던 날이요. 그래서 전, 제 생일을 좋아하지 않아요. 아버지께서 많이 슬퍼하셨거든요."

"내가 궁금한 건, 헌팅턴 백작님이 아니야. 바로 너야."

나? 그래 난 어땠는지 한 번도 생각해 본 적 없었다. 내가 슬펐는지, 아니면 화가 났는지, 그것도 아니라면 어떤 감정이었는지 신경 쓸 여유가 없었다. 그저 어른들의 슬픔이 그녀의 심장을 채우고 있었다. 헤리엇은 묵묵히 견디는 것에 익숙해져 버린 것이다.

"저에겐 유모인 루엔이 있었으니까."

"누군가 곁에 있다고 슬프지 않은 건 아니지. 그리움을 느끼지 않는 것도 아니고."

그의 말처럼, 항상 루엔이 함께 있었지만 간혹 텅 빈 공허에 숨이 막힐 때가 있었다. 지금 생각해 보니, 그것이 그리움이었나 보다. 잘 견디고, 또 익숙해져서 괜찮다고 생각했었다. 하지만 그저 외면하고 있었던 것뿐이었다. 슬픔은, 그리움은 그대로였다.

"지루했어요. 아주 많이. 그때, 네빌 백작님께서 그런 제안을 해오지 않았다면 여전히 지루한 일상을 견디고 있었겠군요."

"제안? 그게 뭔데?"

네빌이란 말에 이튼이 자리에서 일어나 앉았다. 그리곤 무척이나 진지해진 표정으로 헤리엇을 바라보았다. 그의 눈빛 역시 조금은 날카로워진 것 같았다. 순식간에 경계의 빛을 띠며, 날을 세운 이튼을 보자, 씁쓸함이 묻어 있던 헤리엇의 입가에 어느새 미소가 떠올랐다.

"새로운 작품의 소재로 미치광이 백작이 어떻겠냐고 하셨거든요."

"작품이라면, 그러니까 네빌의 제안 때문에 날 찾아왔다는 것이군."

"네. 며칠을 고민하다 결국, 호기심에 굴복한 거죠. 지금 생각해 보면, 절호의 기회였던 것 같아요. 내 삶을 바꿀 기회요."

사실 네빌 백작의 제안을 받았을 때부터 헤리엇의 심장은 처음으로 뛰기 시작했었다. 미치광이 백작에 대한 호기심과 함께, 그녀의 심장에 강한 바람이 일기 시작했다. 어두운 터널을 지나 빛으로 나가고 싶은 열망 같은 그런 바람이.

"당신의 눈빛이 너무도 인상적이었지. 하녀 복장이었지만, 내 서재에 서서 당당하게 날 쏘아보던 당신은 전사 같았거든. 미치광이 백작의 저택으로 망설이지 않고 들어올 만큼 용기 있는."

이튼의 눈빛이 깊어졌다. 사실 이튼은 호수에서 알몸으로 헤엄을 치고 있던 헤리엇을 처음 봤을 때, 그녀를 호수의 주인이라고 생각했었다. 그녀가 조금 전, 불렀던 노랫말처럼, 은빛 달. 새벽의 여명을 받아 빛나는 아름다운 아우로라.

"하지만 데본의 호수에서 당신을 처음 만났을 땐, 두려워 심장이 멈추는 줄 알았어요."

그리고 짙은 열기를 뿜어내며, 달빛 아래 빛나던 붉은 눈동자가 아직도 선명하게 그녀의 머릿속에 각인되어 있었다. 아직도 그 붉은 눈동자를 떠올릴 때면, 심장이 뾰족한 칼끝에 찔린 듯 아렸다. 그건 몸과 의식 저편에 각인되어 있어, 떨쳐 내려 해도 그럴 수 없는 그런 감각이었다.

"기억해. 당신은 그런 날, 두려움 없이 바라보았었지."

"두려웠어요. 하지만 지금 생각해 보니, 확신이 있었던 것 같아요. 날 상처 입히지 않을 것이란 확신이."

이유는 알 수 없었다. 하지만 그를 믿고 있었다. 그는 자신을 상처 내는 사람이 아니라, 그녀를 밝은 빛으로 이끌 사람이란 걸. 하지만 알 수 없는 두려움은 있었다. 의식 저 밑바닥에 도사리고 있는 위험스러운 불안감이.

"헤리엇."

그녀를 부르는 나직한 목소리. 어느새 그녀는 그의 목소리에 자동으로 반응하고 있었다. 고갤 들자, 이튼의 눈동자가 생각에 잠긴 듯 가늘어졌다. 뭔가 할 말이 있는 듯 보였다. 쉽게 말을 꺼내기 힘든 뭔가를.

순간, 헤리엇은 손에 느껴지는 아픔에 살짝 미간을 찌푸렸다. 아팠다. 그녀의 손을 붙잡은 그의 손에 힘이 들어갔다. 하지만 정작 이튼은 자신이 그녀를 아프게 한다는 사실조차 인식하지 못한 듯했다. 그 정도로 이튼은 심각한 고민 중인 듯했다.

"이튼……."

그녀의 손을 붙잡은 그의 손에서 스륵 힘이 빠져나갔다.

"내가 너에게 무슨 말을 할지 어떻게 알고 그런 눈을 하는 거지?"

"이튼."

"만약, 만약에 지금부터 내가 하려는 말이 널 위험에 빠뜨릴지도 몰라. 그런대도 계속 이 얼굴을 할 수 있을까?"

이튼의 눈빛이 왠지 상처 입은 맹수처럼 느껴졌다. 헤리엇은 그런 그를 보자, 손을 뻗어 그의 손을 꽉 잡았다.

"당신이 내 손을 놓지 않을 거니까. 내가 위험해진다고 해도, 당신이 내 곁에 있을 거잖아요. 내가 그렇듯이. 그러니까 난 언제나 이 모습으로 당신을 바라볼 거예요."

이튼이 맥이 풀린 듯 숨을 내쉬었다. 힘겹게 꺼내려 했던 말이, 헤리엇의 단 한 마디에 긴장감이 사라지고 있었다.

"맞아, 절대 이 손을 놓지 않을 거야. 네가 원치 않는다고 해도."

"폭군. 아마, 당신이 중세시대에 태어났더라면, 폭군이 되었을 거예요. 나는 물론, 모든 사람들의 목줄을 쥐고 흔드는 그런 전사요."

헤리엇이 피식 웃으며, 그를 놀렸다. 하지만 이튼은 그녀를 따라 웃지 않았다. 그의 눈동자에 짙은 그늘이 드리워졌다. 마치 그녀의 말이 진실이라도 되는 듯, 짙은 절망이 검은 눈동자에서 일렁이고 있었다.

"아니, 어쩌면 피에 굶주린 악마가 되었을지도 모르지. 가끔, 내 몸속에서도 지독히도 검은 피가 폭주하려고 하거든. 그럴 때면, 내 이성으론 통제할 수가 없어지곤 하지. 피를 원하는 지독한 본능이 날 집어삼키거든. 잔혹한 살기가 내 꿈속에서도 날 괴롭히지. 꿈에서 깨어난 후에도 그것이 실제처럼 느껴져 괴로워. 지금 생각해 보면, 그건 아마도…… 내 전생인 것 같아."

"이튼!"

헤리엇이 그의 팔을 붙잡았다. 하지만 이튼은 멈추지 않고 계속 말했다.

"너도 보았을 테지? 핏빛 눈동자. 그건 콘웰 공작가에 내려오는 저주지. 그건 검은 피를 가진 악마라는 뜻이기도 해. 내 곁에 있는 모든 이를 죽음으로 이끄는 가혹한 형벌 같은 저주 말이야."

"이튼, 그만해요."

그의 팔을 붙잡은 손에 힘을 주었다. 그리곤 나머지 손을 뻗어 그의 뺨을 붙잡곤, 그녀를 바라보게 했다. 그녀의 손이 그의 얼굴에 닿자, 그의 몸속에 들끓던 분노가 한순간에 가라앉기 시작했다. 꿈틀꿈틀 모습을 드러내려 하던, 지독한 살기 역시.

"헤리엇, 내 곁에 있다는 건, 어쩌면……."

"상관없어요. 그런 말도 안 되는 저주 같은 것, 개나 줘버려요!"

"헛!"

바람 빠지는 소리와 함께 이튼의 눈동자가 충격으로 커졌다. 숙녀인 헤리엇의 입에서 런던항의 뱃사람들이나 쓸 법한 욕설이 튀어나오다니. 헤리엇은 그의 생각에 쐐기를 박듯, 다시 한 번 강한 어조로 말했다.

"난 당신이 생각하는 것처럼, 약하지 않아요. 뭐, 사교계에선 숙녀들이 정신을 잃고 쓰러지는 것이 유행인 듯하지만, 난 아니에요. 그러니 그런 말도 안 되는 저주, 개나 줘버려요. 그 꿈이 전생이라면, 받아들여요. 어쩌면 내 전생 역시 지금처럼 당신 곁에 있었을 테니까요."

헤리엇 역시 그럴 생각이었다. 리치먼드 가의 저주 따위에 절대 굴복하지 않고 받아들일 생각이었다.

"훗! 정말 너란 아인……."

"무모하죠. 하지만 지금 내가 살고 있는 영국은 무모할 정도로 용기를 내지 않는다면, 나 같은 여인이 가질 수 있는 건 아무것도 없어요."

특히, 이튼 당신을. 헤리엇이 간절한 눈빛으로 이튼을 올려다보았다. 그리고 그의 손을 꽉 붙잡았다.

"이튼, 내가 원하는 건, 당신이에요. 당신을 갖기 위해, 난 앞으로 더 무모해질 생각이에요. 더 뻔뻔해질 테고, 절대 포기하지 않아요."

콘웰 공작가의 상속자를 낳아줄 수 없다고 해도, 헤리엇은 그는 절대 놓지 않을 생각이었다.

"고맙군, 헤리엇. 날 그렇게 열렬히 갖고 싶어해 주다니. 하지만 그럴 필요 없어. 나 역시 널 원하니까."

알고 있었다. 그가 그녀를 간절히 원하고 있다는 것을. 하지만 그녀가 그에게 아들을 낳아줄 수 없다는 사실을 알았을 때도 그게 지속될까? 아무리 그녀를 마음 깊이 원한다고 해도, 귀족가의 상속자에겐 사랑이란 감정보다 더 뿌리 깊은 가문에 대한 의무가 있었다. 목숨처럼 이행해야 할 의무가.

"이튼…… 할 말이 있어요."

이번엔 이튼이 눈을 가늘게 뜨고 헤리엇을 바라보았다. 도대체 무슨 말을 하려고 저리도 간절한 눈빛을 하는 걸까? 헤리엇의 커다랗고 검은 눈망울이 달빛에 흔들렸다. 몇 번이나 입술을 깨물어 여린 살이 찢어지지 않을까 걱정이 될 정도였다. 그래서인지 이튼은 그녀를 말릴 수 없었다.

"이튼, 난……."

지금이 아니면, 용기를 낼 수 없을 것 같았다. 지금이 아니면……. 헤리엇은 질끈 눈을 감았다 떴다. 그녀에게 날아든 그의 시선을 외면하고 싶었지만, 헤리엇은 반대로 눈을 크게 뜨고 똑바로 그를 올려다보았다.

"이튼, 난…… 아이를 낳을 수가 없어요."

"……."

순간, 서늘한 바람이 두 사람 사이를 스쳐 지나갔고 정적이 흘렸다. 헤리엇은 말없이 그녀를 바라보는 그의 침묵에 심장이 바짝 타들어가기 시작했다. 바짝 마른 입술을 축이며, 헤리엇은 마른침을 삼켰다.

“충격이었다는 것 알아요. 여자가 아이를 낳을 수 없다는 게 얼마나 큰…… 흣!”

강한 힘이 그녀를 끌어당겼다. 숨도 쉬지 못할 정도로 강한 힘이었다. 듣고 싶지 않은 걸까? 그래서 외면하고 싶은 걸까? 헤리엇은 입술을 깨물며, 말없이 그의 품에 안겨 있었다. 답답했다. 그가 무슨 말이든 해주길 원하고 있었다. 이 긴 침묵이 무엇을 의미하는지 알 수 없어 불안했다.

“이튼…….”

“쉿! 그 얘긴 나중에 하도록 하지.”

욱씬! 그의 말이 심장을 찌른 듯 아렸다. 죽을힘을 다해 용기를 냈다. 그런데 그 용기에 대한 대답이 이것인 것 같아, 울컥 뜨거운 것이 올라왔다. 알고는 있었다. 귀족가에 태어난 그의 머릿속에 뿌리 깊게 박혀 있는 관습을 떨쳐 버리는 것이 힘들다는 것쯤은.

하지만 왜 이렇게 아픈 걸까? 왜 이렇게 지독한 배신감이 들고 그 말이 상처가 되는 걸까?

호수에서 불어온 바람에 헤리엇의 등줄기가 서늘해졌다. 몸이 떨리고 있었다. 온몸에 차갑고 서늘한 기운이 엄습해 왔다. 헤리엇은 주먹을 꼭 쥐곤, 울컥 밀려드는 감정을 눌러 삼켰다.

“추운 모양이군.”

이튼이 입고 있던 코트를 벗어 헤리엇의 몸에 단단히 감싸주었다. 하지만 헤리엇은 그녀의 몸을 감싼 그의 코트를 벗어 그에게 건넸다.

그녀가 원하는 건, 이런 배려가 아니었다. 그가 외면하지 않는 것이었다. 시간이 필요하다면, 충분히 기다릴 수 있었다. 밀어내더라도 그녀는 그의 곁에서 떠날 생각 같은 건 없었다. 하지만 이렇게 외면하는 건 아니었다. 마치, 아무것도 듣지 않은 것처럼…….

"코트 같은 건, 필요 없어요. 추운 게 아니니까. 내가 원하는 건……."

"입도록 해. 그리고 조금 전 그 얘긴, 런던에 돌아가서 얘기하도록 하지. 지금은 서둘러 저택으로 돌아가야 할 것 같군."

"이튼, 난……."

욱신! 그의 냉정한 목소리에 헤리엇은 입을 꾹 다물었다. 이튼이 한시라도 빨리 이곳에서 벗어나고 싶다는 듯 서둘러 말에 오르는 것이 보였다. 그런 그의 행동이 헤리엇의 심장을 움켜쥔 듯 아팠다. 마치 그녀에게서 벗어나고 싶어하는 것처럼 느껴졌기 때문이었다. 말에 오른 이튼은 몸을 숙여 헤리엇을 말 위로 끌어당겼다.

"꽉 붙잡도록 해."

단단히 그녀의 허릴 붙잡은 이튼은 말의 고삐를 당기기 전, 커다란 나무 뒤 어두운 수풀을 날카로운 눈으로 응시했다.

"이랴!"

이내 어둠 속을 뚫고 말이 빠른 속도로 달기기 시작했다. 헤리엇은 순간 밀려드는 감정에 울컥 눈물이 흘러내릴 것 같았다. 싸늘하게 외면하는 그에게 화가 났다. 그 역시 다른 귀족들과 똑같은 생각을 가진 사람이란 사실에 실망감이 밀려들었다.

헤리엇의 몸이 딱딱하게 굳어졌다. 자꾸만 쏟아져 나오려는 감정을 꾹꾹 눌러 참느라, 손톱이 손바닥을 파고들어 피가 배어 나올 정도였다. 지독한 아픔으로 숨도 쉴지 못할 만큼 아렸다. 그녀 역시 어서 빨리 혼자가 되고 싶었다.

고요해진 숲.

인기척이 사라진 후, 한참의 시간이 지났다. 그리고 그 고요한 적막 아래, 어둠처럼 숨어든 짙은 그림자가 달빛 아래 모습을 드러냈다.

"훗! 일이 재미있게 되는군."

서늘한 냉기를 머금은 여인의 눈동자가 날카롭게 빛났다. 하지만 달빛이 여인의 얼굴을 비추기 전에 여인 역시 어둠 속으로 모습을 숨겼다. 기다려야 했다. 4년을 기다려 왔다. 가장 잔혹하게 복수할 때를 기다리며, 숨을 죽인 채 그가 돌아오길 기다리고 있었다. 그리고 마침내 기회가 왔다. 그를 덫으로 밀어 넣을 아주 매력적인 미끼와 함께.

빗방울이 티룸의 유리문을 두드렸다. 갑작스럽게 내리기 시작

한 부슬비로 인해, 계획했던 피크닉이 취소되었다. 그러자 아이린이 아쉬워하는 귀족들을 위해 폴스던 레이시에서 가장 아름다운 크리스털 티룸을 귀족들에게 개방한 것이다.

하지만 대부분의 숙녀들이 크리스털 티룸에서 시간을 보내는 것과는 달리 신사들 대부분은 부슬비가 내리는 가운데 사냥터로 향했다. 지루하게 시간을 보내는 것보단, 불편하고 위험스러운 일을 택한 것이다. 이튼 역시 그 무리에 합류해 함께 가버린 것이다.

헤리엇은 티룸 맨 끝, 창가에 자릴 잡고 앉아 있었다. 밤새 뒤척인 탓에 새하얀 얼굴이 더욱 창백했다. 헤리엇은 일부러 책을 펼쳐 들곤, 숙녀들의 관심을 미리 차단시켰다. 어젯밤 달의 계곡에서 돌아온 후, 헤리엇은 그 누구와도 말하고 싶지 않았다.

"그나저나 사냥을 간 신사분들은 언제쯤 돌아오실까요?"

"이제 곧 정오니, 곧 돌아오지 않을까요? 그런데 누가 사냥감을 가장 많이 잡았을지 궁금하군요."

"저도요. 햄프턴 공작가의 에이든 님이 유력한 후보일 것 같군요. 지난번, 폐하께서 주관하신 왕실 사냥 대회에서 1등을 하셨잖아요."

"훗, 혹시 유력한 후보라는 것이 신랑감 후보는 아닌가요?"

"어머, 만약 그렇다면 당연히 콘웰 공작가의 이튼 님이시겠죠. 외모에서부터 가문, 재력까지 어디 하나 빠지는 것이 없으니까요."

웃음소리가 들렸다. 하지만 그 말과 함께 숙녀들의 시선이 헤리엇과 소피아의 눈치를 살폈다. 최근 사교계에 가장 뜨거운 소문의 주인공이 바로 이튼과 함께 두 사람이었던 것이다.

"이튼 님보단, 네빌 백작님이 더 낫지 않나요? 이튼 님은 무엇 하나 빠지지 않지만, 쉽게 다가설 수가 없잖아요. 그 서늘한 눈으로 쏘아보면, 심장까지 얼어붙어 버릴 것 같아 두렵거든요. 사실, 보기만 매력적인 냉미남보단 숙녀에 대한 배려를 아는 네빌 백작님이 훨씬 멋지다는 생각이 요즘 들더라고요."

그때까지 얌전히 앉아 있던 소피아가 어깨를 으쓱하며 이튼이 아니라, 오히려 네빌 백작에게 관심이 있다는 듯 말했다. 그러자 숙녀들의 시선이 모두 소피아에게 향했다.

"그렇긴 하죠."

"맞아요. 네빌 백작님도 햄프턴 공작가의 에이든 님과 함께 매력적인 신랑감 후보죠."

"그런데 네빌 백작님은 브리튼 출판사의 주인이라고 하던데, 그게 사실인가요? 그리고 상속 받은 재산까지 어마어마하다더군요,"

조금 떨어진 곳에서 숙녀들의 수다에 끼기 위해 타이밍을 노리고 있던 올리비아가 이때다 싶어 슬쩍 끼어들었다. 하지만 숙녀들은 미간을 찌푸리며, 마땅찮은 얼굴을 했다.

"그렇답니다, 올리비아. 아마 네빌 백작님께서도 옥스퍼드 3인방 중 한 분이시니까요. 시골의 작은 백작가의 영애완 어울리지 않죠."

숙녀들 중 한 명이 거만한 표정으로 올리비아를 쏘아보았다.

올리비아가 욕심낼 상대가 아니니, 언감생심 맘에 두지도 말라는 듯. 올리비아는 숙녀의 말에 기분이 상해 새초롬한 얼굴을 했다.

"여기 계시는 분들 모두, 그 소문 들으셨을 테죠? 사실, 템스 강에서 제가 물에 빠졌을 때 글로스터 백작님께서 절 구해주셨다는 건 모두 아실 겁니다. 그리고 그 옆에 네빌 백작님께서 계셨다는 것도요. 그때 절 바라보시는 눈빛이 얼마나 다정하시던지. 사실 이곳에 참석한 이유 역시 그때의 감사 인사를 전하기 위해서랍니다. 두 분 백작님께요."

올리비아가 눈을 빛내며 의기양양하게 말했다. 하지만 숙녀들은 올리비아의 어이없는 말에 모두 코웃음을 칠 뿐이었다. 크리스털 티룸에 있는 숙녀들 중 글로스터 백작인 이튼과 네빌이 헤리엇에게 관심이 있다는 사실을 모르는 사람이 없었다. 그런데 마치 자신에게 관심이 있다는 듯 착각을 하는 꼴이라니.

"그럼, 두 백작님께서 모두 올리비아에게 호감을 갖고 있다는 뜻인가요?"

그때까지 잠자코 앉아 있던 켈리가 흥미롭다는 듯 올리비아를 바라보았다. 그러자 올리비아는 고갤 살짝 치켜들더니, 도도한 표정으로 고갤 끄덕였다.

"당연하지 않나요? 목숨을 걸고 절 구했으니까요."

여기저기서 웃음소리가 새어 나왔다. 그곳에 있는 숙녀들 모두 드러내 놓고 말하진 않았지만, 분명 올리비아의 어리석은 생각을 비웃고 있는 게 분명했다.

"그렇군요. 그런데 올리비아? 올리비아가 헤리엇 양의 의붓동생이라고 하던데 맞나요?"

소피아가 헤리엇과 올리비아를 번갈아 보며, 흥미롭다는 표정을 했다. 그러자 올리비아는 불만인 듯 입술을 삐죽이며 고갤 끄덕였다.

"그 덕분에 전 데본의 시골에서 1년을 보냈죠. 헤리엇 언니가 노처녀인데도 불구하고 런던 사교계에 진출할 수 있었던 이유가 바로, 저와 제 어머니 때문이랍니다. 그리고 이렇게 무사히 데뷔할 수 있는 것도 저와 제 어머니 때문이죠."

올리비아의 말에 숙녀들의 시선이 헤리엇에게 향했다. 올해 스무 살인 헤리엇은 일반적인 사교계 데뷔 시기를 기준으로 했을 때, 노처녀인 건 확실했다. 하지만 신비롭고 아름다운 외모는 물론, 기품 있고 당당한 헤리엇에겐 함부로 할 수 없는 위엄이 느껴졌다. 무엇보다 사교계 최고의 귀부인인 아이린 그레빌이 총애하는 숙녀였다.

"그래요? 하지만 이곳 그레빌 백작부인의 파티에 참석할 수 있었던 이유가 헤리엇 양 덕분이라고 하던데…… 그건 소문일 뿐인 건가요?"

"그거야……."

올리비아가 얼굴을 붉히며 입술을 깨물었다. 그러자 옆에 앉아 있던 숙녀가 켈리의 말을 거들었다.

"그 소문이 사실이라면, 올리비아 양께선 헤리엇 양께 고마워해야겠군요. 헤리엇 양이 아니었다면, 절대 폴스던 레이시엔 발을 들여놓지 못했을 테니까요."

"맞아요. 헤리엇 양이 아니었다면, 평생 기회조차 없었을 테죠."

비웃음이 가득 담긴 목소리였다. 마치 먹이를 발견한 하이에나들처럼, 올리비아를 공격하고 있었다. 순간 올리비아의 얼굴이 붉어졌다. 그제야 올리비아는 그곳에 앉아 있는 숙녀들이 자신을 비웃고 있다는 사실을 깨달은 모양이었다.

"난……."

올리비아가 창가에 앉아 있는 헤리엇에게로 고갤 돌렸다. 하지만 헤리엇은 전혀 관심 없다는 듯 싸늘한 얼굴로 빗방울이 떨어지는 창문을 바라볼 뿐이었다.

밀려드는 수치심에 올리비아가 입술을 깨물곤 고갤 숙였다. 하지만 자리를 박차고 일어나진 못했다. 만약 지금 자신이 자릴 떠 자신의 방으로 돌아간다면, 마가렛에게 혼쭐이 날 게 뻔했다. 마가렛은 어렵게 얻은 기회를 이용해 숙녀들과 친분을 쌓는 것은 물론, 최고의 신랑감을 꿰차라고 신신당부했던 것이다.

"어머, 이제 비가 그치려나 봐요. 하늘에 잔뜩 낀, 먹구름이 점점 사라지는군요."

"하지만 오후 피크닉은 갈 수 없겠죠? 땅이 젖어 있을 테니까요."

순식간에 화제가 날씨와 함께 오후에 가기로 한 피크닉으로 이어졌다. 그렇게 또 다른 화제로 숙녀들의 수다가 다시 시작되고 있었다.

헤리엇은 씁쓸한 미소를 지었다. 올리비아와 마가렛 일에 더는 상관하고 싶지 않았다. 이번 일을 계기로 그녀의 마음속에서 두 사람은 완벽한 타인이었다.

"헤리엇, 괜찮나요? 얼굴이 창백해 보이는군요. 승마를 취소하길 잘한 것 같아요."

지겹다는 얼굴로 헤리엇 옆에 앉은 켈리가 헤리엇의 얼굴을 살폈다.

"오늘 아침 일은 미안했어요, 켈리."

"아니에요. 어차피 날씨가 이래서 즐겁지 않았을 거예요. 대신 다음엔 꼭 제 청을 거절하시면 안 되는 것 알죠?"

"네. 다음번엔 무슨 일이 있어도, 켈리의 초대를 거절하지 않을게요."

"그런데, 정말 괜찮아요? 얼굴이 창백한 게……."

"정말 괜찮아요."

"그렇다면 다행이에요."

하지만 켈리는 헤리엇의 얼굴에서 시선을 거둬들이지 않았다. 헤리엇은 갑자기 켈리의 시선이 부담스럽게 느껴졌다. 그녀를 걱정하는 것이 분명했지만, 묘하게 신경이 쓰였다. 켈리 역시 헤리엇의 감정을 눈치챈 듯 창밖으로 시선을 돌렸다. 그리곤 이제 비가 그친 폴스던 레이시의 아름다운 정원을 내려다보며, 작게 한숨을 내쉬었다.

"아쉽군요. 사실 전, 신사분들과 함께 사냥터에 가고 싶었답니다. 특히 이곳은 사냥하기엔 최고의 장소라고 했거든요."

"사냥에 관심이 있다니, 놀랐어요."

헤리엇의 말에 켈리가 자리에서 일어섰다. 그리곤 과거를 회상하는 듯 아득한 눈빛을 했다.

"사실 어린 시절부터 종종 아버지를 따라가곤 했었죠. 사냥감을 쫓으며 말을 달리는 기분이 정말 최고였거든요. 내가 놓은 덫에 걸린 사냥감을 보지 못한다는 사실이 좀 아쉽긴 하지만, 다음에 기회가 있겠죠."

켈리의 눈빛이 묘하게 반짝였다. 그런 켈리를 보며, 정말 사냥을 무척이나 좋아하는 모양이라고 헤리엇은 생각했다.

"무슨 일이 생긴 모양이에요."

밖을 쏘아보고 있던 켈리의 시선을 따라 헤리엇 역시 마구간 쪽으로 고갤 돌렸다. 그녀의 말대로 뭔가 이상했다. 마구간 쪽에서 사람들의 웅성거리는 소리가 들렸다. 다급하게 들리는 목소리와 함께, 놀란 듯 숨을 죽이는 소리가 더욱 긴장감을 야기시켰다.

"어머, 저기 봐요. 사냥을 갔던 신사분들이, 이제 돌아온 모양이에요."

그 말과 함께 숙녀들이 자리에서 일어섰다. 그리곤 한껏 상기된 표정으로 너 나 할 것 없이 마구간 쪽으로 고갤 빼고 주시하기 시작했다. 하지만 헤리엇과 켈리와는 달리 다른 숙녀들은 마구간의 날 선 긴장감을 눈치채지 못한 모양이었다.

"궁금하군요. 누가 가장 많은 사냥감을 잡았는지."

"가봐도 되지 않을까요?"

들뜬 목소리로 얘길 나누는 소리가 들려왔다. 그리고 숙녀들의 무리가 너 나 할 것 없이 자리에서 일어서더니, 마구간 쪽으로 통하는 유리문을 열고 밖으로 나가는 것이 보였다. 헤리엇 역시 자리에서 일어섰다. 하지만 마구간으로 가는 대신, 자신의 방으로 가기 위해 걸음을 옮기기 시작했다. 아직은 이튼을 만나고 싶지 않았다. 냉정함을 가장하고, 그를 태연하게 볼 자신이 지금은 없었다.

"잠깐, 정말 무슨 일이 생긴 것 같아요. 혹시 사냥을 갔던 신사분들 중 누군가 실수로 총에 맞은 건 아니겠죠? 사실 비일비재하게 일어나는 사고라……."

켈리의 말에 헤리엇이 걸음을 멈췄다. 망설인 끝에 헤리엇이 몸을 돌려 창문으로 걸어갔다. 창문을 통해 숙녀들이 정원의 잔디를 가로지르는 것이 보였다. 그때, 숙녀들과 함께 마구간으로 가던 올리비아가 빠른 걸음으로 앞서가기 시작했다. 지금이 신사들의 관심을 끌 최고의 기회라고 생각한 모양이었다. 앞질러 가는 올리비아를 보며, 숙녀들이 미간을 찌푸렸다. 그들 역시 올리비아처럼 서두르고 싶었지만, 숙녀로서의 품위까지 내려놓지는 못한 것이다.

"잠깐, 올리비아 양을 말려야 할 것 같은데……."

"그게 무슨 말이죠, 켈리?"

헤리엇이 유리창에 서서 밖을 보고 있는 켈리 옆에 섰다. 그러자 켈리가 마구간에서 뛰어나오는 한 남자를 가리켰다.

"피예요. 남자의 옷에 묻어 있는 건, 피가 분명해요. 설마 크게 다친 건 아닐 테죠?"

정말 켈리의 말대로 남자 하인의 몸에는 피가 묻어 있었다. 잠시 후, 정원을 가로지르던 숙녀들 역시 남자의 몸에 묻은 피를 발견하곤, 경악에 가까운 얼굴을 했다.

"세상에, 저기 옷에 묻은 건……. 피예요."

"맙소사!"

한 숙녀가 놀란 듯 두 손으로 입을 막으며, 날카롭게 소리치는 소리가 들렸다. 하인은 숙녀들의 비명에도 아랑곳 않고 사색이 된 얼굴로 저택으로 뛰어들어 가는 것이 보였다. 폴스던 레이시의 주인인 아이린을 부르러 가는 모양이었다.

피라니. 정말 켈리의 말대로 사고라도 있었던 건가?

"아악!"

그때, 날카로운 여인의 비명 소리가 들렸다. 그리곤 발작을 하듯 미친 듯이 소리를 지르고 서 있는 올리비아가 눈에 들어왔다.

"피! 죽었어. 총에…… 사람이……."

그 말과 함께 올리비아가 보기 흉한 모습으로 바닥에 쓰러지는 것이 보였다. 순식간에 분위기가 변했다. 마구간으로 가기 위해 잔디를 가로지르던 숙녀들이 새하얗게 질린 표정으로 걸음을 멈추곤 웅성거리기 시작했다. 그중 한 숙녀가 주먹을 꼭 쥐곤 말을 걸었다.

"뭐죠? 대체 무슨 일이죠?"

"글로스터 백작님께서 총에 맞으셨습니다. 어서 의사를 불러주세요. 위험합니다."

숙녀의 질문에 누군가 소리치는 소리가 들렸다. 그 순간, 등줄기가 서늘해졌다. 머릿속은 새하얗게 변했고, 모든 신경이 곤두선 듯 손바닥에서 차가운 땀이 배어 나왔다. 심장이 멎는 것 같았다. 그리고 다음 순간, 헤리엇은 티룸의 문을 열고 마구간을 향해 뛰기 시작했다.

"헤리엇! 기다려, 헤리엇!"

저택에서 나오던 아이린의 목소리가 들려왔다. 그녀의 뒤에서 함께 뛰어나오던 켈리 역시 그녀를 불렀다. 하지만 헤리엇은 아무것도 들리지 않았다. 그저 습기를 머금은 대기를 가르며 미친 듯이 달렸다. 후회했다. 또한 그를 잃을지도 모른다는 생각에 죽을 것처럼 두려웠다. 그의 곁에 있을 수 없는 것보다, 그를 잃는다는 것이 더 아프다는 것을 뼈저리게 깨달은 순간이었다.

마구간에 도착한 그녀의 눈에 귀족들의 등이 보였다. 그리고 두려움과 고통에 찬 짐승의 거친 숨소리와 짙은 피 냄새. 그리고 한 남자가 피를 흘린 채 바닥에 누워 있었다. 고통을 참는 듯 남자의 몸은 잔뜩 움츠러진 채였다. 남자의 몸 위엔 모포가 덮여 있어 얼굴을 볼 수 없었지만, 다리에서 흘러나온 피가 바닥을 적시고 있었다. 바닥에 쓰러져 있는 남자는 곧 죽을 것 같았다.

헤리엇은 떨리는 손을 꽉 쥐고는 심호흡을 했다. 하지만 숨이 잘 쉬어지지 않았다. 그때 귀족 중의 한 남자가 뒤를 돌아보았다. 그리곤 옆 사람의 옆구리를 꾹 찌르자, 남자가 돌아섰다. 에이든이었다. 그의 옷에도 붉은 피가 묻어 있었다.

"헤리엇 양, 여긴 어떻게……?"

"사고가 있다고 들었어요. 이튼은…… 그는……?"

"아, 이튼은……."

헤리엇의 물음에 에이든이 미간을 찌푸리는 것이 보였다. 그리고 뭔가를 말하려는 순간, 아이린에게 갔던 마구간지기가 뛰어오며 크게 소리쳤다.

"최대한 고통 없이 보내달라고 하셨습니다."

마구간지기의 말에 귀족들이 그럴 줄 알았다는 듯 고갤 끄덕였다. 그 후, 모든 일이 순식간에 일어났다.

"총을 가져오도록 해. 어서 죽여야겠어."

"총을 가져오겠습니다."

맙소사! 믿을 수 없었지만 말을 죽이려는 모양이었다. 말을 죽여야 할 정도로 치명적이라면, 이튼의 상처 역시 위급한 상태일게 분명했다. 눈으로 참혹한 상황을 보게 되자, 온몸의 피가 모두 사라지는 느낌이었다. 지독한 통증이 심장은 물론 온몸을 관통하고 있었다. 꼼짝도 할 수 없었다. 이튼의 상태를 확인해야 했지만, 떨림 때문에 한 발도 움직일 수 없었다.

"이튼에게 데려다줘요. 제발……. 꼭 할 말이……."

움켜진 손톱이 손바닥을 찔렀고, 뜨겁고 끈적끈적한 느낌이 났다. 너무 힘주어 주먹을 쥔 모양이었다. 손톱이 손바닥을 뚫고 들어가 피가 배어 나오고 있었다.

"멈춰요, 헤리엇 양. 이쪽으로 오시면 안 됩니다."

에이든이 헤리엇에게 소리쳤다. 하지만 이미 헤리엇에겐 아무것도 들리지 않았다. 다음 순간, 마구간에서 장총을 든 남자가 걸어나왔다. 잔뜩 굳어 있는 얼굴에 짙은 그늘이 드리워져 있었다.

탕! 탕!

천둥처럼 울리는 총소리가 들려왔다. 그 충격으로 그곳에 서 있던 귀족들이 동시에 고갤 돌렸다. 헤리엇 역시 총성에 놀라 걸음을 멈췄다. 붉은 피. 사람들 사이로 붉은 피가……. 순간 비릿한 피 냄새가 확 풍겨왔다.

"젠장! 대체 여길 왜 온 거지, 헤리엇?"

거친 욕설과 함께 누군가 헤리엇의 팔을 강하게 끌어당겼다. 조금은 화가 난 듯했지만, 그 목소리 너머 자신을 걱정하는 그의 표정이 그려졌다. 울컥! 뜨거운 뭔가가 심장을 삼킨 순간, 그녀의 머리 위로 옷이 씌워졌다. 아무것도 보이지 않았다. 바닥에 흩어진 붉은 피도, 속이 뒤집힐 정도로 비릿한 피 냄새도 맡아지지 않았다. 대신 익숙한 체향과 섞인 사향 냄새가 헤리엇의 폐부를 가득 채웠다.

안도감. 지독한 안도감에 헤리엇은 눈을 감았다. 이튼, 이튼이었다. 그는 괜찮았다.

"어떤가?"

"수술은 완벽하게 끝났습니다. 다리에 박힌 총알 역시 제거했고요."

"그래? 다행이군."

이튼의 말에 의사가 조심스럽게 다리를 살피더니, 침착한 얼굴로 대답했다.

"백작님, 백작님께서도 팔을 다치셨습니다. 치료해 드리겠습니다."

"아니, 난 괜찮아. 아, 부탁 하나만 더 하지."

"무슨?"

"다리에서 빼낸 총알을 나에게 주겠나?"

"총알을요? 갑자기 그건 왜?"

"부탁하지."

차갑게 굳은 표정으로 의사의 호기심을 단칼에 잘라냈다. 순간 이튼의 서늘한 눈빛에 의사가 두려움으로 어깨를 움츠렸다. 그리곤 조금 전 고용인의 다리에서 빼낸 총알을 이튼에게 건넸다.

"그리고, 여기!"

의사가 왕진 가방에서 소독약과 깨끗한 붕대를 꺼내기 시작했다.

"고통을 참을 수 없으시거든, 독한 술을 드시는 것도 도움이 될 겁니다. 그럼, 전 이만 돌아가 보겠습니다."

의사가 방을 나가자, 이튼은 미간을 찌푸렸다. 긴장감이 사라지자, 팔이 떨어져 나갈 것처럼 아팠다. 이마는 물론 등에도 식은땀이 배어 나올 정도였다. 아무렇지 않은 척했지만, 욱신거리는 고통에 저절로 미간이 찌푸려졌다.

"이튼, 의사에게 치료를 받는 게 좋겠어. 지금 자네 모습을 보면, 금방이라도……."

"이 정도 상처쯤 별거 아니야."

이튼이 총알을 바지 주머니 안으로 밀어내며, 에이든을 외면했다.

"정말 고집은 여전하군."

에이든은 이튼을 보며, 툴툴거렸지만 더는 고집을 부릴 수 없었다.

"대신 부엌에 가서 독한 술을 가져다주겠나?"

"아주 독한 걸로 가져오지."

술을 가지러 가는 에이든을 보며, 이튼은 눈을 질끈 감았다. 아무도 없다는 것을 확인한 이튼은 지독한 고통에 거친 숨을 토해냈다.

"젠장!"

꽉 다문 입술 새로 욕설이 새어 나왔다. 고통보다 더 그의 신경을 자극하는 건, 사고의 원인이었다. 우연을 가장하고 있었지만, 의도된 사고임이 틀림없었다. 어젯밤 숲에서 느껴지던 서늘한 살기는 분명, 이튼 자신을 향한 것이었다. 그리고 이튼은 그것을 확인하기 위해, 미끼가 되어 직접 사냥터에 간 것이다.

이튼은 눈을 가늘게 뜨며, 이마에 흘러내린 식은땀을 닦아냈다. 런던으로 돌아가면, 누가 주문한 총알인지 알아봐야 했다. 총알에 새겨진 독특한 문양. 분명 어디선가 본 모양이었다.

"휴!"

작게 한숨을 내쉬며 눈을 감았다. 그러다 눈을 번쩍 뜨고 의자에서 몸을 일으키려 했다. 헤리엇! 마구간에서 그 참혹한 광경을 목격한 헤리엇이 걱정이 되었던 것이다. 하지만 결국 이튼은 의자에서 몸을 일으키지 못했다. 잇새로 욕설이 흘러나왔다. 우선은 쉬어야 할 것 같았다.

"윽, 젠장!"

이튼이 다치지 않은 손으로 관자놀이를 꾹꾹 눌렀다. 떨어져 나갈 것 같은 팔의 고통보다 더 지독한 냉기가 등줄기를 타고 흘렀다. 그가 짐작조차 못하는 어떤 일이 벌어지고 있다는 생각에 이튼의 눈빛이 날카로워졌다. 그에게 서서히 다가오는 위험에, 그의 본능이 깨어나고 있었다.

잠든 상태였지만, 이튼은 여전히 고통스러운 듯 미간을 찌푸렸다. 헤리엇은 그런 이튼을 보며, 차가운 수건으로 이마에 맺힌 땀을 조심스럽게 닦아주었다.

"치료를 받지 않겠다고 고집을 피우다니."

헤리엇은 깨끗한 붕대가 감긴 이튼의 팔을 보며, 눈살을 찌푸렸다. 세 시간 전, 헤리엇이 이튼의 방을 찾았을 땐 심장이 또다시 바닥으로 곤두박질치는 느낌이었다. 침대에 정신을 잃고 쓰러져 있었던 것이다. 헤리엇은 서둘러 의사를 불러 그를 치료하게 했다. 그동안 헤리엇은 이튼의 침대 옆에 바짝 붙어서서 꼼짝도 하지 않았다.

의사가 돌아가고, 에이든이 자신이 이튼 곁에 있을 테니 걱정 말라고 했지만 헤리엇은 고갤 가로저었다. 그리곤 젠을 시켜 물이 든 대야와 수건을 가져오게 했다. 그 후, 헤리엇은 계속 침대 맡에 앉아 이튼을 간호하기 시작했다.

"아하!"

차가운 수건이 이마에 닿자 꾹 닫혀 있던 이튼의 입술 새로 고통에 찬 신음이 새어 나왔다. 그러자 방의 한쪽 끝에 앉아 꾸벅꾸벅 졸고 있던 젠이 놀라 자리에서 벌떡 일어서는 것이 보였다.

"아가씨!"

젠이 미안한 표정으로 헤리엇에게 다가왔다.

"젠, 가서 그만 쉬도록 해."

"하지만 이곳에 샤프롱도 없이 아가씨와 백작님 두 분만 남겨두고 갈 순 없어요. 분명, 소문이 날……."

"알았어. 그럼, 대야에 새 물 좀 받아와."

"네, 알겠어요."

젠이 탁자에 놓인 대야를 들고 방을 나갔다. 헤리엇은 방문이 닫히자, 작게 숨을 내쉬며 이튼에게 고갤 돌렸다. 그러다 눈을 뜬 이튼을 보곤 자리에서 벌떡 일어나, 그의 옆으로 바짝 다가섰다.

"깨어났군요. 괜찮나요?"

헤리엇의 물음에 이튼이 침대에서 몸을 일으키려 했다. 그러자 헤리엇이 재빨리 손을 뻗어 그를 도왔다. 그러는 동안 이튼은 몇 번이나 미간을 찌푸리며, 고통을 참아내야 했다.

"윽!"

순식간에 등줄기에 식은땀이 흘러내렸다. 이를 악물고 참아내려 했지만, 침대 등받이에 등을 기댄 순간, 팔이 불에 덴 듯 뜨거운 통증이 느껴졌던 것이다.

"차라리 눕지 그래요."

"언제 온 거지?"

이튼이 미간을 찌푸리며, 방 안을 살폈다.

"에이든 님은 방으로 돌아가셨어요."

"너도 돌아가는 게 좋겠어. 누가 보기라도 한다면, 네 평판이 바닥에 떨어질 거야."

"평판 따위 신경 썼다면, 처음부터 이곳에 오지 않았을 거예요. 만약 당신이 내가 가길 원한다면, 그때 말해요. 당장 나가줄 테니까요. 당신 인생에서도!"

"헤리엇, 대체 그게 무슨……."

그때, 노크 소리와 함께 방문이 열리고, 술병을 든 에이든이 안으로 들어왔다.

"이튼이 깨어났다면, 이게 필요할 것 같아 들고 왔습니다."

에이든이 침대에 기대앉아 있는 이튼에게 시선을 준 후, 헤리엇에게 다가왔다. 그리곤 들고 온 술병의 마개를 열어 잔에 가득 따랐다.

"진통제가 있으면 좋겠지만, 없으니 이것이라도 마시는 게 좋을 것 같군. 얼굴이 창백해."

이튼은 에이든이 건네는 술잔을 들어 단숨에 입안으로 털어 넣었다. 지금 심정으론 이 지독한 고통이 조금이라도 사라진다면, 독약이라도 삼킬 수 있을 것 같았다.

"헤리엇 양, 이제 이튼이 깨어났으니 제가 곁에 있겠습니다."

"아니에요. 제가 있겠습니다."

헤리엇이 고갤 가로저으며 단호하게 말했다. 그러자 에이든이 조금은 난처한 표정으로 이튼 쪽으로 고갤 돌렸다. 에이든 역시 숙녀가 샤프롱도 없이 미혼 남자의 방에 있는 게 마음에 걸린 모양이었다. 하지만 이튼은 서둘러 에이든의 시선을 무시한 채 입을 열었다.

"에이든, 나가주겠나?"

"지금 나를 말하는 건가?"

헤리엇 양이 아니라? 하는 뒷말이 들리는 것 같았다. 그리곤 흥미로운 시선으로 이튼과 헤리엇을 번갈아 보기 시작했다. 두 사람 사이에 흐르는 분위기가 뭔가 이상했다. 눈앞에 서 있는 헤리엇에게 이튼이 꼼짝도 하지 못하는 것처럼 느껴졌던 것이다.

말도 안 돼! 저 차가운 성격의 이튼이 여인에게 흔들리다니.

"왜? 지금부터 무척이나 흥미로울 것 같은데?"

에이든의 말에 이튼의 눈썹이 확 치켜 올라갔다. 냉기를 뿜어내는 그의 분위기에 오금이 저려왔지만, 에이든은 나갈 생각이 전혀 없다는 듯 어깨를 으쓱했다.

"당장, 꺼져! 지금 나가지 않는다면, 열여섯 살 때 네가 학교에서 벌인 사건을 모두 폭로해 버리는 수가 있으니까."

잔혹한 맹수처럼 음산하게 속삭이는 이튼을 보며, 헤리엇이 미간을 찌푸렸다. 그리곤 짐짓 실망했다는 투로 입을 열었다.

"친구한테 협박이라니. 정말 실망이군요."

헤리엇의 비난에 이튼이 당황한 표정으로 미간을 찌푸렸다. 그리곤 투정을 부리듯 볼멘소리로 말했다.

"조금 전 환자인 날 협박한 사람이 누구였지? 그리고 난, 지금 몹시 아프다고."

"고집 센, 환자죠."

이튼은 헤리엇이 아니라, 당장 나가라는 듯 에이든을 쏘아보았다. 그러다 또다시 팔에 고통이 밀려온 듯 얼굴을 찌푸렸다. 그러자 에이든의 얼굴이 순식간에 변했다. 호기심으로 눈을 빛내던 그가, 걱정스러운 얼굴로 한숨을 내쉬었다.

"좋아, 나가지. 헤리엇 양, 제 도움이 필요하시거든 소리쳐 부르시면 됩니다. 바로 옆이 제가 묵고 있는 방이거든요."

그 말과 함께 에이든이 방을 나갔다. 두 사람만 남겨진 방에 잠시 침묵이 흘렀다.

"눕는 게 좋겠어요. 그렇게 있다간, 팔에 무리가 갈 거예요."

헤리엇이 그를 다시 침대에 눕는 것을 돕기 위해 손을 뻗었다. 하지만 이튼은 누울 생각이 없는 듯 헤리엇을 물끄러미 응시했다.

"나에게 왜 화가 났는지 말해."

헤리엇의 시선이 이튼을 향했다.

"화난 적 없어요."

하지만 이내, 그의 시선을 외면한 채 베개에 손을 뻗었다. 그러자 이튼은 그녀의 손목을 꽉 붙잡고는 그를 보게 했다.

"속일 생각 마, 헤리엇. 왜 그렇게 화가 난 거지?"

"화가 난 게 아니라, 실망했을 뿐이에요. 하지만 어쩔 수 없었다는 걸 알아요. 귀족에게 가문에 대한 의무는 절대적이란 걸 이미 알고 있으니까요."

헤리엇의 말에 순간, 침묵이 흘렀다. 그 침묵에 헤리엇은 또다시 화가 났다.

"또 피하려는 것이라면……."

"너답지 않군."

이튼의 입가에 떠오른 냉소를 보자, 헤리엇의 표정 역시 서늘해졌다.

"나다운 건 뭔데요?"

심장이 욱신거렸다. 그는 자신을 전사 같다고 했었다. 하지만 아니었다. 헤리엇은 그저, 사랑하는 사람의 차가운 외면에 상처받기 쉬운 여인일 뿐이었다. 그저 상처받지 않기 위해 마음의 벽을 세우고 또 세웠을 뿐.

"지금 이 모습이 나예요. 당신의 시선 하나, 표정 하나에도 매 순간 심장이 조여들어 죽을 것 같은 겁쟁이."

"……."

"나 역시 다르지 않아요. 내 힘으론 아무것도 바꿀 수 없는 나약한 여인일 뿐이거든요."

심장이 욱신거렸다. 왜 이렇게 아픈 걸까? 괜찮을 것이라 생각했다. 그의 앞에선 숙녀들의 무기라고 불리는 눈물을 쏟아내지 않을 생각이었다. 감정을 폭발시키는 것 따위 하지 않을 생각이었다.

하지만 헤리엇은 목구멍이 타는 듯 뜨거웠다. 금방이라도 두 눈에 눈물이 맺힐 것 같았다. 아마, 그가 죽었을지도 모른다고 생각했기 때문인 듯했다. 그를 잃을지도 모른다는 사실에 그녀의 가슴에 쌓아두었던 둑이 서서히 무너지고 있었던 것이다.

"안 돼! 넌, 나약하면 안 돼. 내 옆에 있으려면, 마음 단단히 먹는 게 좋아."

이튼이 가까스로 몸을 일으키더니, 헤리엇의 손목을 꽉 붙잡았다. 그리곤 통증을 참아내며, 강한 어조로 말했다.

"이튼……."

"런던으로 돌아가는 대로, 아버지를 찾아갈 생각이야. 데본에서 내게 한 질문에 대한 답을 이젠 할 때가 된 것 같아."

진즉 그랬어야 했다. 콘웰 공작을 찾아가 모든 것을 확실히 매듭지었어야 했다. 그랬더라면, 헤리엇이 이렇게 흔들리고 오해할 일은 없었다. 지금도 자신 앞에서 이렇게 움츠러드는 일 따위도 없었을 터였다.

그리고 어젯밤…… 그의 뒤를 쫓는 이가 있었다. 또한 오늘은 사냥터에서 사람들의 눈을 피해 자신에게 총을 쏜 것이다. 그가 모르는 위험이 그의 가까이에 있었다. 헤리엇을 그 위험에서 보호하기 위해선, 빠른 시간 안에 그녀와 혼인을 해야 했다.

"그래야겠죠."

자신이 아이를 낳을 수 없는 몸이란 사실을 알았으니, 당연히 소피아 버킹햄과의 정략혼을 선택하는 것이 맞았다. 그래야 했다. 이젠 그와 끝이었다. 하지만 그의 부인의 자리가 아니라도 상관없었다.

"돌아가는 대로 짐을 꾸려, 로즈힐을 떠나겠습니다. 그리고 부탁 하나만 들어주세요. 내가 당신 곁에 있을 수 있도록……."

"너무 서두르는군. 혼인도 하기 전에 내 저택으로 들어오겠다는 건가?"

"……?"

"헤리엇, 잘 들어."

이튼의 흔들림 없는 눈동자가 헤리엇의 시선을 붙잡았다.

"너와 함께 갈 생각이야. 만약 교회에서 날 버릴 생각이라면, 지금 말해. 사람들 앞에서 그런 비참한 꼴은 되고 싶지 않으니까."

"하지만…… 어젠……."

"오해야. 그리고 지금부터 내가 하는 얘기 잘 들어. 오늘 사고, 우연한 사고가 아니야."

"그게 무슨……? 그럼 누군가 일부러 사고를 냈다는 건가요?"

"그래. 아마 날 노린 사고가 분명해. 사실 어젯밤에도 우릴 감시하는 자가 있었거든."

"우릴 감시하다니……."

설마? 그래서 어젯밤 서둘러 달의 계곡을 벗어난 건가?

그렇게 생각한 순간 온몸에 힘이 빠져 버린 느낌이었다. 오해였다니. 그저 위험을 감지하고 그곳을 벗어나려는 그의 행동을 다른 것이라고 의심하다니.

"앞으로 위험할지도 몰라. 하지만 널 놓을 수가 없어."

"아하!"

이튼이 손을 뻗어 헤리엇을 끌어당겼다. 품에 안긴 헤리엇의 어깨가 가늘게 떨리고 있었다. 두려움 때문일까? 이튼은 한 팔로 그녀의 어깨를 끌어안으며, 미간을 찌푸렸다. 이렇게 떨고 있는 헤리엇을 보자, 이튼은 마음이 복잡해졌다.

"헤리엇……."

"두려워서가 아니에요. 사실, 난 당신의 정부라도 상관없다고 생각했어요. 버킹햄 양과 혼인한 후……."

"그게 무슨 말이지?"

이튼이 헤리엇의 팔을 힘껏 붙잡고 흔들었다. 그리곤 고갤 들어 이튼을 보았다.

"당신도 알잖아요? 귀족에게 애인이 있다는 게 흉이 되는 것도 아니라는걸요."

"내가 폐하와 다른 귀족처럼 널 애인으로 둘 것이라고 생각했단 건가?"

이튼의 눈빛이 서늘해졌다. 사실 런던의 사교계엔 부인 외에 애인을 여럿 갖는 게 유행처럼 번지고 있었다. 소문으론 런던에 있는 평민들 중 절반의 처녀가 귀족들의 애첩이란 말이 나돌 정도였다.

"그래도 상관없다고 생각했어요. 윽!"

이튼의 손이 아프게 그녀의 팔을 파고들었다. 아픔으로 미간이 저절로 찌푸려질 정도였다.

"넌, 날 너무도 몰라."

"이튼……."

"지금껏 내가 안은 여인은 너 하나뿐이야. 앞으로도 너뿐일 테지. 내게 여자란 그런 거야. 내가 마음을 준다는 건, 그런 뜻이야. 내게 유일한 것이 된다는 것. 내 생명처럼, 너 역시 그렇다는 것이다."

"알아요, 이젠. 내가……."

헤리엇은 피가 날 정도로 입술을 깨물었다. 그녀 역시 마찬가지였으니까.

"……해요. 당신을. 다신 그런 생각하지 않을 거예요."

순간 이튼의 눈동자가 놀라움으로 커지는 것이 보였다.

"지금 그 말…… 다시 한 번. 다시 한 번 말해봐."

이튼이 그녀를 흔들며 재촉했다. 잠시 망설이듯 머뭇거리던 헤리엇의 입술이 달싹였다. 그리곤 그토록 듣고 싶어하던 말이 여린 입술 새로 흘러나왔다.

"사랑…… 해요."

"아! 헤리엇……."

알고 있었다. 자신이 그런 것처럼, 헤리엇 역시 그를 사랑하고 있다는 걸. 하지만 그녀의 입술을 통해 들은 말은 엄청난 영향력을 발휘했다. 이제 욱신거리는 팔은 더는 중요하지 않았다.

이튼은 그녀의 턱을 붙잡곤 지독히도 농밀한 키스를 퍼부었다. 눈물이 나도록 다정한, 그녀의 심장에 맹세하듯 헤리엇의 입술에 뜨겁고 붉은 약속을 새겨 넣었다.

❖

똑똑! 똑똑!

계속되는 노크 소리에도 방 안은 아무런 인기척도 느껴지지 않았다. 문 앞에 서 있던 켈리는 신중한 모습으로 복도를 살핀 후, 천천히 방문을 열고 안으로 들어갔다. 예상대로 방엔 아무도 없었다. 아마 지금쯤이면 헤리엇은 총상을 입은 이튼의 방에 가 있을 확률이 컸다.

흣! 어젯밤 마구간에서 두 사람을 본 건, 그녀에겐 행운이었다.

수도원을 떠나 런던에 온 지 벌써, 4년.

마음껏 말을 달려본 지가 언제인지 기억이 나지 않았다. 그래서 켈리는 아이린이 준비한 연극을 구경하는 대신 말을 타기 위해 마구간으로 온 것이다. 그런데 그곳에 두 사람이 있었다. 대범하게도 사람들의 시선을 피해 말을 타고 숲으로 향하는 두 사람을.

"벌써, 연인 사이였다니."

켈리의 입가가 차갑게 비틀렸다. 그리곤 서둘러 방 안으로 들어가 안을 살피기 시작했다. 사실 자신이 뭘 찾아야 하는지 정확히 알지 못했다. 하지만 에드윈은 헤리엇이 소유한 물건 중 독특한 문장이 새겨진 상자를 찾아 확인하라고 했었다. 그것이 이튼의 크나큰 약점이 될 증거라는 말과 함께.

이튼의 약점이 될 물건을 헤리엇이 가지고 있다니. 아마 에드윈은 자신에게 말하지 않은 또 다른 뭔가를 알고 있는 눈치였다. 날 속이는 건 아닐 테지?

"휴! 없어. 여긴, 없는 건가?"

켈리는 작게 한숨을 내쉬었다. 눈살을 찌푸리자, 밝게 빛나던 유쾌한 얼굴이 사라지고 차갑게 일그러졌다. 꼭 찾아내야 했다. 언니 질리안을 죽음에 이르게 한 이튼의 숨통을 쥘 증거를 무슨 일이 있더라도 꼭 찾아내야 했다.

그렇게 생각한 순간, 켈리의 눈빛 역시 변했다. 그리곤 발소리도 들리지 않게 켈리가 움직였다. 그림자처럼 고요하고 은밀하게. 마치 어젯밤, 달의 계곡에서처럼 소리 없이 움직였다. 그러다 켈리는 탁자 위에 놓인 손수건을 집어 들었다.

붉은색의 루비를 움켜쥔 손.

"이것이 헌팅턴 백작가의 문장인 건가?"

손수건 가장자리에 수놓아진 무늬를 손끝으로 어루만졌다. 조금 특이한 문양이란 생각에 켈리는 손수건을 주머니 안으로 밀어 넣었다. 그러다 켈리는 침대 옆 협탁에 시선이 가 멈췄다.

이끌리듯 협탁 앞에 선 켈리는 손을 뻗어 천천히 서랍을 열었다. 오래된 작은 상자. 서랍 안엔 낡은 상자가 들어 있었다. 그리고 그 상자 위엔 조금 전 손수건에 새겨진 것과 똑같은 문양이 새겨져 있었다. 하지만 상자 위에 있는 심장은 문양이 아닌, 진짜 붉은색의 루비였다.

켈리의 시선이 미묘하게 변했다.

손끝으로 붉은 보석을 쓰다듬듯 문질렀다. 손이 데일 것처럼 붉은색을 뿜어내는 보석은 너무도 차가웠다. 심장까지 얼릴 만큼.

"설마, 이건가?"

켈리가 상자를 집어 들려는 순간, 밖에서 인기척이 들려왔다. 켈리는 당황한 표정으로 서둘러 서랍 문을 닫았다. 그리곤 조심스럽게 문 쪽으로 걸어가 몸을 숨겼다. 잠시 후, 인기척이 사라지자 처음 방에 들어왔던 것처럼 그림자처럼 소리 없이 방을 빠져나갔다.

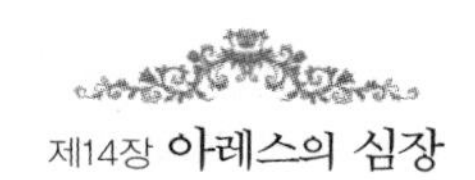

제14장 아레스의 심장

어둡고 비좁은 방 안에선 쾨쾨한 냄새가 났다. 불도 켜지 않고 앉아 있던 켈리는 노크도 없이 문이 열리는데도 놀란 기색 없이 고갤 들었다. 그러자 검은 캐릭 코트 차림의 잘생긴 신사가 방 안으로 들어서는 것이 보였다.

겉모습은 흠잡을 것 하나 없는 완벽한 신사의 모습이었지만, 그녀에게 다가오는 걸음걸이가 조금은 기묘했다. 바닥에 구두를 신은 발이 끌리며, 기괴한 소음을 만들어내자 켈리의 표정이 살짝 일그러졌다. 남자 역시 그것을 느낀 듯했지만, 이젠 익숙한 듯 아무런 내색도 하지 않았다.

"질리안과는 하나도 닮지 않았군."

"언니의 편지에 쓰여 있던 모습과는 전혀 다른 것 같군요."

"당연하지 않나? 4년 전 그날, 모든 것이 바뀌었으니까."

에드윈의 비아냥거림에 켈리의 표정이 굳어졌다. 4년 전 그날, 그래 그날 켈리는 사랑하는 언니를 잃었고, 에드윈은 사랑하는 여인을 잃었다. 그리고 그날, 붉은 눈의 악마 이튼만이 온전히 살아남은 것이다.

"그자가 언니를 죽이는 모습을 보았다고 하셨나요?"

"그래, 내가 똑똑히 보았지. 하마터면 나까지 죽을 뻔했고."

"하지만 런던에 있는 귀족들은 전혀 다른 말을 하더군요. 언니가 숙녀로서는 절대 하지 말아야 할 일을 했기 때문에 스스로 목숨을 끊은 것이라고. 치욕감을 이기지 못한 채 말입니다."

약혼자를 배신한 것도 모자라, 배덕을 저지른 자가 바로 약혼자의 친구라고 했다. 그리고 그자와 정사를 벌이다 그 장면을 약혼자인 이튼에게 들키자, 두 사람이 공모해 이튼을 죽이려고 했다고. 그 소문을 접한 순간, 켈리는 아니라고, 언니를 죽인 자는 악마인 이튼이라고 소리치고 싶었다.

하지만 켈리는 복수의 때가 올 때까지 기다리는 중이었다. 다행히 자신이 질리안의 여동생이란 사실을 아는 사람은 아무도 없었다. 어린 시절 몸이 약해 대부분 수도원에서 생활을 해온 덕분이기도 했다.

그래서 켈리는 질리안의 여동생이 아니라, 작은 시골 영주의 딸로 신분을 속인 채 사교계에 데뷔할 수 있었다. 하지만 그 사실을 눈치챈 사람은 아무도 없었다. 지금 눈앞에서 서 있는 절름발이 귀족, 에드윈을 제외하곤.

"여기! 당신이 찾던 게 이것인가요?"

켈리가 소매 춤에서 손수건을 꺼내, 에드윈에게 건넸다. 그러자 에드윈은 촛불을 켜는 대신 창문으로 걸어가 어스름하게 들어오는 달빛에 손수건의 가장자리를 비춰 봤다. 손수건을 홀린 듯 뚫어지게 바라보던 에드윈이 주먹으로 그 손수건을 꽉 움켜쥐었다. 그가 원하던 증거가 맞는 모양이었다.

"두 손으로 움켜쥔 아레스의 심장이군."

"전쟁의 신으로 알려진, 그 아레스의 심장이라고요?"

"그래. 이 문양은 아레스의 심장이 분명해."

에드윈 플루토(로마어로 하데스) 밀포드 가문에만 전해 내려오는 아레스의 심장에 대한 이야기가 있었다. 12세기 밀포드 가문의 수장에겐 신탁에 의해 결정된 신부가 있었다.

하지만 밀포드 가문과 필적할 정도로 힘을 지닌 콘웰 가문의 수장인 로이든이 밀포드 가문의 신부를 가로챈 것이다. 또한 밀포드 가문의 가보인 아레스의 심장 역시 욕심을 낸 로이든은 잔혹하게도 밀포드 가문의 수장을 살해한 것이다.

그렇게 콘웰 공작가와 밀포드 가문의 원한은 시작되었고, 600년 동안 아레스의 심장을 되찾아오기 위해 두 가문 사이에 보이지 않은 전쟁이 계속되어 온 것이다.

그리고 아레스의 심장을 되찾아올 열쇠. 200년 전, 신분을 바꾸고 모습을 숨긴 아우로라의 자손임을 증명하는 증거였다. 에드윈이 찾고 있던 바로 그 문장.

'드디어 찾았군. 아우로라의 자손을. 그리고 아레스의 심장을

되찾을 열쇠의 행방을 말이야.'

당연히 살아 있을 것이라고 생각했었다. 그리고 지금껏 그래 왔듯 이튼 곁에 있을 것이라 생각했다. 에드윈은 손수건에 새겨진 아레스의 심장을 보며, 비릿한 미소를 머금었다. 어둠을 닮은 달빛이 그의 모습을 더욱 음산하게 만들었다.

"이걸 갖고 있던 숙녀의 이름이, 헤리엇 헌팅턴이 분명한 건가?"

"당신 말대로였어요. 헤리엇 헌팅턴. 데본에서 올라온 시골뜨기 숙녀죠. 지금은 사교계에서 여왕이라도 된 듯 거들먹거리고 있지만. 곧 이튼의 실체를 알게 되겠죠. 그가 악마란 것을."

그리고 그와 함께 죽게 될 운명이었다. 안타깝지만, 그랬다. 이튼으로 인해 헤리엇은 죽을 운명이었다. 그녀가 꼭 그렇게 만들 작정이었으니까.

"지금 데본이라고 했나?"

"네. 사교계 시즌에 맞춰 남편감을 찾기 위해 데본에서 런던에 온 모양이에요. 의붓어머니와 그 딸도 함께 온 것 같더군요. 정말 천박하기 이를 데 없는……."

"데본이었군."

에드윈은 켈리의 말에 귀를 기울이는 대신, 혼자만의 생각에 빠져 있었다.

대체 왜 그 생각을 하지 못한 걸까? 600년 가까이 세 가문, 콘웰 공작가와 리치먼드, 그리고 밀포드 가문 사이의 지독한 악연은 항상 연결되어 있었다. 이튼 곁에 아우로라의 자손이 있는 게 당연했다.

"후작님, 제 말을 듣고 있는 건가요?"

켈리가 불쾌한 듯 에드윈을 쏘아보았다. 그러자 창가에 서 있던 에드윈이 켈리를 향해 몸을 돌렸다. 달빛을 등지고 서 있는 에드윈의 모습이 두려울 정도로 음산해 보였다.

"당연히 듣고 있지. 헤리엇과는 다시 만날 수 있겠지?"

"조만간 만나야죠. 그리고 내가 하는 부탁 한 가지를 꼭 들어주겠다는 약속을 받아놓았거든요."

"그래, 잘됐군. 최대한 그녀의 환심을 사도록 해. 모든 걸 믿고, 당신을 친구로 생각하게."

"그건 문제없어요. 그런데 제가 아주 재미있는 사실을 알아냈는데……."

"그게 뭐지?"

"재미있게도 헤리엇은 아이를 가질 수 없는 몸이라고 하더군요."

"콘웰 공작이 이 사실을 알면, 진노하겠군. 장남을 잃은 마당에 공작가의 상속자가 된 이튼마저, 아이를 낳을 수 없는 여인과 혼인하려 하다니."

벌을 받아야 했다. 가장 잔혹하고, 지독한 방법으로. 순간, 켈리를 바라보던 에드윈의 입가에 의미심장한 미소가 떠올랐다. 켈리, 생각보다 쓸 만한 여인이었다.

언니였던 질리안은 아름다운 외모와 풍만한 몸매만큼이나 머리 역시 지방으로 채워져 저능아였다. 그 어리석은 여자는 육체적 쾌락을 사랑이라고 착각해, 모든 것을 엉망으로 만들어 버렸다. 그가 말해준 콘웰 공작가의 저주에 완전 겁을 먹고 이성을 잃어버리다니.

사실 처음에 에드윈이 질리안에게 접근한 이유가 바로, 질리안이 아우로라의 후손이라고 생각해서였다. 아우로라의 후손은 아레스의 심장을 얻을 열쇠를 갖고 있을 가능성이 컸다.

하지만 그의 예상은 보기 좋게 빗나갔고, 어리석게도 정사를 벌이던 장소로 이튼을 불러들이는 어리석은 일까지 저질렀다. 그렇게 4년 전 모든 것이 끝나 버린 것이다.

아레스의 심장을 되찾을 방법은 고사하고, 치욕스럽게도 그의 한쪽 다리마저 잃게 된 것이다. 하지만 그날 일을 통해 깨달은 것이 있다면, 질리안은 아우로라의 후손은 아니라는 사실이었다. 그런데 아우로라의 후손이 데본에 있었다니.

"그런데 폴스던 레이시에서의 사고, 후작님께서 벌이신 건가요?"

사실, 이튼과 헤리엇이 탔던 말의 안장에 끈을 잘라놓은 것은 자신이었다. 이튼은 말에서 떨어지긴 했지만, 직접적인 사고의 원인은 총이었다. 만약 오발 사고가 아니라면, 또 다른 누군가가 자신처럼 이튼을 노렸다는 뜻이었다.

"경고를 보내는 것으론 그 정도면 충분했을 테지? 아마, 곧 날 찾아올 거야."

총알에 새겨진 문양. 그건 다름 아닌, 밀포드 가문만이 특별 제작해 사용하는 것이었다. 에드윈이 너무도 쉽게 인정하자, 켈리는 헛웃음이 나왔다. 사실 생각해 보니, 너무도 당연한 것이었던 것이다. 4년 전 사건으로 에드윈은 모든 것을 잃었으니까. 귀족의 명예까지도.

"경고는 물론, 그의 아킬레스건까지 알아내게 되었군요. 그럼 다음 계획은……?"

"지금까지처럼, 조를 통해 연락하지."

에드윈이 손수건을 코트 주머니에 밀어 넣고는 방을 빠져나갔다. 켈리 역시 천천히 의자에서 일어서며, 참았던 숨을 내쉬었다.

"이제 얼마 남지 않은 건가?"

언니를 죽인 것도 모자라, 숙녀로서 가장 치욕스러운 방법으로 명예를 더럽힌 이튼. 무슨 일이 있어도 되갚아줄 생각이었다. 가장 잔혹하고 상처를 남기는 방법으로.

브리튼 출판사 건물의 문이 열렸다. 잠시 후 신문을 품에 가득 안은 소년 하나가 문을 열고 밖으로 나오더니 런던 거리를 따라 달리기 시작했다.

"호외요! 호외(특별한 일이 있을 때, 임시로 발간되는 신문)!"

소년이 사람들 사이를 달리며 던지는 신문기사를 보기 위해 바닥에 떨어진 신문을 주워 기사를 살피던 신사의 얼굴이 놀람으로 눈이 커졌다.

"영국 최고의 명문가인 콘웰 공작가의 상속자인 글로스터 백작님과 헌팅턴 백작의 영애이신 헤리엇 양의 약혼 소식입니다."

소년의 외침에 길을 가던 귀족들이 발걸음을 멈추곤 신문의 기사를 살피기 시작했다. 그때 도로를 따라 달리던 마차가 소년 앞에 멈춰 섰다. 이내 창문이 살짝 열리는가 싶더니, 이튼이 소년에게 손을 뻗었다.

"신문 하나 주겠니?"

"아, 네. 여기."

이튼이 소년에게 동전 하나를 건넨 순간, 소년은 자신이 돈을 건넨 사람이 누군지 눈치챘다. 그리고 그 맞은편에 앉아 있는 아름다운 숙녀 역시.

"고맙구나."

"신문에 난…… 바로 그분."

놀라 서 있는 소년에게 이튼이 기분 좋은 듯 의기양양하게 웃어 보였다. 그리곤 창문을 닫은 후, 마차를 출발시켰다.

"꼭 그렇게 멈춰 서 신문을 사야 했나요?"

맞은편에 앉아 시트에 몸을 묻고 있던 헤리엇이 어이없다는 얼굴로 이튼을 쏘아보았다. 그러자 이튼이 뭐 어떠냐는 듯 신문을 펼쳤다.

"네빌을 믿을 수가 있어야지. 가끔이긴 하지만 네빌의 장난기가 도를 넘어설 때가 있어서, 꼭 확인해야 했을 뿐이야."

"그 점잖고 지적인 네빌 백작님께 장난기가 있다고요?"

헤리엇이 믿지 못하겠다는 얼굴을 하자, 이튼이 그럴 줄 알았다는 듯 쓴웃음을 지었다.

"몰라서 그렇지, 학교 다닐 땐 유명했지."

"거기엔 이튼 당신도 포함이었겠죠? 괴짜인 이튼이라…… 흥미롭군요."

헤리엇이 눈을 빛내는 것도 모른 채 이튼은 서둘러 기사를 확인하기 시작했다.

"뭐, 우선은 제대로 썼군."

만족스러운 듯 신문을 접어 옆으로 내려놓던 이튼은 입술까지 벌린 채 뭔가를 쓰고 있는 헤리엇을 발견하곤 말없이 바라보았다. 목탄으로 수첩 위를 부지런히 채우는 헤리엇을 보자, 이튼의 입가에 미소가 떠올랐다. 그러다 뭔가 생각난 듯 몸을 숙여 수첩의 적힌 내용을 살피기 시작했다.

"설마, 지난번 얘기했던 소설. 아직도 진행 중인 건 아닐 테지?"

빠르게 뭔가를 적고 있던 헤리엇의 손이 움직임을 딱 멈췄다. 그리곤 서둘러 가방 속으로 수첩과 목탄을 집어넣으며 시치미를 뗐다.

"소설이라니, 그런 게 있었나요?"

"시치미를 뗄 셈인 모양이군. 하지만 상관없어. 네빌을 협박하면 그만이니까. 아니, 앞으로 당분간은 글을 쓰지 못하도록 침대 밖으로 한 발짝도 나가지 못하게……."

"그만, 당장 그만해요."

헤리엇이 자리에서 일어서더니 두 손으로 그의 입을 막았다. 그리곤 마부가 듣지나 않았을까 걱정이 되었다.

덜컹!

"엄마야!"

도로를 달리던 마차 바퀴가 돌과 부딪힌 모양이었다. 마차가 크게 흔들렸고, 일어서서 이튼의 입술을 막고 있던 헤리엇이 몸의 균형을 잃고 휙 이튼에게 쏠렸다.

"조심해야지. 그러다 목이라도 부러지면……."

"목은 무슨. 얼른 놓아주기나 하세요."

헤리엇이 당혹감에 얼굴을 붉혔다. 균형을 잃고 흔들리던 헤리엇을 바짝 끌어당긴 이튼이 그녀를 그의 다리 위로 앉혔던 것이다. 그리곤 아무것도 모른다는 얼굴로 헤리엇을 보며, 웃고 있었다. 순식간에 그의 다릴 타고 앉은 묘한 자세가 된 헤리엇이 그에게서 벗어나기 위해 버둥거렸다.

"헤리엇, 내가 환자라는 사실을 잊지 않았으면 좋겠군."

그 말에 헤리엇이 움직임을 멈췄다. 그리곤 그의 다친 팔을 의식해 강하게 밀어내지도, 그렇다고 앉아 있지도 못한 어중간한 자세로 있어야 했다.

"그러고 보니 이 자세, 무척이나 섹시하군."

"무슨……. 어서 놓아줘요."

"흔들리는 느낌까지, 굉장히……. 윽!"

순간 이튼이 거친 숨을 내쉬며, 질끈 눈을 감았다. 또다시 마차가 흔들리는 통에 헤리엇의 엉덩이가 그의 다리 사이 중심부를 정확히 자극한 것이다. 헤리엇의 귓가에 뜨거운 숨을 뱉어내는 이튼이 미간을 찌푸리는 것이 보였다.

"그러게 빨리 놓아줬으면 좋았잖아요."

헤리엇이 그의 다리에서 내려서기 위해 또다시 버둥거렸다.

"윽, 젠장! 헤리엇!"

"아, 미안해요. 드레스 자락이 다리에 걸려서 어쩔 수 없었어요."

그렇게 변명을 내려놓는 헤리엇의 눈빛이 재미있다는 듯 빛나고 있었다. 이튼은 최대한 멀리 떨어져 앉는 헤리엇을 보며, 눈살을 찌푸렸다. 그리곤 뜨거운 숨을 뱉어내며, 이튼이 그녀가 무릎으로 눌렀던 부분을 진정시키기 위해 애썼다. 대담하게 그의 일부를 무릎으로 만지다니. 그녀의 짓궂은 장난에 뜨겁게 달아오른 그의 일부가 아직도 뻐근했다.

"언제 이렇게 앙큼해진 거지?"

"언제가 아니라, 누구 때문이냐고 물어야죠."

헤리엇이 눈을 흘기며 대꾸했다. 그 모습에 이튼은 피식 웃음이 새어 나왔다. 자신이 헤리엇을 대담하게, 그리고 앙큼하게 만들었단 말이 묘하게 싫지 않았다.

"아버지 앞에서도 그렇게 대담한지 봐야겠군."

어느새 두 사람을 태운 마차가 화이트가로 들어서 있었다. 공작가 앞에 멈춰 서자, 문지기가 서둘러 육중한 철문을 열었다. 아름다운 정원을 달려 공작가 현관 앞에 도착한 마차가 멈췄다.

달칵! 이내 문이 열리고, 콘웰 공작가의 집사인 제롬이 서 있었다.

"공작님께서 두 분을 서재에서 기다리고 계십니다."

이튼이 마차에서 내려섰다. 그리고 손을 뻗어 헤리엇이 마차에서 내리는 것을 도왔다. 현관 앞에 선 헤리엇은 긴장감을 늦추기 위해 천천히 숨을 내쉬었다.

"갈까?"

헤리엇이 고갤 끄덕이자, 제롬이 앞서 걷기 시작했다. 두 사람 역시 길게 연결된 주랑을 따라 걸으며, 그들을 기다리고 있는 콘웰 공작을 만나기 위해 서재로 향했다.

❖

문이 열리고, 에드윈이 제나의 방으로 들어섰다. 순간 제나는 에드윈의 날카로운 눈빛에 숨을 죽였다. 짐승을 포획하기 직전의 사냥꾼처럼 살기를 띠고 번뜩이는 눈빛에 두려움이 밀려들었다.

"주인님, 여긴 어떻게?"

서둘러 침대에서 일어난 제나가 바닥에 내려섰다. 그러자 에드윈의 시선이 제나의 창백한 얼굴에 머물렀다.

"데본에 있는 동안, 헌팅턴 백작가의 딸을 본 적 있겠지?"

"헌팅턴 백작님이라면, 당연히 저희 오두막의 단골이었습니다. 하지만 고귀하신 숙녀분께서 저희 술집에……."

"그래서 4년 동안 한 번도 보지 못했다는 건가?"

낮게 가라앉은 목소리가 음산하게 들렸다. 그리고 그녀를 쏘아보는 에드윈의 눈빛은 거짓을 고했다가 발각된다면, 살아남을 수 없음을 말해주고 있었다.

"보았습니다. 당연히 같은 곳에서 살았으니까요. 가끔이긴 했지만, 백작님이 술이 취했을 땐 직접 모시러 온 적이 있었습니다. 하지만 스치듯 인사하는 게 다였습니다."

"정말, 그것뿐인 것이겠지? 거짓을 말했다간, 넌 런던의 더러운 뒷골목을 기어 다니는 생쥐들의 밥이 될 것이다."

등줄기에 소름이 확 끼쳤다. 그 말은 시체가 되어, 런던 뒷골목을 나뒹굴 것이라는 뜻이었다. 제나는 주먹을 꽉 쥐었다. 그리곤 최대한 차분한 목소리로 대답했다.

"사내에게 몸을 파는 천한 매춘부 따위에게 귀족 가문의 숙녀가 말을 걸어줄 리 없지 않겠습니까. 그저 얼굴을 아는 정도일 뿐입니다."

"젠장!"

에드윈이 욕설을 뱉어내며, 방 안을 서성거렸다. 데본에 있었다고 해서, 제나와 연결고리가 있지 않을까 했었다. 하지만 그의 예상이 빗나가자, 에드윈의 머릿속이 빠르게 회전하기 시작했다. 아레스의 심장. 그것을 찾아야 했다. 600년 동안 쫓은 결과 드디어 기회가 온 것이다.

"그런데 왜 헌팅턴 백작님의 따님을……?"

"그건, 너 따위가 알 일이 아니야."

"하지만 안면은 있으니, 주인님께 도움이 되지 않을까 해서……."

제나가 말꼬리를 흐리며, 에드윈의 눈치를 살폈다. 불안했다.

갑자기 왜 헤리엇에 대해 관심을 갖는지. 그리고 에드윈의 모습이 평소완 다른 뭔가가 있었다. 그래, 초조함. 뭔가에 쫓기듯 무척이나 조급해 보였다.

"그래, 심부름 정도야 할 수 있을지도 모르겠군. 조는 어디 있지?"

"조라면, 아래층에 있을 겁니다."

제나의 대답에 에드윈이 찬바람을 일으키며 방을 나갔다.

"휴!"

숨죽이고 서 있던 제나가 침대에 걸터앉으며 작게 한숨을 내쉬었다. 하지만 자꾸만 눈살이 찌푸려졌다. 뭔가 위험한 일이 진행되고 있었다. 그리고 그 위험스러운 일은 이튼뿐만 아니라 헤리엇에게도 손을 뻗은 듯했다.

제나가 손톱을 물어뜯기 시작했다. 다른 사람의 안위 같은 건 전혀 관심 없는 그녀였다. 자신의 몸뚱이 하나 건사하는 것만으로도 벅찬 삶이었으니까.

하지만 침대에서 일어선 제나는 복잡한 마음을 이기지 못하고 입술을 깨물었다. 부질없는 일이었다. 어쩌면 그녀까지 위험해질 수도 있는……. 그래서 모른 척 외면해야 하는 게 맞았다. 하지만 제나는 쉽게 마음을 정하지 못한 채 오랫동안 방을 서성거렸다.

❖

잠이 오지 않았다. 이튼과 함께 콘웰 공작을 만나고 온 이후, 헤리엇은 아무것도 손에 잡히지 않았다. 예상외로 콘웰 공작인 레이놀즈의 반응은 담담했다. 하지만 헤리엇은 자꾸만 레이놀즈에게 죄인이 된 기분이었다.

"말했어야 했어. 반대하더라도, 진실을 말했어야 옳았어."

헤리엇은 작게 한숨을 내쉬었다. 폴스던 레이시에서의 사건을 이유로 이튼이 최대한 빨리 두 사람이 혼인을 해야 한다고, 그녀를 설득했다. 결국 헤리엇은 레이놀즈에게 자신이 아이를 낳을 수 없다는 사실을 숨기기로 한 것이다.

이제 그녀로 인해, 콘웰 공작가는 더는 존속될 수 없었다. 그리고 그 사실을 레이놀즈가 알았을 때, 얼마나 화를 낼지 헤리엇은 벌써부터 심장이 내려앉는 느낌이었다.

답답함을 견디다 못한 헤리엇이 침대에서 내려와 창가로 걸어갔다. 굳게 닫힌 창문을 열자, 커튼이 바람에 흔들렸다. 작게 한숨을 내쉬며, 헤리엇은 방 안으로 비쳐 든 달빛을 물끄러미 바라보았다. 검은 하늘에 뜬 달이 유난히 빛나고 있었다. 마치 은빛 달처럼.

"은빛 달?"

은빛 달은 루엔이 알려준 노래에 나오는 호수의 주인이었다. 그리고 자신의 흘러내린 머리카락을 어루만지던 헤리엇의 손이 순간, 움직임을 멈췄다.

은빛 달이란 게, 혹시 은빛 머리카락을 한 여인을 뜻하는 건가? 그렇다면, 이 노래와 리치먼드의 저주와 관련이 있는 건 아니겠지?

문득 떠오른 생각에 헤리엇의 시선이 반사적으로 탁자로 향했다. 창문 앞에 서 있던 헤리엇의 발걸음 역시 그곳으로 다가갔다. 탁자 위엔 폴스던 레이시에서 아이린이 건네준 어머니의 유품인 상자가 놓여 있었던 것이다. 상자를 집어 든 헤리엇은 다시 창문 쪽으로 걸어갔다. 그리고 달빛에 상자를 비췄다.

한순간 달빛을 받은 루비에서 붉은빛이 폭발하듯 뿜어져 나왔던 것이다.

"대체, 이게 뭐지?"

분명 조금 전까지만 해도 그저 평범한 루비일 뿐이었다. 그런데 달빛이 상자 중앙에 박혀 있는 루비의 중심을 비추자, 아무런 변화도 없던 붉은 루비가 한순간 빛을 뿜어내기 시작했다. 그리고 그 붉은빛에 둘러싸인 루비 안에 뭔가가 있었다. 마치 붉은빛 속에 뭔가가 숨겨져 있는 것 같았다. 마법. 그래 마법처럼, 투명한 붉은빛 속에 검은색의 글씨가 새겨져 있었다. 그리고 그 내용은…….

"호수의 주인, 은빛 달. 아레스의 심장을 삼키다. 아레스의 심장? 대체 뭐지? 호수의 주인인 은빛 달이 아레스를 죽여, 그 심장을 취했다는 건가?"

헤리엇은 눈을 가늘게 뜬 채 생각에 잠겼다. 리치먼드 가에 전해져 내려오는 노래와 그 노랫말의 주인인 은빛 달, 그리고 아레스의 심장이라니. 궁금했다.

그녀가 알지 못하는 뭔가가 이 상자에 숨겨져 있다고 생각하자,

헤리엇은 이 상자를 꼭 열고 싶어졌다. 그리고 이 상자가 리치먼드의 저주와 연관이 있다는 예감이 강하게 들었다.

"혹시 루엔이라면, 알지도 몰라. 노래의 뒷이야기는 물론이고, 이 상자를 열 수 있는 열쇠 역시도."

헤리엇은 입술을 깨물며, 손을 들어 흘러내린 머리카락을 쓸어 넘겼다. 데본으로 편지를 보내 루엔에게 어머니께서 남기신 유품들을 가지고 런던으로 오라고 했다.

"열쇠라……."

헤리엇이 루비 위에 나타난 글씨를 다시 확인하기 위해 고갤 숙였다. 하지만 이미 글씨는 사라진 후였다. 아마 구름이 은빛 달을 가리자, 조금 전 모습을 드러냈던 마법 역시 사라져 버린 모양이었다.

덜컥, 달칵!

그때 비밀 통로의 문이 열리는 소리가 들려왔다. 헤리엇은 들고 있던 상자를 재빨리 침대 아래 밀어 넣고는 침대에 앉았다. 너무도 순식간에 벌어진 일이라, 헤리엇은 스스로가 어리둥절했다. 왜 이 상자를 그에게 숨기려고 했는지 헤아릴 시간조차 없었다. 그렇게 생각하는 사이, 이튼이 비밀 통로의 문을 열고 방으로 들어왔다.

"자려던 모양이었군. 내가 방해한 건가?"

잠옷 차림으로 침대에 앉아 있는 헤리엇을 보자, 이튼이 멈췄다.

"아니에요. 저 역시 잠이 오지 않아 책이라도 읽을까 하던 참이었어요."

헤리엇의 대답에 안심한 듯 이튼이 그녀에게 다가왔다.

"다행이군. 줄 게 있었거든."

"그래요?"

하지만 줄 게 있다는 말과는 달리 이튼은 헤리엇을 지나쳐 창가로 걸어갔다. 그리곤 헤리엇이 열어놓은 창문을 닫았다.

"바람이 차군."

"아, 좀 답답해서."

달빛을 등지고 창가에 기대선 이튼이 물끄러미 헤리엇을 응시했다.

"고민이 있는 모양이군. 혹시 그 고민이 아버지에 대한 것이라면, 그럴 필요 없다고 했을 텐데."

이튼이 쓸데없는 고민이라는 듯 미간을 찌푸렸다. 그리곤 창가에 서 있던 이튼이 헤리엇에게 다가와 침대에 걸터앉았다.

"화가 났나요?"

"아니. 그저 너에게 믿음을 주지 못한 내가 안타까울 뿐이야."

"이튼, 당신을 믿어요. 어쩌면 내 자신보다 더 당신을 믿고 있는지도 몰라요. 하지만 이건…… 어디까지나 콘웰 공작가에 대한 나의 미안함이에요."

"헤리엇……."

"쉿!"

그녀의 손끝이 그의 입술을 막았다. 그리곤 이것은 내 몫이니, 그냥 넘어가 달라는 듯 헤리엇이 고갤 가로저었다. 한동안 이튼의 시선이 헤리엇에게 머물렀다.

"나에게 줄 게 있어서 왔다고 하지 않았던가요?"

한동안 이튼의 시선이 헤리엇에게 머물렀다. 잠시 후, 졌다는 듯 한숨을 내쉬며 그녀의 손목을 붙잡았다.

"그랬지."

"그게 뭔지 궁금하군요."

그녀의 재촉에도 이튼은 또다시 그녀를 내려다볼 뿐 움직일 생각을 하지 않고 있었다.

대체 뭘까? 생각해 보니, 비밀 문을 들어설 때부터 그의 태도가 조금 이상했었다. 지금까지 제집처럼 드나들 땐 언제고 그녀의 상황이며, 상태를 물으며 망설이다니.

"이튼."

그녀가 다시 이튼을 불렀다. 그러자 긴장이라도 한 듯 망설이는 것이 보였다.

"묘하군. 마치 처음인 것 같아."

"처음이라니, 그게 무슨 말이죠?"

"모르겠어. 지금까지와는 달리, 왜 이렇게 긴장이 되는지 말이야."

이튼이 헤리엇의 손을 붙잡곤 그의 가슴 위에 올려놓았다. 손바닥 아래 그의 심장이 거침없이 뛰고 있었다.

"이튼……."

"이유는 나도 몰라. 이 방에 들어선 순간부터, 이랬으니까."

머쓱한 얼굴로 고갤 돌리는 이튼을 보며, 헤리엇의 심장 역시 뛰기 시작했다. 마치 연애를 처음 시작한 연인들처럼 설레고 있는 두 사람이라니. 몸을 섞은 것이 무색하리만큼, 긴장되고 자꾸만 입안이 바짝 타들어가는 중이었다. 이 낯설고도 간지러운 느낌은 처음이었다. 당혹스럽게도 이튼은 난생처음 타인의 시선을 의식하고 있었다.

"이제야 그런 생각이 들다니. 전, 처음부터였어요. 데본의 저택에서 당신을 처음 봤을 때부터."

헤리엇이 입술을 삐죽이며 손을 거둬들이려 했다. 하지만 이튼은 그녀의 손을 놓아주는 대신, 바짝 끌어당겼다.

"그렇게 아쉬워할 필요 없어. 지금 내가, 네 표정 하나, 말투 하나에 심장이 바짝 타는 중이니까. 말로 표현할 수 없을 만큼, 바짝."

그의 말에 헤리엇의 입가에 미소가 번졌다.

"지금 웃은 건가?"

"웃으면 안 되는 것이었나요?"

"아니, 그런 건 아니야. 하지만 썩 유쾌하진 않군."

"그래서 억울한가요?"

헤리엇이 얼굴을 굳히고 이튼을 쏘아보았다. 그러자 당황한 표정으로 재빨리 부정했다.

"아, 그런 게 아니야. 그저 너무 낯선 감정이라 나도 어떻게 해야 할지 알 수가 없어서……."

"실망이군요."

헤리엇이 기분이 상한 듯 갑자기 그에게 등을 돌렸다. 그리곤 정말 잠이라도 자려는 듯 침대로 걸어가기 시작했다.

"피곤하군요. 줄 게 없다면, 돌아가 주시겠어요. 엇, 이튼. 지금 뭐 하는……."

그의 손이 헤리엇의 손목을 붙잡았다.

"아파요, 이튼."

바짝 끌어당겨진 헤리엇이 그에게서 벗어나기 위해 팔을 잡아 당겼다. 하지만 이튼은 그녀의 손목을 꼭 붙잡고는 주머니에서 뭔가를 꺼내기 시작했다.

"이튼……."

순간, 그녀의 손가락에 차가운 감촉이 느껴졌다.

"내 아버지께서 어머니께 청혼했을 때, 주셨던 반지라고 하더군. 또한 콘웰 공작부인이 다음 대의 공작부인에게 대대로 물려주는 것이기도 해."

손가락에 빛나고 있는 투명한 푸른색. 마치 호수의 깊은 색과 닮은 그 아름다운 빛에 헤리엇은 눈을 뗄 수가 없었다.

"헤리엇."

반지에서 시선을 뗀 헤리엇이 그를 올려다보았다. 그의 눈빛이 그윽하게 빛나고 있었다. 심장이 촉촉이 젖어들 만큼 그렇게.

"나와 혼인해 주겠나? 지금에서야 하는 고백이지만, 난 너에 관한한 뭐든 서툴러. 그래서 널 화나게 한 일이 아주 많았을 거야. 하지만 약속해. 내일은 오늘보다 더 널 사랑하게 될 거야. 맹세하길 바란다면, 지금 당장 무릎이라도……."

"필요 없어요."

헤리엇이 그의 목덜미를 힘껏 끌어안았다. 필요 없었다. 맹세든, 뭐든. 오히려 그 서툰 감정이 그녀의 심장을 건드렸다는 걸, 이튼은 모르는 듯했다.

"필요 없어요, 다른 어떤 건. 나에겐 당신, 당신만 있으면 되니까."

허공에 떠 있던 이튼의 한쪽 손이 그녀의 허릴 힘주어 안았다. 긴장감이 사라지자, 이튼의 입술이 헤리엇의 입술을 찾았다. 뜨거운 열기를 뿜어내기 시작한 입술이 집요하게 그녀의 입술을 열었다.

"흣!"

출렁, 헤리엇이 침대에 앉았다. 두 사람의 무게에 못 이겨 침대가 흔들렸다. 입술을 떼지 않은 채 그의 손이 잠옷의 앞섶을 들추며 보드랍고 말캉한 가슴을 꽉 쥐었다. 그의 손에 의해 터질 듯 부푼 가슴이 단단해졌다. 자꾸만 뜨겁게 혀를 얽고 빨아 당기는 나른한 열감에 헤리엇의 허리가 야릇하게 비틀렸다. 이미 그녀의 아랫배 안쪽은 밀려드는 쾌락에 촉촉이 젖어들기 시작했다. 그의 손끝에 붉은 유두가 비틀렸다.

흠칫 몸을 떨며, 신음을 흘리는 헤리엇을 보자 이튼은 더는 참을 수 없는 듯 옷을 벗기 시작했다. 하지만 한쪽 팔을 다친 상태였기 때문에 옷을 벗기는 그의 손이 너무도 더뎠다.

"아, 젠장!"

마음과는 달리 더딘 그의 손 때문에 이튼은 불만 섞인 욕설을 뱉어냈다. 그러자 헤리엇이 피식 웃음을 터뜨리며, 그의 손을 밀어냈다. 그리곤 천천히 잠옷을 벗기 시작했다. 이튼의 시선이 그녀의 움직임을 쫓아 집요하게 움직였다.

여린 목덜미가 드러나고, 바스락 소릴 내며 잠옷이 발아래로 떨어지자, 둥근 가슴과 가느다란 허리, 그리고 탐스러운 엉덩이가 모습을 드러냈다. 그녀의 모습에 이튼이 거친 숨을 삼켰다. 그리곤 그 역시 한 손으로 그의 옷을 벗기 시작했다.

"제가 도울게요."

나신이 된 헤리엇이 그에게 바짝 다가왔다. 그리곤 천천히 그의 옷을 벗겨냈다. 이튼은 헤리엇이 자신의 옷을 벗기는 모습을 홀린 듯 바라보았다. 그 고혹적인 모습에 온몸이 타는 듯 뜨거워졌다. 그녀의 손에 의해 조각처럼 완벽한 몸이 달빛 아래 모습을 드러냈다. 그가 손을 뻗어 헤리엇의 목덜미를 쓸어 가슴을 움켜쥐었다. 가슴을 움켜쥔 그의 손이 이번엔 나른하게 젖어든 매끈한 허벅지 안쪽을 스치며 파고들었다. 그리곤 수풀 안쪽 은밀한 곳을 어루만졌다.

"하아, 이튼."

"젖었군. 솔직하게 반응하는 이곳이 너무도 예뻐. 아마, 사람들은 당신의 서늘함 속에 이런 열정이 잠들어 있다는 사실을 모르겠지?"

"흣! 그건 당신도 마찬가지 아닌가요? 얼음처럼 냉혹한 당신 안에 집요할 정도로…… 하읏!"

순간 그녀의 젖은 속살을 비집고 들어오는 그의 손길에 헤리엇은 말을 삼켰다. 그러자 이튼의 입가가 비틀리며 미소가 어렸다.

이튼이 그녀를 밀어 침대에 눕혔다. 그리곤 그녀의 위로 올라와 그녀의 두 다리 사이에 자릴 잡고 앉았다.

"아직 부족한 모양이군. 생각이란 걸 할 수 있는 걸 보니 말이야."

그 말을 끝으로 헤리엇은 아무것도 생각할 수 없었다. 손이 들어왔던 자리에 뜨겁게 날 선 그의 일부로 가득 채워졌다. 그의 침입에 물기를 품은 속살이 빨아들이듯 그의 일부를 끝까지 머금었다.

"하아!"

"윽, 젠장. 헤리엇 너……."

농밀하게 뒤엉킨 두 사람의 몸처럼, 나른한 쾌락을 품은 두 사람의 신음이 섞여들었다. 순식간에 찾아든 뜨겁고 지독한 열기에 두 사람은 강하게 몸을 떨었다. 그러다 갑자기 이튼이 그녀에게서 멀어졌다. 그가 빠져나가 버린 빈자리가 너무도 허전해 헤리엇은 입술을 깨물며 그를 올려다보았다.

"젠장, 팔이……."

그제야 헤리엇은 이튼이 한쪽 팔로만 그의 몸을 지탱하고 있었음을 깨달았다.

"내가 어떻게 해야 하는지 가르쳐 줘요, 이튼."

그녀가 몸을 일으키며, 유혹하듯 달콤하게 속삭였다. 그러자 이튼이 더는 참을 수 없다는 듯 거친 숨을 뱉어냈다.

"마차에서처럼, 내 위로 올라와."

이튼이 침대에 등을 대고 눕자, 그의 말대로 헤리엇이 다릴 벌린 채 그의 몸 위로 걸터앉았다. 그가 다치지 않은 손을 뻗어 그녀의 엉덩이를 그의 중심 쪽으로 끌어당기더니, 젖어 있는 그녀의 밀부 안으로 단단히 일어선 남성을 깊숙이 찔러 넣었다.

"흣!"

그녀의 안으로 빨려 들어간 그의 일부가 촉촉이 젖은 그녀의 안을 가득 채웠다. 헤리엇이 허릴 휘며 단단해진 그의 일부를 조이자, 이튼의 입술 새로 억눌린 신음이 새어 나왔다.

"말을 타듯 움직여."

그 말과 함께 헤리엇이 엉덩이를 들어 올렸다. 그러자 그녀를 가득 채웠던 그가 빠져나가는 것이 느껴졌다. 그 나른한 허전함에 헤리엇이 다시 엉덩이를 내렸다. 이번엔 반대로 그의 일부가 그녀의 젖은 내벽을 가르고 가장 깊은 곳까지 끝없이 파고들었다. 가르쳐 주진 않았지만, 본능적으로 쾌락을 쫓는 방법을 깨달은 헤리엇이 위아래로 움직이기 시작했다.

그녀가 움직일 때마다, 질척질척 결합된 부분에서 젖은 소리가 새어 나왔다. 평소보다 더 깊게 들어온 그를 느끼며, 헤리엇은 지독한 열감으로 몸을 떨었다. 등이 활처럼 휘었고, 그녀의 젖은 입술에선 흐느낌 섞인 신음이 흘러나왔다.

"하아, 이튼…… 하앙!"

헤리엇이 나른한 쾌락의 리듬에 맞춰 몸을 움직일 때마다, 꽉 맞물린 두 육체가 한 치의 틈도 없이 얽혀들었다. 말을 타듯, 그의 몸을 타고 앉아 그를 머금을 때마다 이튼은 지독한 쾌감에 몸을 떨었다. 이튼이 손을 뻗어 헤리엇의 가슴을 꽉 그러쥐었다. 그녀가 허릴 비틀며 움직일 때마다 관능적으로 흔들리던, 그녀의 가슴이 그의 손에 의해 비틀렸다.

"하흑, 하아……. 흐흑!"

물기 어린 신음을 뱉어내며, 헤리엇이 위험스럽게 허릴 휘었다. 이튼이 몸을 일으켜, 침대 등받이에 기대앉았다. 그리곤 뜨거운 숨결을 뱉어내며, 그녀의 가슴을 덥석 베어 물고는 힘껏 빨아 당겼다. 흑! 허릴 비틀던 헤리엇의 몸이 잘게 떨리기 시작했다. 애액으로 젖은 그의 일부가 불덩이처럼 뜨겁고 단단해졌다. 이튼 역시 순식간에 밀려든 격정을 이기지 못하고, 촉촉이 젖어 미끈거리는 밀부를 거칠게 파고들었다. 그의 움직임이 위험스러울 정도로 빨라졌고, 한순간 두 사람의 입에서 열기 어린 신음이 터져 나왔다. 동시에 지독한 절정에 도달한 두 육체가 파들파들 떨며 천천히 침대 위로 내려앉았다.

그의 몸 위로 쓰러지듯 무너진 헤리엇이 눈을 감았다.

"그만 자도록 해."

이튼이 그녀의 머리카락을 쓸어내리며, 속삭였다. 헤리엇은 눈도 뜨지 않고 고갤 끄덕인 후, 잠속으로 빠져들었다. 이튼 역시 마찬가지였다. 팔을 다쳐서인지, 평소와 달리 피곤했다. 헤리엇을 품에 안은 채 이튼 역시 곧 잠이 들었다.

얼마나 지났을까? 어둡던 방 안이 환하게 밝아지기 시작했다. 그 빛은 헤리엇이 침대 아래로 밀어 넣어놓았던 리치먼드 상자 안에서 뿜어져 나오고 있었다.

"헉, 헉!"

순간, 거친 숨을 내쉬며 이튼이 눈을 떴다. 그 짧은 순간, 이튼은 엄청난 광경을 꿈속에서 본 것이다. 아직도 그 모습이 너무도 생생해 손이 떨리고 있었다. 마치 그의 기억처럼 느껴졌다. 꿈이 아니라. 이튼은 잠든 헤리엇을 내려다보았다. 그렇게 헤리엇을 바라보며, 이튼은 깊은 생각에 빠져들었다.

사교계의 밤. 음악이 연주되고 있었다. 그러자 귀족들은 평소 마음에 둔 숙녀들을 향해 천천히 움직이기 시작했다. 가장 설레고 긴장된 순간이었다. 그래서인지 젊은 귀족들을 비추는 무도회장 중앙의 샹들리에 불빛이 그 어느 때보다 화려한 빛을 뿜어내고 있었다.

그리고 그 불빛 아래, 이튼 역시 헤리엇에게 손을 내밀었다. 검은 연미복을 입은 이튼은 숨을 삼킬 만큼 강했고, 또한 완벽했다. 한쪽 팔을 붕대로 감은 상태였지만, 그 모습이 악마처럼 잘생긴 그의 얼굴과 묘하게 어우러져 위험스러운 분위기를 만들어냈다.

신이 만든 가장 매력적인 피조물. 그것이 바로, 이튼이란 생각이 들 정도였다.

"헤리엇 양, 저와 춤을 춰주시겠습니까?"

무도회장에 모인 귀족들의 시선이 한순간 헤리엇에게 향했다. 헤리엇을 향한 그의 시선에 심장이 다 두근거릴 정도였다. 뜨겁고 나른한 열기를 품은 그의 눈빛에 담긴 감정은 차가운 인상의 그를 미치도록 섹시하게 만들어놓았다.

하지만 귀족들이 이튼을 보며, 놀란 건 그것이 아니었다. 지금껏 감정이라곤 전혀 없는 서늘함으로 사람들을 밀어내던 이튼이었다. 다가서는 것조차 어렵게 만들었던 차가운 눈동자가 지독한 소유욕을 담고 헤리엇을 바라보고 있었다.

헤리엇 루이자 헤이스팅스와 콘웰 공작가의 상속자 이튼 스튜어트.

신문기사를 통해 두 사람의 약혼이 발표된 후, 공식적인 자리에서 처음으로 함께하는 자리였다. 그리고 그 자리에서 이튼은 헤리엇이 자신의 것임을 그곳에 모인 귀족들에게 숨김없이 드러낸 것이다.

"헤리엇!"

그가 다시 한 번 그녀의 이름을 불렀다. 샹들리에 불빛에 검은 눈동자가 빛나고 있었다. 말없이 그를 바라만 보고 있는 헤리엇을 보자, 초조한 듯 그의 눈동자가 흔들리고 있었다. 당연히 그의 손을 붙잡을 것이라고 생각했던 헤리엇이 그를 시험이라도 하듯 무표정한 얼굴로 서 있었다.

사실 헤리엇 역시 조금은 궁금해하던 참이었다. 거절이라곤 모르는 이 거만함을 꺾어보고 싶다는 강한 열망이 일기도 했지만, 그 호기심을 애써 눌러 참았다. 약혼 발표 후, 첫 공식적인 자리에서 그를 창피하게 할 순 없었던 것이다. 무엇보다 더 애를 태웠다간, 그의 눈에서 불이 뿜어져 나올 태세였다. 헤리엇이 장갑을 낀 손을 내밀어 이튼의 손을 잡았다. 그러자 그의 입에서 안도의 한

숨이 새어 나왔다. 그녀의 손을 잡고 천천히 댄스 플로어로 가며 이튼이 낮게 속삭였다.

"심술인가?"

"당연한 것 아닌가요? 오늘 파티장에서 숙녀들에게 눈웃음을 뿌리고 다니더군요."

질투 섞인 그녀의 목소리에 이튼의 입가에 숨길 수 없는 미소가 걸렸다 사라졌다.

"네가 원한다면, 지금 당장에라도 맹세할 수 있어. 내 눈엔 너밖에 보이지 않는다고 말이야. 할까?"

이튼이 당장에라도 무릎을 꿇고 앉아 맹세할 기세로 그녀를 바라보았다.

"미쳤어요? 만약, 그랬다간 정말 용서 안 할 거예요."

또다시 그의 입가에 미소가 걸렸다. 정말 낯선 광경이었다. 차갑고 무감하던 이튼이 오늘 이 파티장에서만 지금까지 보았던 것보다 더 많이 웃고 있었던 것이다.

"그렇게 웃지 말아요."

"왜?"

"그 미소, 내 거예요. 다른 사람들에게 함부로 보이지 말아요."

순간 이튼의 심장이 쿵 내려앉았다. 또다시 그의 입가에 미소가 어리려 했다. 하지만 이튼은 억지로 웃는 걸 멈췄다. 조금 전, 헤리엇이 절대 다른 사람 앞에선 보이지 말라고 한 것이다.

"예쁘군."

대신 그의 시선이 헤리엇의 손가락으로 향했다. 그가 준 콘웰 공작가의 반지. 그 영롱한 푸른빛이 헤리엇의 손에서 빛나고 있었다.

"묘한 빛이에요. 그리고 주변을 감싸고 있는 조각도 마음에 들어요. 가운데 보석을 보호하는 수호 기사. 마치 당신 같단 생각이 들었거든요."

"수호 기사라. 생각해 보니, 어머니께서 그러시더군. 이 반지엔 흥미로운 비밀이 숨어 있다고."

그를 따라 댄스 플로어로 걸어가며, 이튼을 올려다보았다.

"반지에 비밀이 있다고요?"

"그래. 그러니 그 비밀은 네가 알아봐. 이 반지에 어떤 게 숨겨져 있는지 말이야."

댄스 플로어에 마주 선 두 사람이 음악에 맞춰 움직이기 시작했다. 서로를 바라보는 눈빛과 맞닿은 손, 그리고 서로의 옷을 스치며 내는 두근거림까지. 콘웰 공작가의 파티에서 달빛 아래, 사람들의 시선을 피해 처음으로 춤을 추었을 때가 떠올랐다.

지금도 심장이 벅차오를 정도로 행복했지만, 헤리엇은 두 사람만 있었던 그 달빛 아래 유리 정원이 더 좋았다. 그땐 이렇게 사람들의 시선을 의식해 감정을 숨길 필요가 없었던 것이다. 최대한 격식을 갖춘 채 두 사람은 연주되는 음악처럼 아름답고 우아한 왈츠를 췄다. 또한 서로의 감정을 최대한 절제해서인지, 부딪히는 두 사람의 시선이 묘하게 섹시했다.

"다음에 또, 갈까?"

그 역시 그녀와 똑같은 생각을 한 모양이었다. 그의 손끝이 헤리엇의 손목을 스쳤다. 음악에 맞춰 몸을 움직이던 이튼이 가까워진 틈을 이용해 그녀의 귓가에 낮게 속삭였다.

"좋아요."

사람들의 시선을 피해 그의 손이 그녀의 몸을 스쳤다. 그의 눈빛 역시 열기를 품고 그녀에게서 눈을 떼지 못하고 있었다. 숨이 막혔다. 그의 뜨거운 시선에 난처해진 헤리엇이 입술을 깨물었다. 그렇게 팽팽하게 긴장된 시선 속에서 두 사람의 시선이 얽혀들었다.

"헤리엇……."

그때 음악이 끝났다. 이튼은 하는 수 없이 아쉬움을 뒤로하고, 헤리엇의 손을 놓아주었다. 자리로 돌아가기 시작한 사람들 속에서 헤리엇 역시 천천히 걸음을 옮겼다. 그녀의 뒤를 따라 걸어오던 이튼이 우연인 듯 그녀의 손끝을 잡았다 놓았다.

두근! 얼굴이 붉어지는 것을 가까스로 참아낸 헤리엇이 감정을 숨기기 위해 고갤 숙였다. 헤리엇은 자신을 기다리고 있는 켈리에게 다가갔다.

"헤리엇, 얼굴이 빨갛군요. 파티장이 더우면, 잠깐 정원에서 산책이라도 하는 게 어때요? 저도 곧 따라나갈게요."

"고마워요, 켈리."

켈리의 제안에 헤리엇이 고갤 끄덕였다. 그리곤 천천히 무도회장을 빠져나와, 정원으로 향했다. 기다란 복도를 지나, 마침내 정원으로 나가는 문을 발견한 헤리엇은 천천히 참았던 숨을 내쉬었다.

"휴!"

헤리엇은 정원으로 통하는 문을 열었다. 차가운 바람이 안으로 밀려들어 와 뺨을 스치자, 열기가 사라지기 시작했다. 미친 듯이 뛰는 심장 역시 잦아들며, 안정을 찾아갔다.

"흡! 누구……!"

순식간에 누군가 그녀의 입을 틀어막았다. 마치 그녀가 나올 것을 미리 알기라도 한 듯, 그녀의 팔을 단단히 옭아맨 손에 의해 꼼짝도 할 수 없었다. 뺨에 닿는 손의 감촉이 무척이나 서늘했다. 위험했다. 헤리엇은 남자에게서 벗어나기 위해 저항하기 시작했다. 그녀의 입을 가린 손을 이로 악물었다.

"윽, 젠장!"

고통을 참는 듯 남자의 입에서 욕설이 새어 나왔다. 거친 억양으로 보건대, 런던 뒷골목 출신인 것 같았다. 그런데 그런 자가, 대체 어떻게 공작가의 파티에 올 수 있었던 거지? 헤리엇은 입을 단단히 틀어 막힌 채 어둠 속으로 끌려갔다. 그 힘이 너무도 강력해 두려움과 공포가 한꺼번에 밀려들었다.

"흡!"

벽에 부딪힌 등이 욱신거렸다. 눈물이 흐를 정도로 아팠지만, 헤리엇은 자신을 붙잡은 남자가 누군지 알아내기 위해 정신을 집중했다. 눈을 크게 떠, 어둠을 응시한 헤리엇의 귓속으로 조금 전과는 달리 기품 있는 목소리가 파고들어 왔다.

"아름다운 숙녀분을 그렇게 거칠게 대하다니."

헤리엇의 시선이 조금 떨어져 있는 벽으로 향했다. 자세히 보니

빛이 들어오지 않은 정원의 끝, 남자는 벽에 기대서서 헤리엇을 바라보고 있었다.

귀족이었다. 위험스러운 분위기와는 달리 남자의 말투에선 기품이 흘렀다.

"풀어줘도 좋아. 아마, 도망치거나 소리 지르지 않을 만큼, 머리는 있을 테니까."

에드윈의 말에 조가 헤리엇을 놓아주었다. 피가 통하지 않았던 손목에 한순간 피가 몰리며, 그에게 붙잡혔던 손목이 욱신거렸다. 욱신거리는 손목을 누르며, 헤리엇이 허릴 곧게 폈다. 남자에게 밀리면 안 될 것 같았다. 그녀가 느끼는 두려움을 그가 알게 해선 안 될 것 같은 느낌에 헤리엇은 최대한 냉정한 모습으로 남자를 쏘아보았다.

"누구시죠? 왜 날, 이곳으로 데려온 거죠?"

순간 헤리엇의 서늘한 목소리에 남자가 자세를 가다듬는 것이 보였다.

"무례했다면 용서하십시오. 이런 방법이 아니라면 헤리엇 양을 만날 기회가 없었거든요."

"무례라는 걸 아셨다면, 처음부터 하지 말았어야 한다고 생각합니다."

생각보다 단호한 목소리에 이번엔 에드윈의 눈빛이 호기심으로 반짝였다. 어둠 속에 서 있는 여인의 실루엣은 무척이나 가녀렸다. 하지만 고집스럽게 입을 다물고 어둠 속에 서 있는 그를 쏘아보는 눈매는 보통의 숙녀와는 다른 느낌이었다.

강렬하고, 신비로운 힘. 에드윈은 이 강하고 아름다운 숙녀에게 호기심이 생겼다.

"그래야 했겠지만, 저에겐 이 방법밖에 없었습니다. 만약 뵙길 청했다면, 절 만나주지 않았을 테니까요. 그리고 전, 그만큼 절박했다는 뜻도 있으니, 노여움을 푸시길 바랍니다."

무척이나 예의 바른 그의 태도가 오히려 헤리엇의 신경을 자극했다. 뭔가를 감추고 있는 것 같은 그 어긋남이 마음에 들지 않았다.

뚜벅, 뚜벅!

그가 마침내 어둠 속에서 걸어나왔다. 느릿느릿 그녀에게 다가오는 그의 모습이 조금은 이상했다. 마치 다리가 아픈 듯 몸 한쪽에 힘이 들어가 균형을 무너뜨리고 있었다.

하지만…… 아름다운 얼굴이었다. 뼛속까지 고귀한 혈통을 지닌 자의 오만함이 묻어 있는 표정을 제외한다면, 남자의 얼굴은 악마적이라고 할 만큼 완벽했다. 자신을 붙잡고 끌고 온 무례한 자완 연관이 있다는 것이 이상할 정도였다.

"절박하다고 하셨나요? 대체 어떠한 절박함이 무례함을 이겼는지 궁금하군요."

기죽지 않은 차가운 목소리에 에드윈의 입가가 호를 그렸다.

"이튼 에드워드 스튜어트. 그에 대한 얘기라면 만족하시겠습니까?"

"그가 왜요?"

"이튼에게 어린 시절 혼약이 약속된 숙녀가 있었다는 것을 알고 계십니까?"

"그 얘기라면, 당연히 알고 있어요. 4년 전 사건까지, 모두 포함해서."

헤리엇은 더는 들을 말이 없다는 듯 자르듯 말했다. 그러자 에드윈의 입가에 차가운 냉소가 어렸다. 그러자 아름답다고 생각했던 그의 얼굴이 두려움이 들 정도로 사악한 느낌이 들었다. 헤리엇은 자신도 모르게 주먹을 꼭 쥐었다.

"당연히 약혼녀의 불륜에 의해 어쩔 수 없는 사고라고 말했을 겁니다. 진실은 모두 숨긴 채. 어차피 그 약혼녀는 죽었고, 그날의 진실을 말해줄 이는 전혀 없다고 생각했을 테니까요."

"그럼 당신은 진실이 뭔지 알고 있다는 건가요?"

"그날, 그곳에 함께 있던 사람은 이튼과 질리안뿐만이 아니었던 것으로 기억합니다."

헤리엇이 미간을 찌푸린 채 에드윈을 쏘아보았다.

"혹시 약혼녀와 불륜을 저질러 그를 배신했다던 친구를 말하는 건가요?"

"불륜과 배신이라? 누구에게 불륜과 배신이란 건지 모르겠군요. 정략 관계가 아니었다면, 이튼은 한 번도 질리안을 돌아봐 주지 않았을 겁니다. 얼음처럼 차갑고 지독하게도 무관심했거든요. 그래도 약혼녀인데 말입니다."

"이튼이 그렇게 만들었단 건가요?"

"잘 알고 있지 않습니까? 그가 얼마나 잔혹하고 냉혹한 인물인지."

알고 있었다. 하지만…….

"냉정한 성격을 가진 건 확실하지만, 비이성적인 성격은 아니죠. 또한 대부분의 정략혼이 개인과 개인이 아닌, 가문과 가문의 결합이란 건 너무도 잘 알려진 것이고요. 하지만 이튼이라면 절대 예의에 벗어나진 않았을 것이라고 생각합니다."

"그 태도가 문제지 않겠습니까? 사랑하는 사람이 생겼다는 질리안에게 결혼 후, 애인을 둬도 상관없다고 말했으니까요."

그녀 역시 그랬었다. 가문과 가문의 결합인 정략혼. 만약 그 혼약이 깨진다면, 그 원인은 남자인 이튼이 아니라 고스란히 여인인 질리안의 흠이 되는 게 당연했다. 숙녀로서의 명예는 물론이거니와 귀족들 사이에서 외면당하는 건 어쩌면 당연한 결과였다.

"이튼이 질리안에게 해줄 수 있는 가장 최선의 방법이었다고 생각합니다."

이튼은 질리안을 여인으로 사랑하지 않았다고 했었다. 대신, 여동생으론 아꼈다고 했다. 부인에게 애인이 있다는 것, 그건 귀족들 사이에서 웃음거리가 될 수도 있는 일이었다. 하지만 이튼은 그런 손가락질쯤 무시할 만큼 질리안을 배려하고 있었다.

"저에게 해줄 말이 이게 전부라면, 돌아가겠습니다. 오히려 전, 이튼이 안타깝다는 생각이 드는군요. 믿었던 이들에게 진심을 의심받다니……."

"진심이라고 하셨습니까? 웃기는군요. 콘웰에게 진심이 있다니. 콘웰 공작가에 전해 내려오는 저주. 아마, 그 저주로 이튼은 당신을 죽일 겁니다."

말도 안 되는 소리였다. 헤리엇은 어이없는 거짓말을 뱉어내는 에드윈을 날카롭게 쏘아보았다.

"더는 들을 말이 없는 것 같군요."

헤리엇이 에드윈에게 등을 돌렸다. 그리곤 저택으로 돌아가기 위해 걸음을 옮기기 시작했다.

"이튼에 대해 뭘 알고 있지?"

그의 말투가 변했다. 예의를 벗어던진 그가 헤리엇에게 다가왔다. 그리곤 그녀의 어깨에 손을 올려놓고는 강한 힘으로 그녀를 돌려세웠다.

"질리안이 왜 도망치려 했을까? 사랑 때문에? 아니, 그가 두려웠기 때문이야. 그의 곁에 있으면, 죽게 될 것이란 걸……."

분노를 참는 듯 음산한 목소리로 헤리엇을 위협하던 그가 한순간 말을 멈췄다. 그리곤 그녀를 믿을 수 없다는 눈으로 바라보았다. 그의 눈동자가 그녀의 은빛 머리카락을 지나, 그녀의 얼굴 하나하나를 살피고 있었다.

"아, 아우로라."

아우로라였다. 그가 너무도 사랑해 온 여인. 보는 것만으로도 심장이 뛰고, 숨조차 쉬지 못할 정도로 슬픈 이름. 에드윈은 심장이 내려앉은 느낌이었다. 너무 놀라 숨을 쉴 수가 없었다. 어둠 속에 서 있어서 헤리엇이란 여인의 얼굴을 보지 못해, 알아보지 못했었다. 하지만 달빛에 얼굴을 드러내자, 에드윈은 한눈에 알아볼 수 있었다. 그가 지금껏 기다려 온 여인이란 것을.

"놓아주세요, 아프군요."

"아, 죄송합니다."

헤리엇의 어깨를 놓아준 에드윈이 다시, 정중한 목소리로 말했다. 또다시 바뀐 그의 태도. 그리고 그녀를 바라보며, 놀란 듯 커진 동공. 지금은 그리운 감정을 담고 그녀를 바라보고 있었다.

"붉은 눈. 이튼의 붉은 눈을 본 적이 있을 겁니다. 그리고 아레스의 붉은 심장."

붉은 눈과 아레스의 붉은 심장이란 말에 견고하던 헤리엇의 눈동자가 조금 흔들렸다.

"더 많은 것이 알고 싶다면, 헬로 오십시오."

"헬……?"

"헤리엇! 헤리엇 양!"

그때 저택 쪽에서 헤리엇을 부르는 켈리의 목소리가 들렸다. 그제야 헤리엇은 켈리가 함께 산책을 하자고 했던 말을 떠올렸다.

"전 이만, 돌아가 보겠……."

없었다. 조금 전까지 그녀 앞에 서 있던 두 사람은 어둠처럼 흔적도 없이 사라져 버린 것이다. 대신 그들이 서 있던 곳은 한 치 앞도 알 수 없는 짙은 어둠뿐이었다. 헤리엇은 말없이 에드윈이 서 있던 곳을 다시 한 번 응시하고는 발길을 돌려 켈리에게 걸어가기 시작했다.

이른 새벽, 로즈힐의 철문이 열렸다. 검은 마차를 타고 나타난

로즈힐의 주인인, 콘웰 공작은 서늘한 표정으로 헤리엇을 찾는 대신 차를 내오라고 명령했다. 그렇게 갑작스러운 레이놀즈의 방문에 로라의 움직임이 분주했다. 10년 전 콘웰 공작부인이 돌아가신 후, 공작인 레이놀즈가 로즈힐을 방문한 것은 처음이었던 것이다.

레이놀즈의 명령대로 로라는 로즈힐에서 가장 좋은 은쟁반을 꺼냈다. 그리곤 중국에서 가져온 도자기에 최상급 차를 준비했다. 부엌을 나온 로라는 서둘러 레이놀즈가 기다리고 있는 서재로 향했다. 그러다 서재 앞에 긴장한 모습으로 서 있던 헤리엇이 보였다. 헤리엇 역시 로라의 인기척을 느낀 듯 돌아보았다.

"로라, 차를 준비한 모양이군. 이리 줘, 내가 가지고 들어갈 테니까."

"하지만……."

"부탁할게, 로라. 그리고 오늘 공작님의 방문은 비밀로 해줘."

순간, 로라는 비밀로 해줄 사람이 이튼이란 사실을 알 수 있었다.

"부탁할게."

헤리엇은 놀라 서 있는 로라를 뒤로하곤, 서재의 문을 열었다. 심장이 무섭게 뛰고 있었다. 이튼에겐 말하지 않고 갑작이 로즈힐을 찾은 콘웰 공작의 의도가 무엇인지 충분히 짐작할 수 있었다. 헤리엇은 탁자 위에 은쟁반을 내려놓았다.

분명 인기척을 느꼈을 테지만, 레이놀즈는 그녀에게 등을 보인 채 비스듬히 서서 창밖을 응시하고 있었다. 차가운 등이었다. 고집스럽게 꽉 닫힌 입매며, 냉정해 보이는 얼굴까지. 영국 최고의 명문 귀족가의 수장답게 레이놀즈에겐 섣불리 말을 걸 수 없는 위엄이 느껴졌다.

"이튼에겐 말하지 않았다."

그러니 헤리엇 역시 이튼에게 말하지 말라는 뜻이었다. 헤리엇은 레이놀즈를 향해 고갤 끄덕였다. 그 모습이 유리창을 통해 비쳤고, 레이놀즈가 미간을 찌푸린 채 창문에 비친 헤리엇을 쏘아보고 있었다.

"오늘 새벽, 나에게 편지가 하나 도착했더군."

편지라는 말에 헤리엇이 주먹을 꽉 쥐었다. 유리창에 비친 레이놀즈와 시선이 마주치자, 헤리엇은 긴장한 듯 입술을 깨물었다. 담담한 척하려 했지만, 흔들리는 눈빛을 감추지 못했다. 레이놀즈는 슬픔이 짙게 밴 헤리엇의 눈빛을 확인한 순간, 천천히 돌아섰다.

"그 편지에 적힌 내용이 뭔지 짐작한 모양이군."

유리창이 아닌, 두 사람의 시선이 다시 마주쳤다. 냉기가 흐르는 그의 눈동자를 마주하자, 헤리엇은 심장이 얼어붙는 느낌이었다. 지금부터 듣게 될 레이놀즈의 말이 두려워서가 아니었다. 이튼과 너무나도 닮은 눈을 보자, 순간 헤리엇은 손바닥에 식은땀이 났다.

"숨길 생각은 없었습니다."

"아니, 숨겨야 했다. 최대한 내가 알지 못하도록 그랬어야 했어."

레이놀즈가 단호한 표정으로 말했다.

"공작님!"

"이튼이야 상관없다고 했겠지. 하지만 난 달라. 콘웰 공작가의 수장인 난, 그 어떤 희생을 치르더라도 가문을 지켜야 할 의무가 있다. 그러니 넌, 들켜선 안 되는 거였다, 헤리엇!"

"공작부인의 자리 같은 건, 처음부터 원치 않았습니다. 그러니 그의 곁에만 있게 해주십시오. 그의 숨겨진 여자라도 상관없습니다."

헤리엇의 말에 레이놀즈의 눈동자에 복잡한 감정이 소용돌이쳤다. 하지만 이내, 차갑게 굳은 얼굴로 더욱 냉혹하게 헤리엇을 향해 단호하게 말했다.

"아니, 그것도 안 돼."

절대 허락할 수 없었다. 헤리엇이 아우로라의 자손인 리치먼드의 마지막 혈족이란 사실을 확인한 이상, 이튼 옆에 둘 수 없었다. 무엇보다 새벽에 전달된 편지 속엔 헤리엇이 아이를 가질 수 없는 몸이란 사실과 함께 그녀가 리치먼드 가의 후손이라 적혀 있었다. 그리고 지금 책상 위에 놓여 있는 상자를 확인한 순간, 그의 의심은 확신으로 굳어졌다. 섬세하게 조각된 작은 상자 위에 박힌 붉은 보석. 편지의 내용대로, 이제 저주가 시작되려 하고 있었다. 떼어내야 했다. 이튼이 알기 전에 헤리엇을 멀리 쫓아버려야 했다.

"공작님, 제발!"

"마지막으로 말하지. 헤리엇 리치먼드. 당장 떠나라! 내 아들 곁에서."

레이놀즈가 그 말을 끝으로 주먹을 불끈 쥐었다. 헤리엇을 바라보는 레이놀즈의 눈빛은 지금까지와는 달리 냉혹하기 그지없었다. 헤리엇은 그 눈빛에 절망할 수밖에 없었다.

콘웰 공작가의 저주는 12세기 세 가문에 의해서부터 시작되었다. 하지만 콘웰 공작가를 제외한 두 가문은 600년의 시간이 흐르는 동안 그들의 존재를 숨기며 살아왔다. 그런데 리치먼드 가문이 아우로라의 자손이었다니.

콘웰 공작가의 상속자라면, 아우로라의 자손을 죽이고 그들이 소유한 저주를 풀 열쇠를 빼앗아야 했다.

'밤과 낮의 경계의 심장을 찔러, 아레스의 심장에 뿌리라. 식지 않은 뜨겁고 신성한 피가 심장을 적시고, 얼었던 대지가 눈을 뜰 때, 새벽은 소멸하고 태양 아래 평화로워지다.'

이튼에게 알려주지 않은 저주의 두 번째 구절이었다. 지금까지 모습을 감췄던 아우로라의 자손이 모습을 드러냈다. 그렇다는 건, 콘웰 공작가를 죽음으로 이끈 또 다른 가문인 밀포드의 자손 역시 가까운 곳에 몸을 숨기고 있다는 뜻이었다. 먼저 찾아내야 했다. 어둠 속에서 때를 기다리며 도사리고 있을 위험을 먼저 찾아, 없애야 했다.

"살고 싶다면, 당장 떠나거라! 이튼 곁에서 최대한 멀리."

마지막 자비를 베풀 듯 차갑게 뱉어낸 후, 서재를 나가 버렸다. 혼자 남겨진 헤리엇은 꼼짝도 할 수 없었다. 하지만 이내, 헤리엇이 돌아섰다. 드레스 자락을 움켜쥐곤, 서둘러 서재를 나왔다. 붙잡아야 했다. 레이놀즈의 발목이라도 붙잡고, 애원해서라도 조금 전 그가 했던 말을 되돌려야 했다. 복도를 뛰어간 헤리엇이 현관문을 열었다. 하지만 레이놀즈를 태운 마차는 이미 떠난 후였다.

"흐흑, 흑흑!"

털썩, 바닥에 쓰러지듯 앉은 헤리엇은 멀어져 가는 마차를 보며 흐느끼기 시작했다. 새벽을 울리는 그 애절한 울음소리가 헤리엇의 여린 입술을 통해 새어 나왔다. 참으려 했지만, 이미 통제를 벗어난 슬픔이 저택을 울렸다.

제15장 저주

무의미하게 시간이 흐르고 있었다. 테이블에 놓인 찻잔 안의 차는 이미 차갑게 식은 지 오래였다. 손끝에 느껴지는 도자기의 서늘한 기운이 마치 심장을 어루만지듯 천천히 스며들었다. 헤리엇은 지금 자신이 켈리와 차를 마시고 있다는 사실도 잊은 채 파티에서 그녀를 납치하듯 데려간 낯선 남자에 대한 생각으로 머리가 꽉 차 있었다.

"헤리엇, 피곤해 보이는군요."

헤리엇은 켈리의 걱정스러운 목소리에 고갤 들었다.

"미안해요, 켈리. 잠깐 다른 생각을 했나 봐요. 무슨 얘길 했었죠?"

"소피아 버킹햄 양에 대한 얘기였어요. 소피아가 헤리엇 양에 대한 말도 안 되는 소문을 내고 다니는 것 같거든요."

"소문이라니, 그게 뭐죠?"

"그러니까 그 소문이……."

켈리가 말하는 것이 조금 난처한 듯 말을 멈췄다. 그리곤 찻주전자를 들어 뜨거운 차를 따른 후, 헤리엇에게 차를 더 마시겠냐는 듯 주전자를 건넸다. 헤리엇이 고갤 가로젓자, 켈리가 주전자를 내려놓았다. 그리곤 향긋한 차 향을 음미하며 느긋하게 마시기 시작했다.

"그 소문이란 것, 내가 불임이란 것이겠죠? 그리고 곧, 파혼할 것이라고."

달그락! 헤리엇의 말에 놀란 듯 켈리가 찻잔을 급히 내려놓았다.

"불쾌하게 했다면 미안해요, 헤리엇. 난 그냥, 헤리엇도 알아야 할 것 같아서……."

"아니에요, 켈리. 알려줘서 고마워요."

헤리엇의 대답에 켈리가 안심한 듯 한숨을 내쉬는 것이 보였다. 벌써 사교계에 소문이 돌고 있는 건가? 하지만 이상했다. 그녀가 아이를 낳지 못하는 몸이란 사실은 자신과 이튼, 그리고 유모인 루엔과 아버지인 헌팅턴 백작뿐이었다. 그런데 그것을 알아낸 자가 있었다.

혹시, 헬의 그 남자인 걸까? 그는 분명, 이튼에게 원한이 있는 듯 보였다. 그래서 그녀에게 접근한 것일 테고.

'만약 내 추측이 맞는다면, 난 미끼일지도 모르겠군. 이튼을 잡

을 매력적인 미끼.'

"헤리엇, 괜찮나요?"

켈리의 손이 헤리엇의 팔을 건드렸다. 그러자 헤리엇은 자신이 또 생각에 빠져 있다는 것을 깨닫곤 미안한 얼굴을 했다.

"켈리, 괜찮아요. 백작님도 저도."

"하지만 콘웰 공작가와 버킹햄 공작가 사이에 다시 정략혼에 대한 얘기가 오가는 것 같아요. 그게 사실이라면……."

"그런 일 없을 거예요."

"아……."

자신의 말에 당연히 감정적으로 초조해하며, 흔들리는 모습을 보일 것이라고 예상했다. 하지만 헤리엇은 아니었다. 가끔 생각에 잠기는 것 외엔, 불안하지도 초조해하지도 않았다. 흔들림 없는 견고함. 그래, 헤리엇에겐 다른 숙녀들에겐 없는 강한 의지가 엿보였다. 검은 눈동자에서 빛나고 있는 지성 역시.

"헤리엇, 마음이 복잡할 땐 외출을 하는 것도 좋은 방법이랍니다. 사실 일주일 후 템즈 강에서 가까운 분들과 뱃놀이를 할 계획이거든요."

"아니에요, 켈리. 난……."

"거절은 안 돼요. 지난번, 다음 번 제 초대는 무슨 일이 있어도 허락한다고 했었죠? 그러니, 꼭 와요."

켈리가 자리에서 일어서자, 헤리엇 역시 따라 일어섰다. 그리곤 헤리엇의 손을 꼭 잡고는 위로하듯 다정하게 말했다.

"막무가내라고 생각하겠지만, 기분 전환이 될 거예요."

"고마워요, 켈리. 그럼 그때 뵐게요."

헤리엇의 대답을 듣고서야 켈리가 집으로 돌아갈 채비를 했다. 티룸을 나온 두 사람은 복도를 지나 현관으로 향했다. 현관에 거의 도착했을 쯤, 밖에서 소란스러운 소리가 들렸고 이내 난처한 표정의 로라가 문을 열고 안으로 들어오는 것이 보였다.

"무슨 일이지, 로라?"

"아, 그게. 손님이 찾아오셨습니다."

"손님이라니? 혹시 지난번 날 찾아왔던 숙녀들이라면……."

"아닙니다, 아가씨. 처음 뵙는 분이었습니다."

"그래? 이름을 말하지 않은 모양이군."

"네, 급히 아가씨를 뵈어야 한다는 말과 함께 데본에서 왔다고……?"

"데본? 혹시 루엔일지도 모르겠군. 데본에서 곧 여기로 오기로 했거든."

헤리엇이 로라를 지나쳐 현관으로 걸어가기 시작했다. 그러자 켈리 역시 호기심 어린 표정으로 헤리엇을 뒤따랐다. 하지만 현관에서 초조한 듯 서성거리는 여인은 루엔이 아니었다. 평범한 숙녀들과는 달리 화려한 드레스 차림의 여인은 깊숙이 모자를 눌러쓴 때문인지 얼굴이 보이지 않았다.

"넌……?"

제나였다. 자신의 정체를 숨기고 싶은 듯 고갤 숙이고 있었지만, 헤리엇은 자신을 찾아온 여인이 제나임을 한눈에 알 수 있었다. 그리고 그 순간, 제나가 헬에서 일하고 있다는 사실 역시 깨달았다.

그 낯선 남자. 이튼을 증오하던 그 남자를 제나 역시 아는 게 분명했다. 제나가 서둘러 고갤 숙이곤 헤리엇과 뒤따라 나온 켈리가 지나갈 수 있도록 길을 비켜섰다.

헤리엇 역시 제나를 지나쳐, 켈리를 배웅했다.

"그럼, 켈리 오늘 방문해 주셔서 고마워요."

"저도 로즈힐을 방문해서 좋았어요. 그럼, 일주일 후에 템스 강에서 뵐게요."

그 말과 함께 켈리가 마차에 올랐다. 이내 마차는 출발했지만, 창문을 통해 켈리의 시선이 헤리엇이 아닌 낯선 방문객에게 향해 있는 것을 헤리엇은 놓치지 않았다. 마차가 보이지 않자, 그때까지 말없이 서 있던 제나가 낮은 목소리로 말했다.

"아가씨, 갑작스럽게 찾아와 죄송합니다. 하지만 급히 드릴 말씀이……."

제나의 태도가 조금 이상했다. 뭔가에 쫓기듯 초조하게 손가락을 움직이는 모습이 심상치 않아 보였다.

"들어가서 얘기하는 것이 좋겠군요. 로라, 젠에게 2층으로 차를 가져오도록 해줘."

그 말은 젠 이외에 다른 사람은 2층 출입을 금한다는 뜻이었다.

"알겠습니다, 아가씨."

로라는 낯선 여인과 계단을 오르는 헤리엇을 보며, 작게 한숨을 내쉬었다. 그날부터였다. 이른 새벽 콘웰 공작인 레이놀즈가 로즈힐을 찾은 그날 이후, 헤리엇은 생기를 잃은 채 멍하니 앉아 있을 때가 많았다. 한 번도 그런 적이 없었는데, 최근 며칠은 식사 또한 입에도 대지 않았던 것이다.

"약속하긴 했지만, 백작님께 말씀드려야 하지 않을까?"

로라는 걱정스러운 표정으로 부엌으로 향했다.

브리튼 출판사 건물 앞에 멈춰 선 마차에 네빌이 올라섰다. 그러자 이미 안에 타고 있던 이튼이 맞은편 자리에 앉아 심각한 표정을 한 네빌에게 눈인사를 건넸다.

"갑자기 불러내서 미안하군, 이튼. 하지만 신문이 인쇄되기 전에 자네가 꼭 알아야 할 것 같아서 어쩔 수 없었네."

"대체 무슨 기사이기에 자네가 이렇게 다급한지 궁금하군."

이튼이 가슴 팔짱을 낀 채 네빌을 바라보았다. 그러자 네빌은 쓰고 있던 실크 햇을 벗어 손에 들고 있던 손수건으로 이마의 땀을 닦아내기 시작했다. 이튼은 그런 네빌을 날카로운 눈빛으로 살피며, 침묵을 유지했다.

"한 시간 전 콘웰 공작님께서 출판사를 찾아오셨었네."

"아버지께서? 찾아오신 용건은?"

"자네와 헤리엇 양의 약혼 기사를 정정해 달라고 하더군."

순간 이튼의 눈썹이 꿈틀거리며 위로 치켜 올라갔다.

"그게 무슨 말이지?"

"정정 기사와 함께 콘웰 공작가와 버킹햄 공작가의 정략혼이

성사되었다는 기사를 내일 아침 신문에 써달라고 하더군. 특종이 될 것이라고 하면서."

"말도 안 되는 소리. 절대 그럴 리 없네. 내가 혼인할 사람은 헤리엇뿐이니까. 아버지께도 그렇게 말씀드렸고, 허락한 사항이네. 그런데 갑자기 왜?"

이튼이 눈살을 찌푸리며 이해할 수 없다는 얼굴을 했다. 그러자 네빌이 심각한 표정으로 넌지시 말을 건넸다.

"사실 사교계에 헤리엇 양에 대한 소문이 하나 돌고 있긴 한데……."

"소문? 그게 대체 뭔데 그러는 거지?"

그렇게 질문한 순간, 이튼은 뭔가 스치는 것이 있었다. 설마……?

"무슨 소문인지 알 것 같군."

이튼이 굳은 얼굴로 미간을 찌푸렸다.

"사실인가? 만약 아니라면, 내가 해명하겠네. 자네가 직접 나서는 것보단, 내가……."

"아니, 그럴 필요 없네."

"그게 무슨 뜻이지?"

덜컹! 그때 마차의 바퀴가 도로의 움푹 패인 웅덩이를 지났는지 크게 흔들렸다. 마차 안에 있던 두 사람 역시 흔들리는 마차에서 균형을 잡기 위해 벽을 단단히 붙잡아야 했다. 이내 마차가 멈췄다.

"죄송합니다요, 백작님. 앞에서 마차가 달려와 피하려다……."

“아니, 상관없네. 대신 화이트 가로 가야겠네.”

“화이트 가라면, 콘웰 공작가를 말씀하시는 겁니까요?”

“그래, 공작가로 가주게. 그리고 그전에, 네빌. 미안하지만 여기서 내려주었으면 좋겠군.”

“아! 그래, 알았네.”

엉거주춤 자리에 앉아 있던 네빌이 바닥에 떨어진 실크 햇을 집어 들었다. 하지만 여전히 걱정스러운 눈빛은 이튼에게 향해져 있었다.

“나에겐 가문의 존속 따위 중요하지 않네, 네빌.”

“하지만 이튼 자넨, 콘웰 공작가의 상속자이지 않나? 당연히 의무를…….”

“네빌, 콘웰 공작가는 나에서 끝이 날 걸세.”

마차 안에 묵직한 침묵이 흘렀다. 이튼의 말에 당황한 네빌은 상황을 이해할 수 없는 듯 미간을 찌푸리고 있었다. 그리곤 눈빛으로 내리길 재촉하자, 더는 아무것도 묻지 못한 채 마차 문을 열었다.

“이튼, 만약 내 도움이 필요하거든 언제든 말하게. 무슨 일이 있어도 도울 테니까.”

“우선, 아버지께서 부탁한 기사를 신문에 싣지 말아주었으면 좋겠군.”

“그거야 당연하지.”

네빌의 입가에 미소가 떠올랐다. 그러자 이튼 역시 흔들리지 않는 강한 눈빛으로 네빌을 바라보며 고갤 끄덕였다.

"아, 이걸 잊고 있었군."

네빌이 주머니에서 총알을 꺼내 이튼에게 건넸다. 총알을 받아 든 이튼의 표정이 서늘해졌다. 그 표정에 네빌은 그의 생각이 맞다는 듯 고갤 끄덕였다.

"자네 예상대로 에드윈이더군. 하지만 어디에 있는지는 아직 알아내진 못했네."

"가까이에 있었군."

"그런 모양이야."

이튼이 손안에 든 총알을 꽉 쥐었다. 에드윈이었다. 4년 전, 그에게 총을 겨눴던 그의 친구였던 자. 그리고 그를 배신하고 죽이려 한 자.

"연락하지."

이내 마차의 문이 닫혔다. 멈췄던 마차는 도로를 따라 화이트가를 향해 달리기 시작했다. 아버지가 네빌을 찾아왔다는 건, 이미 헤리엇을 찾아갔다는 뜻이기도 했다.

"젠장!"

이튼의 입술에서 불만 섞인 욕설이 튀어나왔다. 아버지를 만났을 헤리엇을 생각하자, 저절로 미간이 찌푸려졌다. 우선은 아버지를 만나야 했다. 그리고 그의 생각은 절대 변하지 않을 것이란 사실을 알려야 했다. 흔들리는 마차 안에서 이튼의 눈빛이 차갑게 빛나고 있었다.

두 사람 사이에 흐르는 차가운 냉기에 서재의 공기가 얼어붙기 시작했다. 상대를 압도하는 강한 카리스마까지 완벽하게 닮은 두 사람이었다. 그래서인지 서늘함을 품은 두 사람의 시선이 부딪히자, 심장까지 얼려 버릴 기세였다. 침묵이 길어지고 있었다. 공격하기 전 서로를 탐색하는 맹수들처럼 두 사람의 시선엔 한 치의 물러섬도 없었다.

"네빌을 만난 모양이구나."

날 선 긴장감을 먼저 깬 사람은 레이놀즈였다. 마땅찮은 표정으로 입매를 일그러뜨리며, 레이놀즈는 브리튼 출판사가 아니라 다른 출판사를 찾아갔어야 했다고 생각했다.

"이미 알고 네빌을 찾으신 것 아니십니까?"

"휴!"

레이놀즈의 입가가 비틀리며, 작게 한숨을 내쉬었다. 이튼의 말을 듣고 나니, 어쩌면 그런 마음이 저 밑바닥 안에 있었을지도 모른다는 생각이 들었다. 레이놀즈가 천천히 자리에서 일어섰다. 그리곤 생각에 잠긴 표정으로 서재 안을 서성이기 시작했다.

"아레스의 심장을 삼킨 자. 그 심장을 잃어버린 순간, 비극이 시작된다."

"또 그 어줍지 않은 공작가의 저주에 대해 말씀하실 생각이시라면……."

"밤과 낮의 경계의 심장을 찔러, 아레스의 심장에 뿌리라. 식지 않은 뜨겁고 신성한 피가 심장을 적시고, 얼었던 대지가 눈을 뜰 때, 새벽은 소멸하고 태양 아래 평화로워지다."

레이놀즈가 걸음을 멈추고 이튼을 돌아보았다. 하지만 이튼을 보는 레이놀즈의 표정은 너무도 서늘했다. 이튼은 그 무표정이 화를 내는 것보다 더 걱정되기 시작했다.

"그게 무슨 말씀이십니까?"

"콘웰 가에 전해지는 저주에 대한 또 다른 내용이다."

"그게 어쨌다는 겁니까? 상자를 열 열쇠가 없는 한, 내용 따위더는 소용……."

"만약 저주를 풀 열쇠를 찾았다면 어찌할 것이냐?"

"지금, 열쇠를 찾았다는 말씀이십니까?"

"그래. 이튼, 기억하고 있겠지? 네가 어찌해야 하는지 말이다."

"어디에 있습니까? 그 열쇠라는 것 말입니다."

이튼은 주먹을 꽉 쥐었다. 열쇠를 찾았다니, 믿을 수 없었다.

"헤리엇이다. 그 열쇠를 헤리엇이 가지고 있더구나."

순간 두 사람 사이에 정적이 흘렀다. 그리곤 무슨 꿍꿍이냐는 듯 서늘한 눈으로 레이놀즈를 쏘아보았다.

"사실이다. 콘웰 공작가를 위협하는 뿌리 깊은 저주, 그 원인인 아우로라의 자손이 바로, 헤리엇이었다."

믿을 수 없었다. 하지만 레이놀즈의 표정을 보자, 사실인 모양이었다.

"저주를 끝내고 싶다고 했었지? 그래, 네 손으로 끝을 내야 할 것이다. 밤과 낮의 경계의 심장을 찔러, 아레스의 심장에 그 피를 뿌려야……."

"그만, 그만하십시오."

하지만 레이놀즈는 멈추지 않았다. 오히려 이튼의 머릿속에 각인시키려는 듯 강한 어조로 읊조리기 시작했다.

"식지 않은 뜨겁고 신성한 피가 심장을 적시고, 얼었던 대지가 눈을 뜰 때, 새벽은 소멸하고 태양 아래 평화로워질 것이다."

밤과 낮의 경계, 즉 새벽. 새벽을 상징하는 여신 아우로라. 아우로라의 심장을 찔러, 그 피를 아레스의 심장에 뿌려야만 600년에 걸친 지독한 운명이 끝이 난다는 의미였다.

이튼이 더는 참을 수 없다는 듯 자릴 박차고 일어섰다. 그리곤 서재를 나가려고 하자, 레이놀즈가 이튼을 불렀다.

"헤리엇의 어머니가 리치먼드지. 콘웰 가를 배신하고, 죽음으로 이끈 배신자. 헤리엇 역시, 콘웰의 원수다. 가문의 원수를 살려둘 수는 없다."

"그럴 리 없습니다. 헤리엇이 아우로라의 자손일 리 없습니다. 뭔가 잘못 아신 겁니다."

"내 눈으로 직접 확인했다."

순간, 이튼의 이마에 핏대가 섰다. 그런 이튼을 보며, 레이놀즈가 단호한 표정으로 말했다.

"그 사실을 안 이상, 난 콘웰 공작가의 수장으로서의 의무를 이행할 작정이다."

"아버지!"

"선택은 네가 하도록 해. 저주를 끝내기 위해선 그녀가 갖고 있을 열쇠를 빼앗고, 그 심장의 피를 아레스의 심장에 뿌려야 한다. 네 소원대로, 그래야 모든 것이 끝이 날 것이다."

말도 안 되는 소리였다. 화가 난 이튼이 자릴 박차고 서재의 문을 향해 걸어갔다.

“그 누구도 헤리엇을 건드릴 수 없습니다. 그게 아버지라 하더라도 말입니다.”

이튼의 눈동자에 붉은 기운이 어렸다. 레이놀즈를 쏘아보는 이튼의 붉은 눈동자가 광기가 서린 듯 날카롭게 빛났다. 그 모습을 확인한 레이놀즈는 눈을 가늘게 떴다.

“이튼! 넌, 콘웰 공작가의 유일한 상속자다. 그 사실을 잊어선 안 될 것이다!”

“그 이전에 전, 한낱 사내일 뿐입니다.”

이튼이 서늘한 기세로 레이놀즈를 다시 한 번 쏘아본 후, 서재를 나섰다.

“기억해라, 이튼. 아우로라의 자손 중, 네 심장을 삼킬 자의 가슴엔 붉은 흔적이 있다는 것을.”

열린 문 사이로 레이놀즈의 목소리가 그의 귓가에 부딪혀 왔다. 가슴에 붉은 흔적이라니, 그런 것 따위 헤리엇에게 있을 리 없었다. 그녀를 안는 동안 그녀의 새하얗고 뽀얀 가슴엔 티 하나 없이 깨끗하다는 걸 수도 없이 확인했었다. 하지만 레이놀즈가 읊조리듯 뱉어냈던 말이 그의 귓속을 파고들며, 미친 듯이 그의 신경을 자극했다.

—아레스의 심장을 삼킨 자!

그 심장을 잃어버린 순간, 비극이 시작된다.

밤과 낮의 경계의 심장을 찔러, 아레스의 심장에 뿌리라.

식지 않은 뜨겁고 신성한 피가 심장을 적시고,

얼었던 대지가 눈을 뜰 때,

새벽은 소멸하고 태양 아래 평화로워지다.

익숙한 길이었지만, 비밀 통로를 지나는 이튼의 발걸음이 무척이나 더뎠다. 하지만 이내 이튼은 무겁게 내려앉은 마음을 단호하게 물리친 후, 서둘러 비밀 통로의 문을 열고 방 안으로 들어갔다.

하지만 그의 예상과는 달리 방은 비어 있었다. 어딜 간 것일까? 이미 밤이 깊은 시간이라 헤리엇이 방에 없자 이튼은 걱정이 되기 시작했다.

설마, 벌써 아버지께서 움직이신 걸까? 그렇게 생각한 순간, 이튼의 눈동자에 차가운 분노가 떠오르며, 순식간에 붉은 기운이 눈동자를 가득 채웠다.

달칵! 그때 닫혀 있던 방문이 열리고, 잠옷 위에 커다란 숄을 걸친 헤리엇이 방으로 들어섰다. 방으로 들어오던 헤리엇은 이튼을 발견하고, 순간 걸음을 멈췄다.

"이튼!"

붉은 눈이었다. 헤리엇은 자신을 날카롭게 쏘아보는 이튼의 붉은 눈을 보며, 최대한 침착하기 위해 노력했다. 그리곤 들고 있던 리치먼드의 상자를 숄 아래로 밀어 넣고는 자연스럽게 방 안으로 들어갔다.

"이 시간에 어딜 다녀온 거지?"

"아, 서재에 잠깐……. 잠이 오지 않아, 책을 읽으면 괜찮지 않을까 해서요."

"차라리 로라에게 따뜻한 우유를 가져다 달라고 하는 편이 좋았을 것 같군."

"아, 우유. 그 생각을 하지 못했네요. 그런데 무슨 일이시죠?"

헤리엇이 어깨에 걸쳤던 숄을 벗어 탁자에 올려놓았다. 그리고 서재에게 가져온 책으로 리치먼드의 상자를 가린 후 이튼에게 돌아섰다.

"그건 내가 묻고 싶군."

"네?"

헤리엇은 최대한 탁자에서 멀리 떨어져 있는 침대로 걸어갔다. 그러다 이튼의 질문에 의아한 듯 그를 바라보았다.

"끝까지 시치미를 뗄 생각인 모양이군. 며칠 전, 아버지께서 로즈힐을 방문했다고 들었어."

"아, 그 얘기였군요."

"그럼, 그것 외에 다른 것이 있다는 건가?"

"다른 것이라니, 그런 것 없어요. 다만, 공작님의 방문은 어느 정도 예상하고 있었기 때문에 크게 놀라지 않은 것뿐이에요."

"아버지께서 뭐라고 하셨든, 신경 쓸 필요 없어. 이미 아버지를 뵙고 오는 길이니까."

이튼의 말에 헤리엇이 작게 한숨을 내쉬었다. 그리고 손짓해 그를 불렀다.

"이튼, 이쪽으로 와줄래요. 지친 모양이에요. 그래서 당신을 보고 싶은데, 갈 수가 없군요."

헤리엇의 요청에 이튼이 천천히 그녀에게 다가와 그녀 앞에 섰다. 그러자 헤리엇이 손을 뻗어 그를 꼭 끌어안았다.

"이튼, 난 나약하지 않아요. 조금 전처럼, 손짓으로 당신을 움직일 수 있는 대범한 여인이거든요."

그녀의 농담에 이튼의 몸에서도 힘이 빠지는 것이 느껴졌다.

"그러고 보니, 내가 잊고 있었군."

"그러니 괜찮아요, 우린."

헤리엇은 그의 품에 안긴 채 슬픈 눈을 했다. 콘웰 공작인 레이놀즈가 돌아간 후, 헤리엇은 그의 마지막 말을 계속 되뇌었다. 살고 싶으면 이튼의 곁에서 떠나라고 했었다.

그리고 오늘, 제나의 방문으로 모든 것이 확실해졌다.

"헤리엇 아가씨, 헬의 주인은 잔혹한 자입니다. 악마죠. 하데스라고 불리며, 자신의 신분을 숨기고 있지만 그는 귀족이라고 들었습니다. 그는 누구든 자신의 목적을 위해 죽일 수 있습니다. 그러니 미치광이 백작님과 함께 달아나세요."

이튼이 위험했다. 하지만 도망친다고 해서 끝나지 않으리란 걸 헤리엇은 어렴풋이 느끼고 있었다. 리치먼드 상자에 박힌 붉은색의 루비. 그리고 달빛을 받아 빛나던 루비 안에 숨겨져 있던 비밀의 주문.

'은빛 달, 아레스의 심장을 삼키다.'

내가 누군가의 심장을 삼켜 버린다는 뜻이었다. 그 심장을 삼킨다는 건, 그를 죽인다는 말일지도 몰랐다. 그리고 아레스는 어쩌면, 이튼일 가능성이 컸다. 두 가문의 저주, 어떻게든 연결되어 있었다. 악연의 고리일지도 모르지만, 분명한 건 이튼이 위험하다는 것이었다.

"눈이 붉게 변했어요."

헤리엇이 양손으로 그의 뺨을 붙잡았다. 그리곤 붉은 눈동자를 물끄러미 바라보았다.

"이건……."

이튼이 서둘러 그녀의 손에서 벗어나려는 듯 고갤 돌렸다.

"아름다워요."

"뭐? 엇, 젠장!"

붉은 눈을 숨기기 위해 몸을 돌리던 이튼이 균형을 잃고 비틀거렸다. 그러다 헤리엇의 잠옷 앞섶을 붙잡았고, 강한 힘에 얇은 모슬린 천이 힘없이 찢어졌다. 순식간에 그녀의 쇄골은 물론 앙가슴이 모습을 드러냈다. 붉은 흔적. 며칠 전만 해도 새하얗던 그녀의 가슴에 붉은 흔적이 새겨져 있었다.

"이건…… 뭐지?"

헤리엇이 난처한 얼굴로 찢어진 천을 그러모았다.

"모르겠어요. 다친 적도 없는데, 붉은 흔적이 생겨 저도 놀라던 참이었어요."

"……흔적이군."

붉은 흔적이었다. 레이놀즈가 말했던, 콘웰 공작가를 몰락시킬 아우로라의 자손이란 증거. 그리고 저주를 끝내기 위해선 그가 죽여야 할 대상이기도 했다.

"이튼, 왜 그래요? 안색이……."

"긴장했더니, 팔이 아픈 것뿐이야. 좀 쉬는 게 좋겠군."

이튼이 헤리엇의 손목을 붙잡곤 침대로 걸어가기 시작했다.

"저택으로 돌아가는 게 더 좋지 않을까요?"

"아니. 이젠 네 옆이 아니면, 깊이 잠드는 것 역시 불가능해."

이튼이 침대 위로 올라가 매트 위를 두드렸다. 하지만 헤리엇은 그의 옆에 눕는 대신 잠시 그를 바라보았다. 사실 헤리엇은 오늘 밤, 칼 프레데릭으로 변장한 채 사교 클럽 헬을 찾을 작정이었다. 하지만 그녀를 기다리고 있는 이튼을 보자, 그 계획은 잠시 뒤로 미루기로 했다. 조심스럽게 침대 위로 올라간 헤리엇이 그의 옆에 누웠다.

"이튼!"

"……."

묻고 싶은 게 많았다. 아니, 말하고 싶은 것이 아주 많았다. 하지만 차마, 헤리엇은 그 어떤 말도 입 밖으로 꺼낼 수 없었다. 그저 지금은 그의 옆에 있을 수 있다는 사실에 감사할 뿐이었다. 헤리엇이 눈을 꼭 감은 채 이튼의 품으로 파고들었다.

"윽!"

순간 이튼이 팔이 아픈지 미간을 찌푸렸다. 폴스던 레이시에서 총에 맞았던 팔이 아직 낫지 않은 모양이었다.

"괜찮나요?"

"응, 자고 일어나면 괜찮아질 거야."

헤리엇이 고갤 들어 눈을 감고 잠을 청하는 이튼을 올려다보았다. 순간 다친 그의 팔을 보며, 깨달았다. 사냥에서의 사고가 헬의 주인이 벌인 일이라면, 이튼은 언제든 그의 손에 죽을 수 있었다.

헤리엇은 밀려드는 불안감에 어깨를 떨었다. 그러자 이튼은 그녀가 추워서 그러는 것이라고 생각했는지, 이불을 끌어당겨 여며주었다. 헤리엇은 입술을 꼭 깨물곤 그의 품에 얼굴을 묻었다.

그들에게 다가오는 위험의 그림자. 그 실체를 알아내기 위해선, 에드윈을 만나야 했다.

사람들의 눈을 피해 어두운 골목길을 제나는 서둘러 걸었다. 벌써, 헬의 영업이 시작되었을 시각이었다. 만약 그녀가 자릴 비웠다는 사실이 하데스, 즉 에드윈에게 알려진다면 무사히 넘어가지 않을 게 분명했다. 초조함을 밀어내며, 제나는 주위를 살피며 빠른 속도로 걸음을 옮겼다.

"흐흡!"

그때 어두운 골목에서 검은 그림자가 어른거리더니, 이내 제나의 입을 틀어막았다. 순간, 등줄기에 서늘한 냉기가 흘렀다. 놀란 제나가 사내의 손에서 벗어나기 위해 본능적으로 몸을 비틀자, 그녀의 입을 막은 남자가 낮게 속삭였다.

"조용히 해. 곧 주인님께서 나오실 거다."

조였다. 잔뜩 굳었던 제나의 어깨에 힘이 풀렸다. 뒤이어 제나는 안도의 한숨을 내쉬었다. 조는 손바닥에 닿는 제나의 가느다란 숨결을 느끼며 불안한 눈으로 제나를 바라보았다. 그리고 뭔가를 말하려는 순간, 헬의 비밀 문이 열리며 에드윈과 검은 망토를 둘러쓴 여인이 나왔다.

두 사람은 잠시 얘길 나누더니, 에드윈이 미리 준비해 둔 마차 쪽으로 걸어가는 것이 보였다. 마차에 오르기 전, 여인은 에드윈은 다시 한 번 돌아보았다.

"일주일 후, 템스 강입니다. 잊지 마세요."

"걱정할 필요 없어. 그나저나 그건 어떻게 알아낸 거지?"

"폴스던 레이시에서 두 사람이 몰래 만나는 걸 목격했죠. 하지만 생각보다 파장이 크지 않아 실망하는 중이에요. 재미있는 구경을 하고 싶었는데."

"그 정도로 믿는다는 뜻이겠지. 그리고 그 믿음은 우리에겐 최고의 미끼인 셈이고."

에드윈의 말에 여인이 고갤 끄덕였다. 그러자 머리에 눌러썼던, 망토의 후드가 살짝 머리에서 흘러내렸다.

'어, 저 사람은…….'

조금 전 로즈힐에서 보았던 그 숙녀였다. 말도 안 돼! 저 숙녀 역시 한패였던 건가?

마차가 떠나고 에드윈이 비밀 문 속으로 사라졌다. 그제야 조는 제나의 막았던 입에서 손을 떼어냈다.

"대체 어딜 다녀오는 거지?"

"내가 갈 곳이야, 뻔한 것 아닌가요? 옷이며, 보석을 좀 보러 갔었어요. 집시들이 런던에 들어왔다는 소문을 들었거든요."

"집시?"

"네, 그들이 가지고 온 물건들은 진귀할 뿐만 아니라, 가격 역시 싸거든요."

그 말을 증명이라도 하듯 제나가 팔에 걸고 있던 비단 주머니에서 장신구들을 꺼내 흔들어 보였다. 그리곤 헬로 들어가기 위해 조를 지나치려 했다. 하지만 조는 제나의 손목을 강하게 붙잡았다.

"위험해. 그러니 목숨 부지하려거든, 다신 집시를 찾아가는 일 따위 하면 안 돼."

"조, 아파요."

"제나, 기억해. 이건 위험한 일이야. 이번 일은 아무리 나라도 널 지켜줄 수 없어."

조의 반쪽 얼굴이 험악하게 일그러졌다. 그가 무엇을 걱정하고 있는지 알았다. 그리고 그 의민, 헤리엇과 이튼이 그만큼 위험하다는 뜻이기도 했다.

"조. 난…… 내 스스로 지켜."

제나가 그녀의 손목을 붙든 조의 손을 풀어냈다. 그리곤 사는 것에 더는 미련 같은 것 없다는 듯 그를 지나쳐 등불 하나 켜져 있지 않은 골목을 따라 걸어가기 시작했다.

그런 제나를 보며, 조는 거친 욕설을 내뱉었다. 그리곤 에드윈의 명령에 따라 어둠 속을 걷기 시작했다. 헌팅턴 백작가의 유모인 루엔이 지금 런던으로 오는 중이라고 했다. 루엔이 로즈힐에 도착해 헤리엇을 만나기 전에 붙잡아야 했다. 조는 서둘러 길을 재촉했다.

술잔에 따른 술이 흘러넘쳤다. 에드윈은 탁자에 쏟아져 내린 호박색의 액체를 보며, 입가를 일그러뜨렸다. 너무도 긴 시간이었다. 술잔에서 흘러넘친 술처럼 에드윈은 인내심의 한계에 도달해 있었다.

신의 계율을 어기고, 마녀의 사술에 심장을 판 대가는 그에게 너무도 잔혹했다. 지독한 고독과 켜켜이 쌓인 증오. 600년이란 긴 시간 동안, 에드윈은 그 감정을 고스란히 간직한 채 살아야 했다.

에드윈은 술잔을 힘주어 쥐었다. 그의 손에서 술잔이 가득 든 잔이 위험스럽게 흔들리는가 싶더니, 챙 소리와 함께 그의 손에서 부서졌다. 붉은 피. 호박색의 액체와 함께 그의 손엔 붉은 피가 흘러내렸다. 에드윈은 손에 느껴지는 고통에 안도했다.

망각. 그래, 기억의 망각이란 것이 인간에게 준 신의 축복임을 다시 한 번 깨달을 정도로 긴 시간들이기도 했다. 600년 동안 3번에 걸쳐 환생을 하는 동안, 그는 모든 기억을 간직한 채였다.

모든 것을 마치 어제 일처럼 기억한다는 것은, 죽지도, 그렇다고 살지도 못한 채 지루한 기다림을 계속해야 한다는 것이었다. 에드윈 플루토 밀포드는 600년 전, 자신의 잃어버린 심장을 찾기 위해 세 번의 생을 거듭하며, 두 사람을 기다려 온 것이다.

그 기다림 동안 3번의 아우로라와 로이든을 만났었다. 하지만 결과는 항상 마지막에 어그러지고 말았다. 그의 심장은 찾지도 못했고, 그가 로이든을 죽이기 위해 손을 뻗는 순간 두 사람은 그의 눈앞에서 잔혹한 죽음의 끝에 도달해 버린 것이다.

사랑하는 사람을 위한 희생이라, 에드윈은 그런 희생적인 사랑에 진저리가 났다. 대체 얼마나 깊이 사랑을 해야, 그를 위해 죽는다는 것이 가능한 것인지 600년이란 긴 시간이 흘러도 그는 그 감정을 이해할 수 없었다. 아니, 그가 이해할 수 없는 것은 600년이 지나도 어김없이 서로를 사랑하게 되는 두 사람이었다.

"어리석은 인간들! 왜곡된 저주를 진실처럼 믿고 있다니."

에드윈은 술이 가득 담긴 잔을 들어 올리며, 차갑게 웃었다. 자신들이 믿고 있는 저주를 진실이라고 착각하고 있는 꼴이라니. 사실 콘웰 공작가의 저주의 대부분은 자신이 왜곡시킨 내용이었다.

600년이란 긴 시간, 자신만이 세 사람의 일을 모두 기억하고 있다는 사실을 깨달은 후, 에드윈은 그들 가문의 후손에게 거짓 저주를 만들어 퍼뜨렸다. 그리고 어리석은 인간들은 그의 예상대로 자신들의 욕심에 맞게 그 내용을 스스로 믿고 또 왜곡시켰다.

"단지 미끼만 던졌을 뿐인 말이야."

에드윈은 새 술잔을 꺼내, 다시 술을 따랐다. 그리곤 단숨에 삼켰다. 뜨거운 액체가 목구멍을 타고 들어가자, 텅 빈 심장이 뜨거워지는 느낌이었다. 이 느낌 때문에 에드윈을 술을 마셨다. 잠시라도 지독한 고통과 기억을 망각할 수 있었다.

욱신! 하지만 그와 동시에 다리에서 느껴지는 통증에 미간을 찌푸렸다. 유일한 그의 약점. 그것은 바로, 그의 심장을 소유한 자의 검이었다. 오직 그 검만이 그를 죽일 수 있었다.

4년 전, 이튼을 처음 만났을 때 에드윈은 믿을 수 없었다. 600년 동안 한시도 잊지 못한 채 머릿속에 각인되어 있던 로이든이 그의 눈앞에 있었다.

하지만 그때와 달라진 것이 있다면, 이튼은 무서울 정도로 이성적인 남자라는 사실이었다. 전쟁의 신이라 알려진 그때와는 달리 이튼은 검 대신 책을 손에 들고, 눈동자 속에 날카로운 지성을 담은 채 그를 쏘아보고 있었다.

그 순간, 에드윈의 몸속에 피가 흥분으로 날뛰기 시작했다. 또다시 그의 심장을 되찾을 기회를 갖게 된 것이다. 에드윈은 서둘러 이튼의 주변을 탐색했다. 로이든이 환생했다는 건, 그의 옆에 아우로라도 있다는 뜻이었기 때문이었다.

그렇게 찾아낸, 이튼의 약혼녀 질리안. 에드윈은 아레스의 심장을 되찾아올 열쇠를 찾기 위해 질리안에게 접근했다.

하지만 질리안은 아우로라가 아니었다. 어리석게도 질리안은 이성이라곤 전혀 없는 멍청이에 불과했다. 그리고 그 잘못된 판단으로 에드윈은 그의 한쪽 다리를 잃게 되는 엄청난 대가를 치른 것이다.

"젠장!"

그때의 분노와 고통이 고스란히 떠오르자, 욕설이 튀어나왔다. 그렇게 고통과 분노를 참아내며 4년을 기다렸다. 이튼이 로이든이라면, 언젠가 꼭 그의 옆에 아우로라가 나타날 게 분명했으니까. 600년 동안 언제나 그래 왔듯이 아우로라는 운명처럼 로이든을 알아보고, 그를 사랑했다. 그리고 그의 예상대로 에드윈은 마침내 아우로라를 찾아냈다.

어두운 정원에서 헤리엇을 처음 보았을 때, 에드윈은 심장이 내려앉는 느낌이었다. 손끝이 저려왔다. 그의 몸속에 흐르는 피가 한순간 차가워졌다, 뜨거워지길 반복했다.

에드윈은 격렬한 감정에 자신도 모르게 헤리엇의 손을 붙잡을 뻔했다. 아니, 한 줌도 안 되는 그녀의 목을 붙잡고 숨통을 끊어놓고 싶었다. 갈망하던 사랑은 무서운 집착이 되었고, 그 집착은 이미 증오로 변한 지 오래였던 것이다.

하지만 아무리 부정하려 해도 그는 결국, 아우로라를 놓아줄 수 없었다. 환생을 거듭하면서 이 지독한 고통을 견디는 이유가 바로, 그녀였으니까.

"아우로라!"

헤리엇은 아우로라 자체였다. 어둠 속에서도 빛나는 은빛 머리카락, 고집스럽게 반짝이는 흑요석 같은 검은 눈동자. 그리고 두려움 없이 자신을 쏘아보던 당당함과 고귀함까지.

신들의 숲을 지키던, 신성한 능력을 가진 여인. 신탁에 의해 결정된 자신의 유일한 반려 아우로라가 분명했다. 지금도 그의 텅 빈 심장이 미친 듯이 뛰고 있다고 착각할 만큼, 그녀를 원했다.

'진실한 심장의 주인을 찾을 때, 영원한 삶과 평안을 얻게 되리니.'

밀포드 가의 전해지는 예언처럼 이번엔 절대 놓칠 수 없었다. 왜곡된 저주의 진실을 아는 이는 자신뿐이었다. 200년 전, 에드윈은 또다시 눈앞에서 아우로라를 잃은 후 자신이 가진 모든 능력을 끌어모아 주술을 걸어놓았다.

로이든, 아니, 이튼. 그는 헤리엇의 손에 죽게 되어 있었다. 그가 가진 마지막 힘을 사용해 리치먼드 상자에 주술을 걸어놓은 것은 신의 한수였다. 헤리엇이 열쇠를 찾기 위해 상자를 연 순간, 그 주술은 헤리엇을 삼킬 테지. 그리고 그녀의 손으로 이튼을 죽음으로 이끌게 되어 있었다.

그리고 또 하나. 로이든의 후손이 아우로라를 찾아낸 순간, 아우로라의 가슴엔 붉은 흔적이 나타났다. 그 붉은 흔적 역시 그가 걸어놓은 주술의 일부였다.

만약 그의 주술이 다른 어떤 힘에 의해 깨어져 제대로 발휘되지 않는다면, 아우로라의 심장에 새겨진 붉은 주술이 그녀를 죽이게 되어 있었다. 가질 수 없다면, 철저히 파괴시키는 것. 그것이 에드윈이 걸어놓은 마지막 주술이었다.

"뜨거운 기운을 품은 불길한 바람이 불어오고…… 그 비틀린 운명의 틈새로 흐르는 지독한 붉은 피, 심장을 삼키다."

에드윈의 입가가 차갑게 비틀렸다. 리치먼드의 마지막 예언, 그것이야말로 에드윈이 만들어낸 왜곡된 저주였다. 또한 그들의 미래이기도 했다.

"주술의 힘이 곧 깨어나겠군. 그렇게 된다면, 또다시 서로를 향해 검을 들겠지? 그리고 결국 이번엔 헤리엇은 자신의 심장이 아니라, 이튼의 심장에 검을 꽂게 되겠지."

또다시 이튼은 꿈속에 있었다. 심장이 뜨거웠다. 등줄기에 흐르는 냉기와 온몸을 적신 뜨거운 피. 이튼은 손에 쥔 검을 멍하니 내려다보았다. 단검 역시 피가 묻어 있었고, 손잡이 끝은 지독히도 위험스러운 붉은빛을 뿜어내고 있었다.

심장을 가득 채운 분노. 그리고 통제하기 어려운 짙은 살기. 그 살기가 누구를 향한 것인지 알 수 없었지만, 이튼은 그를 죽여야 했다. 이번엔 반드시 죽여야 했다. 하지만 대체 누굴? 누구를 죽여야 하는 걸까? 이튼은 결국 그 답을 찾지 못한 채 온몸을 적신 피와 손에 쥔 검을 멍하니 바라볼 뿐이었다.

'도망쳐요! 제발, 살아줘요!'

누군가 그에게 말하고 있었다. 꺼져 가는 목소리로 그에게 도망가라고 말하고 있었다. 하지만 그 순간 또다시 짙은 살기와 분노가 한꺼번에 밀려 올라왔다.

그리고 미칠 것 같은 슬픔과 노여움이 너무도 커, 이 감정이 사라질 수만 있다면, 자신의 심장이라도 찌를 수 있을 것 같다고 생각했다.

'하아! 하아, 젠장! 누구냐! 대체 넌, 누구지? 내 심장을 찢는 너는……?'

입술을 비집고 참고 있던 감정이 봇물처럼 새어 나왔다. 하지만 생각과는 달리 그의 목소리는 고스란히 목구멍 안으로 끌어당겨져, 심장에 박혔다.

왜 이리 아픈 걸까? 왜 이리, 자꾸만 뭔가가 잘못되었다는 생각이 드는지 이튼은 알 수 없었다. 아니, 지금 검을 들고 서 있는 자신이 이튼 자신인지도 확신할 수 없었다.

4년 전 시작된 미칠 것 같은 열기가 다시 온몸을 지배하며, 그를 날뛰게 만들었다. 잠자코 있던 검은 피가 깨어나 그를 악마로 만들었다. 무의식에 잠재된 자신의 또 다른 자아. 이튼은 그렇게 생각했다. 지금 단검을 들고 서 있는 이는 악마인 자신이라고.

그렇게 생각한 순간, 뜨거운 눈물이 흘러내렸다.

분노와 좌절. 그리고 심장에서 흐르는 피만큼이나 너무도 절실하게 누군가가 그리웠다. 심장이 터지고 오장육부가 끊어질 것 같은 지독한 아픔이 그를 지배했다. 그리고 동시에 누군가 미치도록 보고 싶었다.

'널, 세 번이나 잃다니……. 다음엔 절대…… 잃지 않아. 맹세하지. 내 피에 걸고!'

누구? 대체 넌 누구지? 이튼이 손을 뻗어 어둠 속에 있는 희미한 실루엣을 붙잡으려 했다. 하지만 손바닥 사이로 흘러내리는 모래 알갱이처럼 그의 손엔 아무것도 없었다. 허무함과 동시에 또다시 심장에 극심한 통증이 밀려왔다.

똑똑! 똑똑!

"주인님, 워릭입니다. 주인님!"

"헉…… 헉!"

순간, 감겼던 이튼의 눈이 번쩍 뜨였다. 침대에서 몸을 일으킨 그는 먼저 손을 들어 단검을 확인했다. 하지만 없었다. 조금 전까지 쥐고 있던 단검도 그리고 붉은 피 역시. 대신 온몸은 땀으로 젖어 서늘했다. 하지만 눈에서 흐르는 뜨거운 눈물은 멈추지 않고 계속 흘러내리고 있었다.

"주인님!"

또다시 문밖에서 워릭이 자신을 부르고 있었다. 걱정이 묻어 있는 워릭의 목소리에 이튼은 가까스로 감정을 추슬렀다.

"무슨 일이지, 워릭?"

"아침 식사가 준비되었습니다."

"곧 내려가도록 하지."

멀어져 가는 워릭의 발소리를 들으며, 이튼이 두 손으로 마른세수를 했다. 지독한 꿈이었다. 이미 꿈이란 사실을 깨달았는데도 꿈속에서 느꼈던 감정이 사라지지 않아 그를 곤혹스럽게 했다. 마치 조금 전 겪은 일처럼 너무도 생생했다. 누군가를 잃은 상실감이 심장에 칼이 찔린 듯 아파 미칠 것 같았다.

"세 번이나 잃었다니. 내가 누군가를 잃어버린 건가?"

이튼은 머릿속에 기억의 끈을 붙잡기 위해 생각에 집중했다. 하지만 더는 아무것도 찾을 수 없었다. 그 순간, 이튼은 헤리엇이 했던 말이 떠올랐다.

'그 꿈이 전생이라면, 받아들여요. 어쩌면 내 전생 역시 지금처럼 당신 곁에 있었을 테니까요.'

"나의 전생. 만약 세 번의 전생이라면, 혹시……?"

이튼의 시선이 침대 옆 협탁에 놓인 상자로 향했다. 콘웰 공작가의 상속자에게 전해지는 이 상자는 600년 동안 단 세 번, 열렸고 그때마다 참혹한 살육이 있었다고 했다. 그리고 그 살육을 자행한 이는 다름 아닌, 공작가의 저주받은 피를 물려받은 상속자였다. 지금은 이튼, 자신이었다.

이 잔혹한 꿈이 헤리엇의 말처럼, 실제로 일어났던 일이라면……. 그렇게 생각하자, 뭔가 흐릿하던 머릿속이 분명해지는 느낌이었다.

이튼은 이마에 맺힌 땀을 소매로 거칠게 닦아내며 침대에 기댔다. 그리곤 지끈거리는 두통을 잠재우기 위해 손끝으로 관자놀이를 꾹꾹 눌렀다. 그러다 오늘 새벽 헤리엇의 방에서 본 붉은빛을 떠올렸다.

"날 깨운 건, 분명 상자에서 뿜어져 나오던 붉은빛이었어."

그랬다. 잠이 들어 있던 그의 의식을 뚫고 들어와 누군가가 그를 깨웠었다. 간절하게 그가 깨어나길 기다리고 있다는 느낌에 눈을 떴을 때, 이튼은 그것이 헤리엇이라고 생각했다.

하지만 헤리엇은 그의 품에 안겨 곤히 잠든 채였다. 그리고 잠시 후, 이튼은 말도 안 되는 소리지만 자신을 깨운 것은 신비로운 빛을 뿜어내고 있는 상자라는 것을 깨달았다.

상자에서 흘러나온 빛은 분명, 북쪽 얼음의 땅에 존재한다는 신비한 빛 아우로라가 틀림없었다. 그리고 그 빛을 본 순간, 그의 머릿속에 하나의 기억이 주마등처럼 스쳐 지나갔다.

시간과 공간을 뛰어넘어, 로이든은 자신을 배신한 아우로라의 심장을 찌르게 되는 끝없이 반복되는 잔혹한 운명에 관한 것이었다.

"아, 젠장! 머릿속에 각인된 기억이 나의 것이었나?"

그 저주대로 이튼은 자신을 배신한 헤리엇을 죽일 운명이었다. 600년 동안 로이든이 시간과 공간을 뛰어넘어 3번이나, 아우로라를 죽인 것처럼.

"……인 건가? 로이든이…… 바로 나의……."

이튼은 탁자 위에 상자를 꽉 움켜쥐었다. 바꿔야 했다. 아니, 만약 자신이 환생한 것이라면 200년 전 마지막으로 환생한 그때, 운명을 바꿀 뭔가를 만들어놨을 것이라고 생각했다. 찾아야 했다. 그가 바꾸어놓았을 뭔가를. 그것을 찾아내지 못한다면, 또다시 운명은 잔혹한 결과를 가져올 게 분명했다.

이튼은 침대에서 내려서려다, 멈칫 움직임을 멈췄다. 그리곤 팔에 난 상처를 묶고 있던 붕대를 풀었다. 그리곤 상처를 확인한 순간, 그의 눈빛이 날카롭게 변했다. 상처가 깨끗하게 나아 있었다. 그에게 말로 설명할 수 없는 그런 일이 일어난 것이다.

"바꿀 수 있어. 이번엔."

또다시 남장을 하고 헬을 찾은 지금 헤리엇은 차가운 눈으로 앞서가는 남자의 등을 쏘아보았다. 누군가 이 남자를 조라고 불렀던 것 같다.

그리고 조라고 불린 남자는 무도회장에서 그녀의 입을 막고 에드윈에게 데려간 그 남자임이 분명했다. 좁고 어두운 통로를 지나 검은 벽 앞에 멈춰 선 조가 헤리엇을 돌아보았다.

"들어가셔서, 잠시 기다리십시오. 곧, 주인님께서 오실 겁니다."

그가 벽 어딘가로 손을 뻗었다. 그러자 문이 열리고 작은 밀실이 모습을 드러냈다. 조가 옆으로 비켜서자, 헤리엇이 그를 올려다보았다. 벽에 걸린 등불을 통해 남자의 얼굴이 보였다. 헤리엇은 남자의 얼굴에서 묘한 괴리감을 느껴졌다. 말하는 동안에도 그의 한쪽 얼굴이 가면처럼 미동도 없었던 것이다.

순간 조가 헤리엇의 시선에 고갤 숙였다. 경험상 그의 괴물 같은 얼굴을 불쾌하게 생각하는 이들이 많았던 것이다. 특히 숙녀들은 더했다. 마치 그를 시궁창을 기어다니는 벌레만도 못하다는 듯 경멸 어린 시선을 보냈었다.

"왜 고개를 숙이는 거죠?"

헤리엇의 뜻밖의 물음에 조가 긴장한 듯 몸을 굳혔다.

"제 얼굴에 불쾌감을 느끼시는 듯해서입니다."

조의 말에 헤리엇이 천천히 그의 얼굴을 살피기 시작했다. 그러자 그의 손등에 난 상처를 발견하곤 미간을 찌푸렸다. 피딱지가 엉겨 붙은 조의 손은 그야말로 엉망이었다.

"치료를 해야겠군요."

헤리엇이 주머니에서 손수건을 꺼냈다. 그리곤 그의 손을 치료하려는 듯 손을 뻗자, 당황한 조가 뒤로 한 발짝 물러섰다.

"이 상처가 어떻게 생긴 건지 아신다면, 이러지 못하실 겁니다."

조가 헤리엇의 손을 밀어내며 말했다.

"남을 상처내고, 괴롭히다 생긴 모양이군요."

헤리엇이 담담한 표정으로 대답했다. 그리곤 다시 손을 뻗어 손수건으로 그의 상처 난 손에 단단히 묶어주었다.

"죄를 짓는 당신은 싫군요. 어쩌면 당신은 내게 가장 소중한 사람을 위험에 빠뜨릴 수도 있으니까요. 하지만…… 이상하군요. 난 아가페적인 사람도 아닌데, 그 상처가 눈에 밟히는 것을 보면. 아마 인간적인 안타까움일 것이라 생각해요. 당신의 얼굴의 상처 역시도."

놀란 표정으로 서 있는 조를 남겨두고, 헤리엇이 밀실로 들어갔다. 문이 닫히자, 헤리엇은 긴장이 됐다. 어두운 밀실 한쪽에 놓여 있는 탁자와 의자를 발견하고 그곳으로 걸어갔다. 에드윈이 오길 기다리는 동안 헤리엇은 쓰고 있던 모자와 가발을 벗었다. 의자에 앉자, 후들거리던 다리가 조금은 안정되는 느낌이었다.

잠시 후, 어둠 속에서 인기척이 들렸고, 덜컹 소리와 함께 또 다른 비밀 문이 열렸다. 서늘한 공기와 함께 위험한 냄새가 확 끼쳐 들었다. 이 냄새, 왠지 익숙했다. 뭐라고 규정할 수 없었지만, 분명 그녀의 무의식 저편에서 이 냄새를 알고 있었다.

"결국 날 찾아왔군요."

모든 것을 알고 있다는 듯 그녀를 바라보는 에드윈의 태도가 헤리엇은 마음에 들지 않았다.

"궁금했거든요. 당신이 쥐고 있는 카드의 패가 뭔지. 얼마나 유용한 것인지 확인하기 위해 왔다고 해두죠."

헤리엇이 의자에서 일어섰다. 그러자 그의 시선이 헤리엇이 입고 있는 옷을 살피기 시작했다. 남장을 하고 헬을 찾아올 생각을 하다니. 에드윈은 헤리엇의 대범함에 혀를 내둘렀다.

"내가 쥔 패를 궁금해한다는 건, 이튼을 믿지 못하고 있다는 뜻으로 받아들여도 될까요, 헤리엇 양?"

"폴스던 레이시의 사냥터에서 사고가 있었죠. 그레빌 백작가의 고용인 중 한 명은 다리에 총을 맞았고, 타고 있던 말은 다리가 부러져 기르던 주인에 의해 죽임을 당했죠."

"그게 어쨌다는 건지 모르겠군요. 사냥은 원래 위험이 따르는 스포츠거든요."

에드윈의 말에 헤리엇의 표정이 굳어졌다. 그리곤 차가운 눈으로 에드윈을 쏘아본 후, 밀실을 나가려는 듯 문 쪽으로 걸어가기 시작했다.

"잠깐, 어딜 가려는……. 기다려요, 헤리엇!"

느긋한 표정으로 서 있던 에드윈이 서둘러 헤리엇에게 다가왔다. 그리곤 그녀의 손목을 붙잡고는 강한 힘으로 돌려세웠다. 붙잡힌 손목이 아팠다. 하지만 헤리엇을 더 불안하게 하는 건, 그녀를 쏘아보는 에드윈의 눈빛이었다.

깊고 위험스러운 늪, 그녀를 담은 에드윈의 눈동자는 끝을 알 수 없는 어두운 늪 같아, 순간 뒷목이 서늘해졌다. 헤리엇은 에드윈의 팔을 거칠게 떼어내며, 싸늘한 목소리로 말했다.

"놓아주세요. 솔직하지 않은 분과는 더는 이야기를 할 생각이 없으니까요. 거짓 없이 날 대할 마음의 준비가 되시거든, 다시 찾아와 주세요."

흔들림 없는 눈빛이었다. 언제나 그랬다. 600년 전, 호수에서 헤엄을 치는 그녀를 처음 보았을 때도 그녀는 두려움 없는 눈으로 그를 쏘아보았었다. 그를 두려워하지 않은 유일한 여인이었다. 그래서 에드윈은 그 용기와 당당함에 한순간 빠져든 것이다. 그의 손끝이 헤리엇의 턱을 붙잡았다.

"그게 무슨 뜻인지 궁금하군요, 헤리엇."

헤리엇이 그의 손을 차갑게 밀어내며, 말했다.

"이미 알고 있어요. 당신이 이튼에게 총을 쏘았다는 것을. 그리고 다음엔 절대 실수하지 않을 것이란 것도."

에드윈의 입가에 미소가 떠올랐다.

"그럼, 얘기가 쉬워지겠군요."

에드윈이 헤리엇의 손목을 놓아주곤, 책상으로 걸어가 자릴 잡고 앉았다. 그리곤 헤리엇에게 자리에 앉으라는 듯 책상 맞은편에 있는 의자를 가리켰다. 헤리엇이 에드윈이 가리킨 의자로 가 앉았다. 그리곤 지금부터 시작될 거래를 위해 마음을 단단히 먹었다.

"내게 원하는 게 뭐죠?"

"만약 내가 원하는 것이 헤리엇 양이라면, 허락하시겠습니까?"

"농담이 지나치시군요."

"왜 농담이라고 생각하시는지 모르겠군요. 어쩌면, 나 에드윈 플루토 밀포드는 헤리엇 양 당신을 얻기 위해 아주 긴 시간을 기다려 왔는지도 모르는데 말입니다."

에드윈의 표정이 변해 있었다. 단호한 얼굴 안에 깃든 낯선 감정. 그것은 분명, 연정이었다. 또한 집착이었고 애증이기도 했다. 헤리엇은 그런 에드윈을 보며, 눈살을 찌푸렸다. 그와 만난 건 오늘까지 단 두 번이었다. 그런데 애증이라니. 말도 안 되는 생각이었다.

"만약, 그것이 사실이라도 변하는 것은 아무것도 없습니다. 그러니 제게 원하는 것을 말하세요. 아니면, 돌아가겠습니다."

차갑게 그의 눈동자 속에 흘러넘친 감정을 헤리엇은 단호하게 잘라냈다. 그러자 에드윈의 입가가 비틀리며 냉소를 머금었다.

"리치먼드의 상자. 그것을 가져오십시오."

리치먼드의 상자라니? 그걸 어떻게 알고 있는 거지? 그녀의 생각을 읽은 듯 에드윈은 바로 대답했다.

"당연히 알고 있습니다. 아니, 헤리엇 양보다 더 많은 진실을 알고 있는지도 모르겠군요."

"당신, 누구죠?"

에드윈을 바라보던 헤리엇의 서늘한 눈동자에 처음으로 호기심이 어렸다. 지금까지 헤리엇은 에드윈이란 사람에 대해 일말의 관심조차 없었다. 하지만 조금 전 그가 던진 말 한마디에 헤리엇은 이 사람에 대해 알아야 할 것 같았다. 호기심이 생겼다. 그러자 그 관심에 만족한 듯 에드윈의 입가에 미소가 떠올랐다.

"심장의 주인이라고 해두죠. 그러니 열쇠가 들어 있는 리치먼드의 상자를 제게 가져오십시오."

"제가 왜 그래야 되죠?"

"만약 가져오지 않는다면, 이튼이 위험해질 겁니다."

"아니요. 당신은 이튼을 위험에 빠뜨릴 수 없어요. 그는 당신에게 호락호락 당할 사람이 아니니까. 장담하건대, 오히려 위험한 건 당신 쪽이 될 거예요."

"알고 있습니다. 하지만 이건 어떻습니까?"

그 말과 함께 밀실의 한쪽 벽이 덜컹 소릴 내며 열리기 시작했다. 작은 감옥. 그래, 누군가를 붙잡아두기 위해 만든 좁은 감옥 안에 밧줄에 묶여 있는 한 여인이 있었다.

헤리엇이 의자에서 일어섰다. 그리곤 깨달았다. 조금 전, 조가 자신의 상처를 두고 한 얘기가 바로 이것이란 사실을. 헤리엇의 눈이 분노로 번뜩였다. 그렇지 않아도 데본을 떠났다는 전갈을 받은 후, 런던에 도착하지 않는 루엔을 걱정하던 참이었다. 그런데…….

"당신…… 비겁한 사람이었군요. 약한 사람을 미끼로 써, 날 협박할 만큼."

"비겁한 것이 아니라, 가장 효과적인 방법을 찾은 것이었다고 해두죠. 헤리엇 양의 말대로 난 약점을 잡았고, 협박을 하는 겁니다. 그러니 저 여인을 살리고 싶거든 리치먼드의 상자를 가져오셔야 할 겁니다. 아니면, 이튼의 목을 가져와도 상관없습니다."

의기양양한 표정으로 웃고 있는 에드윈은 악마 같았다. 어둠을 지배하는 그는 루엔의 목숨 같은 건, 한낱 휴지 조각처럼 버려 버릴 게 분명했다.

"루엔, 루엔!"

헤리엇이 루엔을 불렀다. 하지만 루엔은 밧줄에 묶여 정신을 잃은 듯 고갤 숙인 채 의자에 앉아 있었다.

"아, 노파심에 하는 말이지만, 이건 이튼에겐 비밀입니다. 리치먼드의 상자에 대한 것 역시."

헤리엇의 눈빛이 싸늘하게 식었다.

"잠시 자릴 피해주시겠어요? 루엔의 상태를 봐야겠어요."

헤리엇은 루엔에게 다가가며 에드윈에게 밀실을 나가줄 것을 요구했다.

"쓸데없는 행동은 하지 않는 것이 좋을 겁니다. 헬에서 내 허락 없이 밖으로 나갈 수 있는 사람은 아무도 없으니까요. 아마, 시체라면 모를까. 그럼, 밖에서 기다리겠습니다."

헤리엇이 주먹을 꽉 쥐곤, 그를 무섭게 노려보았다.

"루엔!"

에드윈이 밀실을 나가자, 헤리엇은 서둘러 루엔에게 다가갔다. 그리곤 그녀를 흔들어 깨웠다. 잠시 후, 멀어졌던 의식이 돌아오는지 루엔의 눈꺼풀이 힘없이 밀려 올라가는 것이 보였다.

"아가씨, 아가씨가 왜 여길……."

반쯤 넋이 나간 듯 루엔이 두서없는 말을 뱉어내기 시작했다.

"루엔 그게 무슨 말이야. 정신 차려, 루엔!"

헤리엇이 루엔의 몸을 흔들자, 초점을 잃은 눈동자가 서서히 본래의 색으로 돌아오기 시작했다. 그리곤 헤리엇을 바라보는 루엔의 눈동자에 눈물이 맺히기 시작했다.

"아가씨께서 편지에 적어 물어보신 열쇠. 어쩌면 은빛 달의 것일지도 모르겠어요. 엘레나 마님께서 돌아가시기 전, 그러셨습니다. 어쩌면 아가씨께서 은빛 달일지도 모른다고. 초경이 끝나고 아가씨의 머리카락이 은빛으로 물들면…… 그것이 증거라고."

덜컹! 루엔의 말이 채 끝나기도 전에 밀실의 문이 다시 열렸다. 헤리엇이 뒤를 돌아보자, 어둠을 등지고 조가 서 있었다.

"입구까지 모시겠습니다."

조의 말에 무릎을 꿇고 앉아 있던 헤리엇이 자리에서 일어섰다.

"루엔, 곧 데리러 올게."

"아니에요, 아가씨. 저 같이 미천한 것은 잊고……."

"꼭 올게."

헤리엇이 루엔의 팔을 붙잡고 강한 어조로 말했다. 그리곤 허리를 곧게 펴곤, 조가 서 있는 입구 쪽으로 걸음을 옮기기 시작했다. 발걸음이 떨어지지 않았다. 그녀를 보며, 울고 있는 루엔을 떠올리자 미칠 것 같은 분노가 심장을 차갑게 얼어붙게 만들었다.

"절대, 용서하지 않겠다고 전해줘요."

순간 조가 그녀를 돌아보았다. 분명 충격을 받았을 텐데도 헤리엇은 두려워하거나, 물러서지 않았다. 담담히 현실을 직시하며, 똑바로 앞을 향해 걸어가고 있었다.

"두렵지 않으십니까?"

"두렵냐고 물었나요? 아니요, 전혀요. 하지만 화가 나요. 루엔을 납치한 당신에게도, 그런 당신의 상처를 치료해 준 내 자신도. 당신에게 연민을 느꼈다는 것이 바보처럼 느껴져, 화가 나요."

"아……."

"상관없어요. 이젠 화만 내지 않을 생각이니까. 아무것도 하지 못한 채 화만 내는 건 더 바보 같으니까."

그렇게 헬의 비밀 통로를 지나, 입구에 다다랐을 때 두 사람 앞에 작은 그림자가 나타나 길을 막아섰다. 제나였다.

"조, 부탁이야."

"돌아가, 제나! 너라도 더는 눈감아주지 않을 테니까."

"하지만……."

제나가 뒤에 서 있는 헤리엇을 보며, 입술을 깨물었다. 그러자 헤리엇이 조를 지나쳐 제나에게 다가왔다.

"제나, 조의 말을 듣는 것이 좋겠어요."

위험했다. 더 이상 자신에게 관여했다간, 제나까지 위험해질 수 있었다. 헤리엇이 이젠 걱정하지 말라는 듯 제나의 어깨를 두드려 주려는 순간, 그녀의 손에 뭔가가 쥐어졌다. 헤리엇은 제나가 전해준 종이를 꽉 쥐곤, 조를 돌아보았다.

"입구에 도착했으니, 더 이상의 친절은 사양해야겠군요."

그 말과 함께 헤리엇은 두 사람을 남겨둔 채 입구의 문을 열고 밖으로 나왔다. 어두운 골목길을 따라 걷는 동안 헤리엇의 어깨가 떨리기 시작했다. 그리고 한순간, 다리에 힘이 빠진 듯 바닥에 주저앉을 뻔했다. 가까스로 벽을 붙잡고 선 헤리엇은 눈을 꼭 감았다.

자신 때문이었다. 자신 때문에 루엔이 위험했다. 루엔은 자신에겐 어머니였고, 또 친구였다. 소중한 가족이었다. 헤리엇은 자책감에 심장이 꽉 조여들어 숨을 쉴 수가 없었다. 자꾸만 뺨을 타고 흘러내리는 눈물을 주먹으로 거칠게 닦아냈다. 어둠 속을 걷는 동안 헤리엇은 감정을 억눌렀다. 아직은 이렇게 멈춰 있을 순 없었다. 슬픔이란 감성에 젖어 있을 시간이 없었다.

루엔을 구해내야 했고, 또 언제 닥칠지 모를 에드윈의 위협에서 벗어나야 했다.

리치먼드의 상자. 에드윈이 리치먼드의 상자에 대해 알고 있었다. 헤리엇은 서둘러 손을 폈다. 그리곤 제나가 몰래 건네준 종이를 펼쳤다. 순식간에 헤리엇의 눈빛이 날카로워졌다.

"말도 안 돼."

우선, 알아내야 했다. 에드윈이 누군지. 또한, 최대한 빨리 찾아야 했다. 리치먼드의 상자를 열 열쇠를. 벽을 짚고 걷던 헤리엇이 몸을 바로 세웠다. 입고 있던 코트의 깃을 바짝 세워, 최대한 얼굴을 가렸다. 그리곤 어두운 골목길을 빠른 속도로 빠져나가기 시작했다.

잠시 후, 인적 없는 어둠 속에서 검은 인영이 모습을 드러냈다. 차갑게 굳은 남자의 얼굴이 사교 클럽 헬의 건물 앞에 설치되어 있는 가로등 불빛에 흐리게 비쳤다. 매력적인 검은 눈동자가 굳은 표정으로 헤리엇의 등을 쏘아보았다.

"주인님, 어떻게 할까요?"

"우선 보내주도록 해. 시간이 필요할 테니까."

이튼은 낮게 가라앉은 목소리로 대답하곤 마차로 향했다. 네빌이 건네준 총알의 주인을 추적하던 끝에 이곳 헬의 주인이 4년 전 자신을 배신한 에드윈 밀포드란 사실을 알아낼 수 있었다. 그리고 그를 만나기 위해 찾아온 헬에서 헤리엇을 본 것이다.

남장을 하고 헬의 비밀 통로로 들어가는 헤리엇을 봤을 때, 이튼은 자신의 눈을 믿을 수 없었다. 그리고 미칠 것 같은 분노가 치밀어 올랐다.

4년 전과는 비교도 되지 않을 만큼 이튼은 지독한 배신감에 치를 떨었다. 심장이 뛰는 걸 멈추고, 이성 역시 날아간 듯 아무것도 생각할 수 없었다. 몸속의 피가 한순간 차갑게 식어 온몸이 싸늘하게 식었다. 절망이란 것이 죽음의 절벽 끝에 선 것이라면, 이튼은 그 절벽 끝에 있었다.

하지만 왜일까? 충격이 가시자, 이튼의 심장은 헤리엇이 그럴 리 없다고 외쳐 댔다. 그렇게 어두운 골목에서 서서, 헤리엇이 헬에서 나오길 기다리는 동안 이튼은 뜻밖의 결론에 다다랐다.

12세기 시작된 세 가문의 저주.

콘웰 가와 아우로라의 자손인 리치먼드 가. 그리고 플루토(로마인이 하데스에게 붙인 별명)라고 불린 밀포드 가.

그 세 가문이 600년의 시간을 뛰어넘어, 지금 또 다른 악연으로 만난 것이다. 이튼은 꿈속에서 보았던 광경을 다시 떠올렸다. 과거의 자신에 관한 꿈을 꾸기 시작한 이후, 이튼의 의식 저 밑바닥에 봉인된 기억은 하나씩 제 모습을 갖추며 분명해지고 있었다.

심장에서 흐르는 붉은 피와 그가 손에 쥔 단검. 그리고 반지…….

"곧, 리치먼드의 상자가 열리겠군."

헬이서 에드윈을 만난 후, 로즈힐로 돌아온 헤리엇은 잠을 이루지 못한 채 방 안을 서성였다. 루엔을 구하기 위해선, 리치먼드의 상자를 에드윈에게 건네야 했다. 하지만 그전에 상자를 열어야 했다. 그리고 그 안에 들어 있는 것이 뭔지 알아야 했다.

걸음을 멈춘 헤리엇이 침대로 걸어가 그 아래 숨겨놓았던 리치먼드의 상자를 꺼내 들었다. 그리곤 달빛이 비쳐 든 창가로 걸어가 창문을 열었다. 달빛. 그날 상자에 박혀 있는 루비에서 처음으로 신비로운 빛을 뿜어냈던 원인 중 하나는 은빛 달이 분명했다.

헤리엇은 떨리는 마음으로 달빛 아래 상자를 올려놓았다. 그리고 숨을 죽인 채 그때처럼 신비롭고 투명한 붉은 광체를 뿜어내길 기다렸다. 하지만 리치먼드 상자 위를 장식한 붉은 루비에선 아무런 변화도 일어나지 않았다. 그저, 보석 특유의 광채만이 달빛을 머금고 빛날 뿐이었다.

"휴, 아니었나?"

헤리엇은 실망한 듯 한숨을 내쉬었다. 사실 그날 이후, 오늘처럼 달빛 아래 상자를 놓고 그때처럼 변화가 일어나길 기다린 적이 몇 번 있었다. 하지만 오늘처럼 상자는 아무런 변화도 일어나지 않았다. 왈칵, 실망감이 밀려왔다. 루엔을 구하고, 리치먼드 가의 비밀을 풀 열쇠가 있는 곳으로 한 발짝 다가왔다고 생각했는데, 더 멀어진 느낌이었다.

창문을 닫은 헤리엇이 다시 상자를 들고 침대로 걸어와 걸터앉았다. 초조함이 밀려들었다. 대체 어떻게 해야 하는 걸까? 차라리 이튼에게 모든 것을 말하는 것이…….

그때, 덜컹 소리와 함께 비밀 문이 열리는 소리가 들렸다. 놀란 헤리엇이 침대에서 벌떡 일어났다. 들고 있던 상자를 숨겨야 할지 아니면 그에게 보여야 할지 아직 결정을 내리지 못한 상황에서 이튼이 그녀에게 다가오는 것이 보였다.

"이튼……."

어둠 속에 서 있던 그의 시선이 그녀가 들고 있는 상자로 향했다. 순간 그의 눈빛이 날카로워지더니, 뭔가에 화가 난 듯 그녀에게 성큼성큼 걸어오기 시작했다.

"이튼…… 앗!"

그의 손목이 우악스럽게 헤리엇의 손을 쥐었다. 그 탓에 그녀가 들고 있던 상자가 바닥에 떨어지며, 뒹굴었다. 그는 지금 화가 난 듯했다. 말없이 헤리엇을 쏘아보는 그의 눈빛이 평소와 달리 무척이나 서늘했다. 휘청! 강한 힘에 떠밀려 헤리엇은 균형을 잃고 침대 위로 쓰러졌다.

"이튼, 잠깐…… 기다려요. 할 말이…… 윽!"

붙잡힌 손목이 욱신거렸다. 그녀의 몸을 내리누르는 그의 무게와 함께 그녀를 내려다보는 그의 눈빛이 너무도 차가워 헤리엇은 아무런 말도 할 수 없었다. 그가 고갤 숙이더니 그녀의 입술에 거칠게 키스했다.

"읍…… 이튼. 아윽!"

입안에서 피 맛이 느껴졌다. 거침없이 그녀의 혀를 휘감고 빨아당기는 그 역시 그녀의 여린 입술이 터져 피가 나오고 있다는 것을 알고 있을 텐데도 이튼은 멈추지 않았다. 손목을 붙잡고 있던 그의 손이 그녀의 잠옷을 찢을 듯 벗겨냈다. 헤리엇은 이튼에게서 벗어나기 위해 버둥거렸다. 이튼이 자신에게 화가 난 이유를 알아야 했다.

"잠깐, 이튼……!"

하지만 헤리엇은 그를 밀어낼 수 없었다. 대신 헤리엇은 손을 뻗어 폴스던 레이시에서 총에 맞았던 팔을 붙잡았다. 그 고통으로 잠시 나마 이튼이 그녀에게서 떨어지길 원했던 것이다.

"헛수고를 했군. 이미 내 팔은 나았거든."

팔이 다 나았다고? 믿을 수 없었다. 분명 며칠 전까지만 해도 그의 팔의 상처를 직접 눈으로 확인했었다. 이튼이 헤리엇의 손을 그의 팔에서 떼어냈다. 그리고 그것을 증명이라도 하려는 듯 옷을 벗어 던지기 시작했다.

"잠깐, 할 말이……. 제발, 이튼!"

하지만 이튼은 멈추지 않았다. 대신 그녀의 치마를 위로 밀어 올리더니 그녀의 다릴 붙잡고 넓게 벌렸다. 당장에라도 그녀의 몸 안으로 들어올 듯 그의 손길은 다급했고, 또 뭔가 절박했다.

순간 헤리엇의 표정이 변했다. 화가 났다고 생각했다. 하지만 또다시 입술을 포개며 키스해 오는 그를 보자, 화가 난 것이 아니라 불안해하고 있다는 것을 깨달았다. 절박하게 누군가를 잃을까 걱정하고 있었다. 그리고 그 누군가는 헤리엇, 자신인 것 같았다.

그를 밀어내던 헤리엇이 팔을 벌려 그를 와락 끌어안았다. 그러자 긴장으로 굳어 있던 그의 등이 움찔 떨리더니 천천히 이완되는 것이 느껴졌다. 다음 순간 강하게 밀어붙이던 그의 입술이 부드러워졌다. 헤리엇의 입술에서 그녀의 턱으로, 여린 목덜미로 그리고 보기 좋게 부푼 그녀의 가슴에 그의 입술이 머물렀다.

얼마 전 생긴 붉은 흔적에서 그의 입술이 느릿느릿 움직였다. 그의 혀로 붉은 흔적의 모양을 따라 천천히 쓸어 올렸다.

"아윽!"

순간 고통과 쾌감이 동시에 그녀의 몸을 뒤흔들었다. 그의 이가 그녀의 여린 살을 뚫고 들어왔던 것이다. 그리고 동시에 단단해진 그의 일부 역시 여린 속살을 비집고 깊이 들어와 박혔다.

눈에 눈물이 고였다. 그에게 가슴을 물린 아픔 때문이기도 했지만, 헬에서 루엔을 만났을 때부터 그녀의 가슴속에 꾹꾹 눌러놓았던 감정이 한꺼번에 봇물이 터지듯 쏟아져 나왔다.

헤리엇은 두 팔로 그를 끌어안았다. 두 다리를 벌려 그의 허릴 단단히 휘감고는 숨도 쉬지 못할 정도로 강하게 그를 조였다. 자꾸만 밀려드는 불안감을 잊기 위해 헤리엇은 이튼이 주는 쾌락을 미친 듯이 받아들였다.

"하아, 헤리…… 엇."

그건 이튼 역시 마찬가지였다. 등줄기를 타고 흐르는 격렬한 쾌락에 그의 몸이 경련하듯 떨리고 있었다. 그를 삼킬 듯 밀려드는 지독한 쾌락에 이튼은 그녀를 잃을지도 모른다는 불안감을 떨쳐냈다. 그리곤 그의 안에 온전히 그녀를 새겨 넣었다.

"잃지 않아……. 이번에 절대…… 널 잃지 않아."

침대 위에서 한 덩어리가 된 두 사람의 몸이 나른하게 뒤엉켜 격정적으로 흔들렸다. 창문을 통해 들어온 은빛 달이 두 사람의 벗은 몸 위로 쏟아져 내렸다. 그리고 동시에 바닥에 떨어져 있던 리치먼드의 상자 위에도.

한순간 상자 위에 붉은 보석이 달빛을 삼키기 시작했다. 마치 생명력을 가진 듯 달빛을 흡수하던 루비가 한순간 찬란하고 아름다운 빛을 뿜어냈다. 그 빛의 한가운데 처음엔 흐릿했지만 점차 선명하게 모습을 드러내기 시작한 단검. 그건 바로, 두 사람이 찾던 신의 검이었다. 모든 것을 끊어낼 수 있는 유일한 열쇠.

하지만 두 사람은 그 검을 볼 수 없었다. 이제 바로 눈앞에까지 다가온 위험을.

제16장 은빛 달

파우더 룸에 모여 앉아 거울을 보는 숙녀들의 손길이 몹시도 분주했다. 얼마 전, 브리튼 출판사의 호외를 통해 콘웰 공작가의 상속자인 글로스터 백작과 헌팅턴 백작가의 영애인 헤리엇 루이자 헤이스팅스의 약혼 발표가 있었다.

그 발표 후, 소피아 버킹햄을 비롯해 이튼 스튜어트를 남몰래 흠모하던 숙녀들이 하나둘 침대에 몸져누워 사교계 파티에 한동안 참석하지 못하는 이색적인 장면이 속출했다.

하지만 그것도 잠시, 헤리엇 헤이스팅스가 아이를 낳을 수 없다는 사실이 밝혀지면서, 콘웰 공작의 강력한 반대에 의해 두 사람의 약혼 발표는 결국 열흘 만에 파경에 이르게 된 것이다.

"로즈힐의 주인이 없어졌다는 게 맞는 건가요?"

“없어진 것이 아니라, 처음부터 없었죠. 파혼 기사가 뜨고, 헤리엇 양은 로즈힐을 나가 다른 곳에 저택을 마련한 모양이더군요.”

“정말 뻔뻔하군요. 감히, 그런 몸으로 공작부인이 되려고 하다니.”

“하지만 우리에겐 희소식인 거죠. 이 일을 계기로 모든 숙녀들에게 콘웰 공작부인이 될 기회가 생겼으니까요.”

소곤소곤 얘길 하던 숙녀들의 입가에 의미심장한 미소가 떠올랐다. 사실 숙녀들이 이렇게 들뜬 데는 이유가 있었다. 두 사람의 파혼 기사와 함께 콘웰 공작은 이튼과 무도회에서 춤을 추는 첫 숙녀와 혼인을 시키겠다고 선언했고, 그때부터 또다시 사교계는 이튼을 두고 신랑감 쟁탈전에 열을 올리기 시작한 것이다.

하지만 정작 콘웰 공작가의 상속자인 이튼은 무도회에 얼굴을 내밀지 않는다는 게 문제였다. 아름다운 옷과 장신구로 치장하고 그의 마음을 사려 해도 그가 무도회에 나타나지 않으면 무용지물이었던 것이다.

실망감을 숨기지 못하고 헛걸음을 하던 숙녀들이 갑자기 치장에 열을 올리는 이유는 딱 하나였다. 바로 오늘이 햄프턴 공작부인의 생일을 축하하는 파티였던 것이다. 햄프턴 공작가의 장남인 에이든과 절친인 이튼이 오늘 이 파티엔 당연히 참석하리란 기대 때문이었다.

“오시겠죠?”

“올 수밖에 없으실 테죠.”

"콘웰 공작님께서 공표하신 그 약속, 지켜지겠죠?"

"그럴 수밖에 없지 않을까요? 두 번씩이나 파혼한 마당에 서두르시는 게 당연하죠. 그리고 첫 번째 약혼녀는 자살을 했고, 두 번째 약혼녀는 아이를 낳을 수 없다니. 만약 이번 시즌 안에 이튼 님께서 신붓감을 찾지 못하신다면, 아마 영국의 내로라하는 명문가에선 아무도 콘웰 공작가에 딸을 주려 하지 않을 테니까요. 불운을 몰고 오는 가문으로 낙인찍힐 테죠."

"그렇겠군요. 가문의 평판이란 한 번 바닥에 떨어지면 다시 회복하기 힘들 테니까요. 그런데 소피아 버킹햄 양도 파티에 온 것 같던데…… 이튼 님을 노리시는 것이겠죠?"

"버킹햄 양도 명예 회복을 해야 할 테니, 목숨 걸고 이튼 님께 덤비지 않겠어요? 오늘 입고 온 드레스를 보니, 풍만한 가슴을 한껏 강조한 디자인이더군요. 스콧 부인이 특별히 디자인한 드레스인 모양이에요."

한 숙녀가 자신의 납작한 가슴을 내려다보며, 작게 한숨을 내쉬었다. 그렇게 정숙한 얼굴에 그런 몸매라니. 파우더 룸 거울에 비친 자신의 모습을 바라보며, 아쉬운 대로 향수라도 뿌리기 위해 옆에 놓인 향수병을 집어 들었다. 그리곤 몸 여기저기에 뿌리기 시작했다.

"콜록, 콜록!"

너무 많은 양을 뿌린 때문인지 향기가 아닌 악취가 되어, 옆에 앉아 있던 숙녀가 재채기를 시작했다. 그러자 또 한 숙녀는 손수건을 꺼내 서둘러 코를 막았다.

"그나저나 헤리엇 양만 안됐군요. 이젠 파혼녀란 꼬리표를 달게 되었으니, 괜찮은 신랑감을 얻긴 힘들 테니까요. 아마, 후계자가 필요 없는 늙은 귀족의 후처로 가지 않겠어요? 그렇게 잘난 척을 하더니……."

입을 삐죽이며, 모여 있던 숙녀들의 고소하다는 듯 웃음을 터뜨렸다.

"헤리엇 양이 언제 잘난 척을 했다는 건지 모르겠군. 요즘, 젊은 숙녀들은 우리 때와는 달리 이리 예의가 없어서야. 아니, 거짓말을 밥 먹듯 한다고 해야 하는 건가?"

그때 파우더 룸의 안쪽에 앉아 부채질을 하고 있던 스펜서 부인이 자리에서 일어서며, 지금껏 수다를 떨어대던 숙녀들을 향해 소리쳤다. 그러자 숙녀들의 눈동자가 동그랗게 변하더니 옆에 놓아두었던 부채를 들어 서둘러 얼굴을 가렸다.

"저흰 그게 아니라……."

"아름다운 장미가 자릴 비우니, 벽의 꽃들이 꽃인 척하다니. 세상 참, 말세라니까."

스펜서 부인의 말에 숙녀들의 얼굴이 붉어졌다. 벽의 꽃이란 무도회 내내 신사들에게 댄스 신청 한 번 받지 못한 채 벽처럼 서 있는 숙녀들을 조롱하기 위해 붙여진 별명이었던 것이다. 스펜서 부인이 다시 한 번 숙녀들을 쏘아본 후, 파우더 룸을 나갔다.

"뭐, 수다쟁이에도 급이 있는 것이니까."

스펜서 부인은 부채질로 불쾌함을 몰아내고는 서둘러 무도회장으로 향했다.

같은 시각, 무도회장은 흥분으로 술렁거리고 있었다. 모두의 예상대로 이튼 스튜어트가 드디어 모습을 드러낸 것이다. 조금은 수척해진 듯 차가운 인상이 다가가는 게 더 힘들게 느껴졌다.

하지만 왠지 그 모습이 여인의 심장을 뛰게 할 만큼 묘하게 색기를 품고 있었다. 주위엔 관심도 없다는 듯 무심한 눈동자에 담긴 나른함. 그리고 싸늘한 냉소까지. 이튼은 변해 있었고 그 변화는 숙녀들 사이에서 큰 영향력을 발휘했다.

"이튼, 괜찮나?"

이튼은 네빌이 건네는 음료를 받아 들며 미간을 찌푸렸다. 치밀어 오르는 분노를 잘 숨기고 있다고 생각했지만, 오랜 친구의 눈을 숨길 수는 없었던 모양이었다.

"눈앞에 얼쩡거리는 앵무새들만 아니라면, 참을 만할 것 같군."

앵무새란 말에 네빌의 입가에 미소가 떠올랐다. 사실 두 사람이 무도회장에 들어선 후 유독 이곳만 숙녀들이 무리를 지어 지나가는 경우가 눈에 띄게 늘었던 것이다.

"훗, 이놈의 인기는 다섯 살 이후 사그라지지 않아 걱정이군."

평소와 달리 실없는 농담을 건네는 네빌을 보며, 이튼이 어이없는 표정을 지었다. 그리곤 그의 농담에 정색을 하며 말했다.

"잘난 척은 에이든만으로 충분하네. 그러니 날 위해 애쓸 필요 없네."

이튼의 말에 네빌이 피식 웃었다. 그때, 언제 왔는지 에이든이 두 사람의 어깨 위에 손을 올려놓으며 너스레를 떨며 끼어들었다.

"잘난 척이 아니라, 잘난 거라네. 지금도 부채 너머로 얼마나 의미심장한 눈빛을 보내오는지, 어떻게 해야 할지 난처할 지경이거든."

그러자 이튼과 네빌의 차가운 시선이 동시에 에이든을 향했다.

"그렇게 뜨거운 눈으로 날 보다니. 두 사람의 시선에 남자인 내가 다 설레는군."

"쓸데없는 소리 계속할 생각이라면, 난 돌아가겠네."

이튼의 차가운 목소리에 에이든이 손사래를 쳤다. 하지만 여전히 아쉬운 듯 주위에 모여든 숙녀들을 쭉 살피기 시작했다.

"쳇, 예나 지금이나 차갑기는. 그나저나 저기 소피아 양이 오는군."

소피아란 말에 이튼의 표정이 더욱 험악해졌다. 주위를 기웃거리는 앵무새들도 귀찮았지만, 특히 소피아는 더욱 꺼려지는 대상이었다. 헤리엇과의 파혼 후 잠잠했던 버킹햄 공작가와의 정략혼이 다시 수면 위로 떠오르기 시작한 것이다.

"불편하다면 자릴 피하는 것도 방법이네, 이튼."

"아니, 내가 피할 이윤 없지."

이튼의 대답에 네빌이 고갤 끄덕였다. 헤리엇과의 파혼 후, 이튼의 상태는 예전의 냉혹한 성격으로 돌아가 있었다. 아니, 더 지독해졌다. 그 싸늘한 냉기를 품은 차가움에 친구인 네빌 마저도 말을 걸기가 힘들 정도였다.

"부채를 떨어뜨린다! 에 금화를 걸지."

에이든이 사교 클럽에서 그렇듯 습관적으로 내기를 제안했다. 그러자 네빌 역시 의미심장한 표정으로 맞받아쳤다.

"난, 버킹햄 양이 이튼이 아닌 에이든 자네와 춤을 춘다! 에 금화를 걸지."

네빌의 말에 에이든이 설마? 하는 표정을 했다. 하지만 네빌은 에이든을 보며, 빙긋 웃을 뿐이었다.

잠시 후, 네빌과 에이든은 동시에 주머니에서 금화를 꺼내 서로에게 건넸다. 세 사람에게 다가온 소피아가 에이든의 예상대로 바닥에 부채를 떨어뜨렸고, 그것을 에이든이 주워준 것이다. 그러자 기다렸다는 듯 소피아는 환한 미소를 지으며 에이든의 팔에 손을 올려놓으며 고맙다고 했다.

때마침, 음악이 연주되기 시작했고 무도회의 주인공인 햄프턴 공작 부처가 첫 번째 춤을 추기 시작했다. 그 후, 기다렸다는 듯 댄스 플로어로 사람들이 모여들기 시작했다. 순식간에 네 사람 사이에 어색한 기류가 흐렀다.

소피아에게 춤을 신청하기 위해 신사들이 네 사람 주변으로 하나둘 모여들었지만, 소피아는 의도적으로 들고 있던 부채를 펼쳐 보일 뿐, 미동조차 하지 않은 것이다. 그녀의 거절에 신사들의 눈빛이 싸늘해졌다. 그리고 그 눈총은 소피아에게 부채를 주워준 에이든에게 고스란히 향했다.

"젠장!"

어쩔 수없이 소피아와 춤을 추고 돌아온 에이든은 인상을 썼다. 그러자 네빌이 왜 그러냐는 듯 그를 놀리기 시작했다.

"사교계 최고의 미인과 춤을 추고 왔으면서 왜 그렇게 죽을상인지 모르겠군."

"아무리 미인이라도 요즘 같은 시기엔 몸을 사리는 게 최고거든. 자칫 잘못했다간, 춤 한 번 추고 교회로 끌려들어 갈지도 모르니까 말이야."

콘웰 공작의 공표를 들먹이며 에이든이 농담을 했다.

"조심하는 게 좋아. 이렇게 가다간 나보다 에이든 자네가 먼저, 교회에 서야 할지도 모르니까."

이튼의 입가에 차가운 냉소가 어렸다. 그리곤 턱으로 에이든을 바라보고 있는 숙녀들을 가리켰다. 그나마 조금 전 소피아와의 댄스로 인해 세 명의 신랑감 중 에이든이 공략하기 쉬운 상대로 낙점된 모양이었다. 그 모습에 에이든의 얼굴이 사색이 되었다.

"젠장! 당분간 무도회엔 코빼기도 내밀지 말아야겠군."

에이든이 당황한 얼굴로 숙녀들에게서 도망치듯 무도회장을 나가는 것이 보였다. 그 모습을 보며, 네빌이 피식 웃음을 터뜨렸다.

그때였다.

무도회장 입구 쪽에서 시작된 낯선 웅성거림이 서서히 퍼져, 무도회장 전체를 휩쓸었다. 이튼 역시 그 서늘한 분위기를 눈치채고 입구를 바라본 순간, 눈에 띄게 표정을 굳혔다. 눈부시게 아름다운 은빛 드레스를 입은 숙녀와 함께 다크 블루의 연미복을 입은 장신의 사내가 함께 서 있었던 것이다.

에드윈 밀포드였다. 헤리엇의 옆자리가 자신의 것이라는 듯, 그는 그녀의 손을 붙잡고 있었다.

"말도 안 돼. 에드윈 밀포드라니. 어떻게 저자가 헤리엇 양과 함께 있는 거지? 아니, 밀포드는 4년 전 사교계에서 추방된 것이 아니었나?"

"그랬지. 하지만 최근 어찌 된 영문인지 모습을 드러냈더군. 소문엔 귀족들의 약점을 잡고 협박한 모양이야."

"협박? 그게 무슨 말이지?"

"헬의 하데스. 바로 에드윈 밀포드가 하데스였더군."

네빌 역시 놀란 얼굴로 이튼을 보았다. 그러다 이튼에게서 뿜어져 나오는 냉기에 순간 주춤 뒤로 물러섰다. 위험했다. 그런 느낌이 들 정도로 헤리엇과 에드윈을 바라보는 이튼의 눈빛에 지독한 살기가 담겨 있었던 것이다.

"이튼, 괜찮나?"

놀란 네빌이 이튼의 손을 내려다보았다. 그의 손에서 피가 흘러내리고 있었다. 아마, 조금 전 고용인이 건넨 에이드 잔이 그의 힘에 산산이 부서진 모양이었다.

"이튼!"

그제야 이튼은 헤리엇에게서 어렵사리 시선을 거둬들였다. 하지만 고통 따위 느껴지지 않는 듯 보였다. 뚝뚝 흐르는 붉은 피. 네빌은 걱정스러운 눈으로 이튼의 팔을 붙잡았다. 그리곤 서둘러 손수건을 꺼내, 이튼의 손을 닦아내기 시작했다.

"치료를……."

"그럴 필요…… 없네."

네빌에게 손수건을 건넨 이튼이 사람들을 헤치고 앞으로 걸어나갔다. 어느새 헤리엇과 에드윈의 시선 역시 이튼에게 쏠려 있었다. 그리고 무도회장에 있던 귀족들 역시 숨을 죽인 채 세 사람을 바라보았다. 파혼이 결정된 후, 공식적인 자리에서 처음 마주한 두 사람이 어떻게 행동할지 몹시도 궁금한 모양이었다.

"할 말이 있어."

헤리엇 앞에 멈춰 선 이튼이 헤리엇의 손목을 붙잡았다. 그러자 헤리엇이 불쾌한 표정으로 이튼을 쏘아보았다.

"무례하시군요! 백작님, 놓아주세요. 이제 더는……."

순간 헤리엇이 입을 다물었다. 그녀의 손목을 붙잡은 그의 손에서 붉은 피가 흐르고 있었다. 새하얀 장갑을 낀 그녀의 손목 역시 붉은 자국으로 물들어 있었다.

"이튼, 헤리엇 양과 이야기하기 전에 상처를 치료하는 게 좋겠군."

에드윈이 두 사람 사이에 끼어들며, 헤리엇의 손목에서 이튼의 손을 떼어냈다. 하지만 이튼은 헤리엇의 손을 놓지 않아, 두 남자가 헤리엇의 손목을 붙잡고 대치하는 상황이 연출되었다. 귀족들은 그 모습을 흥미로운 눈으로 바라보았다.

"놓아주세요. 저는 더는 할 얘기가 없습니다."

웃음거리가 되기 전, 헤리엇은 매몰차게 이튼의 손을 뿌리치고는 에드윈의 에스코트를 받으며 무도회장으로 걸음을 옮기기 시작했다.

"헙…… 대체 무슨 짓이죠? 놓아……."

"그 입 다물어. 더 창피당하고 싶지 않다면."

이튼이 헤리엇의 팔을 단단히 붙잡곤, 무도회장을 빠져나가기 시작했다. 당황한 에드윈이 두 사람을 제지하려 했지만 순식간에 몰려든 귀족들에 의해 기회를 놓치고 말았다.

젠장! 에드윈은 어느새 모습을 감춘 두 사람을 보며 속으로 욕설을 내뱉었다. 하지만 상관없었다. 오늘 일로 이튼이 자신에게 약혼녀였던 헤리엇을 또 빼앗겼다는 사실을 모든 귀족들이 똑똑히 알게 되었던 것이다. 그리고 살기를 내뿜던 이튼의 눈동자를 떠올리자, 통쾌하기 그지없었다.

'훗, 오늘 계획은 성공한 건가?'

에드윈의 입가가 비릿하게 비틀렸다. 그리곤 여유 있는 얼굴로 무도회장 안으로 들어갔다.

이튼에게 손목을 붙잡힌 채 헤리엇은 햄프턴 공작가의 정원으로 나갔다. 그리곤 어둠 속에서 두 사람은 서로를 차가운 눈으로 쏘아보았다.

변해 있었다. 서로를 바라보던 신뢰 가득한 눈빛도, 녹을 듯 부드러운 눈으로 서로를 바라보던 달콤함 역시 사라진 지 오래였다. 심장이 얼어붙을 정도로 싸늘한 분위기로 두 사람이 서로에게 품은 감정의 골이 얼마나 깊은지 충분히 짐작할 수 있을 정도였다.

"파혼, 인정할 수 없다고 했을 텐데!"

"공작님께선 그렇지 않더군요. 그리고 무엇보다, 저에겐 끝난 일입니다."

"정말, 믿을 수가 없군. 대체 왜 이러는 건지 말해. 내가 납득할 수 있게!"

이튼의 목소리가 분노로 뚝뚝 끊겼다. 그리고 가슴속에 들끓는 격렬한 감정을 가라앉히려는 듯 안간힘을 썼다. 그러는 동안 헤리엇의 시선은 자꾸만 피가 멈추지 않고 흐르고 있는 이튼의 손에 머물렀다.

"마음이 변한다는 건, 누구에게나 일어날 수 있는 일이라고 생각합니다. 나에게 정해진 운명이 다른 사람이었다는 걸, 깨달은 것뿐이니까요."

"그럼 그 정해진 운명이란 게, 에드윈 밀포드란 건가?"

"네. 당신의 약혼녀였던 질리안이 그랬던 것처럼."

그녀의 말이 비수처럼 그의 심장을 꿰뚫었다. 이튼의 꽉 다문 입매가 팽팽하게 긴장되며, 씰룩였다. 헤리엇을 바라보는 눈빛이 얼음송곳처럼 날카로워졌다. 더러운 것이라도 보는 듯 경멸을 담고 있었다.

"여인들에게 운명이란, 한낱 종잇장과 같은 모양이군. 순식간에 변해 버리는 걸 보면. 그런데 밀포드는 알고 있나? 이미 네가 내 여자라는 사실을 말이야."

그의 냉소에 헤리엇의 표정 역시 더욱 굳어졌다.

"그건 당신이 걱정할 문제가 아니라고…… 윽!"

숨이 막혔다. 순식간에 벽으로 밀어붙여진 헤리엇은 이튼의 커다란 손에 의해 숨을 쉴 수가 없었다. 그녀의 목을 부러뜨릴 듯 붙잡고는 서서히 조이기 시작했다. 덫에 걸린 초식동물을 비웃듯 이튼의 눈빛엔 자비가 없었다.

"두렵나? 내가 널…… 죽일지도 모르거든. 날 배신한 자는 절대 용서하지 않는다는 걸, 너 역시 잘 알고 있을 테지?"

심장을 둘러싼 얼음이 쨍 소릴 내며 깨지기 시작했다. 목을 조여오는 공포심에도 헤리엇은 여전히 담담한 얼굴이었다. 죽음 같은 것은 두렵지 않다는 듯 서늘하게 내려다보는 이튼의 눈을 표정 하나 변하지 않은 채 올려다보고 있었다.

"죽는 게, 두려울까요?"

"두렵지 않은 모양이군. 그럼, 너에게 두려운 건 대체 뭐지?"

나에게 두려운 것이라…….

"없어요. 그런 것 따위. 윽!"

또다시 그녀의 숨통을 끊어놓겠다는 듯 바짝 손을 조였다. 머릿속이 새하얗게 변했다. 심장에 새로운 공기가 필요했지만, 헤리엇은 숨을 쉬려 애쓰지 않았다. 그의 손에 죽는 것도 어쩌면…….

"헙!"

순식간에 그녀의 목에서 그의 손이 사라졌다. 순식간에 새로운 공기가 한꺼번에 찌를 듯 폐부로 밀려들어왔다. 헤리엇은 거친 숨을 내쉬며, 벽에 기대서 있었던 것이 다행이라고 생각했다. 만약 서 있었다면, 이튼 앞에서 무참히 무너져 내렸을 게 분명했다.

"지독하군. 마지막까지 날…… 벼랑으로 밀어 넣다니."

헤리엇은 손을 들어 따끔거리는 목을 감쌌다.

"잊지 말아요, 이튼. 내가 살기 위해선 당신을 버리는 것도, 그리고……."

헤리엇은 잠시 말을 멈췄다. 그리곤 고갤 들어 원수를 보듯 살기 어린 눈빛으로 그를 응시했다.

"죽일 수도 있다는 것을."

그 말을 끝으로 헤리엇이 이튼을 향해 돌아섰다. 똑같았다. 600년 전에 그랬던 것처럼, 헤리엇은 또다시 이튼을 배신한 것이다. 심장이 욱신거렸다. 그를 향한 헤리엇의 차가운 등이, 그를 외면하는 그녀의 싸늘함이 이튼을 절망하게 만들었다. 그때 에드윈이 어둠 속에서 기다렸다는 듯 모습을 드러냈다. 이튼을 보며 웃는 그의 모습이 악마처럼 섬뜩했다. 그리곤 헤리엇의 팔을 잡고 정원을 빠져나갔다.

"젠장! 젠장!"

이튼의 손바닥에서 상처가 터져 피가 흘러내렸다. 순식간에 모든 것이 변했다. 헤리엇이 에드윈을 만나고 온 다음 날, 헤리엇은 이튼에겐 아무런 말도 없이 로즈힐을 나가 버렸다. 며칠 후 파혼 기사가 났고, 이튼이 헤리엇을 찾았지만 그녀는 싸늘하게 그를 외면할 뿐이었다. 그리고 오늘, 헤리엇이 에드윈과 함께 파티에 나타난 것이다. 그를 마음에서 밀어낸 듯 몹시도 차가운 얼굴로 그를 보면서. 이튼은 날카로운 눈빛으로 어둠 속을 응시했다. 아팠다. 지독한 분노보단, 심장이 바늘에 찔린 듯 아팠다. 숨도 쉬지 못할 정도로.

마차가 플리트 가의 한적한 도로 앞에 멈췄다. 로즈힐에서 나온

후, 헤리엇은 이곳으로 옮겨왔다. 새로운 그녀의 거처에 익숙해져야 했지만, 헤리엇은 자꾸만 이곳이 낯설게 느껴졌다. 마차에서 내린 헤리엇이 저택으로 들어가기 전, 에드윈을 돌아봤다. 그러자 에드윈이 헤리엇의 손을 붙잡고 그녀의 손등에 입을 맞췄다.

"아름다운 무도회였습니다, 헤리엇 양."

"마음에 들었다니 기쁘군요. 이제 루엔은 저에게 보내주시는 건가요?"

"루엔이라면 걱정 마십시오, 건강하게 잘 있으니까요."

에드윈의 대답에 헤리엇의 입가가 미묘하게 변했다. 하지만 에드윈은 무도회장에서의 일을 떠올리느라 헤리엇의 변화를 눈치채지 못했다.

"그럼 전 이만 들어가 보겠습니다."

헤리엇은 최대한 에드윈의 손을 털어내지 않기 위해 노력했다. 그리곤 저택으로 들어가기 위해 발길을 돌렸다. 사실 헤리엇은 제나에게서 연락이 오길 기다리는 중이었다. 며칠 전, 제나가 에드윈의 심부름을 핑계로 저택을 방문했을 때, 루엔을 밀실에서 꺼내올 방법을 얘기했던 것이다.

"헤리엇 양!"

에드윈이 부르는 소리에 헤리엇이 뒤를 돌아보았다.

"하실 말씀이 더 남으신 건가요?"

"곧 아레스의 심장을 가져올 생각입니다."

에드윈의 말에 드레스 자락을 붙잡고 있던 헤리엇의 손에 힘이 들어갔다.

“당연히 그래야겠죠. 리치먼드 역시 콘웰을 절대 용서하지 않을 테니까요. 조금 전에도 그 거만한 태도를 참아내느라 손이 다 떨리더군요.”

헤리엇의 반응에 에드윈이 만족스러운 듯 웃었다.

“훗! 이번엔 꼭 그 질긴 고리가 끊어지겠군요. 사흘 후, 템스 강에서 뵙겠습니다. 잊지 마십시오. 제 손에 루엔이 있다는 사실을.”

“후작님, 콘웰은 리치먼드 가문에게도 원수입니다. 그러니 후작님이야말로 실수하지 않았으면 좋겠군요. 가능하시겠죠? 만약 그것이 힘들다면, 말씀하세요. 제가 할 테니까요.”

헤리엇이 에드윈을 믿을 수 없다는 듯 채근했다. 그러자 에드윈은 걱정 말라는 듯 고갤 끄덕였다.

“아닙니다, 헤리엇. 그날, 이튼이 죽는 모습을 두 눈으로 똑똑히 보게 될 것입니다. 약속드리죠.”

헤리엇이 고갤 끄덕이며, 저택으로 들어갔다. 그리고 문이 닫힌 순간, 에드윈의 얼굴이 차갑게 굳어졌다.

“훗, 주술의 효력이 이렇게 강하다니.”

에드윈은 이 상황이 만족스러우면서도 한편으론 씁쓸했다. 사실 200년 전 그가 리치먼드 상자에 주술을 걸었을 때, 그 전제 조건이 바로, 이튼에 대한 헤리엇의 마음이었다. 한마디로 사랑하는 마음이 강할수록 주술의 힘은 더욱 굳건하고 강해졌던 것이다.

“젠장! 기분은 썩 유쾌하진 않지만, 좋아해야겠지? 덕분에 헤리엇은 이튼을 증오하게 되었으니까.”

600년 동안 한결같은 두 사람의 마음에 짜증이 나기도 했지만,

그 마음을 이용해 잔혹한 결과를 초래했으니, 통쾌해야 옳았다.

"로이든…… 아니, 이튼. 이제 끝이군."

마차에 오른 에드윈은 헬로 가는 대신 켈리를 만나기 위해, 런던항의 선술집으로 향했다.

❖

밀실로 들어간 제나는 가지고 들어간 쟁반을 탁자에 내려놓았다. 그러자 뒤따라 들어온 조가 밀실 안에 자리한 또 다른 밀실의 문을 열었다. 덜컹 소리와 함께 굳게 닫혔던 검은 벽이 사라지자, 감옥 안에 갇혀 있던 루엔의 모습이 보였다. 순간 지독한 오물 냄새가 확 두 사람의 콧속으로 들어왔다. 그러자 조가 지독한 냄새에 미간을 찌푸렸다.

"세상에……. 조, 너무 급해 실례를 했나 봐요."

제나가 코를 막으며, 루엔에게 뛰어갔다. 그리곤 정신을 잃고 쓰러져 있는 루엔을 일으켰다. 예상대로 루엔이 입고 있는 드레스가 축축이 젖어 있었다. 너무 급해 옷을 입은 채로 오줌을 싼 모양이었다.

"목욕을 시켜야겠어요. 계속 이렇게 두었다간 흑사병이 돌지도 몰라요. 새까맣게 타는 그 전염병, 조도 알고 있겠죠?"

제나가 전염될지도 모른다는 걸 크게 강조했다. 사실 루엔의 치마에 뿌려놓은 것은 제나가 미리 구해다 놓은 개의 오줌이었다. 제나를 우선 밀실에서 빼내올 방법을 생각하다, 헤리엇이 생각해

낸 방법이었던 것이다. 그리고 사람들의 두려움을 이용하기 위해 최악의 전염병인 흑사병을 들먹이게 한 것도 헤리엇의 생각이었다. 런던에서 중세시대에 유행했던 흑사병에 대한 공포를 모르는 사람은 없었다.

"하지만 주인님께서……."

"주인님께서도 이런 고약한 오물 냄새를 좋아하시진 않을 거예요. 그리고 주인님께서 돌아오시기 전에 어서 이곳을 치우는 것이 좋겠어요. 유독 더러운 것을 싫어하시잖아요."

제나의 말에 조가 당황한 듯 밀실을 나가는 것이 보였다. 그러자 정신을 잃은 듯 쓰러져 있던 루엔이 눈을 떴다. 그사이 두 여인 사이에 눈빛이 오갔고, 조가 돌아오는 소리가 들리자 루엔이 서둘러 눈을 감았다.

"내 방으로 데려가 줘요. 목욕을 시킨 후, 새 옷으로 갈아입히려면 내 방이 편할 것 같거든요."

제나의 말에 조가 고갤 끄덕였다. 그리고 조의 명령으로 하인들이 루엔을 제나의 방으로 옮겨주었다. 그렇게 첫 번째 계획은 차질 없이 진행되었다. 이제 밀실에서 루엔을 꺼내오는 데 성공했으니, 그다음 단계로 나아가야 했다. 목욕통에 물을 채우며, 제나는 처음으로 심장이 두근거렸다. 사실 두렵기도 했다. 이 모든 일을 조나 헬의 주인인 에드윈에게 들킨다면, 그 자리에서 자신은 물론 루엔과 헤리엇 역시 죽을지도 몰랐다.

'할 수 있어. 죽을 때까지 벗어날 수 없다고 생각한 이 족쇄에서 도망칠 수 있어.'

제나는 주먹을 꼭 쥐고 서둘러 목욕통에 물을 가득 채웠다.

❖

주먹을 쥔 헤리엇의 손이 떨리고 있었다. 피, 피였다. 이튼의 손에서 흘러내리던 피를 떠올리자, 헤리엇은 안타까운 얼굴로 입술을 깨물었다.

"대체 손은 어쩌다가……."

작게 한숨을 내쉬었다. 햄프턴 공작가에서 이튼을 쏘아보던 날선 눈빛과는 달리 헤리엇의 얼굴엔 짙은 그늘이 드리워져 있었다.

헤리엇은 이튼과 함께했던 마지막 밤을 떠올렸다. 그날, 에드윈을 만나고 돌아온 그날, 리치먼드의 상자가 찬란한 붉은빛을 뿜어내며 헤리엇과 이튼 앞에 또다시 그 존재를 드러내었다. 그리고 헤리엇이 상자를 들었을 때, 강한 힘에 사로잡혔다. 지독한 분노와 함께 심장을 찌를 듯한 살기. 그 짙은 감정에 의해 헤리엇은 한순간 정신이 혼미해졌다. 극심한 두통과 함께 찾아온 낯선 감정에 헤리엇은 정신을 차리기 위해 안간힘을 썼었다. 그리고 그 뿌연 안갯속에서 누군가 그녀의 의식을 강하게 붙잡았다.

"누…… 구?"

헤리엇이 눈을 뜬 순간, 강한 힘이 헤리엇의 손목을 붙잡곤 그녀를 돌려세웠다.

"헤리엇! 나야, 정신 차려!"

헤리엇이 이튼을 응시했다. 순간, 극명하게 다른 두 개의 감정이 격렬하게 부딪혔다. 강한 살기와 살려야 한다는 절박함. 정반대의 감정이 폭발하듯 그녀를 순식간에 뒤흔들었다. 그 순간 헤리엇은 자신이 은빛 달임을 깨달았다. 그리고 그녀의 잠재의식 밑바닥에 잠들어 있던 모든 기억들까지도. 강한 힘에 의해 심장이 뜨거워졌다. 그녀의 가슴에 생겨난 붉은 흔적이 타는 듯 아팠다.

"헉, 헉!"

"무슨 일이지? 대체 갑자기 왜 이러는지 말해. 아픈 것이라면……."

이튼이 헤리엇을 품에 안았다. 그리곤 강한 힘으로 단단히 그녀를 붙잡았다. 그제야 헤리엇은 자신의 몸이 사시나무 떨 듯 떨리고 있었다는 사실을 깨달았다. 등줄기로 흐르는 차가운 냉기에 헤리엇은 입술을 깨물었다.

그녀를 일깨우는 이튼의 목소에 담긴 걱정을 헤리엇 역시 고스란히 느낄 수 있었다. 리치먼드 상자에서 뿜어져 나온 힘에 의해, 이튼에게 살기를 느끼고 있었다. 이성으로 통제할 수 없을 만큼 지독한 살기였다.

"피곤한 모양이에요."

가까스로 감정을 통제하는 헤리엇이 몹시도 힘들었다. 이튼은 그 이유를 두 사람의 정사를 두고 한 말이라고 생각했는지, 서둘러 사과했다.

"아, 미안……. 그러니까……."

"이튼, 쉬고 싶어요."

"아, 그래. 그러는 게 좋겠군."

이튼은 걱정스러운 얼굴로 헤리엇을 침대에 눕혀주었다. 그리곤 이불을 끌어당겨 목까지 덮어주고는 발길이 떨어지지 않는 듯 비밀 통로를 통해 로즈힐을 빠져나갔다. 그리고 잠시 후, 침대에 누워 있던 헤리엇이 일어나 앉았다. 떨리는 손으로 리치먼드의 상자를 무릎에 올려놓은 헤리엇은 이끌리듯 이튼이 준 약혼반지를 손가락에서 빼냈다.

"네가 한 번 알아내 봐. 이 반지에 담긴 비밀이 뭔지."

비밀이 있다고 했다. 그리고 헤리엇은 지금 이 순간, 콘웰 가의 반지의 비밀을 풀어냈음을 확신했다. 반지 중앙에 박힌 짙푸른 색의 사파이어는 짙은 호수와 닮아 있었다. 만약 푸른 보석이 신들의 숲에 있다던 그 호수의 주인 은빛 달이라면, 짙은 청색의 보석 주변에 박힌 4개의 다이아몬드는 은빛 달을 수호하는 기사였다.

기사에겐 검이 있어야 했다. 아마 리치먼드의 상자 안엔 기사의 검이 있을 게 분명했다. 그렇게 생각한 순간, 헤리엇은 리치먼드의 상자를 꼼꼼히 살피기 시작했다. 그리고 상자 밑바닥에 난 다섯 개의 홈을 발견했다. 헤리엇은 망설임도 없이 홈에 모양을 맞춰 반지를 끼워 넣었다. 그러자 평평하던 바닥이 천천히 안으로 밀려 올라갔다.

철컥, 철커덕! 상자 안에서 뭔가 움직이는 소리가 들렸다. 그리고…….

아우로라의 빛. 신비로운 무지갯빛을 닮은 찬란한 빛이 뿜어져 나왔다. 동시에 상자 안에서 아름다운 선율의 음악이 흘러나왔다. 헤리엇은 익숙한 선율에 맞춰 루엔이 불러주었던 자장가를 부르기 시작했다.

"신들의 숲, 인간에겐 허락되지 않은 그곳. 그 숲 가장 깊은 곳, 신비롭고 아름다운 깊은 호수의 주인인, 은빛 달. 달빛을 머금은 청초한 한 떨기 꽃. 짙은 향기를 품은 샤프란 꽃잎 아래, 은빛으로 부서지는 붉은 눈동자. 새벽 향기를 머금은 천상의 바람이 나의 심장, 나의 운명에게 영원을 맹세하노니. 죽어서나, 살아서나, 그 모든 시간을 함께하리라."

음악이 끝남과 동시에 헤리엇 역시 말을 멈췄다. 그리고 그 순간, 묵직한 마찰음과 함께 드디어 리치먼드 상자의 문이 열렸다. 잘 만들어진 오르골처럼, 금으로 된 태엽이 감기는 소리가 들려왔고 상자 안의 작은 문이 열렸다. 그리고 그녀의 예상대로 단검이 모습을 드러냈다. 시퍼렇게 날 선 단검은 신비한 빛을 띠며, 강한 힘을 내뿜고 있었다.

"저주를 풀 열쇠가, 죽음이었다니. 이 단검으로 이튼의 심장을 찔러야 한다는 건가? 그것이 열쇠란 건가?"

헤리엇의 입가가 차갑게 비틀렸다. 믿을 수 없었다. 헤리엇은 고민에 빠졌다. 만약 이것이 진실이라면, 헤리엇은 그 진실을 외면할 생각이었다. 그리고 다른 운명을 만들 계획을 세우기 시작한 것이다. 그날 이후 헤리엇은 이튼을 속이고, 에드윈을 속였다. 모두를 위험에서, 아니, 자신에게서 이튼을 지키기 위해선 이 방법밖엔 없다고 생각했다.

털썩! 헤리엇은 상념에서 벗어나며 다리에 힘이 풀린 듯 힘없이 의자에 앉았다. 그리곤 무도회장에서부터 꽉 쥐고 있던 흰 장갑을 내려다보았다. 붉은 피, 그의 상처가 걱정이었다. 아니, 그가 받았을 상처가 더 마음이 쓰였다.

똑똑!

"아가씨, 젠입니다."

"들어와."

문을 열고 들어온 젠이 서둘러 헤리엇에게 다가왔다. 그리곤 조금 전, 은밀하게 전달된 편지를 헤리엇에게 건넸다.

"신문 속에 이게, 끼어 있었습니다."

젠의 말에 헤리엇이 서둘러 신문을 펴고 그 안에 들어 있는 편지의 내용을 확인했다. 제나가 보내온 쪽지였다.

"루엔이 밀실에서 나온 모양이야."

"다행이에요, 아가씨. 이제, 이튼 님께 말해야 하지 않을까요? 그래야……."

"안 돼! 이튼이 위험해. 에드윈 밀포드가 원하는 것이 바로……."

이튼의 목숨이었다. 그나마 다행스러운 일은 에드윈이 헤리엇을 죽일 생각은 없다는 것이었다. 자신을 신탁에 의해 정해진 그의 신부라고 했었다. 아마, 에드윈은 이튼을 죽인 후 자신과 결혼할 생각인 듯했다.

"하지만 아가씨가 위험하지 않을까요?"

"걱정 마. 난 괜찮을 테니까."

헤리엇은 편지를 꽉 쥐고 다짐했다. 밀포드에게서, 아니, 자신에게서 그를 지키겠다고.

에드윈을 바라보는 켈리의 시선이 날카로워졌다. 햄프턴 공작가의 파티에 헤리엇과 함께 나타난 에드윈을 보았을 때, 켈리의 의심은 확신으로 바뀌었다. 에드윈은 켈리의 계획과는 달리 어이없게도 헤리엇과 혼인할 생각인 듯했다.

하지만 켈리는 용납할 수 없었다. 이튼과 함께 헤리엇 역시 죽어야 했다. 그리고 언니를 배신하고 다른 여인과 혼인하려는 에드윈 역시……. 감히 언니인 질리안을 죽인 남자의 여인을 또다시 탐하려 하다니. 절대, 용서할 수 없었다.

그리고 어쩌면…… 눈앞의 남자는 처음부터 질리안을 사랑한 것이 아닐지도 모른다는 생각을 하기 시작했다. 질리안에 대해 언급할 때마다, 에이든의 태도는 애정이 아닌 짜증 섞인 분노를 토해내고 있었던 것이다. 켈리 앞에서도 그 감정을 숨기려 하지 않았다.

"그의 눈앞에서 가장 잔혹한 방법으로 자신의 여자가 죽는 걸 보게 된다면, 미칠 테죠. 구해내지도 못하고 바라만 볼 수밖에 없다면 더더욱 그럴 테고."

"그렇겠지. 그리고 절망감에 단검으로 자신의 심장을 찌르게 될 거야."

에드윈의 눈빛이 광기로 번뜩였다. 이제 끝이었다. 이 모든 계획이 끝나면, 에드윈은 헤리엇은 물론 아레스의 심장까지도 손에 넣을 수 있었다.

"곧, 이 질긴 인연도 끝이겠군요."

"정말 오랜 시간이었지. 상상도 할 수 없을 만큼, 긴."

"그자가 죽는다면, 언니도 기뻐하겠군요."

켈리가 질리안을 언급하자, 에드윈이 눈살을 찌푸렸다. 처음엔 같은 빛을 내는 보석이라고 생각했었다. 하지만 두 개의 보석을 보고 난 후, 가짜는 진짜 보석에서 뿜어져 나오는 빛을 흉내조차 내지 못한다는 사실을 절감했다. 그에게 질리안은 빛을 잃은 가짜일 뿐이었다. 진짜를 흉내 낸 가짜.

"그래야겠지. 다 망쳐 놓은 걸, 4년이나 기다려 다시 기회를 잡았으니까."

에드윈이 생각하기도 싫다는 듯 말했다. 그 모습에 켈리의 시선이 미묘하게 변했다.

"아직도 언니를 사랑하고 계시나요?"

"사랑? 내가 질리안을?"

또 시작이었다. 여자들은 하나같이 그 사랑이란 감정에 이성을 잃고 목을 맸다. 그리고 그 감정이 충족되지 않았을 땐, 비이성적인 일을 벌였다. 정말 어리석기 짝이 없는 존재들이었다.

"네, 사랑이요. 헤리엇 양이 아니라, 후작님께서 진심으로 사랑한 사람은 언니인 질리안이겠죠?"

"감히 두 사람을 비교하다니……. 두 사람은 하늘과 땅처럼 다른 존재야."

다른 존재라…… 그럼, 누굴까? 에드윈에게 소중한 존재는.

"그럼 누가 하늘인 거죠?"

"그야 당연히 헤리엇이……."

순간 에드윈이 말을 멈췄다. 자신을 바라보는 켈리의 시선에 익숙한 감정이 담겨 있었던 것이다. 질리안이 죽어가면서 그를 바라보던 원망과 분노를 담은 그 눈빛이었다. 젠장! 여자들의 어리석음이란……. 에드윈은 서둘러 말을 바꿨다.

"그나저나 준비는 차질 없이 되고 있겠지?"

"콘웰 저택에 편지를 보내놓았으니, 곧 답이 있겠죠."

"그렇겠지. 똥줄이 바짝 타겠군. 난 이만, 헬로 돌아가 봐야겠군. 인질이 무사히 있는지 확인해야 하거든."

에드윈이 자리에서 일어서자, 켈리 역시 따라 일어섰다. 검은 베일이 달린 모자를 깊게 눌러써 얼굴을 가렸다. 에드윈이 방문을 열자, 런던 부둣가의 술집답게 술에 찌든 악취와 왁자지껄한 소음이 한꺼번에 들려왔다.

방을 나와 복도를 걸으며, 켈리는 살짝 미간을 찌푸렸다. 살짝 열린 문 틈새로 정사를 벌이는 질탕한 신음이 흘러나왔던 것이다. 또한 방으로 채 들어가지 못한 상태에서 욕망을 이기지 못하고 복도에 서서 바지춤을 내리며 창녀의 치마 속으로 손을 밀어 넣는 사내들도 있었다.

켈리의 얼굴이 경멸로 일그러졌다. 에드윈은 그런 켈리를 보며 비웃음을 삼켰다. 이 여자 역시 지겨워지려 했다. 이번 일이 끝나면, 자신의 비밀을 아는 켈리 역시 처리해야 할 것 같았다.

수도원으로 보내 버릴 수도 있었다. 아니면, 이튼과 함께 처리하는 것도 좋은 방법일 것 같았다. 술집을 나온 에드윈이 켈리를 돌아보았다.

"마차는?"

"저쪽에서 기다리고 있으니, 먼저 돌아가세요."

"그럼, 사흘 후 보도록 하지."

에드윈이 발을 절뚝이며, 어두운 골목길로 걸어가는 것이 보였다. 켈리는 그런 에드윈을 보며, 이를 악물었다. 그리곤 저택으로 전달된 이튼의 편지를 떠올렸다. 그는 에드윈이 거짓말을 하고 있다고 했다. 그녀가 속고 있는 것이라고. 이용당할 뿐이라고. 어쩌면 그의 말이 진실일지도 모른다는 생각을 했다. 켈리 역시 다시 한 번 모자를 깊게 눌러쓴 후, 마차가 서 있는 곳으로 걸어가기 시작했다.

"어때? 생각이 변했나?"

순간, 켈리의 발걸음이 멈췄다. 그가 누군지 알 수 있었다. 켈리는 목소리가 들려오는 쪽을 돌아보는 대신, 천천히 걸음을 옮기기 시작했다.

"아무도 믿지 않아요. 에드윈은 물론, 당신 역시."

"날 믿으라고 한 적 없어. 다만, 난 진실을 말해줬을 뿐이니까. 판단은 네 몫이지."

켈리의 등이 미묘하게 굳어졌다. 베일에 가려 있는 눈빛 역시 날카로워졌다. 이튼 스튜어트, 언니의 전 약혼자였고, 언니를 죽인 자였다. 하지만 그가 들려준 진실이란 것은 그녀가 알고 있는 것과 다른 종류의 것이었다.

"날 속일 생각하지 말아요. 절대 믿지 않으니까. 남자들의 거짓말 진저리가 나거든. 이제, 나 스스로 선택할 생각이야. 나 스스로."

켈리는 차갑게 쏘아붙이곤 서둘러 어둠 속으로 사라졌다. 잠시 후, 마차 소리가 들렸고 그 소리 역시 서서히 멀어져 갔다. 그제야 어둠 속에서 모습을 감추고 있던 이튼이 모습을 드러냈다. 미동도 없는 검은 눈동자가 에드윈이 사라진 어둠을 응시하고 있었다.

"빛이란 절망적인 어둠 속에서 더욱 빛나는 법이니까. 곧 깨닫게 되겠지."

제나의 방이 거칠게 열렸다. 아니, 열렸다가 아니라 화가 난 에드윈이 문을 걷어차 문이 뜯겨 나갔다는 말이 맞았다. 루엔에게 죽을 먹이고 있던 제나가 놀라 자리에서 벌떡 일어섰다. 그리곤 탁자 위에 그릇을 올려놓은 후, 재빨리 고갤 숙였다.

"감히 내 허락도 없이 이 여잘 데리고 나오다니……."

잇새로 새어 나오는 에드윈의 목소리가 음산하기 그지없었다. 제나는 주먹을 꼭 쥐곤 마른침을 삼키며 서둘러 대답했다.

"죄송합니다, 주인님. 의식을 잃어 어쩔 수가 없었습니다. 만약 죽기라도 한다면……."

짝! 채찍과도 같은 날카로운 소리가 좁은 방 안을 울렸다. 에드윈의 힘에 못 이겨 제나의 몸이 낙엽처럼 바닥에 나뒹굴었다. 순간 정적이 흘렀고, 놀란 루엔이 침대에서 몸을 일으키려 했지만 잘 되지 않는 듯 버둥거리는 것을 느낄 수 있었다.

제나는 마음속으로 제발, 루엔이 침대에서 일어나지 않기를 간절히 바랐다. 루엔까지 에드윈의 분노의 대상이 되길 원치 않았던 것이다.

움찔, 입안에 피 맛이 났다. 입안의 여린 살이 터진 모양이었다. 제나는 서둘러 몸을 일으켜, 무릎을 꿇었다. 그리곤 에드윈에게 빌기 시작했다.

"용서해 주십시오, 주인님. 루엔 님께서 오물을 뒤집어쓰고 있는 모습을 보니, 헤리엇 아가씨께서 슬퍼하실 것 같아……. 제가 주제넘게 그만……."

제나가 헤리엇의 이름을 언급하자, 차갑게 일그러졌던 에드윈의 표정이 조금씩 풀어지기 시작했다. 하지만 여전히 화가 누그러지지 않은 듯 제나의 옆구리를 힘껏 발로 찼다.

"흡……."

밀려드는 고통에 순간, 숨을 쉴 수가 없었다. 다행히 갈비뼈가 부러지지 않았지만, 지독한 고통에 목덜미를 타고 식은땀이 흘렀다.

"다신 멋대로 행동하지 마. 그땐, 네 하찮은 몸뚱이가 런던 뒷골목의 시궁창을 뒹굴게 될 테니까."

한차례 거친 폭풍이 지나간 것처럼, 에드윈이 제나의 방을 나갔다. 그러자 침대에 누워 눈물을 흘리고 있던 루엔이 조심스럽게 손을 뻗어 제나의 어깨에 손을 올려놓았다.

"괜찮…… 콜록콜록!"

괜찮다고 말하기 위해 몸을 돌리던 제나가 숨이 찬 듯 기침을 했다. 그리곤 힘없이 바닥에 엎드린 채 고통스러운 듯 미간을 찌푸렸다. 그때 제나의 눈에 낡은 구두가 들어왔다.

"그러니 쓸데없는 짓은 하지 말라고 했을 텐데. 주인님 눈 밖에 나면, 다치는 건 너야."

쌀쌀한 말투와는 달리 조가 무릎을 꿇고 앉더니 두 팔로 그녀를 안아 들었다. 그리곤 침대로 걸어가 루엔 옆에 눕혔다.

"상관없어요. 나 혼자…… 할 수 있으니 가요. 그러다 당신도 내 꼴이…… 콜록콜록!"

멈췄던 기침이 다시 시작되었다. 그러자 조가 눈살을 찌푸리며 제나를 쏘아보았다. 그리곤 작게 한숨을 내쉬더니, 조가 주머니에서 뭔가를 꺼내 침대 위에 툭 던졌다.

"멍든 곳에 바르도록 해. 그리고…… 오늘은 쉬어도 좋아. 뒷일은 내가 알아서 할 테니까."

조가 문으로 다가가 바닥에 넘어져 있던 문을 들어 올렸다. 그리곤 임시방편이지만, 문의 아귀를 맞춘 후 제나가 편히 쉴 수 있도록 문을 닫았다. 다행이었다. 문이 열려 있었다면, 편히 쉬는 것이 불가능했을 게 뻔했다. 닫힌 문을 바라보는 제나를 향해 루엔이 말을 걸어왔다.

"괴물의 얼굴에 깃털 같은 마음을 가진 사내군요."

루엔의 말에 제나가 슬픈 미소를 지었다. 그리곤 침대 위에 떨어져 있던 약병을 들어 올렸다. 심장이 시큰했다. 멋없고 거친 행동이었지만, 너무도 조답다고 생각했다. 그는 그런 사내였으니까.

"네, 그래서 미워할 수가 없어요."

❖

마땅찮은 얼굴로 제나의 방을 나온 에드윈은 회원 전용 룸으로 가기 위해 계단을 내려왔다. 하지만 중간쯤 계단을 내려왔을 때, 그의 발걸음이 멈춰 섰다. 그리곤 의외란 표정으로 1층에 서 있는 이튼을 싸늘한 눈으로 바라보았다.

"오랜만이군, 이튼. 4년 만인 건가? 사실 햄프턴 공작가에서 봤을 때, 그냥 온 것이 마음에 걸리던 참이었거든. 그래도 한때 친구였는데 말이야."

에드윈은 아무 일 없다는 얼굴로 이튼을 맞았다. 그 모습에 이튼의 눈빛이 날카로워졌다. 이미 알고는 있었다. 질리안이 죽어가는 모습을 보면서도 에드윈은 슬퍼하기는커녕, 강한 분노를 터뜨렸다. 질리안 때문에 모든 것이 틀어져 버렸다며, 화를 냈었다.

모든 것이라. 그땐 알지 못했다. 에드윈이 누군지. 그리고 왜 질리안에게 접근했고, 그녀를 이용해 자신을 죽이려고 했는지도. 하지만 지금은 알고 있었다. 그날, 헤리엇과 함께 리치먼드 상자에서 빛이 뿜어져 나오던 그때, 모든 것이 선명하게 머릿속에 각인

되었다. 600년 전부터 계속 반복되어 온, 모든 것들이. 하나의 섬광처럼 선명하게 머릿속에 떠올랐다.

"플루토(로마어로 관대함. 하데스를 두려워해 붙인 별명) 밀포드."

순간 에드윈의 표정이 변했다. 웃고 있던 얼굴은 순식간에 싸늘해지고, 눈빛에선 숨길 수 없는 살기가 떠올라 있었다. 어떻게 된 일인지 알 수 없었지만, 이튼이 기억해 낸 모양이었다. 전생의 자신의 기억을. 오직 자신만이 알고 있다고 생각했던 것들을.

"기억해 낸 모양이군."

"네가 누구인지는 정확히 떠올랐지. 그리고 누구를 죽였는지도."

"훗! 따라오도록 해. 이곳은 보는 눈이 참 많거든. 경험상 인간들이란 입도 가볍지."

에드윈이 계단을 내려오기 시작했다. 하지만 이튼의 시선을 의식해 최대한 다릴 끌지 않기 위해 애를 썼다. 그에게 절대 다릴 저는 모습을 보이고 싶지 않았던 것이다. 에드윈은 어두운 복도를 따라 걸으며, 등 뒤로 이튼의 기척을 살폈다.

젠장할! 죽어도 이튼에게 자신의 불완전한 모습을 보이고 싶지 않았건만, 조금 전 제나의 방문을 차서인지 그의 아픈 다리가 미치도록 쑤시기 시작했던 것이다. 서둘러 밀실로 들어간 에드윈이 의자에 앉았다. 그리곤 욱신거리는 다리를 한 손으로 움켜쥐곤 천천히 숨을 내쉬었다. 독한 술이 필요했다. 목을 태울 듯 뜨거운 술이. 잠깐이라도 이 고통을 망각할 수 있는 것이 필요했다.

"이튼, 네가 날 찾아온 이유 따위, 사실 전혀 궁금하진 않아. 하지만 들어보긴 해야겠지? 우린 한때 친구…… 였으니까!"

친구란 말에 이튼의 입가가 서늘해졌다. 친구가 아니라, 연적이었다. 그리고 자신을 죽인 원수였고, 사랑하는 여인을 위험에 빠뜨린 장본인이기도 했다. 그런데, 친구라니!

"말장난 같은 건, 집어치워! 플루토, 내게 원하는 게 뭔지 말해. 그럼 그걸 너에게 주지. 그러니 헤리엇에게서 떨어져."

위협적으로 들리는 이튼의 목소리에 에드윈은 콧방귀를 뀌었다.

"내가 원하는 게 네 목숨이라면? 그래도 줄 모양이군."

"그건, 이미 알고 있어. 그러니 네가 진정으로 원하는 걸 말해, 플루토 밀포드."

"플루토 밀포드라. 정말 오랜만에 들어보는 내 이름이군. 심장이 뛰는군. 600년 만에 날 아는 자가 나타나다니 말이야."

플루토 밀포드란 이름은 인간과 하데스 사이에 태어난 신성한 자의 것이었다. 하지만 그의 삶은 눈앞에 서 있는 하찮은 인간 때문에 엉망이 되어버렸다. 에드윈은 아픈 다리를 힘주어 쥐었다. 분노가 치밀었다. 그는 모든 걸 잃었다. 그런데 고작 하찮은 인간의 목숨 따위를 그가 원할 리 없었다.

"네놈이 지옥을 맛보는 것. 몸은 물론, 심장이 갈기갈기 찢겨도 죽지 못하는 생지옥을 맛보는 것. 그게 내가 원하는 것이다, 이튼."

"그래서 헤리엇을 이용하려는 것이군."

"이용하는 것이 아니라, 그녀가 내게 왔지. 네가 아닌, 내 손을 붙잡은 것이다. 인정하고 싶진 않겠지만, 그 사실을 똑똑히 기억해야 할 것이다."

"그건 네가 루엔을 붙잡고 있기 때문이겠지."

"그건 부정하지 않아. 하지만 나 못지않게 널 증오하는 것 역시 사실이거든. 그건 이튼 너 역시 마찬가지지 않나? 헤리엇은 600년 전 널 배신하고 네 심장을 찌른 장본인이지. 그런 여인이 널 또다시 배신하는 건, 어쩌면 당연한 결과일지도 모르지. 운명이란 항상, 제자리를 찾는 법이니까."

"지금 네 말은, 헤리엇이 네 곁에 있는 것이 제자리란 건가?"

"그래. 처음부터 있었어야 할 자리…… 그것이 바로 내 옆이다."

"너무 확신에 차 있군. 하지만 네 착각이야. 헤리엇은 처음부터 내 것이었다. 네놈의 것이 아니라, 헤리엇의 자린 내 옆이었지. 다만 네 욕심에 억지를 부리고 있는 것일 뿐이야. 이 모든 불행은 다 네놈의 집착과 욕망에서부터 시작된 것이니까."

"아니! 신탁이…… 신탁에 의해 결정된 내 반려다. 그런 내 반려를 도둑질한 것은 바로, 너였지."

"신탁이라. 그렇다면 인간의 마음은? 인간의 마음이 신탁보다 하찮다고 누가 판결했는지 궁금하군."

"나, 바로 나. 신들의 대변인인 나 플루토 밀포드가……."

"아무도 인정하지 않아. 나도 헤리엇도. 너의 병적인 그 집착이 모두를 불행하게 만든 것이다. 네가 찾는 아레스의 심장 따위…… 너에게 주지. 600년을 살아왔으면서, 또다시 영생을 살길 원하다니. 그 끝없는 고독과 증오가 너에겐 중요한 모양이니까."

"아레스의 심장을 내게 주겠다고? 아레스의 심장이 어떤 것인지 알고 하는 말인 건가?"

"알아. 12세기 콘웰 공작에게 전해진, 불사의 심장이란 것도."

"정말 진저리가 나는군. 넌, 600년 전이나 지금이나 똑같아. 욕심 따윈 없다는 듯 고고한 얼굴을 하곤, 날 비웃었지. 불사의 심장인 아레스의 심장을 헤리엇이란 여자 때문에 포기해 버리다니 말이야."

"그때나 지금이나, 나에겐 중요하지 않은 것뿐이야."

"좋아, 준다니 나야 마다할 이유가 없지. 하지만 내가 말했었지? 헤리엇은 내가 아니라, 그녀가 날 선택한 것이라고. 아마, 내가 널 죽이지 않더라도 헤리엇은 널 죽이고 싶어할 것이다. 네가 집착하고, 그녀를 사랑하면 할수록 더 그녀는 악에 받쳐 널 죽이고 싶어할 거야!"

입가에 떠오른 서늘한 미소가 이튼의 신경을 거슬리게 했다. 확신에 차 있는 에드윈을 보자, 이튼은 그가 뭔가를 숨기고 있음을 직감했다. 또 다른 주술인 건가? 그가 200년 전 죽기 전에 강한 염원을 담아 그랬던 것처럼, 에드윈 역시 다른 결과를 얻기 위해 뭔가를 바꾼 건가? 만약 그렇다면, 이번 생에서 끝이 나겠군. 그것이 어떤 결과더라도.

"내 감정 때문에 헤리엇이 날 죽이고 싶어한다는 건가?"

"이건 한때, 친구였던 인연으로 주는 내 선물이지. 그럼, 또 보지. 다음에 만났을 땐, 아레스의 심장이 내 손에 있겠군."

에드윈의 입가가 차갑게 비틀리며, 더는 보고 싶지 않다는 듯 이튼을 향해 등을 돌렸다. 이튼 역시 마찬가지였다. 헬의 밀실을 나오며, 이튼은 그가 놓친 것이 무엇인지 골몰했다.

어두운 골목길을 나와 마차로 가기 위해 걸음을 옮긴 순간, 뒤에서 인기척이 들렸다. 어둠 속에서 선명하게 일렁이는 검은 그림자. 이튼은 그 그림자를 향해 천천히 돌아섰다. 그리고 어두운 골목길에 제나가 서 있었다.

침대에 낯선 그림자가 어렸다. 침입자였다. 헤리엇은 눈을 뜨지 않은 채 이불 아래 놓아둔 검으로 손을 뻗었다. 차가운 감촉의 단검. 그 서늘한 감촉을 느낀 순간, 헤리엇은 마음이 평온해졌다. 사실 자신의 침실에 침입한 사람이 누군지 보지 않아도 충분히 짐작할 수 있었다.

"일어나라, 리치먼드. 배신자의 가문, 아우로라의 자손!"

헤리엇은 손에 쥐고 있던 단검을 놓았다. 그리곤 눈꺼풀을 밀어올리며, 천천히 침대에서 일어났다. 그녀의 검은 눈동자에 얼음처럼 차가운 눈으로 그녀를 내려다보고 있는 콘웰 공작, 레이놀즈와 마주했다.

"놀라지 않는 걸 보니, 내가 올 것이란 걸 알고 있었던 모양이군."

"그러지 않을까 짐작했던 것뿐입니다."

"그럼, 너 역시 콘웰 가와 리치먼드 사이에 벌어진 일을 알게 된 모양이군. 그래서 이튼 곁을 떠나기로 한 것이군. 훗, 내 아들이 불쌍하군. 살기 위해서 도망치는 아일, 저리도 안타깝게 기다리고 있으니 말이야."

침대에서 내려서던 헤리엇이 이튼이란 말에 움찔 어깨를 떨었다. 하지만 구름이 달빛을 가린 짧은 시간이 지나고, 다시 구름 밖으로 달이 얼굴을 내밀자 헤리엇의 표정 역시 평소의 냉정함을 찾은 후였다.

"가문의 의무 앞에 연정이란 곧, 무의미해질 겁니다."

"여인이란 편하군. 손바닥 뒤집듯 자신의 감정을 밀포드 쪽으로 뒤집어 버리다니. 어쩔 수 없는 건가? 몸속에 흐르는 배역의 피는 시간이 흘러도 사라지지 않는다는 건가?"

레이놀즈의 입가에 서린 씁쓸함에 헤리엇은 목에 걸려 있는 목걸이의 메달을 꽉 쥐었다. 링 위에 박힌 보석의 감촉에 헤리엇은 안도했다.

믿을 수 없었지만, 리치먼드의 상자를 열었을 때 그녀는 두 개의 강력한 주술에 의해 정신을 잃었었다. 리치먼드 상자에 걸어놓은 주술은 에드윈의 것이었다. 상자를 여는 순간, 느꼈던 이튼에 대한 살기가 바로 그 증거였다.

그리고 이 반지. 콘웰 공작부인에게 전해지는 이 반지에 숨겨진 비밀은 아마도, 강력한 주술에서 반지의 주인을 지키는 것이었다. 은빛 달을 수호하는 기사. 헤리엇은 이 반지에 주술을 걸어놓은 이는 로이든이 아닐까 생각했다.

"제 더러운 피를 그 검에 묻힐 필요 없습니다, 공작님."

레이놀즈가 들고 있던 검을 들어 올렸다. 어둠 속에서도 날카로운 기운이 느껴지는 검이었다. 그리고 그 검의 끝이 헤리엇의 목을 겨눴다. 서늘한 기운이 그녀의 목을 찌를 듯 위협해 왔지만 헤리엇은 두려움은커녕 그 어떤 감정도 느끼지 않은 듯 담담했다.

"두렵지 않나? 살기 위해 이튼을 배신했는데, 그 아비의 검에 죽게 되니 말이다."

"죽음 같은 하나도 겁나지 않습니다."

"죽는 게 겁나지 않다니. 정말 대단한 아이야. 왜 이튼을 떠난 거지? 내가 한 말 때문에 두려워 밀포드에게 간 것이 아니었나?"

레이놀즈는 자신이 이튼을 떠난 이유가 그의 협박 때문이라고 생각한 모양이었다.

"제 마음속에 두 개의 감정이 존재합니다. 죽여야 한다는 강한 살기와 목숨을 다해 구해야 한다는 절박함. 그 팽팽하게 날 선 감정의 줄다리기 속에서 깨달은 것이 있다면, 이젠 끝내고 싶다는 겁니다."

끝내고 싶었다. 이젠 이 지독한 굴레의 고리를 끊어내고 싶었다. 끝없이 계속되는 이 인연을 끝내고 싶었다.

"네 말처럼 이 모든 것을 끝내기 위해선, 네 심장이 필요한데도 그런 말을 할 테냐?"

검의 끝이 헤리엇의 여린 목을 찔렀다. 주르륵 흘러내리는 뜨거운 피가 새하얀 모슬린 잠옷을 붉게 물들였다. 그리고 그녀의 목에 걸고 있는 반지를 적셨다.

"내 심장이 필요하다면, 드리겠습니다. 리치먼드에 전해지는 단검 역시도."

헤리엇의 말에 레이놀즈가 믿을 수 없다는 듯 미간을 찌푸렸다. 그렇다는 건, 이튼을 배신한 것이 아니었던 건가?

"내가 널 믿을 것이라고 생각하느냐?"

"전 믿지 못하실 테지만, 이튼 님은 믿으실 테지요."

"훗, 지금 나더러 널 믿고 있는 내 아들의 믿음에 네 목숨을 걸라는 것이군."

"저 역시 제 자신보다, 그를 더 믿고 있으니까요."

레이놀즈의 눈동자가 날카로운 빛을 띠며 헤리엇을 쏘아보았다. 그녀의 진심을 알아내려는 듯 레이놀즈의 시선이 한동안 그녀의 얼굴에 머물러 있었다. 침묵이 흘렀고, 마침내 레이놀즈가 입을 열었다.

"널 믿어보도록 하지."

이튼이 아닌, 헤리엇을 믿어볼 생각이었다. 처음 데본에서 헤리엇을 만났을 때, 흔들림 없이 자신을 바라보던 당당하던 그 모습을 믿어볼 생각이었다. 다른 여인들이 가지지 않은 지혜와 신념을 한번 믿어보고 싶었다. 레이놀즈가 헤리엇의 목에 겨눴던 검을 거둬들였다.

"감사…… 합니다, 공작님."

"감사할 필요 없다. 어차피 오늘 내가 온 것은 네 목숨 따위를 가져가기 위해서가 아니었으니까. 단검의 존재를 확인하고, 또한 네 마음을 확인하고 싶었다."

레이놀즈가 차갑게 돌아섰다. 문을 향해 걸어가던 레이놀즈가 걸음을 멈추곤, 헤리엇을 돌아봤다.

"내가 본 너는, 절대 이튼을 배신할 이가 아니었으니까. 그래서 내 믿음에 대한 확신을 갖고 싶어 찾아온 것뿐이다. 어차피 운명이란 정해져 있겠지만, 그 운명을 개척하는 자는 인간이니까."

레이놀즈의 눈동자 어린 씁쓸함에 헤리엇은 울컥 뜨거운 것이 치밀어 올랐다. 그녀를 믿고 있었다는 그 말에 헤리엇은 눈시울이 뜨거워졌다.

"공작님……."

"이렇게 되지 않았다면, 널……."

차마 레이놀즈는 다음 말을 잇지 못했다. 말해봐야 서로 가슴에 생채기만 낼 뿐 소용없는 말이었으니까. 레이놀즈가 방을 나가자, 헤리엇은 무너지듯 침대에 앉았다.

"어쩌면…… 가족이 되었을까요? 평범하게, 그렇게."

달빛을 등진 헤리엇의 어깨 위로 그늘이 드리워졌다. 감정을 꾹꾹 눌러 참느라, 입술이 파르르 떨리고 있었다. 목덜미가 아렸다. 아직 멈추지 않은 피가 계속해서 잠옷을 적시고 있었다. 그렇게 그녀의 심장에도 붉은 눈물이 흘렀다.

헤리엇이 탄 마차가, 템스 강에 멈췄다. 마차 안은 헤리엇 혼자였다. 울며 따라온다고 하는 젠을 달래, 헬로 보내기 위해 헤리엇은 아침 시간을 모두 보내야 했다. 에드윈이 자신과 이튼을 만나기 위해 자릴 비운 순간을 노려야 했다. 그때가 제나가 루엔과 함께 헬에서 도망칠 수 있는 유일한 기회였던 것이다. 그래서 꼭, 젠의 도움이 필요했다.

마음을 가라앉히기 위해 헤리엇은 천천히 숨을 내쉬었다. 드레스 자락을 붙잡은 손끝이 미묘하게 떨렸다. 입안이 바짝 타들어가는 느낌, 그 느낌이 싫어 헤리엇은 서둘러 혀로 마른 입술을 축였다. 하지만 메마른 혀가 아무리 바짝 마른 입술을 축여도 까칠한 느낌은 사라지지 않았다. 버석한 그녀의 입술이 마치 그녀의 마음 같았다.

달칵!

"도착했습니다, 그만 내리시지요."

에드윈이 보낸 마차, 그가 보낸 사람이었다. 헤리엇은 마차에서 내리며, 간절히 바랐다. 조가 에드윈과 함께 템스 강에 오기를. 만약 조까지 헬을 비운다면, 제나와 젠이 루엔을 데리고 도망치는 것이 훨씬 수월할 것 같았기 때문이었다. 제발, 행운이 그녀의 편이길 바랄 뿐이었다.

바닥에 내려선 헤리엇은 머리에 쓰고 있던 모자를 고쳐 썼다. 그러다 조금 떨어진 곳에서 자신을 물끄러미 바라보고 서 있던 이튼을 발견하곤, 멈칫 움직임을 멈췄다.

"왔군."

언제부터였을까? 벤치에 기대서 있던 이튼이 헤리엇에게 다가오기 시작했다. 잘생긴 얼굴이 살이 빠져 더욱 날카로워 보였다. 눈빛 역시 서늘했다.

"오지 않았으면 좋았을 텐데, 결국 왔군요."

"네 초대니까."

그게 어디든, 그리고 어떤 이유이든 그는 와야 했다. 그녀가 그곳에 있다는 단 하나의 이유만으로도 그가 이곳에 올 이유는 충분했다.

"하지만 오지 않기를 바랐어요."

"내가 오지 않으면, 넌 죽게 될 거야. 아니, 루엔이 먼저 죽게 될지도 모르겠군."

이튼이 헤리엇 앞에 멈췄다. 그녀를 만지지 않기 위해 이튼은 죽을힘을 다해 주먹을 쥐어야 했다. 그동안 헤리엇의 여린 어깨는 더욱 가늘어져 있었고, 아름다운 얼굴은 지친 기색이 역력했다. 하지만 그를 올려다보는 검은 눈동자는 여전히 아름답게 반짝였다. 안타까웠다. 그녀의 마음이, 그리고 그를 사랑하는 마음이 서글퍼 심장이 아렸다.

"언제부터 알고 있었죠?"

"처음부터."

"훗, 그랬군요."

"그러니 이제 날 믿고……."

헤리엇이 고갤 가로저으며, 강하게 이튼의 말을 부정했다.

"아니, 뭔가 착각하고 있군요. 제가 루엔 때문에 밀포드를 선택했다고 생각하는 건가요?"

"그럼 아니란 건가?"

이튼이 헤리엇의 팔을 강하게 붙잡았다. 그리고 허공에서 두 사람의 시선이 부딪혔다.

"실망시켜 미안하지만, 당연히 아니에요. 곧, 밀포드가 도착할 거예요."

헤리엇이 이튼의 손을 뿌리쳤다. 그리곤 허릴 곧게 펴곤, 잔디를 가로지르기 시작했다. 끝내고 싶었다. 이번엔 무슨 일이 있어도 꼭 그렇게 할 생각이었다. 헤리엇은 그를 돌아보지 않기 위해 안간힘을 썼다. 그리곤 그녀를 기다리고 있는 켈리를 향해 걸었다.

"헤리엇, 뱃놀이하기에 안성맞춤인 날씨라고 생각지 않나요? 어서, 타세요. 제가 모두를 위해 따뜻한 차를 준비해 두었답니다."

켈리의 표정이 지금까지와는 달리 싸늘했다. 헤리엇 역시 그런 켈리를 보며, 씁쓸하게 웃었다. 제나가 조의 눈을 피해 전한 쪽지. 그 쪽지엔 켈리 역시 에드윈과 한통속이었다는 내용이 적혀 있었다.

모두가 다 의도된 접근이었다니, 실망감에 헤리엇은 주먹을 꼭 쥐어야 했다. 그리고 더 놀라운 사실은 켈리가 바로 질리안의 여동생이란 것이었다.

"그렇군요. 그런데 후작님은 아직 도착하지 않으신 모양이군요."

"헬에 일이 생긴 모양이더군요. 저야 모르지만, 누군가 후작님을 배신하려 한 모양이에요. 생쥐를 잡으려고 헬로 돌아갔겠죠."

순간 미간을 찌푸리는 헤리엇을 보며, 켈리가 재미있다는 듯 웃었다. 하지만 눈빛은 그 어느 때보다 광기로 번뜩였다. 켈리는 자신을 속이려 하는 모든 사람들을 용서할 수 없었다. 그것이 누구든, 용서하지 않을 생각이었다.

그래서 템스 강으로 오고 있는 에드윈에게 전갈을 보냈다. 헬의 제나가 헤리엇을 도와 루엔을 빼돌리려 한다고. 지금 돌아가서 확인하지 않는다면, 후회할 것이라고.

한 뼘도 안 되는 쪽지 안에 적힌 내용에 에드윈의 마음속엔 헤리엇에 대한 불신이 일었고, 그 불신은 결국 마차의 방향을 템스 강에서 헬로 바꾸게 만든 것이다. 그로 인해, 이 일에 연관된 모든 이들의 운명이 변해 버렸다. 자신의 쪽지 하나에.

아마, 에드윈이 제나와 루엔을 붙잡은 후 템스 강에 도착했을 땐, 헤리엇을 죽이려 할 게 분명했다. 아니, 죽일 수도 없겠군. 그가 이곳에 도착했을 땐, 이미 모든 것이 끝나 있을 테니까.

"무슨 걱정이라도 있나요, 헤리엇? 얼굴이 창백하군요."

"아니요, 아무 일 없답니다."

헤리엇이 켈리를 지나쳐 배에 올랐다. 잠시 후, 켈리는 뒤따라 도착한 이튼을 향해 차가운 냉소를 머금었다.

"백작님께서도 오셨군요, 결국."

이튼의 차가운 시선은 켈리가 아닌, 헤리엇에게 쏠려 있었다. 바라만 보는 것만으로 심장이 시릴 만큼, 넘치는 감정. 켈리는 이튼을 보며, 그런 느낌을 받았다. 냉혈한인 이튼 역시 진심으로 마음을 준 여인에겐 봄바람처럼 따스해질 수 있다는 것을.

켈리를 지나쳐, 이튼은 아무런 망설임도 없이 배에 올랐다. 이

배에 오른다는 의미가 그에게 어떤 뜻인지 뻔히 알고 있으면서도 이튼은 한 치의 망설임도 없었다. 그 모습을 보며, 켈리는 이를 악물었다.

용서할 수 없었다. 배에 탄 켈리가 뱃사공에게 손짓을 했다. 그녀의 명령에 배가 움직이기 시작했다. 두 사람에게 다가간 켈리는 미리 준비해 놓은 최고급 차를 권했다.

"특별히 준비한 차랍니다. 드세요!"

따사로운 햇살 아래, 한낮의 뱃놀이가 막 시작되고 있었다.

여인의 거친 숨소리가 터진 입술 새로 새어 나왔다. 비릿한 붉은 피를 목구멍으로 삼키며, 제나는 신음 소릴 내지 않기 위해 이를 악물었다. 또다시 사내의 우악스러운 손이 머리채를 붙잡았고, 바닥을 질질 끌려가는 제나의 몸이 헝겊 인형처럼 힘없이 흔들렸다. 그 모습을 루엔과 젠은 방구석에 앉아 두려움 섞인 표정으로 망연히 바라볼 수밖에 없었다.

"감히, 날 속이다니."

"윽……."

바닥에 쓰러진 채 움직이지도 못하는 제나를 에드윈이 차가운 눈으로 쏘아보았다. 그녀를 쏘아보는 그의 눈빛이 기묘하게 번뜩였다. 광기에 사로잡힌 듯 무시무시한 기세였다. 구두를 신은 무자비한 발이 제나의 손을 짓이겼다.

으득! 뼈가 부러지는 소름 끼치는 소리와 함께 제나의 몸이 고통스럽게 비틀렸다. 하지만 제나는 신음 소리 하나 내지 않은 채 고통을 고스란히 견디고 있었다. 그 모습에 에드윈은 뭔가 이상하다는 것을 느꼈다.

"왜 빌지 않지? 언제나 그랬던 것처럼, 내 발을 핥으며 용서해 달라고 빌어야 되지 않나? 만약 지금이라도 용서를 빈다면, 반대쪽 손은 부러뜨리지 않는 자비를 베풀지도 모르지."

에드윈의 협박에도 제나는 입을 꼭 다물었다. 대신 가까스로 몸을 추스른 후, 남아 있는 힘을 끌어모아 고갤 들었다. 힘겹게 고갤 든 것과는 달리 에드윈을 쏘아보는 눈빛이 심상치 않았다. 지금까지와는 달리 전혀 비굴하지 않았다. 그에게 맞은 얼굴은 살이 터져 피가 나고 시퍼런 멍이 들어 흉측했지만, 눈빛만은 그 어느 때보다 당당했다. 절대 굴복하지 않겠다는 듯. 에드윈을 똑바로 쳐다봤다.

"더는 누군가에게 비는 것 따위 안 해. 잘못은커녕 항상 억울하게 당하는 사람은 나였지. 손이 발이 되도록 빌고 또 빌어야 하는 것 역시 나였어. 하지만 이젠, 안 해! 너 따위에게 목숨을 구걸하는 짓은…… 아악!"

순식간에 그의 손이 제나의 머리채를 휘어잡았다. 머리카락이 뽑힐 듯 힘껏 잡아당겨지다, 제나는 지독한 고통에 눈물이 흐를 것 같았다. 하지만 제나는 에드윈을 쏘아보며, 울지 않기 위해 안간힘을 썼다. 이제 그러고 싶지 않았다. 지금까지 그녀의 삶은 지옥 그 자체였다. 지독한 폭력과 돈에 팔리는 벌레만도 못하는 하찮은 인생이었다. 지금 죽는다고 해서, 아깝거나 안타깝지도 않았다.

하지만 더는 이렇게 살고 싶지 않았다. 죽는 순간만이라도 짐승보다 못한 존재가 아니라, 평범한 사람이고 싶었다. 신분에 의해 결정되는 삶이 아니라, 그녀가 단 한 번이라도 직접 선택한 삶을 살길 원했다. 그것이 죽음이라고 할지라도.

"미친 게 분명해. 감히, 감히 창녀 주제에 마치 생각을 지닌 귀족처럼 굴다니…… 역겨워. 퉤!"

그가 제나의 얼굴에 침을 뱉었다. 그리곤 바닥에 힘껏 밀어 넘어뜨리고는 뒤에 서 있던 조에게 고갤 돌렸다.

"채찍, 채찍을 가져와!"

"주인님!"

명령을 따르는 대신 조가 에드윈을 불렀다. 그리곤 꼼짝도 하지 않은 채 자리에 서 있었다. 그러자 에드윈의 표정이 더욱 차갑게 일그러졌다.

"왜? 설마 네놈 역시, 저 벌레만도 못한 것을 감싸려는 건 아니겠지? 이놈 저놈 몸을 굴리는 천박한 창녀라도 네 여자란 건가?"

"그런 게 아닙니다. 이 상태로 채찍으로 맞는다면 죽을 수도……."

"네놈이 죽고 싶지 않거든, 당장 채찍을 가져오도록 해. 내 신경을 더 자극했다간, 총으로 저년의 머릴 날려 버릴지도 모르니까."

에드윈의 으름장에 조의 시선이 바닥에 쓰러져 피를 흘리고 있는 제나에게로 향했다. 거칠게 숨을 내쉬고 있었지만, 지금도 숨이 끊어질 듯 충분히 위태로운 모습이었다. 그런데 채찍으로 그녀를 때린다면…….

조가 머뭇거리고 있는 사이 헬의 고용인 중 하나가 손을 바들바들 떨려 채찍을 가지고 왔다. 하인에게서 채찍을 받아 든 에드윈은 바짝 마른 가죽끈을 천천히 어루만졌다. 착 감기는 그 감촉이 마음에 들었는지, 에드윈의 입가에 미소가 떠올랐다. 기묘하게 절뚝이는 소리에 등줄기에 한기가 돋았다. 그 모습이 흡사 하데스처럼 섬뜩하기까지 했다.

"채찍으로 맞은 후에도 그런 꼴 같지 않은 말을 할 수 있는지, 두고 보면 알겠지."

휘리릭, 짝! 순식간에 날카로운 가죽이 허공을 갈랐다.

"흑!"

꽉 다문 잇새로 신음이 터져 나왔다. 입고 있던 낡은 드레스가 날카로운 가죽 채찍에 찢어졌다. 그리고 그 틈새로 붉은 자국이 생겼고, 자국을 따라 핏방울이 송골송골 맺히기 시작했다.

"그만…… 제발 그만하세요."

구석에서 두려움에 떨며 고개조차 들지 못하던, 루엔이 죽을힘을 다해 소리쳤다. 떨리는 목소리에선 여전히 두려움이 느껴졌지만, 더는 두고만 볼 수 없었다. 제나가 자신을 구하기 위해 목숨을 내놓으려는 모습을 보고만 있을 수 없었다. 아무런 이유도 없이 자신을 구하려는 제나를 자신 역시 도와야 했다.

루엔이 바닥을 기어 제나에게 다가갔다. 그러자 두려움으로 눈물이 흘리고 있던 젠이 떨리는 손으로 루엔을 붙잡았다. 그러지 말라고. 하지만 루엔은 젠의 손을 뿌리치며 온몸으로 제나의 등을 감싸 안았다. 그 모습을 지켜보던 에드윈의 표정이 일그러졌다.

“흥! 너 때문에 헤리엇이 날 배신했다면, 더는 널 살려둘 이유가 없지. 지킬 것이 없어야만, 더는 희망을 갖지 않는 법이거든. 그러니 네 두 년의 목숨을 거둬주지.”

감히 자신을 속이다니. 에드윈은 참을 수 없는 분노로 손이 떨려왔다. 또다시 헤리엇이 자신을 배신했다. 템스 강으로 가는 도중, 누군가 다급히 마차를 세웠었다. 짜증 섞인 표정으로 창문을 내다본 에이든은 편지 봉투를 들고 서 있는 어린 소년을 보곤 미간을 찌푸렸다. 소년 역시 에드윈의 서슬에 놀란 듯 편지를 전하곤 뒷걸음치며 줄행랑을 놓았다.

편지의 내용을 확인한 후, 에드윈의 손안에 종이가 힘없이 구겨졌다. 편지엔 헤리엇이 그를 배신하고 루엔을 지금 빼돌리려 한다는 내용이 적혀 있었던 것이다. 믿을 수 없었다. 헤리엇이 자신을 또다시 배신하다니. 하지만 그 편지는 두 사람 사이에 불신을 만들기 충분했다. 템스 강으로 향하던 마차가 방향을 바꿔 헬로 향한 것이다.

사실 지금도 이해할 수 없었다. 그가 걸어둔 주술은 강력한 효력을 가진 사술이었다. 쉽게 깨어지는 종류의 것이 아니었다. 절대로 깨어지지 않는 강력한 사술.

그럼 대체 어떻게 된 걸까? 그가 걸어둔 주술의 강력함을 상쇄시켜 버릴 또 다른 주술이 있었다는 건가? 강하게 밀려드는 의문과 함께 분노가 치밀었다. 그리고 그 분노는 오롯이 헤리엇에게 향했다. 절대 용서하지 않을 생각이었다. 자신을 배신한 이가 신탁에 의해 결정된 그의 반려라도 용서치 않을 생각이었다.

"젠장!"

욕설을 뱉어내며, 에드윈은 분노를 바닥에 엎드려 있는 두 여인에게 쏟아부었다. 채찍이 다시 허공을 가르며 날카롭게 살을 찢었다. 하지만 이번엔 여인의 가녀린 신음이 아니었다. 짐승의 그것과도 같은 남자의 억눌린 숨소리에 에드윈의 손이 허공에서 멈췄다.

"조, 지금 뭐 하는 것이냐? 당장 비켜! 비키지 않는다면, 너라도 용서하지 않을 테다."

에드윈의 눈매가 날카로워졌다. 믿을 수 없게도 조가 두 여인을 대신해 채찍을 맞은 것이다. 에드윈의 태도에도 조는 꿈쩍도 하지 않았다. 그러자 또다시 채찍이 날카로운 소릴 내며 허공을 갈랐다. 순식간에 피 냄새가 진동했다.

짙은 피 냄새에 정신을 잃었던 제나가 눈을 떴다. 온몸으로 자신을 보호하고 있는 조를 바라보는 푸른 눈동자가 슬픔으로 가득 차 있었다. 처음 보았을 때도 그랬다. 어린 소녀였던 그때, 슬픔을 숨기지 못한 제나가 그를 바라보았었다. 그 순간, 조는 처음으로 누군가를 지켜주고 싶다고 생각했다. 하지만 어린 조 역시 힘이 없기는 마찬가지였다. 그저 곁에 서 있는 것 외엔 그가 할 수 있는 일이 없었다.

"제나……."

"비켜, 조."

"제나!"

"제발 그러지 마. 너도 죽게 될 거야. 그러니 어서 비켜……. 조, 제발 그러지 마."

제나가 다급한 목소리로 그를 밀어냈다. 채찍에 맞은 등에서 피가 흐르고 있었다. 넝마처럼 너덜너덜해진 살점에선 흥건히 피가 배어 나왔다.

"제나!"

"제발, 가. 조…… 제발 비켜서!"

제발 그러지 말라고 애원했다. 하지만 조는 묵묵히 그녀를 바라볼 뿐, 꼼짝도 하지 않은 채 그녀를 에드윈에게서 지켜내고 있었다.

"젠장! 다 죽여 버리겠다. 천한 너희 따위……."

조의 태도가 에드윈을 자극한 모양이었다. 절대 배신하지 않을 자신의 편이라고 생각했던 조가 그에게 등을 돌리다니. 화가 난 에드윈이 채찍을 바닥에 던졌다. 그리곤 책상으로 걸어가 서랍에서 총을 꺼내 들었다.

"어리석은 놈. 천박한 창녀를 위해 목숨을 내놓으려 하다니. 내 너를 믿었건만, 날 배신하다니."

비웃음을 흘리며 에드윈이 조에게 다가왔다. 그러자 조가 두 팔을 벌려 제나를 막아섰다. 총을 겨눈 사내는 그의 주인이었다. 악한 자였지만, 하찮은 그의 목숨을 구해주었고 그래서 조 역시 그의 명령이라면 그 어떤 것도 마다하지 않았었다.

"정말 어리석군. 아마, 네 눈앞에서 네 창녀가 죽는 모습을 봐야만 정신을 차릴 모양이군. 잘 봐라, 조. 이젠 끝이니까."

총구가 자신이 아닌, 제나에게 향한 순간 조는 더 이상 망설이지 않았다. 비호처럼 바닥에 떨어진 채찍을 집어 들곤 강한 힘으로 에드윈을 향해 휘둘렀다.

휘리리릭! 툭! 털썩!

"윽, 젠장!"

순식간에 날아든 가죽끈이 에드윈의 손목을 휘감았다. 그리고 다음 순간 찾아온 날카로운 고통에 들고 있던 총을 바닥에 떨어뜨렸다.

"감히, 네놈이 날……."

뚝뚝, 피가 흘러내렸다. 채찍에 맞은 손을 부여잡고 고통스러운 신음을 삼키는 에드윈을 보며, 조가 자리에서 일어섰다. 그리곤 구석에 앉아 있던 젠에게 턱짓으로 루엔을 데리고 나가라고 신호를 보냈다. 루엔에게 다가온 젠이 그녀를 부축해 방을 나가기 시작했다.

"멈춰! 감히, 어딜 도망가려고! 죽여 버리겠어. 다 죽여……."

에드윈이 바닥에 떨어진 총을 잡기 위해 움직였다. 하지만 몇 발자국 가지 못해 조가 휘두르는 채찍에 맞아 또다시 무릎을 꿇고 그 자리에 주저앉았다.

"윽, 젠장!"

에드윈이 밀려드는 고통에 욕설을 뱉어냈다. 그리곤 자신을 공격한 조를 믿을 수 없다는 눈으로 쏘아보았다. 조 역시 그런 에드윈을 보며, 주먹을 꽉 쥐었다.

"당신을 만나지 않았더라면 좋았을 텐데……."

"날 만나지 않았더라면, 넌 시궁창에서 죽었어. 사람의 시체를 갉아 먹는 쥐들의 밥이…… 윽! 망할!"

고통에 눈살을 찌푸리며, 에드윈이 신음을 삼켰다. 이제 더는 고통을 참을 수 없는 듯 바닥에 엎드린 채 두 팔로 다리의 상처를 꽉 붙드는 것이 보였다. 그런 에드윈을 바라보던 조가 바닥에 쓰러져 있는 제나를 두 팔로 안아 올렸다. 그리곤 바닥에 엎드려 있는 에드윈을 보며 천천히 입을 열었다.

"차라리 죽었다면 좋았을 겁니다. 그랬다면, 최소한 살인은 하지 않았을 테니까요."

조가 마지막으로 에드윈에게 고갤 숙였다. 그리곤 방을 나가기 위해 돌아섰다. 그때 밖에서 사람들의 발소리가 들려왔다. 워릭이었다. 이튼의 명령을 받고 루엔을 구하기 위해 사람들을 이끌고 헬에 도착한 것이다. 하지만 에드윈의 예기치 않은 행동에 모든 계획이 틀어져 있었다. 이미 방 안은 참혹하기 그지없었다.

워릭 역시 방 안에 쓰러져 있는 에드윈을 보고 놀란 눈치였다. 그리고 조가 루엔과 제나를 구해 방에서 나오는 모습 역시 그를 놀라게 했다. 대체 어떻게 된 일인지 영문을 알 수 없었지만, 우선은 안전한 곳으로 사람들을 옮겨야 했다.

"이튼 님께서 루엔 님과 다른 분들을 모셔오라고 명령하셨습니다."

워릭과 함께 사람들이 젠과 루엔을 부축해 밖으로 나갔다. 그리곤 조를 대신해 제나를 받아 안으려 하자, 조가 고갤 가로저었다.

"아니, 제가 하겠습니다. 약속을…… 했거든요."

워릭의 눈에 피투성이가 된 여인도 위험한 상태였지만, 채찍에 맞았는지 여인을 안은 사내의 상태 역시 위급해 보였다. 하지만 사내는 한사코 여인을 팔에서 내려놓으려 하지 않았다.

"좋습니다. 제가 앞장설 테니, 따라오십시오."

사내에게 고갤 끄덕여 준 후 워릭이 방을 나왔다.

그때였다.

탕! 하고 총소리가 방 안을 울렸다. 놀란 워릭이 뒤를 돌아보자, 조가 다리에 힘이 풀린 듯 휘청거리더니 무릎을 꿇고 앉았다. 순간 제나가 조를 올려다보았다.

"조!"

"미안, 제나. 약속을…… 지키지 못할……."

채 대답을 끝내지 못한 조가 천천히 제나를 내려놓았다. 그리곤 워릭을 올려다보며, 말했다.

"제나를 부탁…… 콜록콜록!"

옆구리에 총을 맞은 듯 피가 흘러나와 옷을 적시고 있었다. 그리고 다음 순간, 에드윈을 향해 돌아선 조가 슬픈 눈으로 그를 바라보았다. 총을 든 에드윈 역시 힘겨워하기는 마찬가지였다.

"너희 연놈을 내가 호락호락 보내줄 것이라 생각했다면, 착각이다. 다 죽여…… 윽!"

말이 끝나기도 전에 조가 몸을 날려 에드윈을 덮쳤다. 순식간에 바닥에 넘어진 두 사람이 총을 빼앗기 위해 몸싸움을 시작했다.

그 모습을 제나는 새하얗게 질린 얼굴로 멍하니 바라보고 있었다. 한순간 치밀어 오르는 불안감에 숨이 막혔다. 그리고 그 불길한 예감은 언제나 틀리는 법이 없었다.

탕! 탕!

"안 돼! 조, 아……! 안 돼."

두 발의 총성이 울리고, 방 안은 고요해졌다. 지독한 피 냄새와 죽음의 그림자가 방 안을 덮쳤다. 뜨겁게 흐르는 피, 그리고 지독하게 아린 눈물이 뺨을 타고 흘러냈다. 제나가 죽을힘을 다해 방바닥을 기어 조에게 갔다. 미친 듯이 그의 몸을 흔들어 깨웠지만, 그는 꼼짝도 하지 않은 채였다. 그가 누워 있는 곳에서부터 붉은 피가 흘러나와 온 방 안을 적셨다.

"아악! 조…… 조……. 흐흑!"

같은 시각, 템즈 강에 내리쬐는 태양빛은 너무도 따사로웠다. 너무 평온해 오히려 불안감이 밀려들 정도로 행복한 오후, 한가롭게 뱃놀이를 즐기며 탁자에 앉아 차를 마시는 귀족들 역시 그림처럼 우아했고, 시간이 흐르지 않았으면 하고 바랄 정도로 아름다운 광경이었다.

모처럼 맑게 갠 런던의 하늘은 눈이 시리도록 아름다운 파란색이었다. 바람 한 점 없이 고요한 강 위엔 햇빛을 받아 반짝이는 잔물결이 뱃전에 부딪혀 화사한 빛을 뿜어내고 있었다. 그렇게 심장이 설렐 정도로 아름다운 장면이었지만, 마주 앉아 있는 세 사람의 현실은 사뭇 달랐다.

"에드윈 후작은 오지 않을 겁니다."

찻잔을 내려놓는 켈리의 눈빛이 너무도 차가웠다. 그녀의 갑작스러운 말에 헤리엇이 들고 있던 찻잔을 내려놓았다. 그리곤 냉소를 머금고 두 사람을 바라보고 있는 켈리에게 따져 묻듯 말했다.

"그게 무슨 소리죠, 켈리?"

"아마, 지금쯤 헬에서 도망치려고 했던 자들이 에드윈 손에 붙잡혔을 겁니다. 아니, 어쩌면 성질 고약한 에드윈의 손에 죽었을지도 모르겠군요."

달칵! 순간 떨리는 손을 꽉 움켜쥐던 헤리엇의 손이 찻잔을 건드려, 탁자 위에 넘어졌다. 그러자 연녹색의 찻물이 탁자를 타고 흘러내렸다. 서둘러 찻잔을 바로 세운 헤리엇은 떨리는 손을 감추기 위해 탁자 아래로 내렸다.

"당신이었나요? 당신이 에드윈에게 제나가 루엔을 도망시킬 것이란 사실을 말한 건가요, 켈리?"

"내가 말했어요. 그리고 당신이 말한 제나란 그 창녀, 로즈힐에서 보았던 그 여자더군요. 그래서 에드윈에게 편질 보냈어요. 당신이 그를 배신하려고 한다고."

꽉 쥔 주먹이 파르르 떨렸다. 이해할 수 없었다. 아무리 이튼에게 원한이 있다고 하더라도, 상관도 없는 사람들까지 위험에 빠뜨리는지 헤리엇은 진심으로 켈리에게 화가 났다

"대체 왜?"

“날 속였으니까. 모든 사람들이 날 기만했으니까.”

“누가 당신을 속였다는 거죠?”

“에드윈도 이튼도. 모두 다, 당신을 사랑하니까. 그래서 내가 모든 걸 엉망으로 만들기로 결심한 거예요. 하늘과 땅. 훗, 웃기시네! 에드윈은 당신은 하늘이지만, 내 언니 질리안은 땅이라고 하더군요. 그를 사랑해 약혼자를 배신하기까지 한 언니를 그렇게 하찮은 존재로 취급하다니. 절대 용서할 수 없었어요.”

켈리의 입매가 차갑게 굳어졌다. 지금도 치가 떨릴 정도로 에드윈을 증오했다. 그래서 다 망쳐 놓고 싶었다. 그가 헤리엇을 갖고 싶어한다면, 절대 주지 않을 생각이었다. 그리고 아레스의 심장 역시 마찬가지였다.

“그래서예요. 헤리엇 당신에겐 아무런 감정도 없지만, 두 사람에게 가장 큰 상처를 주기 위해선 당신이 필요했거든요.”

헤리엇은 할 말을 잊은 듯 멍해졌다. 그러다 의자에 앉아 있는 이튼 쪽으로 고갤 돌렸다. 그러다 뭔가 잘못되었다는 것을 깨달았다. 의자에 앉아 있는 이튼의 이마엔 식은땀으로 흥건했고, 얼굴 역시 파리하게 변해 있었다. 당황한 헤리엇이 켈리를 쏘아보았다.

“정말, 어리석군요. 날 믿고 그 차를 마시다니.”

“당신, 이튼에게 무슨 짓을 한 거죠?”

의자에서 일어난 헤리엇이 서둘러 이튼에게 다가갔다. 손에 닿는 그의 팔이 너무도 서늘했다. 그리고 딱딱하게 굳어가고 있었다.

"이튼, 이튼! 정신 차려요. 이튼!"

"몸이 마비되고 있을 거예요. 그가 마시는 찻잔에 독을 발라놓았거든요. 하지만 내가 당신을 템즈 강 아래로 밀어 떨어뜨릴 때까진 살아 있을 테니 걱정 말아요, 헤리엇. 난 그 정도의 자비는 있는 사람이니까."

자비라니, 미친 게 분명했다. 독을 발라 서서히 사람을 죽이는 행위가 자비라니.

"말도 안 돼! 이튼, 제발 정신 차려요. 이튼!"

헤리엇이 이튼을 흔들었다. 그리곤 굳어가는 몸을 주무르기 시작했다.

"그래 봤자 소용없을 거예요. 의식은 있지만, 전혀 움직이지 못할 테니까. 아마, 이튼은 아무것도 할 수 없다는 무력감이 뭔지 똑똑히 느끼게 되겠죠."

헤리엇이 우아하게 찻잔을 들어 올리는 켈리를 날카롭게 쏘아보았다. 이튼 역시 마찬가지였다. 켈리의 말처럼 몸은 움직일 수 없었지만, 그녀를 쏘아보는 눈빛은 살기로 번뜩이고 있었다. 젠장! 켈리의 행동을 예상치 못하다니.

"정신 차려요, 이튼! 이튼, 제발 정신 차려요."

"움직일 수가…… 젠장!"

가까스로 말을 뱉어낸 이튼을 보며, 헤리엇의 얼굴이 걱정으로 어두워졌다.

"켈리, 해독제를 줘요. 가지고 있을 것 아니에요. 어서!"

"유감이지만, 없답니다."

순간 헤리엇은 숨을 쉴 수가 없었다. 거짓말이길 바랐랬다. 아니, 그녀가 잘못 들었기를 간절히 바랐다.

"말도 안 돼. 아무리 당신이 질리안의 동생이라고 할지라도, 이튼에게 이러면 안 되는 거잖아요. 그에게 상처를 준 사람은 다름 아닌, 질리안과 에드윈 두 사람이었어요. 친구와 약혼녀에게 배신당했지만, 이튼은 질리안을 위해 최선을 다하려 했다고요. 결혼 후에도 에드윈과의 만남을 허락할 정도로……."

"훗, 말도 안 되는 소리 그만해요. 귀족들 중 아내의 애인을 인정해 준 남자는 본 적이 없거든. 정숙하지 못한 여인이란 죄목으로 교수형에 처하는 것은 물론이고, 매질을 당하지 않으면 다행이겠지. 그런데 그걸 나한테 믿으라고? 날 완전 바보라고 생각한 모양이군, 헤리엇."

"아니, 이튼이 그런 사람이에요. 소중한 사람을 지킬 줄 아는 사람이 바로, 그라고요. 질리안 역시 이튼은 지켜주려고 했어요. 그런데 당신은 그런 사람을 오해해 죽이려고 하다니."

헤리엇이 켈리의 어리석음에 지적하며, 그녀의 마음을 돌리려 했다. 하지만 분노가 그리고 상처가 켈리의 이성을 삼킨 듯했다. 진실이 뭔지, 그리고 그 진실을 보는 이성까지도 볼 수 없는 것이다.

"에드윈이었겠죠. 당신을 거짓된 진실로 현혹시켜, 이렇게 무서운 짓을 벌이게 만든 사람이."

"모두들 언니에 대해 숨겼지만, 오직 진실을 가르쳐 준 사람이 에드윈이었어요. 하지만 지금은 알아요. 그 역시 날 이용하고 있었다는 것을."

그리고 언니 질리안을 사랑하지 않았다는 것도. 그래서 에드윈은 더더욱 용서할 수 없었다.

"아니, 거짓말이에요. 켈리, 당신도 알잖아요. 에드윈이 거짓말쟁이란 걸. 그리고 지금 내가 하는 말이 진실이란 것도."

"그럼 저기 있는 저자는, 어떻게 믿죠? 사실 헤리엇 당신 역시 에드윈과 한패가 되어 저자를 죽이려고 했던 게 아니었나요? 아레스의 심장이란 보물을 차지하기 위해서, 당신들의 그 말도 안 되는 저주로 살인과 욕심을 정당화하려던 것이 아니었냐는 말이에요?"

"아니, 아니에요! 절대, 이튼을 죽이려 했던 게 아니에요."

헤리엇이 이튼을 돌아보았다. 독이 몸에 퍼지고 있는지, 그의 몸은 눈에 띄게 경직되어 가고 있었다. 하지만 눈은 헤리엇에게 고정된 채 미동도 하지 않고 있었다.

"그럼…… 뭐지 헤리엇? 윽…… 나도 알고 싶군."

"그래요, 말해봐요. 당신이 왜 에드윈의 말대로 움직였는지. 설마, 헬에 잡혀 있는 유모 때문이라는 말을 할 것이라면……. 실망할 것 같군요. 사랑하는 사람을 배신하는 이유론 너무도 비루한 변명거리니까."

켈리의 비웃음이 귓가를 스쳐 지나갔다. 하지만 헤리엇은 이튼에게서 눈을 떼지 못하고 있었다.

"난…… 이튼 난……."

하지만 입이 떨어지지 않았다. 대신 드레스 자락 안쪽에 숨겨놓은 단검을 옷 위에서 꽉 쥐었다. 리치먼드의 단검을 가져온 이유는 이튼의 심장을 찌르기 위해서가 아니었다. 이 모든 저주의 시작은 콘웰과 리치먼드가 아니라, 바로 밀포드의 잘못된 욕심에서 비롯된 것이기 때문이었다. 헤리엇은 그 저주의 씨앗을 없앨 생각이었다.

에드윈의 심장을 검으로 찌른 후, 자신 역시 그와 함께 템스 강에 몸을 던질 생각이었다. 이 모든 비극을 끝낼 방법은 오직…… 이 방법밖에 없었다. 하지만 지금, 이튼은 켈리가 탄 독을 먹은 상태였다. 해독제가 없는 상황에서 어쩌면 이튼은 이대로 죽을 수도 있었다.

"말하지 못하는 것을 보니, 에드윈 후작과 함께 이튼을 죽이려 한 것이 맞는 모양이군요. 헤리엇, 당신 역시 콘웰 공작가의 보물인 아레스의 심장이 탐이 났던 것이군요."

"맞아요, 탐이 나더군요. 저 역시 콘웰 공작가의 보물을 꼭 갖고 싶었다는 걸, 부인하지 않겠어요."

헤리엇의 대답에 켈리는 그럴 줄 알았다는 듯 비웃음을 삼켰다. 그리곤 그런 헤리엇을 비꼬며 에드윈에게 전해 들은 말을 두 사람에게 해주기 시작했다.

"훗, 에드윈이 그러더군요. 사실 아레스의 심장은 사자왕 리처드가 특별히 콘웰 공작가에 하사한 보석이라고. 처음부터 그 보석이 탐이 났다고. 그래서 그것을 갖기 위해 거짓을 진실처럼 꾸몄고, 당신들은 그의 거짓말에 속아 꼭두각시 인형처럼 춤을 췄다고요. 에드윈은 그 힘을 불로불사의 힘이라고 생각한 모양이지만,

난 동의하지 않았어요. 그런 건 세상에 존재할 수 없는 것이니까. 어때요, 이튼? 내 말이 맞지 않나요?"

켈리의 물음에 이튼은 아무런 대답도 하지 않았다. 아레스의 심장은 모두가 추측하는 그런 힘이 아니었던 것이다.

"켈리, 뭔가 착각을 한 모양이군."

주먹을 꽉 쥔 이튼이 이를 악물며, 말을 뱉어냈다. 가까스로 정신을 차리려 하는 것 같았지만, 이튼의 상태는 최악으로 치닫고 있는 게 분명했다.

"내가 뭘 착각하고 있다는 거죠?"

"윽, 젠장!"

욕설과 함께 으득! 소리가 났다. 그리곤 꽉 닫힌 이튼의 입술 사이로 붉은 피가 흘러나왔다. 마비되어 혀가 마음대로 움직이지 않자, 이로 입 안쪽 살을 물어뜯어 피를 낸 것이다.

"정말 지독한 성격이군요."

켈리는 이튼의 입에서 흘러나오는 피를 보며, 치가 떨린다는 듯 미간을 찌푸렸다. 하지만 독이 효력을 발휘하기 시작하는지 이튼의 검은 눈동자가 열기를 띠기 시작했다.

아마 심장까지 들어간 독이 그를 서서히 죽음으로 이끌고 있는 게 분명했다. 참고 있을 테지만, 지금 이튼은 심장이 타는 듯 지독한 고통이 겪고 있을 게 분명했다. 하지만 그는 그 끔찍한 고통에도 미간 한 번 찌푸리지 않고 참아내고 있었다.

"하지만 그래 봤자 소용없을 거예요. 해독제가 없는 한, 당신은 죽게 되어 있어요. 그러니 그렇게 애쓸 필요……."

"켈리, 당신이 틀렸어요."

헤리엇이 켈리의 말을 자르며, 두 사람 사이에 끼어들었다. 그리고 그 순간 켈리는 자신의 눈을 의심했다. 단검이었다. 붉은 루비가 박힌 단검. 헤리엇은 숨기고 있던 단검을 꺼내 들곤 단호한 표정으로 이튼에게 다가오기 시작했다.

맙소사! 정말 헤리엇은 이튼을 죽이려는 모양이었다. 지금 들고 있는 검으로 그의 심장을 찌르고, 에드윈이 말했던 아레스의 심장을 빼앗을 생각이 분명했다.

"훗! 이튼, 이제 끝이군요. 당신이 사랑한 여인의 손에 죽게……."

하지만 또다시 켈리의 예상은 빗나가고 말았다. 단검을 꺼내 든 헤리엇은 이튼의 심장을 찌르는 대신 그녀의 손바닥을 그었다. 새하얀 손바닥에 선명한 줄이 하나 생겼고, 잠시 후 그 줄을 따라 짙은 붉은색의 피가 배어 나오기 시작했다.

툭, 뚜둑! 뚝, 뚝! 흐르는 피를 헤리엇은 단검에 묻혔다. 그리곤 입고 있던 드레스의 앞섶을 거칠게 찢어낸 다음 피가 묻은 검으로 붉은 흔적을 따라 선을 그었다.

"윽!"

고통스러운 신음과 함께 헤리엇의 새 하얀 피부 위로 피가 배어 나왔다.

"헤리엇…… 지금 뭘 하는 거지?"

"걱정 말아요. 에드윈이 걸어놓은 주술을 끊어내려는 것뿐이에요."

잠시 말을 멈췄던 헤리엇이 천천히 눈을 감았다 떴다. 그리곤 담담한 목소리로 다시 입을 열었다.

"은빛 달, 검의 주인이 명하노라. 내 심장을 삼켜, 새로운 명을 따르라."

헤리엇의 명령에 단검에 박혀 있던 붉은 루비가 핏빛으로 빛나기 시작했다. 그리곤 그녀의 심장을 찌를 듯 살 속으로 박혀들기 시작했다.

"젠장! 헤리엇, 안 돼!"

그제야 이튼은 헤리엇이 그녀의 심장을 찔러, 그 대가로 이튼을 살리려고 한다는 사실을 깨달았다. 그가 200년 전, 반지에 그의 심장을 담보로 주술을 걸었듯이 헤리엇 역시 자신의 목숨을 대가로 그를 살리려 하고 있었다. 그 순간 이튼은 몸을 일으켜, 헤리엇의 손에서 단검을 빼앗았다.

털썩! 그의 강한 힘에 헤리엇이 바닥에 쓰러졌다. 그리고 그녀의 가슴에 찔러 넣었던 검 역시 바닥에 떨어졌다.

헤리엇의 눈동자에 눈물이 가득 고였다. 그를 살리고 싶었다. 그의 목숨을 노리는 에드윈에게서, 그리고 그를 괴롭히고 옭아매던 저주에서도 그를 자유롭게 해주고 싶었다. 그리고 그에게 자유를 줄 수 있는 이는 다른 누구도 아닌, 아우로라의 자손인 헤리엇 자신이었다.

"나에게 가장 소중한 것은, 바로 당신이에요."

"헤리엇!"

"당신, 당신이에요. 나에게 콘웰 가의 보물은 당신의 심장이에요. 내 심장을 주고, 당신을 갖고 싶다고 생각할 정도로 난, 당신에게 미쳐 있거든요."

"지금 무슨……."

붉은 피가 그녀의 드레스를 적셨다. 이튼은 옷을 끌어내려 상처를 확인했다. 다행히 단검은 그녀의 심장이 아니라 살갗에 상처만 낸 모양이었다. 서둘러 그녀의 피를 멈추게 해야 했다. 이렇게 하다간 그녀가 위험해질 수 있었다.

아, 젠장! 몸이 이상했다. 켈리가 준비해 놓은 찻잔의 독. 그건 처음부터 마시지도 않았다. 그저 켈리를 속이기 위해 마신 척했고, 독이 퍼진 것처럼 행동했을 뿐이었다. 하지만 그는 지금, 독이 아닌 다른 힘에 의해 심장이 타들어가는 느낌이었다.

독이 아닌, 다른 힘이라면 조금 전 헤리엇이 한 행동과 연관이 있는 것 같았다. 은빛 달, 단검의 주인인 은빛 달이 피와 그녀의 심장을 대가로 한 명령. 그 주술의 힘이 그에게 영향을 미친 것이 분명했다.

쿨럭, 쿨럭! 갑작스럽게 시작된 기침에 이튼이 검은 피를 뱉어냈다.

"이튼, 헬에서 루엔과 제나를 구해줘요."

"헤리엇, 두 사람은 괜찮을 거야. 내가 헬로 워릭을 보냈으니까. 분명 워릭이 에드윈에게서 두 사람을……. 윽!"

순간, 심장에 극심한 고통이 찾아들었다. 등줄기를 타고 흐르는 날카로운 고통에 온몸이 오싹했다. 마치 검으로 심장을 찔린 듯 지독한 아픔에 뒷목이 서늘할 지경이었다.

"이튼…… 괜찮나요? 이튼! 눈을 떠요, 이튼!"

헤리엇이 그를 의자에서 일으켜 세우더니, 바닥에 눕혔다. 온몸이 차가웠다. 마치 금방이라도 숨이 끊어질 것처럼 귓가를 울리는 숨소리 역시 미약했다. 이젠 이렇게 머뭇거릴 시간이 없었다. 더는……. 울컥 눈물이 흘러내리려 했다. 하지만 헤리엇은 이를 악물고 치밀어 오르는 감정을 눌러 참았다. 울고 있을 여유가 없었다. 무슨 방법을 써서라도 해독제를 구해야 했다.

"켈리! 말해봐요. 당신이 원하는 게 뭔지. 내가 할 수 있는 것이라면, 다 할게요. 그러니 배를 돌려줘요. 이튼에게 해독제를……줘요."

"내 앞에 무릎을 꿇고 언니에게 잘못했다고 용서를 빌어요. 아니, 이튼은 저렇게 누워 있으니, 헤리엇, 당신이 대신 빌어요. 제발 살려달라고."

"무릎이라면 수백, 수천 번 꿇을 수 있어요. 자존심 같은 것, 귀족으로서의 긍지 따위 내가 사랑하는 사람들보다 가치 없는 것들이니까요."

"귀족에게 자존심과 긍지가 가치 없는 것이라니. 헤리엇 당신은 정말…… 훗!"

사실 켈리 역시 마찬가지였다. 약혼자를 배신하고 숙녀로서 순결을 잃은 언니 질리안을 가족들은 언급조차 하지 못하게 했다. 가문의 수치라는 이름으로. 하지만 켈리에게 질리안은 세상에 하나뿐인 언니였다. 그래서 바로잡고 싶었다. 질리안을 가문의 수치가 아닌, 자신의 언니로 기억하고 싶어서.

"하지만 늦었어요. 난 절대 배를 돌리지 않을 생각이거든요. 이

배에 탄 사람들은 모두 나와 함께 죽게 될 거예요."

"켈리, 제발 생각을 바꿔요. 질리안 역시 당신의 이런 행동, 원치 않을 거예요."

"아니, 언니도 좋아할 거예요. 길동무가 생기는 것이니까."

단호한 표정의 켈리를 보며, 헤리엇은 입술을 깨물었다. 지금의 태도론 절대 마음을 바꿀 생각이 없는 듯했다. 그렇다면 이 방법밖엔 없었다. 헤리엇이 켈리에게 다가왔다. 그리곤 방심해 있는 틈을 타, 켈리를 바짝 끌어당긴 후, 들고 있던 단검을 그녀의 목에 겨누었다.

"미안해요, 켈리. 하지만 난 무슨 일이 있어도 이튼을 살리고 싶어요. 켈리에게 질리안이 소중하듯, 나에겐 이튼이 그런 사람이거든요."

목에 닿는 서늘한 기운에 켈리의 몸이 경직되었다. 함께 템스강에서 죽자고 했지만 막상 단검이 목을 겨누자, 두려운 모양이었다.

"배를 돌리라고 명령해요, 켈리."

"시, 싫어요. 절대, 윽!"

단검의 끝이 위협적으로 켈리의 목에 닿았다. 서늘한 기운을 느낀 켈리가 짧은 숨을 토해냈다. 그러자 헤리엇이 강한 어조로 켈리에게 명령했다.

"켈리, 어서요!"

켈리의 망설임을 읽은 헤리엇이 그녀를 달래기 시작했다.

"여기서 켈리가 죽는다면, 질리안은 뭐가 되죠? 질리안 역시 피해자일 뿐이란 걸 누가 알리죠? 살아야 그런, 기회가 있어요. 그러니 어서 뱃머릴 돌려요. 제발!"

켈리가 입술을 깨물었다. 헤리엇의 말에 그녀의 눈동자가 크게 흔들리고 있었다. 그리고 잠시 후, 켈리는 마른침을 삼키며, 어렵게 입을 열었다.

"배는 돌리지 않을 거야. 늦었어."

"켈리! 당신 미쳤군요."

"하하하하, 맞아. 미쳤어. 처음 계획대로 언니의 복수를 할 수만 있다면 상관없어. 당신도 이튼도 나와 함께 죽게 될 거니까. 그러니 된 거야."

켈리의 말에 헤리엇의 눈동자가 절망으로 어두워졌다. 켈리의 눈동자는 이성이 아닌, 광기에 사로잡혀 있었다. 그 순간, 켈리의 목에 겨누고 있던 단검을 쥔 손에서 힘이 빠져나갔다. 그것을 알아차린 켈리가 거칠게 헤리엇을 확 밀어냈다.

"윽!"

쿵 소리와 함께 강한 힘에 떠밀린 헤리엇이 바닥에 쓰러졌다. 동시에 헤리엇의 손에서 단검을 빼앗은 켈리가 이튼에게 다가가기 시작했다. 켈리의 행동에 놀란 헤리엇이 그녀의 치맛자락을 있는 힘껏 붙잡았다. 켈리가 이튼을 죽이려 하고 있었다. 단검으로 그의 심장을…….

"안 돼! 이튼, 위험해요!"

헤리엇의 말에 바닥에 쓰러져 있던 이튼이 눈을 떴다. 이튼은 그를 향해 다가오는 켈리를 볼 수 있었다. 그리고 몸을 일으켜 켈리를 저지하려는 헤리엇도.

"헤리엇, 조심해. 뒤를……."

헤리엇이 이튼의 말에 뒤를 돌아보았다. 그녀의 뒤엔 뱃사공이 서 있었다. 그리고 그는 그녀를 내려치려는 듯 몽둥이를 든 채였다.

순식간에 모든 일이 일어났다. 바닥에 쓰러져 있던 이튼이 몸을 일으켜 세우더니, 헤리엇을 향해 몸을 날렸다. 그렇게 헤리엇을 감싸는 순간, 뱃사공이 들고 있던 몽둥이가 이튼을 가격했다.

"헉!"

고통에 찬 신음과 함께 이튼이 뒤에 서 있던 뱃사공을 공격했다. 휘청! 그의 공격에 뱃사공의 몸이 위험스럽게 흔들리더니, 바닥에 쓰러졌다. 헤리엇은 그의 품에 안겨, 멍한 눈으로 자신을 감싸 안은 이튼을 올려다보았다.

"이튼, 안 돼!"

그것도 잠시, 헤리엇은 눈앞에 서 있는 켈리를 보곤 소리쳤다. 그와 동시에 켈리의 입가에 비릿한 미소가 떠오르더니, 천천히 말했다.

"이제 끝이군."

이튼의 심장에 단검을 찌르는 소리가 들려왔다. 그 소름 끼치는 소리와 붉은 피를 보며, 헤리엇이 고갤 가로저었다.

"윽!"

"맙소사, 말도 안 돼!"

이튼의 입에서 고통에 찬 신음이 새어 나옴과 동시에 헤리엇이 공포와 절망감으로 뒤범벅된 얼굴로 이튼의 등에 박힌 단검을 빼려 했다.

"심장이…… 이튼. 안 돼!"

이튼의 심장 부근에서 검붉은 피가 흘러나오고 있었다. 찢어진 옷 사이로 붉은 피가. 흑흑! 억눌린 울음이 헤리엇의 입술을 통해 새어 나왔다. 그리고 고갤 든 순간, 붉은 눈으로 변해 있는 이튼을 볼 수 있었다. 고통으로 미간을 찌푸리고 있었지만, 이튼은 아직 살아 있었다.

"젠장!"

이튼이 욕설을 뱉어내며, 가슴에 찔린 단검을 빼내 바닥에 던져버렸다. 그러자 옆에 서 있던 켈리가 놀란 얼굴을 했다.

"심장을 찔렸는데도 멀쩡하다니. 말도 안 돼."

켈리의 눈동자가 광기로 번뜩였다. 그리곤 미친 듯이 바닥에 떨어진 단검을 집어 들더니, 방어할 사이도 없이 헤리엇을 향해 달려들었다.

"흑!"

헤리엇이 고통에 겨운 신음을 뱉어냄과 동시에 무너지듯 바닥에 쓰러져 내렸다.

"헤리엇, 헤리엇!"

순식간에 벌어진 사건에 이튼이 헤리엇을 붙잡았다. 그리곤 그녀의 등에 꽂힌 단검을 확인한 순간, 그의 눈동자가 짙은 핏빛으로 물들었다.

"감히, 네가……."

용서할 수 없었다. 절대! 통제할 수 없는 분노와 함께 헤리엇을 잃을지도 모른다는 지독한 절망감이 그의 이성을 지배하기 시작했다. 이튼은 온몸의 피가 한순간 폭발하듯 용솟음치는 것이 느껴졌다. 검은 피. 콘웰 가의 저주받은 피가 또다시 그를 지배하려 하고 있었다.

"아악! 당신 뭐야? 눈이……."

이튼의 변화에 놀란 듯 새하얗게 질린 얼굴로 켈리가 뒷걸음질치기 시작했다. 하지만 얼마 가지 못해 그의 손에 붙잡혀 공포로 파들파들 떨었다.

"용서할 수 없어. 감히, 헤리엇을……."

그의 손이 켈리의 목을 졸랐다. 조금만 힘을 주면, 가느다란 목이 부러질 것 같았다. 하지만 이튼은 분노가 가라앉지 않았다. 심장을 찢는 아픔이 사라지지 않았다.

"으악! 악마…… 붉은 눈의 악마!"

"넌, 그 악마에게 죽게 될 거야."

"이튼, 그만해요."

이튼이 켈리의 목을 부러뜨리기 위해 힘을 주려는 순간, 헤리엇이 이튼을 불렀다. 위험스럽게 숨을 몰아쉬는 헤리엇이 몸을 일으키려 했다.

"죽이지 말아요. 그럼 또 다른 저주가……. 윽! 이튼……."

헤리엇의 말에 이튼이 새파랗게 변한 켈리의 흉한 얼굴을 내려다보았다. 그리곤 이를 악문 채 감정을 삭이는가 싶더니 거칠게 켈리를 바닥으로 밀쳐 버렸다. 이튼이 헤리엇에게 가기 위해 발걸음을 옮기기 시작했다. 하지만 그 순간, 헤리엇의 가슴에 새겨져 있던 붉은 흔적에서 검은빛의 소용돌이가 위험스럽게 흘러나왔다.

"윽, 아악!"

헤리엇 역시 고통스러운 듯 두 손으로 가슴 부근을 쥐어뜯었다.

"헤리엇!"

이튼이 헤리엇을 부르며, 그녀에게 다가가려 했다. 하지만 보이지 않는 장벽이 그를 막아섰고, 배가 위험스럽게 흔들리기 시작했다. 에드윈 밀포드의 마지막 주술. 그 검은 주술이 헤리엇을 휘감고는 그녀의 몸을 공중으로 끌어 올렸다.

"안 돼! 멈춰!"

이튼이 헤리엇을 붙잡기 위해 손을 뻗었다. 하지만 그의 손끝이 그녀의 팔을 붙잡는 순간, 검은 빛의 소용돌이가 거센 돌풍을 일으키며 헤리엇을 강물 속으로 밀어 넣어버렸다.

첨벙! 이튼은 한 치의 망설임도 없이 헤리엇을 따라 강에 몸을 던졌다. 몰아치던 검은빛의 소용돌이가 순식간에 잠잠해졌다. 그렇게 강은 두 사람을 삼킨 후, 고요해졌다.

차가운 물속이었다. 숨을 쉴 수가 없다는 두려움보다, 그를, 그에게 해독제를 먹이지 못했다는 안타까움에 울컥 눈물이 쏟아졌다. 하지만 이미 차가운 물은 그녀의 눈물은 물론 숨까지 삼키려 했다. 점점 강 밑바닥으로 침잠해 들어가는 것이 느껴졌다.

'미안해요, 이튼. 내가 모든 걸 엉망으로 만들어 버렸어요.'

쏟아내는 감정이 흐르는 강물에 섞여드는 것처럼, 헤리엇의 의식이 점점 멀어져 갔다. 그리고 그녀를 감싼 찬란하고 아름다운 붉은빛. 눈꺼풀이 무겁게 내려앉으려는 찰나, 붉은빛과 함께 누군가 그녀를 향해 헤엄쳐 오는 것이 보였다.

설마, 이튼……? 하지만 그는 독을 먹고 온몸이 마비된 채 죽어가고 있었다. 그리고 단검에 심장이 찔리기까지 했다. 그런 그가, 그녀를 구하기 위해 강에 뛰어들 리 없었다. 아마 그 모습은 그녀의 간절한 바람이 만들어낸 환상임이 분명했다. 헤리엇은 그 환상을 향해 천천히 손을 뻗었다. 죽음의 문턱에서도 헤리엇은 그를 놓지 못한 채 그리워하고 있었다.

정말 다행이라고 생각했다. 환상이라도 그를 마지막으로 볼 수 있어서. 헤리엇은 그녀에게 다가온 이튼을 보며 마지막으로 행복한 미소를 지어 보였다. 천천히 눈꺼풀이 내려앉았고, 그녀의 의식은 강 밑바닥 어둠 속으로 가라앉았다.

하지만…… 그의 손이 닿는 순간 헤리엇의 몸이 강한 힘에 이끌려 물 위로 끌어 올려졌다. 몸을 내리누르던 강한 힘이 사라졌다. 차가운 바람이 그녀의 얼굴을 스친 순간, 헤리엇은 그녀가 물 밖으로 나왔다는 사실을 깨달았다. 하지만 헤리엇은 눈을 뜰 수가 없었다. 그녀를 부르는 소리가 아주 멀리서 들려왔다. 너무도 피곤했다. 지친 그녀는 이제 쉬고 싶다고 생각했다.

"헤리엇! 일어나, 눈을 떠!"

이튼……. 그가 그녀를 부르는 소리가 들렸다. 그렇게 생각한 순간 헤리엇은 있는 힘을 다해 눈꺼풀을 밀어 올렸다. 가까스로 눈을 뜬 헤리엇은 흐릿한 눈으로 초점을 맞췄다.

"헉, 헉! 콜록, 콜록!"

울컥 밀려 올라오는 물을 뱉어내기 위해 헤리엇은 토악질을 했다. 뱃속에 있던 물이 밖으로 밀려 나오며, 폐부 안으로 차가운 공기가 한꺼번에 밀려들어 왔다. 한순간 헤리엇은 극심한 고통과 함께 목이 따끔거렸다. 헤리엇은 생생하게 느껴지는 고통에 진저리를 치며, 거친 숨을 내쉬었다.

"하아, 하아!"

고갤 든 헤리엇이 이튼을 올려다보았다. 온통 젖은 모습으로 그녀를 내려다보는 이튼의 눈동자가 걱정으로 흐려져 있었다. 순간, 뜨거운 눈물이 눈동자에 가득 찼다. 참으려 했지만, 봇물이 터진 듯 뺨을 타고 흘러내렸다. 그가 살아 있었다. 그가…….

"헤리엇, 괜찮나? 이제 정신이 드나 보군."

"어떻게 당신이……. 해독제를……. 아니, 단검이……. 콜록콜록!"

헤리엇이 기침을 통해 마지막 한 방울까지 물을 토해냈다. 그리곤 다시 고갤 들어, 그가 환상이 아님을 직접 확인하려는 듯 손을 뻗었다. 그러자 이튼이 바닥에 누워 있는 헤리엇을 와락 끌어당겼다. 그의 품에 안긴 헤리엇은 여전히 멍한 표정이었다.

"걱정 마. 단검이 찌른 건 내 심장이 아니라 아레스의 심장이었으니까."

"아레스의 심장이라니. 하지만 피가……."

"단검이 살갗을 뚫고 들어오긴 했지만, 아레스의 심장 때문에 다행히 스친 것뿐이야."

"아, 다행이에요."

"하지만 불행히도 아레스의 심장은 템스 강 아래로 사라져 버렸어. 널 구하기 위해 강에 뛰어들었을 때 말이야."

이튼의 말에 헤리엇이 미간을 찌푸리며, 기억을 떠올렸다. 강 속에 빠졌을 때, 더는 숨을 쉴 수 없다고 생각한 순간 붉은색의 찬란한 빛을 보았었다. 헤리엇은 그 아름다운 빛을 본 순간, 빛을 붙잡기 위해 손을 뻗었다. 그리고 그 빛을 붙잡는 순간, 타는 듯 뜨거운 기운이 어깨에 느껴졌다. 단검에 찔린 자리가 선뜻할 정도로 욱신거리기 시작하더니, 어느 순간 점차 고통이 사라지기 시작했다. 그리고 그때, 이튼이 보였다.

헤리엇이 이튼을 향해 손을 뻗었다. 하지만 그녀의 손엔 이미 찬란한 빛이 들어 있었다. 이튼을 붙잡기 위해선, 그 아름다운 빛을 버려야 했던 것이다. 결국 헤리엇은 붉고 찬란한 빛을 붙잡는 대신, 이튼의 손을 잡았다. 그녀에게 가장 소중한 것은 그 무엇도 아닌, 이튼 단 한 사람밖에 없었다. 지금 생각해 보니, 그녀가 놓아버린 것이 바로 아레스의 심장인 모양이었다.

"내가 놓아버린 것이 아레스의 심장이었군요."

이튼이 고갤 끄덕이며, 헤리엇의 젖은 얼굴을 쓸어내렸다. 이튼은 어쩌면 그것이 600년 동안 계속되어 온 저주의 마지막 시험이었을지도 모른다고 생각했다. 욕심과 탐욕보단 진실한 사랑을 선택하는 것. 그리고 그것이 저주를 끊어내는 열쇠였을지도 몰랐다.

"루엔과 제나는 어떻게 되었을까요? 에드윈이……."

"걱정 마. 조금 전, 워릭이 사람을 보내왔어. 다 무사한 모양이야."

"아, 그랬군요. 정말 다행이에요."

헤리엇의 눈가에 기쁨의 눈물이 차올랐다. 그 모습을 보며, 이튼은 차마 조가 세 사람을구해내는 과정에서 에드윈이 쏜 총에 맞아 사경을 헤매고 있다는 사실을 말할 수가 없었다.

"에드윈은 어떻게 되었나요?"

"조가 쏜 총에 심장을 맞은 모양이야."

"아, 그랬군요. 결국, 그는…… 죽었군요."

긴장으로 굳어져 있던 헤리엇의 몸에서 힘이 빠져나갔다. 정말 어이없는 결말이었다. 아니, 어쩌면 600년 동안 계속되어 온 욕심을 스스로 끊어내는 것이야말로 당연한 것인지도 몰랐다. 이튼은 생각에 잠긴 헤리엇의 턱을 붙잡곤 그를 보게 했다.

"헤리엇, 집으로 돌아가는 것이 좋겠어."

그 말과 함께 이튼이 헤리엇을 두 팔로 안고는 자리에서 일어섰다. 그러자 헤리엇이 당황한 얼굴로 고갤 가로저었다.

"안 돼요, 이튼. 당신 몸에 독이……."

"독이라면 상관없어. 처음부터 켈리의 눈을 속이기 위해 독에 중독된 척했던 것뿐이니까."

"하지만 분명, 증상이……."

“그건, 독이 아니라 단검에 반응한 거야. 네가 단검으로 손바닥을 긋고 피를 묻혀, 주술을 걸었을 때부터 몸이 반응하기 시작했거든.”

“아, 그랬군요. 독이 아니었군요.”

“헤리엇, 어깨는 좀 어때?”

이튼이 그녀의 몸을 일으키며, 그녀의 어깨를 살폈다. 그녀의 가슴에 있던 붉은 흔적 역시 꼼꼼히 확인하는 이튼을 보며, 헤리엇은 이상하다고 생각했다. 단검에 찔렸으면 당연히 아파야 했다. 하지만 고통이 느껴지지 않았다.

“이상해요. 아프지 않아요. 대체 어떻게 된 건지 말해줘요, 이튼.”

“사라졌어. 어깨의 상처도, 그리고 가슴에 있던 붉은 흔적도.”

헤리엇이 손을 뻗어 가슴 부근을 살피기 시작했다. 없었다. 분명 검붉은 흔적이 있던 곳은 상처 하나 없이 깨끗했다.

헤리엇은 물속에서 아레스의 심장을 붙잡았을 때를 떠올렸다. 처음엔 상처 부위에 극심한 통증을 느꼈지만, 서서히 고통이 사라졌었다. 설마, 아레스의 심장이 그녀의 상처를 치료했던 걸까?

“아레스의 심장이 닿는 순간, 치료된 게 분명해요. 이제 정말, 끝난 모양이에요. 모든 것이.”

“그래, 그런 것 같아.”

이튼이 헤리엇을 꽉 끌어안았다. 그리곤 새파랗게 질린 헤리엇의 입술에 뜨겁게 키스했다. 헤리엇 역시 온기를 찾아 그의 키스에 열렬히 반응했다. 잠시 후 이튼이 고갤 들었다. 그리곤 그녀를 품에 안고는 일어섰다.

"그런데, 이튼. 왜 저주라고 했을까요? 본래는 두 사람의 사랑일 뿐이었는데 말이에요."

"밀포드가 왜곡시킨 것일 테지. 모든 걸 다 잃었다고 생각했을 테니까. 그 끝없는 집착이 마녀의 사술까지 빌어, 우릴 끝없는 고통 속으로 밀어 넣은 것이고. 저주란 이름으로."

이튼의 말에 헤리엇이 한숨을 내쉬며, 고갤 끄덕였다. 그리곤 천천히 그의 품에 머릴 기댔다. 모두 무사하다는 사실을 깨닫자, 긴장이 풀리며 피곤함이 밀려들었다.

"이튼, 집으로 가요. 쉬고 싶어요."

궁금한 게 너무도 많았다. 하지만 지금은 쉬고 싶었다. 마치 600년 동안 계속된 길고 긴 여정을 이제 방금 끝마쳤다는 생각이 들 정도로 한꺼번에 피로가 밀려들었다.

"로즈힐로 돌아갈 거야. 우리들의 자리로."

이튼의 말에 헤리엇은 고갤 끄덕였다. 로즈힐로 돌아간다고 생각하자, 저절로 입가에 미소가 떠올랐다. 그리곤 다음 순간 헤리엇은 깊은 잠에 빠져들었다. 잠든 헤리엇을 품에 안은 이튼은 잔디를 가로질러 마차가 서 있는 곳으로 걸어가기 시작했다. 그 역시 지금은 모든 걸 뒤로하고 헤리엇과 함께 쉬고 싶었다.

600년이란 시간은 너무도 길었다. 하지만 그의 심장을 차지한, 여인을 기다리기엔 충분히 가치 있는 시간이었다. 이제야 온전히 사랑하는 여인을 그의 품에 안은 것이다.

—아우로라, 내 유일한 심장 은빛 달.

시간과 공간을 뛰어넘어 언제나 함께하리니. 멈췄던 심장이 다시 뛰기 시작하면, 맹세하노니. 난, 온전히 그대의 것이 되리라.

에필로그

석 달 후, 런던의 로즈힐.

책상 앞에 앉아 글을 쓰던 헤리엇이 펜을 내려놓았다. 그리곤 두 팔을 쭉 펴곤 굳어 있는 어깨의 근육을 이완시켰다.

똑똑!

"마님, 젠입니다."

"응, 들어와."

서재 문을 열고 안으로 들어온 젠이 서둘러 헤리엇에게 다가왔다. 그리곤 탁자 위에 김이 모락모락 나는 찻잔을 내려놓으며 자꾸만 문 쪽을 흘끗거렸다.

"왜? 무슨 일이 있어?"

“그게 아니라, 콘웰 공작님께서 사람을 보내셨어요. 제가 차를 가져다 드리면서 잠깐 들었는데, 파티를 여실 모양이에요. 데본에 계시는 헌팅턴 백작님께도 벌써 연락을 하신 것 같고.”

“파티?”

“네, 이번엔 런던의 귀족들을 모두 초대한 공식적인 행사가 될 것 같아요. 아마, 결혼식 후에 축하연을 하지 못하신 게 마음에 걸리셨던 모양이지요. 제가 그 일로 얼마나 속상했는지. 이제야 공작님께서 마님을 공작가의 사람으로 인정하시려는 거죠.”

젠의 말에 헤리엇이 잠시 생각에 잠겼다. 3달 전, 템스 강에서 로즈힐로 돌아온 후 헤리엇은 사흘 동안 잠 속에 빠져 있었다. 그 사이 루엔과 젠 역시 무사히 저택으로 돌아왔다. 그리고 에드윈 밀포드는 헬에서 생을 끝마쳤다고 들었다. 이로써 세 가문의 질긴 인연은 끝이 났다. 저주 역시. 하지만 밀포드로 인해 생긴 상흔은 여전히 마음속에 응어리로 남아 있었다.

콘웰 공작 역시 마찬가지인 듯했다. 그녀가 잠들어 있는 사이 로즈힐을 방문한 레이놀즈는 차마 그녀에게 아무런 말도 건네지 못한 채 돌아간 것이다.

“콘웰 공작가의 공식적인 행사라.”

젠의 말대로인 듯했다. 그녀가 깨어났을 때, 레이놀즈는 그녀를 바라볼 뿐 아무런 말도 하지 못했다. 대신 이튼에게 빠른 시일 안에 혼인하라는 말을 남긴 채 돌아가 버렸다.

헤리엇은 그 한마디에서 모든 걸 느낄 수 있었다. 헤리엇의 목에 검을 겨눈 것에 대한 미안함과 목숨을 걸고 저주를 풀어준 것에 대한 고마움, 그리고 헤리엇이 겪었을 마음고생에 대한 안타까움이 담겨 있었다.

"오랜만에 루엔과 아버님을 만나뵐 수 있겠네. 그렇게 루엔이 데본으로 돌아간 게 못내 마음에 걸렸었거든."

"이번에 런던에 오시면, 오래 머물다 가시라고 마님께서 얘기 좀 해보세요."

젠의 말에 헤리엇은 웃을 뿐이었다. 그녀 역시 그럴 생각이었다. 이번에 만나면 그동안 마음속에 묻어놓고 하지 못했던 이야기들을 해볼 생각이었다.

그때 문이 열리고 이튼이 방 안으로 들어왔다. 젠과 함께 있는 헤리엇을 보자, 이튼은 그녀가 글을 끝마쳤다는 걸 알아차렸다.

"드디어 끝이군. 이제, 한동안은 글을 쓰지 못하게 할 생각이야."

이튼이 서둘러 그녀를 두 팔에 안았다. 그러자 놀란 헤리엇이 그의 품에서 빠져나오기 위해 버둥거렸다. 그 모습을 본 젠이 얼굴을 붉히더니 서둘러 서재를 빠져나갔다.

"이튼, 당장 떨어져요."

"그렇게는 안 되겠어. 며칠 동안 글을 쓴다는 핑계로 손끝 하나 못 대게 했잖아. 내가 지금 이 순간을 얼마나 기다렸는지 안다면 절대 그런 말은 못할 거야."

"이튼, 만약 지난번처럼 침실에 가둘……."

"맞아. 지금 내 심정이 딱 그래. 한동안 당신을 침실에 가둬두고 절대 밖으로 내보내지 않을 생각이거든. 오직 나만 생각할 수 있도록.”

이튼의 말에 헤리엇이 입술을 깨물었다. 한 달 전, 똑같은 일이 있었다. 그날은 헤리엇과 이튼이 런던 외곽에 있는 제나의 집을 방문하고 돌아온 날이었다.

사교 클럽인 헬에서 에드윈의 총에 맞은 조를 보며, 모두들 그가 죽을 것이라고 생각했다. 하지만 제나의 지극한 간호 때문이었는지, 사경을 헤매던 조가 깨어났다는 소식을 받은 것이다. 기쁜 마음에 헤리엇과 이튼은 한달음에 달려갔고, 행복한 얼굴로 눈물을 흘리는 제나를 보며 헤리엇은 가슴이 뭉클했다.

하지만 문제는 제나의 배웅을 받으며, 마차에 오를 때 일어났다.

“곧, 마님을 닮은 아이가 태어났으면 좋겠습니다.”

환하게 웃으며 제나가 건넨 그 말 한마디에, 이튼은 저택으로 돌아오자마자 그녀를 침실로 데려가 며칠 동안 침대 밖으로 나갈 수 없게 했다. 끝날 것 같지 않은 욕망을 가득 채운 후에야 이튼은 그녀를 놓아준 것이다. 또다시 그날을 떠올리자, 헤리엇의 얼굴이 붉어졌다.

“하지만 이튼, 사람들이 흉볼 거예요. 제발 내려줘요.”

“흉을 보고 싶으면 보라지. 남편이 부인에게 홀딱 빠져 자신의 의무를 다하겠다는데, 누가 뭐라고 하겠어? 이번엔 네 뱃속에 내 씨앗을 심어놓을 생각이니, 단단히 각오하는 게 좋아.”

이튼의 으름장에 헤리엇의 얼굴이 붉어졌다. 그 말속에 담긴 뜻이 진심임을 알기 때문이었다. 아이를 낳을 수 없다고 생각했었다. 하지만 유모인 루엔을 통해 자신이 초경 이후 복용하던 약 속에 임신을 막기 위한 성분이 들어 있었다는 것을 알게 된 후 헤리엇은 밀려드는 복잡한 감정에 눈물을 쏟고 말았다. 루엔이 왜 그랬는지 알고 있었기 때문에 원망보단, 마음의 짐을 내려놓을 수 있다는 사실에 대한 기쁨이 더 컸다.

이튼은 상관없다고 했지만 헤리엇은 그의 아이를 낳고 싶었다. 그런 헤리엇을 안고 루엔은 용서해 달라고 했다. 엘레나가 죽기 전에 한 부탁이었다는 말과 함께. 아마, 엘레나는 헤리엇이 아이를 낳지 못하게 해, 가문의 저주를 끝낼 생각이었던 모양이었다. 결국, 그녀의 마음만 아프게 했을 뿐 저주를 푸는 덴 아무런 도움도 되지 않았지만.

"당신을 닮았으면 좋겠어요."

"난 당신을 닮았으면 좋겠군. 아니, 여러 명을 낳으면 해결될 일이니 그건 걱정할 게 없겠어. 그러려면 서둘러야겠는걸?"

이튼의 말에 헤리엇이 피식 웃음을 터뜨렸다. 아이 욕심을 부리는 그를 보자, 헤리엇의 심장이 자꾸만 간질거렸다. 그리고 그녀 역시 보고 싶었다. 두 사람을 닮은 아이를.

"하지만 그전에 난 배가 고파요. 씻고 싶기도 하고."

"걱정 마, 침실에 이미 준비해 놓았으니까."

정말 철두철미한 사내였다. 그리고 그 철두철미함이 헤리엇은 싫지 않았다.

"그런데 이튼, 혹시 그것 알고 있나요? 로이든과 아우로라의 이야기 말이에요."

헤리엇이 이튼의 품에 안겨 서재를 나가기 전, 작게 속삭였다.

"로이든과 아우로라면, 우리가 처음 만났을 때 이야기군."

"네. 우리의 처음, 그 이야기가 궁금하지 않나요?"

"아니, 전혀. 난 과거보다, 지금 너와 함께 있다는 것이 중요하거든."

이튼의 대답에 헤리엇이 그럴 줄 알았다는 듯 웃었다. 그리곤 서재의 문이 굳게 닫혔다. 어두운 서재 안엔 복도를 따라 걷는 두 사람의 웃음소리가 여전히 들려왔다. 그리고 책상 위에 놓여 있던 펜이 창문을 통해 들어온 바람에 의해 굴러떨어졌다.

어둠이 내려앉은 방. 또다시 불어온 바람이 이번엔 종이를 건드렸다. 팔락, 팔락! 닫아놓았던 책장이 팔랑거렸다. 그러자 등잔불 아래 조금 전 헤리엇이 쓰고 있던 종이 위에 잉크로 흘려 쓴 글자가 모습을 드러냈다.

'헤리엇의 비밀 수첩.'

… THE END …

외전_로이든과 아우로라 이야기

12세기, 잉글랜드.

사락, 사락. 어둠 속에서도 신비로운 빛을 뿜어내고 있는 신들의 숲. 인간에겐 허락되지 않는 그 숲을 로이든은 망설임 없이 들어갔다. 은빛 갑옷을 입은 그의 몸은 피투성이였다. 치열한 전투를 치른 후, 갑옷은 물론 들고 있는 검마저 붉은 피로 물든 지금, 로이든은 차가운 물에 몸을 담그고 싶다는 생각뿐이었다.

신성한 숲에 발을 들인 순간부터 로이든의 신경이 바짝 곤두섰다. 누군가 자신을 지켜보는 시선, 그 시선의 주인은 분명 여인이었다. 확신에 가까운 사내로서의 본능이었다. 그리고 그가 어디에 있든 자신을 지켜보던 여인이기도 했다.

숲을 지나 호수에 다다른 로이든은 피 묻은 검을 잔디 위에 던져 놓았다. 그리곤 콘웰 가의 문장이 수놓아진 서코트(surcoat. 갑옷 위에 입는 겉옷)와 체인 메일(chain mail. 금속 고리를 연결해 그물처럼 짠 갑옷)을 차례차례 벗어냈다.

달빛이 그의 어깨 위에 쏟아져 내렸다. 전장에서 다져진 근육질의 등이 살아 움직이는 듯 강한 힘을 뿜어냈다. 군신 아레스. 달빛 아래 서 있는 그는 신의 완벽한 창조물 그 자체였다. 맨발에 느껴지는 잔디의 차가운 감촉을 느끼며, 로이든은 호수로 걸어갔다.

고요한 호수 위로 파문이 일었다. 원을 그리며 점점 호수의 반대쪽 끝까지 가닿았다. 그리고 그 파문이 멈춘 곳에 은빛 머리카락을 한 여인이 서 있었다.

달빛보다 더 투명한 피부에 호수보다 더 짙은 검은 눈망울이 호수 위에서 파문을 만들어내는 로이든에게 향해 있었다. 서늘하지만 신비로운 매력을 가진 아름다운 여인의 표정이 자꾸만 미묘하게 변했다.

그였다. 호수에 올 때마다 자꾸만 그녀의 눈을 사로잡던 남자였다. 처음 그가 호수에 찾아온 것은 전쟁터에서 자신의 동료를 잃은 후였다. 흔들림 없는 강인한 눈빛 속에 담긴 슬픔이 너무도 안타까워, 아우로라는 그에게서 눈을 뗄 수 없었다.

그리고 그다음은 그가 상처를 입고 사경을 헤맬 때였다. 호수에 나타나지 않는 그가 보고 싶어, 아우로라는 호수를 떠나 전쟁터 한가운데 있는 그의 막사로 찾아갔었다. 그리곤 죽음의 문턱까지 다다른 그를 보며, 아우로라는 그를 살리기 위해 간호했었다.

뜨거운 숨결을 차갑게 식혀주었고, 심장 부근에 난 상처로 그녀의 피를 흘려보냈다. 신과 인간 사이에 태어난 아우로라는 치료의 능력 역시 가지고 있었다. 그녀의 피로 그의 상처가 낫기 시작했다. 거친 숨을 내뱉던 로이든의 숨결이 부드러워졌다.

처음이었다. 인간에게 자신이 가진 능력을 발휘해 그의 목숨을 구한 것은.

아우로라. 호수의 여신 림나이아와 인간 사이에서 태어난 그녀는 물의 힘을 지니고 있었다. 신들에 의해 그들의 숲을 지키는 성스러운 문지기였고, 그 누구보다 신성한 존재였다. 그런 아우로라의 심장에 인간인 한 남자가 들어온 것이다.

첨벙! 첨벙!

"하아!"

물속에서 한참 동안 나오지 않고 있던 로이든이 마침내 물 밖으로 얼굴을 내밀었다. 그리곤 아우로라가 서 있는 쪽으로 이끌리듯 고갤 돌렸다. 서늘한 그 눈빛에 아우로라는 꼼짝도 할 수 없었다. 호수에 어린 모습을 봤을 때완 달리 그는 숨을 쉴 수 없을 만큼 강한 힘을 내뿜고 있었다. 물살을 가르며 그녀에게 다가오는데도 아우로라는 도망칠 수가 없었다.

아니, 도망치는 것은 자신이 아닌, 인간인 로이든이어야 했다. 이 호수의 주인은 자신, 아우로라였으니까.

"너였군."

아우로라를 바라보는 로이든의 입가가 차갑게 비틀렸다. 그가 찾던 여인이 눈앞에 있었다. 이 호수에 올 때마다 그녀의 시선을 의식하고 있었다. 잘 숨었다고 생각했을 테지만, 그의 시선 끝에 언제나 그녀가 있었다. 그리고 죽어가는 동료들을 보며 텅 비어버린 심장을 위로하듯, 그를 바라보던 눈빛 역시도 생생히 기억했다. 무엇보다 죽음의 직전에 그를 찾아온 여인을 잊을 수 없었다. 그리고 그때부터 로이든은 알 수 없는 갈증에 온몸이 타는 듯 뜨거웠다.

로이든이 손을 뻗었다. 그리곤 강한 힘으로 그녀를 끌어당긴 후, 그 갈증을 해갈하려는 듯 깊게 입을 맞추기 시작했다.

"흣!"

물에 젖은 그의 팔이 그녀의 허릴 단단히 휘감았다. 놀란 아우로라는 그를 밀어내지도, 그렇다고 그를 붙잡지도 못한 채 그의 입술에 속수무책으로 당할 수밖에 없었다. 뜨거운 혀가 그녀의 입술을 가르고 여린 속살을 헤집어놓았다. 뿌리째 뽑을 듯 혀를 휘감고는 숨이 막힐 정도로 빨아 당겼다. 등줄기에 나른한 전율이 흘렀다.

난생처음 느끼는 희락의 감정에 허공에 멈춰 있던 아우로라의 손이 그의 목을 휘감았다. 더는 숨길 수 없었다. 자꾸만 심장을 간질이는 나른한 감각과 눈물이 흐를 것처럼 왈칵 솟아나는 감정은 너무도 분명했다. 그녀의 입술을 휘감았던 그의 입술이 멀어졌다.

"싫다면, 지금 말해."

고갤 든 아우로라가 그를 보았다. 검은 눈동자에 어린 감정은 지독한 욕망이었다. 쉽게 가라앉지 않는 뜨겁고도 지독한 감정이기도 했다. 아우로라는 대답 대신 로이든의 목에 팔을 감았다. 그리곤 서툴게 그의 입술에 입을 맞췄다.

"하아!"

거친 숨을 뱉어내며, 그녀를 안아 들었다. 그리곤 물살을 가르며 그녀를 안고 호수 밖으로 나왔다. 조금 전 벗어놓은 서코트 위에 그녀를 눕혔다. 달빛이 젖은 그의 몸을 비췄다. 아우로라는 이끌리듯 그의 가슴에 손을 올려놓았다. 바위처럼 단단했다. 그리고 뜨거웠다. 차가운 물속에 있어서 그의 몸이 차가울 것이라고 생각했지만, 아니었다. 그녀의 손끝에 닿는 그의 몸은 타는 듯 뜨거웠다. 그 뜨거운 가슴 아래, 심장이 뛰고 있었다.

"너 때문이야. 지독한 갈증에 허덕이며, 널 안지 않고는 견딜 수 없게 만든 것은."

더는 기다릴 수 없다는 듯 로이든이 그녀의 옷을 거칠게 끌어당겼다. 가녀린 몸과는 달리 풍만한 가슴이 달빛에 모습을 드러내자 로이든은 거친 숨을 삼켰다. 투명한 피부 위에 붉은 열매가 그의 손길을 기다리며 꼿꼿이 곤두서 있었다.

"아름다워."

"당신도 아름다워요."

아우로라의 말에 로이든의 입가에 처음으로 미소가 떠올랐다.

"로이든. 내 이름은 로이든 콘웰이야."

"알아요."

그녀의 대답에 또다시 로이든의 입가가 부드러워졌다. 그제야 로이든은 확신할 수 있었다. 지금껏 그가 찾던 운명의 여인이 바로, 눈앞의 여인이란 걸.

"아우로라. 아우로라예요."

"아우…… 로라. 당신처럼 예쁜 이름이군."

아우로라의 얼굴이 붉게 달아올랐다. 그의 시선에 온몸이 타는 듯 따끔거렸다. 그리고 심장 역시 무섭게 뛰고 있었다.

"흣…… 하앙!"

"민감하군."

그의 커다란 손이 아우로라의 가슴을 힘껏 쥐었다. 거친 그의 손에 부드럽고 투명한 여인의 가슴이 짓이겨지자, 묘하게 선정적이었다. 아마 그 이유는 금방이라도 그녀를 삼킬 듯 바라보는 로이든의 눈빛 때문인 듯했다.

"하아, 하읍!"

그의 입술이 붉게 달아오른 정점에 닿자 아우로라의 어깨가 나른한 쾌락을 견디지 못하고 떨리고 있었다. 그 작은 몸짓에 로이든은 당장에라도 그녀의 여린 속살을 헤집고 자신을 묻고 싶었다.

삼킬 듯 가슴을 빨아 당기는 그의 애무에 아우로라의 입술에선 짙은 신음이 흘러나왔다. 이상했다. 그를 계속 지켜봐 왔지만, 이렇게 그를 느낀 건 오늘이 처음이었다. 하지만 낯설지 않았다. 또한 그의 품에 안겨 있는 지금, 부끄럽지도 않았다. 이미 그를 지켜봐 온 시간만큼 그녀의 마음은 온통 그로 가득 차 있었던 것이다.

어느새 실오라기 하나 걸치지 않은 알몸이 된 두 사람의 몸이 하나처럼 얽혀들었다. 날 선 욕망을 뿜어내며 서로의 몸을 휘감고는 입술을 겹쳤다. 그의 손이 아우로라의 다릴 위로 밀어 올렸다.

은빛 수풀 속에 숨겨진 여린 샘물이 촉촉이 젖어 달콤한 이슬을 매달고 있었다.

입술을 빨던 그가 몸을 일으켰다. 그리곤 한 치의 망설임도 없이 밀부를 적신 투명한 이슬을 한껏 베어 물고는 삼키기 시작했다.

“하아, 로이든……. 하흣!”

가느다란 허리가 야릇하게 비틀렸다. 아우로라의 욕망으로 떨리는 목소리가 로이든의 귓가를 맴돌았다. 여린 살을 붉은 혀로 쓸어내리자, 또다시 아우로라의 아름다운 몸이 쾌락으로 떨리기 시작했다.

“아플 거야.”

열기로 젖은 눈동자였다. 아우로라는 감고 있던 눈을 떠, 강인한 사내를 올려다보았다. 인간의 여인에게 순결은 고통이었다. 하지만 인간과 신의 자손인 그녀에게 첫 관계는 최상의 희락이었다. 영혼과 닿아 있는 최고의 열락.

하지만…… 긴장이 되는지 그녀의 몸이 미묘하게 굳어지는 건 어쩔 수 없었다.

“아프지 않아요. 인간과는 달리, 희락만이 존재하니까.”

인간과는 다르다. 그렇다면 눈앞의 여인은 인간이 아니란 뜻이었다. 순간 로이든의 눈동자가 흔들렸다. 하지만 이내 제 모습을 찾았다. 상관없었다. 이 숲에 발을 들여놓은 순간부터 로이든에겐 그 어떤 것도 거리낄 것이 없었다.

“하학! 하아, 로이든…… 흣!”

단단해진 그의 일부가 그녀의 여린 속살을 파고들었다. 촉촉이 젖어 있던 밀부가 한껏 뒤로 젖혀지더니, 그의 일부를 가득 삼켰다. 날카로운 쾌락이 두 사람을 뒤흔들었다. 그의 손이 그녀의 손가락 사이로 밀어 넣어졌고, 두 개의 손이 하나처럼 깍지를 끼었다.

처음이었다. 피로 얼룩진 전쟁터를 휩쓸고 다니는 동안 그의 신경은 언제나 팽팽한 실 같았다. 하지만 아우로라의 몸에 자신의 일부를 묻고 깊숙이 들어간 지금 그 어느 때보다 평온했다. 몸은 지독한 쾌락에 흔들리고 있었지만, 의식은 충만감에 너무도 만족스러웠다. 격정적인 몸짓으로 그가 그녀의 내벽을 파고들었다. 내벽 끝까지 들어갔던 그의 일부가 입구까지 빠져나온 후, 다시 강한 힘으로 빨려 들어갔다.

그의 움직임에 아우로라의 허리가 야릇하게 비틀리며 날카롭게 휘었다. 아랫배 안쪽에서 시작된 쾌감은 발끝까지 전달돼, 숨을 내쉴 수조차 없이 거칠어졌다. 촉촉한 내벽이 꽉 조여들며, 그를 그녀의 안으로 깊숙이 빨아 당겼다. 위험스럽게 허릴 휘며, 그를 받아들이는 동안 아우로라는 지독한 열락에 흐느끼기 시작했다.

"하아, 흐흑! 로이든……."

"아우로라…… 하아!"

그 역시 들뜬 신음을 뱉어내듯 그녀의 이름을 불렀다. 그의 입술이 그녀의 귓불을 깨물었다. 질척한 내벽을 오가듯 그의 혀가 그녀의 귓가를 훑고 그녀의 입술을 열어 안으로 깊숙이 파고들었다. 혀를 얽고 서로의 몸을 얽는 동안 키스는 더욱 깊어졌다. 뜨거운 숨결이 섞이고, 땀으로 젖은 아름다운 육체가 하나처럼 녹아들었다.

"읏, 아우로라. 음란하군."

질척한 내벽이 그를 미친 듯이 빨아 당기고 있었다. 순간 강한 힘에 로이든의 정신이 아득해졌다.

"흣, 당신이……. 당신이 그렇게 만든 거예요. 당신을 사랑하는 마음이 날…… 흐흣!"

아우로라는 또다시 내벽을 강하게 파고드는 쾌감에 몸을 떨었다. 그녀의 허리가 자꾸만 위험스럽게 비틀렸다. 그녀 역시 이렇게 강력한 희락이 찾아올 것이라고는 생각지 못했던 것이다. 인간과 신의 중간 존재인 그녀는 상대를 사랑하면 사랑할수록 희락의 기쁨 역시 커졌던 것이다.

"당신은…… 마녀였군. 사내의 심장을 움켜쥐고 조종하는 마녀."

그의 뜨거운 입술이 그녀의 가슴을 덥석 물고는 강하게 빨아 당겼다. 그녀의 모든 걸 다 삼키고 싶었다. 뜨겁고 촉촉한 그녀의 안에 몸을 묻고 미친 듯이 그녀를 가지고 있는 지금도 사나운 욕망은 사그라지지 않고 있었다. 몇 날 며칠, 아우로라를 안아도 만족하지 못할 것처럼 너무도 거센 갈증이었다.

"하아, 흐읏!"

그의 손이 그녀의 골반을 단단히 붙들었다. 그리곤 강한 힘으로 그녀의 안을 파고들었다. 그녀의 안은 늪 같았다. 한번 빠지면 헤어 나올 수 없는 달콤한 늪. 로이든은 농밀한 쾌락에 몸을 떨며 늪

속으로 빠져들었다.

❖

막사로 돌아가야 했다. 하지만 로이든은 그의 품에 안겨 잠든 아우로라를 내려다볼 뿐 몸을 일으킬 생각을 하지 않았다. 밤이 지나고, 낮이 시작되었다. 그러는 동안 두 사람은 숲 중앙에 있는 아우로라의 저택으로 옮겨왔다. 그리고 또다시 밤이 오고, 아침이 찾아온 지금까지 로이든은 침대에서 그녀를 품에 안은 채였다.

손을 뻗어 얼굴에 드리워진 은빛 머리카락을 쓸어 넘겨주었다. 그러자 인간의 것이 아닌 듯 핏줄까지 들여다보이는 투명한 두 뺨에는 다홍빛 홍조가 어려 있었다. 자신의 것이 된 여인. 처음이었다. 오래도록 함께하고 싶다는 생각이 든 여인은.

사자왕 리처드와 함께 전쟁터를 누비면서, 언제 죽을지도 모르는 상황에 소유란 무의미했다. 그랬는데…… 그랬었는데.

"으음."

무수히 많은 은빛 속눈썹이 밀려 올라갔다. 그러자 깊이를 알 수 없는 검은 눈동자에 그의 얼굴이 담겼다. 순간 아우로라의 입가에 미소가 떠올랐다.

"돌아간 줄 알았어요."

그의 가슴에 얼굴을 묻으며 나른하게 속삭였다. 그 달콤한 속삭임에 그의 몸이 순식간에 뜨거워졌다.

"가려 했지."

로이든의 그녀의 목덜미에 얼굴을 묻으며 답했다. 그리곤 입술로 귓불을 쓸었다.

"흣!"

달콤한 신음과 함께 아우로라의 손으로 귓불을 가렸다. 그리곤 얼굴을 붉힌 채 고갤 가로저었다. 그러자 로이든이 그녀의 손등에 입을 맞추며, 왜 그러느냐는 듯 바라보았다.

"아파요. 그러니 안 돼요."

이틀 동안 그에게 안긴 횟수를 손으로 꼽자면 얼굴이 붉어질 정도였다. 매 순간 지독한 희락에 몸을 떨었고, 온몸에 떨림이 사그라지지 않았다. 하지만 예민한 부위가 자꾸만 비벼지고 자극을 받는 동안 작은 스침에도 솜털이 곤두설 만큼 아렸다. 부끄럽지만 밀부 안쪽 부분이 부어오른 듯했다.

로이든이 몸을 일으켰다. 덮고 있던 이불을 걷어낸 그가, 그녀의 밀부를 살피려는 듯 손을 뻗었다. 순간 아우로라가 두 손으로 그녀의 밀부를 가렸다. 그리곤 얼굴을 붉힌 채 고갤 가로저었다. 그녀의 행동에 당황한 것은 로이든도 마찬가지였다. 아무런 거리낌 없이 여인의 그곳을 살피려 하는 자신의 행동에 어색한 듯 머릴 긁적였다.

"약을 먹으면 아픔은 곧 사라질 거예요."

"미안, 내가 통제를 할 수가 없어서……."

로이든이 그녀를 끌어안고는 부드럽게 머릴 쓰다듬었다. 자신의 욕망을 채우느라 그의 품 안에 있는 여인이 자신의 반도 안 되는 육체를 가졌다는 사실을 망각해 버린 것이다.

"집요하긴 하더군요. 하지만…… 저 역시 싫지 않았어요."

아니, 매순간 너무도 좋았다. 이런 세상이 있다는 것이 믿을 수 없을 만큼. 그녀의 머리카락을 쓸어 넘기던 로이든이 그녀의 머리 위에서 웃는 소리가 들려왔다.

"난, 음란하고 솔직한 여인을 아내로 맞겠군."

아내라고 했다. 그의 입으로 분명……. 아우로라가 놀란 표정으로 고갤 들었다.

"놀랄 것 없어. 당연한 일이니까. 막사에서 사경을 헤맬 때, 네 손길을 느꼈던 그때부터 쭉 생각해 왔던 일이야. 내가 혼약을 하게 된다면, 이 손길의 주인일 것이라고."

로이든이 그녀를 놓고는 침대에서 몸을 일으켰다. 태양빛에 그의 몸을 비췄다. 아름답고 강한 몸이었다. 아우로라는 그런 로이든의 근육질의 몸을 홀린 듯 바라보았다. 잠시 후 그가 돌아왔고, 그녀를 일으켜 침대에 기대게 했다.

"이건 이교도들의 땅에 갔을 때, 주술사가 나에게 준 보석이야. 널 위험에서 지켜줄 거야."

로이든이 아우로라의 손을 붙잡았다. 그리곤 그녀의 네 번째 손가락에 반지를 끼워주었다. 진청색의 보석이 너무도 아름다웠다. 그리고 그 주변에 마치 보석을 보호하려는 기사처럼, 네 개의 다이아몬드가 박혀 있었다.

"이건……."

"콘웰 가의 여인이란 증표."

순간 아우로라의 눈에 눈물이 어렸다. 벅찬 감정에 자꾸만 손이 떨렸다.

"로이든, 맹세해요. 제 어머니인 호수의 여인 림나이아의 이름을 걸고, 그리고 그 증표는 제 은빛 머리카락이 될 거예요."

로이든이 아우로라를 품에 안았다.

"맹세하지. 나, 로이든은 언제 어디서건, 은빛 달인 당신을 알아보겠노라고."

아우로라는 차가운 얼굴로 자신을 바라보고 있는 플루토를 외면했다. 신탁이라니. 말도 안 되는 소리였다. 신탁으로 정한 반려라니. 갑자기 나타나, 자신을 그의 반려라고 우기는 플루토를 보며 아우로라는 절대 그 사실을 인정할 수 없었다.

"플루토 님, 전 이미 평생을 함께할 반려를 이미 맞아들였습니다. 그러니 지금 하셨던 얘긴 듣지 않은 것으로 하겠습니다."

"반려를 찾았다고?"

"네. 이미 혼약을 맹세했습니다. 절대 되돌리진 않을 생각입니다."

아우로라의 대답에 플루토의 얼굴이 보기 흉하게 일그러졌다. 하데스와 인간 사이에 태어난 자신을 거부하고, 감히 다른 반려를 찾았다니. 플루토는 절대 인정할 수 없었다. 만약 아우로라의 반려가 인간 따위라면 더더욱 그랬다.

"인간인 모양이군. 하찮고, 하찮은 인간."

플루토가 경멸 어린 목소리로 말하자, 아우로라의 얼굴이 불쾌한 듯 굳어졌다. 그 얼굴을 보자, 플루토는 확신할 수 있었다. 아우로라가 선택한 반려가 인간이란 사실을. 절대 용서할 수 없었다. 인간 따위 그가 가진 힘으로 죽여 버리면 그만이었다.

"신탁을 거부한 자에게 어떤 벌이 주어지는지 당신이 더 잘 알 거야. 너는 영원한 생명을 잃는 것은 물론이고, 그 상대는 영원한 저주의 고통에서 헤어 나올 수 없게 된다는 것을. 그러니 잘 생각하는 것이 좋을 거야, 아우로라. 그를 살리는 방법이 뭔지를."

그 말을 끝으로 플루토가 방을 나가 버렸다. 혼자 남겨진 아우로라는 입술을 깨물었다. 신탁을 거부한 후 받게 되는 지독한 형벌. 자신은 전혀 두렵지 않았다. 하지만 로이든은…….

아우로라는 재빨리 집을 빠져나왔다.

지혜의 숲에 살고 있는 현자를 찾아가야 했다. 로이든을 저주에서 구할 방법을 꼭 알아내야 했던 것이다.

마녀의 오두막에 앉은 플루토는 분노를 참지 못하고 자리에서 일어섰다. 그 모습을 지켜보던 마녀는 입꼬리를 비틀며 그를 쏘아보았다. 한때 아름다운 여인이었지만, 시간이 흘러 지금은 그 아름다움을 짐작조차 할 수 없을 만큼 흉측한 모습이었다.

"플루토, 대체 무슨 일이지? 어서, 이 어미에게 말해보거라."

어미란 말에 플루토가 걸음을 멈췄다. 그리고 불쾌한 표정으로 마녀를 쏘아보았다. 이런 하찮은 여인이 그의 어미라니. 플루토는 인정하고 싶지 않았다. 하지만 지금은 마녀의 힘이 절실했다.

"아우로라를 내 것으로 만들어야겠어요."

"아우로라라면, 신탁으로 정해졌다는 네 반려를 말하는 모양이구나."

신탁이란 말에 플루토가 미간을 찌푸렸다. 사실 신탁 따위 없었다. 신들의 숲에서 아우로라를 처음 본 순간 그녀에게 마음을 빼앗기고 말았다. 하지만 아우로라는 그에겐 눈길조차자 주지 않았던 것이다. 그래서 그녀를 차지할 방법을 고심하다, 신탁을 떠올린 것이다.

"신탁 따윈 없었습니다. 아무리 신탁을 받기 위해 노력했지만, 제 반려는 어리석은 다른 인간 여인이더군요."

인정할 수 없었다. 아우로라가 아닌, 하찮은 인간 따위가 신탁에 의해 결정된 자신의 반려라니.

"맙소사. 그렇다면, 넌 거짓을 말한 것이구나. 만약 이 사실이 신들에게 알려진다면, 넌 감당할 수 없는 형벌을 받게 될 것이다. 그러니 아들아, 네게 정해진 운명을 받아들이도록 하거라."

"싫습니다. 절대! 지독한 형벌을 받는 한이 있더라도, 아우로라를 내 것으로 할 것입니다."

마녀가 광기로 번뜩이는 플루토의 눈을 보며, 작게 한숨을 내쉬었다. 집착, 욕심. 그것이 모든 악의 시작이란 사실을 플루토는 알지 못하는 듯했다. 안타까웠다. 하지만 플루토는 그의 유일한 혈육이었다.

"내 모든 사술을 이용해 만든, 단검을 주지. 이 검으로 아우로라의 반려의 심장을 찌르거라."

"그 인간 사내를 죽이라는 것입니까?"

"아니, 죽지는 않을 것이다. 하지만 아우로라를 기억해 내지 못하게 되지. 아니, 오히려 증오하게 될 것이다. 원수를 보듯이."

"아! 그렇게만 된다면, 아무리 아우로라라도 어쩔 수가 없겠군요."

단검을 받아 든 플루토의 입가에 싸늘한 냉소가 어렸다. 그리곤 서둘러 마녀의 오두막을 빠져나갔다.

❖

"살고 싶거든, 이 검으로 로이든의 심장을 찔러야 할 것이다."

아우로라는 플루토가 건네는 단검을 받아 들었다. 지혜의 숲 현자가 이르길, 신탁은 없었다고 했다. 하지만 플루토의 집착이 만들어낸 욕망은 사악한 사술을 만들었고, 또 다른 불행의 씨앗을 잉태하고 있다고 했다. 하데스와 인간 마녀 사이에 태어난 플루토는 그 본성 자체가 악함과 욕망 덩어리였다. 플루토의 집착은 모든 것을 다 태워 버릴 것이며, 시간과 공간을 초월해 계속될 것이라고 현자가 예언했었다.

"하나만 약속해 주시겠어요? 이 단검에 찔린 로이든이 날 증오하게 된 후, 다시 날 사랑하게 된다면 당신의 집착을 버리겠다고."

"지나친 자신감이군."

"약속해 줘요. 당신의 영혼을 걸고, 그렇게 하겠다고. 다신 그 어떤 것도 요구하지 않겠다고. 우리 곁에서 사라지겠다고."

"약속하지. 만약 시간과 공간을 초월해 그가 다시 널 진심을 다해 사랑하게 된다면, 두 사람을 놓아주지. 내 목숨을 걸고, 맹세해!"

플루토의 맹세에 아우로가 고갤 끄덕였다. 그리곤 단검을 품에 조심스럽게 밀어 넣은 후, 로이든이 기다리고 있는 호수로 향했다.

달콤한 숨결이 그녀의 귓속을 간질였다. 아우로라가 숲에 도착하자마자, 로이든은 참을 수 없다는 듯 그녀를 품에 안고는 농밀한 키스를 퍼붓기 시작했다.

"며칠이 몇 년처럼 느껴지더군."

입술을 뗀 로이든이 떨리는 숨결을 뱉어내며 낮게 속삭였다. 그리곤 망설임 없이 그녀의 옷을 벗겨냈다.

"로이든!"

"아우로라."

그녀의 풍만한 가슴에 얼굴을 묻곤 달콤한 숨결을 뱉어냈다. 그녀의 샤프란 향기에 로이든은 뜨거운 열기에 휩싸여 벌써부터 미칠 것 같았다. 성급하게 그녀의 몸을 찔러대는 자신의 일부를 느끼며 로이든은 가까스로 욕망을 참아냈다. 갈증을 해결하려는 듯 그의 입술이 그녀의 가슴을 물고 희롱했다. 나른한 숨소리가 헤리엇의 입술 새로 흘러나왔다.

"로이든…… 하아! 이제 괜찮아요. 더는 아프지……. 흣!"

그녀의 말에 로이든이 그녀의 가슴을 힘껏 빨아 당겼던 것이다. 욕망을 참지 않아도 된다는 생각에 그의 손이 다급하게 옷을 벗어 내렸다. 순식간에 알몸이 된 그가 단단하게 일어선 그의 일부를 그녀의 밀부 안쪽에 가져다 댔다. 그리곤 두 손으로 매끈한 다릴 밀어 올린 동시에 아직 채 젖지도 못한 샘 안으로 자신을 밀어 넣었다. 날카로운 쾌락이 온몸을 관통했다. 감당하기 버거운 그의 크기에 아우로라는 거친 숨을 뱉어내며, 그의 목에 팔을 둘렀다. 눈물이 흐를 것 같았다. 이 지독한 행복에 가슴이 아려, 자꾸만 욕심이 생겼다.

잃고 싶지 않았다. 그녀의 유일한 반려.

"하아, 너무 좋아 죽을 것 같아. 아우로라, 널……."

"흣! 로이든…… 하아!"

그건 아우로라 역시 마찬가지였다. 온몸이 녹아 흐르는 느낌이었다. 벌꿀처럼 달콤했고, 등줄기를 타고 흐르는 날카로운 쾌락에 아우로라는 몸을 떨며 전율했다. 눈가를 적시던 눈물이 흘러내렸다.

"로이든, 기억하고 있나요? 당신이 했던, 맹세."

"그래, 기억해."

그를 움켜쥔 내벽을 가르며, 로이든이 진퇴를 거듭하기 시작했다. 메말랐던 내벽이 그의 움직임에 의해 촉촉이 젖어 이젠 그를 받아들이는 일 역시 버겁지 않았다. 오히려 절박한 그녀의 마음처럼 그의 일부를 조이며 힘껏 빨아 당겼다.

"하아, 아우로라."

머릿속이 쥐가 날 정도로 지독한 쾌락에 로이든이 몸을 떨었다. 그리곤 그녀의 눈가에 흐르는 물을 입술로 닦아주었다.

"로이든, 맹세해요. 당신이 어떤 모습이건 당신이 있는 곳에선 내 머리카락은 은빛으로 빛날 거예요. 그러니 날 알아봐 줘요."

"아우로라 그게 무슨 말이지?"

로이든의 물음에도 아우로라는 아무런 말도 하지 않았다. 플루토와의 거래였다. 로이든에겐 아무것도 말하지 않겠다고. 그렇게 서로의 운명을 시험해 보겠다고.

아우로라는 지혜의 숲 현자의 말을 떠올렸다. 두 사람은 꼭 함께하게 될 운명입니다. 세상에 단 하나뿐인 서로의 반려이니까요.

믿어야 했다. 두 사람의 운명이 어떤 형태로 일그러지든, 또 어떤 불행이 닥치든 그를 믿어야 했다.

"로이든, 잊지 말아요, 내가 당신을 얼마나 사랑하는지."

"갑작스러운 고백에 심장이 타들어가는 느낌이야. 하지만 싫지 않아, 나의 은빛 달. 맹세해, 절대 널 잊지 않아."

그의 움직임이 거칠었다. 땀으로 젖은 아름다운 육체가 하나로 녹아들며, 서로를 강하게 끌어당겼다. 순식간에 두 사람의 몸이 절정으로 치달았다. 지독한 쾌락과 함께, 아우로라가 베개 아래로 손을 뻗었다. 차가운 금속의 감촉이 느껴지자, 아우로라의 눈에서 뜨거운 눈물이 흘러내렸다.

달빛에 붉은빛이 일렁거렸다. 그리고 날카로운 검이 순식간에 로이든의 심장을 파고들었다. 놀란 로이든이 고갤 들어 아우로라를 내려다보았다. 아우로라의 눈에서 뜨거운 눈물이 흘러내렸다.

"기억해 줘요. 당신의 은빛 달을. 그리고 당신의 마음을."

주술과도 같은 아우로라의 고백.

그 고백과 함께 두 사람을 시험할 지독한 운명이 시작되었다.

길고 긴 시간을 넘어, 배신과 원망. 그리고 헤아릴 수 없는 슬픔을 수없이 견뎌낸 후에야 끝이 날, 숭고하고 아름다운 사랑의 여정. 그 여정의 끝, 반드시 두 사람은 함께였다. ♠